端木笙笙

著

U0615784

Middle East

Love Story

事 情 东

广西科学技术出版社

图书在版编目（CIP）数据

中东爱情故事/端木笙笙著. —南宁：广西科学技术出版社，2019.4

ISBN 978-7-5551-1149-8

Ⅰ.①中… Ⅱ.①端… Ⅲ.①长篇小说—中国—当代 Ⅳ.①I247.5

中国版本图书馆 CIP 数据核字（2019）第 024108 号

ZHONGDONG AIQING GUSHI

中东爱情故事

端木笙笙　著

责任编辑：赖铭洪　何　芯　　　　　　助理编辑：罗　风
责任校对：陈剑平　　　　　　　　　　封面设计：璞　间
责任印制：韦文印　　　　　　　　　　版式设计：新阅文传

出 版 人：卢培钊
出版发行：广西科学技术出版社
社　　址：广西南宁市东葛路 66 号　　　邮政编码：530023
网　　址：http://www.gxkjs.com　　　编 辑 部：0771－5864716

经　　销：全国各地新华书店
印　　刷：广西地质印刷厂
地　　址：广西南宁市青秀区建政东路 88 号　邮政编码：530023

开　　本：880 mm×1240 mm　1/32
字　　数：280 千字　　　　　　　　　印　　张：13
版　　次：2019 年 4 月第 1 版
印　　次：2019 年 4 月第 1 次印刷
书　　号：ISBN 978-7-5551-1149-8
定　　价：39.80 元

版权所有　侵权必究

质量服务承诺：如发现缺页、错页、倒装等印装质量问题，可直接向本社调换。

目录

主要人物

端木嘉佳　《叻报》中东中心站记者
嘉　航　《叻报》中东中心站记者

陈晓晓　人称"小陈"，《叻报》中东中心站记者
袁梦溪　人称"老袁"，《叻报》中东中心站记者
韩天尧　《叻报》中东中心站站长（局级）
艾哈迈德　人称"老艾"，《叻报》中东中心站全职报道员
帕拉丁　《叻报》中东中心站兼职摄影、摄像、报道员
阿　武　《叻报》中东中心站华人雇员
乔女红　远东通讯社中东总分社记者
向定仪　远东通讯社中东总分社摄影记者
林　君　远东通讯社中东总分社摄像记者
刁　心　《震旦日报》埃及记者站记者
虞　天　天铎技术有限公司中东区总经理

熊苏文　天铎技术有限公司中东区总经理助理

关　雎　嘉佳密友，人称"菊苣"，天铎技术有限公司中东区公
　　　　关部业务主管

曲　毳　嘉佳密友，人称"曲三毛"，天铎技术有限公司中东区
　　　　公关部业务主管

徐婕妤　天铎技术有限公司中东区公关部业务主管

褚春波　《叻报》叙利亚记者站记者

穆斯塔法　《叻报》叙利亚记者站报道员

乔治娜　《叻报》叙利亚记者站报道员

陈馨馨　《叻报》编译部编辑，嘉佳密友

刘一柏　《叻报》对外部编辑

李维柯　《震旦日报》总编室业务管理室主任

引子

　　回国后，我第一次撞见他。那天，他从布鲁塞尔回国休假来单位，正好从单位西门刷卡进来。我接了取快递的电话刚刚往外走，远远看见他熟悉的身影，一怔。他穿着一件我没见过的白色"V"领短袖衫，长裤恰到好处地挽到脚踝，鞋子还是我们在埃及驻外的时候买的那一双。

　　我还在想怎么能躲开他目光的时候，他的眼神已经扫到了我。我略带尴尬地笑了笑，仿佛自己已经站在这里等了几个世纪。而他却只是漠然地看了我一眼，然后径直走进大院。

　　外面阳光正烈，院角老泡桐将死未死，耷拉着枝叶。大院门口来访的阿姨还在用诡异的眼神盯着老泡桐的落叶，院外花花绿绿的快递小车排成一排。我站在原地，一时，忘了怎么挪动我的两只脚。

　　是不是一切在目光碰上的时候已经注定？

　　耳机里的歌哭着告诉我：如果不是你，就不行；如果不是你，就没有任何意义……

第一章
穿越中东做格格

> 我是幽灵。
>
> 穿过悲惨之城，我落荒而逃。
>
> 穿过永世凄苦，我远走高飞。
>
> ——《神曲》

天幕之吻

几年前。

北京—开罗的航班，MS956。

凌晨时分，身体失重，两耳嘈杂。

海拔一万米，天幕是睡着的墨蓝，云海是雪女的山脉，气流是躁郁的白烟，茫茫沉沉地包围在机舱窗外，看似无意，却阻挡一切讯息。

机舱一片昏暗。

向前望去，几个人脑袋顶上开了阅读灯，如三花聚顶、五气朝元。乘务员早就躲在休息区不见踪影。我在座位上浅眠，做着不着边际的梦。迷蒙之中，有脚步声朝我这边走近，我只道是有人上洗手间，毫不在意。突然，厚重的脚步在飞机轰鸣声中停下，接着，有男人的胡茬按在我的脸颊上，谁的嘴唇啄了我的脸!

我费力睁开眼，只看到一个远去的背影，我想张嘴，却怎么也说不出话。我使出浑身的力气喊着，又怕惊扰到飞机上的其他人，我喊出来的只是零星的字："你……是……?"那人却越走越远，再不回头。

嗡——

轰鸣声突然响起，耳膜嗡嗡作响。

原来是做梦，头皮一层微汗。

我双手扶着座椅，回顾这万米之上的封闭世界。第一次，我在现实中"穿越"非洲大陆。

小桌板上放着平板电脑，我用看小说来打发时间。里面有一部《后宫·甄嬛传》，一部《宛妃传》，还有几部《还珠格格》的同人小说。

看宫斗小说是我隐藏得很好的一个秘密，从没在领导跟前暴露，否则领导会以为我不务正业，巧借各种名义让我加班。

而众多朝代之中，我又独独偏爱清朝。我喜欢清朝后妃耳上的一耳三钳，喜欢她们头顶上的大旗头，旗头两侧垂下的流苏，以及旗头正中的"端正花"。我据此怀疑自己有恋物癖，并为此担心良久，然后继续追文。

刚上大学时，宫斗小说方兴未艾，我上网输入小说名，加空格，再输入"txt"，点搜索，无数结果倾泻而出，我一个个点开、保存，好像打开了新世界的大门，让我联想起自己第一次牵男孩子的手，第一次被吻，以及第一夜高潮。从此一入宫门深似海，无法自拔，直至今日。

我曾无数次幻想自己穿越成后宫嫔妃的场景，还为此写了一篇故事简介：

端木氏，年二十二，侍郎之女，因为琴棋书画样样精通，美目流盼桃腮带笑，才在某一日夜宴中被年轻的闲散贝勒看中，攀上皇亲。大婚之后，我渐渐和一群阿哥玩得熟稔，不想其中一位阿哥情不自禁，却苦于他和我夫君同为皇子，无法言说。后来当朝皇上突然驾崩，诸子夺嫡，喜欢我的那位阿哥最后爆冷上位，荣登九五。他登上皇位后第一年，就巧立名目打压我的夫君，终致他身败名裂，全家贬为庶人，而由我入宫为质，服侍左右。

我入宫后，初封为最末等的答应，然后经历血雨腥风，联合贝勒旧交，扶植交好姐妹，终于累进至皇贵妃。进位之后，我偎依在皇上怀里，对皇上说了一句话："皇上，臣妾从未想过母仪天下、觊觎后位，臣妾只想做永远仰视皇上的嘉答应。"皇上见我如此贤良淑德，不由大为感动，大赦天下："端木嘉佳乃朕最钟爱之皇贵妃。钦哉。"我傲视天下，睥睨皇后，群臣三叩九拜，大呼万岁，我随着皇上，做了一个"众爱卿平身"的手势，目光望向极远之处的天地尽头，朱唇含笑。

进位皇贵妃之后的故事，我还没有想好。

我是该与英俊体贴却被打入天牢的原配贝勒暗通款曲、重修旧好，不惜为此赌上六宫的宠爱和满门的性命，还是安安稳稳地做我的皇贵妃，前朝后宫，大权在握？我是否该努力给皇上生一位小阿哥，让他一路平步青云，被皇上寄予厚望，还是斩草除根，除掉别人的孩子，最后把我和原配贝勒的孩子过继到皇帝名下，名正言顺继承皇位？

不论何种情形，我都该是毫无争议的圣母皇太后，我都该在一番后宫的血雨腥风之后，母仪天下，做整个紫禁城最为尊贵、衣着最为华丽、头饰最为繁复、珠钗最为夺目的女人。

这还不止，我还要颐养天年，长命百岁，我还要做太皇太后，累进尊号直至超过慈禧太后，然后由我的皇孙、曾皇孙封我为老佛爷、皇祖老佛爷……

这个午夜，万米高空，我脑海里回想着宫斗的故事，血液在周身快速流淌循环，不断给自己加戏。口中默念但丁的《神曲》，眼里看着飞机飞行的轨迹，像是在完成某种神秘而庄严的仪式。我飞跃喜马拉雅，横跨地中海，穿越欧罗巴，最后停驻在北非文明的发源地：埃及开罗。

空间上看，中国与非洲相隔万里，从这个维度讲，是货真价实的一次穿越。

我想起一句话："历史是任人打扮的小姑娘。"这话是一条真理。有了这条真理，你在想象清穿、唐穿、宋穿、秦穿的时候就可以天马行空、天外飞仙、天人合一。这话对于记者也是一条真理，记者的职责，就是见证和记录历史。我怀里揣着一纸调令，形同圣旨：从今天开始，我被《叻报》报社派到埃及驻外，任期两年。而此时的埃及，正是新闻的富矿；我那时也满怀信心地以为，埃及的历史，即将由我来书写。

《叻报》是官方大报。它的历史可以追溯到1881年，就是《中俄伊犁条约》签订的那一年。是年12月10日，《叻报》创刊，延续至今，发行量和影响力很大，记者站遍布全国各省份。

这几年，上级机关号召加强对外报道力量，于是《叻报》上下又开始铆足劲儿加强对外报道，记者站开遍了人们知道名字和不知道名字的大多数国家，驻外人员攒起来有100多人。

我第一次驻外，按部就班，做着天幕上的春秋小梦，迎接我即将到来的未知剧情。

战地格格诞生记

我毕业当记者是在2011年。那时，我还是一个没什么人生经验的小丫头。凭借着全新闻系第一的成绩得到了报社的笔试资格，然后顺利通过笔试、面试和实习，过关斩将，最后成功入职《叻报》报社总编室。试用期月薪已有5000元，而且是事业编制，解决户口，轮个一二十年还能分上房子。跟我的同学们一比，我偷偷告诉自己要知足。

说起来中东的原因，或许只是受不了总编室压抑而琐碎的工作氛围，受不了父母三天两头介绍对象，受不了每天冒着被猥亵的风险挤上的早高峰地铁。于是心情烦闷，负能量满满，脸上爆豆，月经不调。

顶头上司看着我脸上的青春痘暗示我说，现在报社正在加强对外报道，想出国，趁年轻。同时他又指出中东是出成绩的地方。我顺着领导的指尖，望向远处并不澄明的蓝天，眉头一皱，眼神忧郁，没有答话。

到了2012年，中东国家动荡越来越厉害，穆巴拉克下台、卡扎菲客死、巴沙尔被逼宫……国外记者站告急，领导想起了我忧郁的眼神，过来找我谈话："嘉佳，这次是个机会，全世界都会关注这场中东剧变，而且你外语又不错，去埃及那边有老师带着你，你只要肯努力，一定能干得很出色。"

我懵懵懂懂地点点头。既然前方缺人，领导召唤，总觉得不去好像对不起领导的期待。

那个时候，还不知道领导有一种技能叫"套路"，让你没有理由地服从安排。那个时候，没有想过结婚和恋爱之间的联系与区别，大学四年的一段感情无疾而终，"剩女"这个词还离我很远。

后来，这个想法就在知道有一位认识的同事也在埃及的时候敲定了。父母表示很不理解，历数我的几大罪状，每一项都指向我一个女孩子家不应该这么冲动而耽误了自己的终身大事。在我的一再坚持下，老妈得到我回来就找对象结婚的许诺后，终于拿出君临天下的女皇范儿，以不容置疑的口吻说服父亲，给我"远嫁"中东的格格梦定了调。

每当在这个时候，我特别佩服这位女性高人一筹的睿智与决断。

我就这么来到了中东中心记者站。

其实多年以后，我终于明白，那种干劲，与理想无关，与主义无关，只关乎自己内心的一点懵懂的对于未知未来的守望与耕耘，而它随着时间的磋磨，永不再来。这自然是后话。

此刻，两耳嘈杂，思绪纷乱，我穿越到埃及，戴旗头做皇贵妃的梦离我越来越远。皇贵妃总不能自封，我左思右想，决定自封为格格，记录历史的格格。

眼看东方既白，霞光渐染，从黑夜到白昼，仿佛一个历时12个小时的宗教仪式圆满终结。即将来到从前只在电视和书本上看到过的矗立着金字塔和狮身人面像的地方，我的穿越指数一路暴涨，浑身的细胞仿佛已经被法老最古老的咒语唤醒。

飞机开始下降。合上小桌板，打开遮光板，调直座椅靠背。

晨光隔着玻璃轻轻浅浅地散射进来，机舱开始播放《水边的阿狄丽娜》。我张开双臂吸收日月精华，周身散发出莫名的责任感与使命感，精力充沛。下飞机的时候，前面的人都站起来，我不由得做了一个"平身"的手势，格格入主埃及，礼成。

旁边有一个留着络腮胡的秃顶狐臭大叔，斜睨了我一眼，他可怜我是一位精神病患者，而我同情他老婆的鼻子。

我怀揣着希望与憧憬，走下了飞机，随着人流跑去取行李。

第二章
冷宫格格

最让我注意的是他的嘴型。他的人中深陷，上嘴唇薄而上翘，好像未经开垦的处女地，下嘴唇略厚而敦实，好像技术精湛的老司机。我想到两个字：肉欲。

冷宫、小陈和狐臭大叔

我原来以为每个人的中国梦都能同频共振的，但现实却大声告诉我，我的梦想是个例外。

我的中国梦概括起来有两个：一个是记者梦，就是成为一个比较称职、被人称为"无冕之王"的记者。用领导的话说，就是关键的时候领导说"嘉佳，你上"，我就用革命先烈英勇就义前的表情重重地点头说"好的"，然后目视前方，指哪儿打哪儿。

另一个就是穿越梦，做皇贵妃——至于为什么不想做皇后的原因之前已经说过，此处不再赘述；或者做皇阿玛最宠爱的格格——可以不用争宠，可以不用被赐死、斗死、气死、喝红花喝死、被夹竹桃点心噎死、吃杏仁吃死、流产而死……可以和亲兄弟争皇位，可以嫁想嫁的任何一个男人，或者可以出家当尼姑。

在下飞机前，浑浑噩噩的当儿，我一直在憧憬到了埃及之后另一种形式的穿越。先从格格开始做起，然后一路过关斩将，靠近无限荣华……

然而我在行李提取处等了半个多小时，等到所有人的行李全都取完之后，我发现自己的穿越梦被现实打入了冷宫。

我的行李箱消失了！我变成了一个连一件换洗衣服都没有的冷宫格格。行李箱里面除了换洗衣物和化妆品之类，还有四副扑克牌，一大袋清凉油，两瓶老干妈，还有一个做饭用的铁锅。

清凉油是我听同事说和埃及人打交道的必备物品，埃及人管它叫"abu-alphaas"，他们喜欢往身体的每一个部位乱涂乱抹，他们惊叹于它给予每一寸皮肤的刺激。

老干妈是很多驻外同事说着说着就泪流满面的存在，我把它们随身带着，也急切地想体验它带给我的感情冲击。

我一直相信，我生活中那些不可替代的物品即将组成我未来两年很重要的一部分，我抱着最后一线希望。

我在费力地和机场工作人员用英语交涉。他们听不懂我，我也听不懂他们。我不确定我是不是要像旅游攻略里说的那样，给他们塞小费。我的同事在外面等我，但是我此刻不能退场，我害怕自己一走，再回来他们就矢口否认。

在我交涉了半个小时以后，他们派去的两拨寻找我行李的工作人员慢悠悠地踱步而来，朝我耸耸肩，说我的行李变成蝴蝶飞走了。询问和恳求变成了歇斯底里。我开始朝他们吼叫，我要让他们知道，对于硬塞给我的冷宫格格人物设定，我不能接受！

就在我大吼大叫的时候，有一个说中文的声音在朝我叫："嘉佳！"

我转过头，是中东中心记者站的记者，我的同事陈晓晓。

陈晓晓比我早一年入职，北京外国语大学阿拉伯语专业毕业，是中东中心站不可或缺的翻译、会计、采购员、八卦爱好者以及街头砍价小能手。在我知道要到埃及驻外之后，正好他回国休假，一起吃了一顿饭。

席间，我准备了十万个为什么，小陈说他回头发给我一个物品清单，是他来埃及驻外前收拾行李用的，可以解决我的一切疑问。后来，我一直把清单保存在我的电脑D盘里：

物品清单.doc

1.衣服：短袖5件，长袖3件（其中一件厚的），内裤6条，袜子6双，西装、衬衫2件，领带3条。

2.鞋：皮鞋1双、运动鞋2双、洗澡拖鞋1双。

3.配件：眼镜2副（现在戴着一副）、帽子1个。

4.床上用品：薄被1床、床单2张、枕套1个、被套1个（记者站有被子）。

5.日用品：洗发水、浴液、牙膏、牙刷、牙缸、洗面奶、香皂、肥皂、洗衣粉、浴花、毛巾3条、网兜、指甲刀、挖耳勺、剃须刀和充电器、湿纸巾、抹脸油、香水、水杯、筷子、勺、领洁净、折扇、雨伞、香体露。（埃及基本都有卖，可根据需要增减。）

6.电器及配件：笔记本电脑、耳麦、鼠标、电源线、鼠标垫、摄像头、移动硬盘和线、数据线、相机、相机数据线、相机充电器、网线2根、手机、手机充电器、录音笔、掌上型游戏机（PSP）、耳机、小手电、电脑清洁喷雾。

7.文具：汉阿词典一部、英语词汇一本、圆珠笔、签字笔、红笔、笔记本。

8.药品：感冒药、腹泻药、上火药、降暑药、达克宁、清凉油、花露水、风油精、胃药。

9.其他：钱、护照、身份证、记者证、钱包。

"你还用香体露？"我对小陈的癖好产生了好奇。

小陈面不改色："运动完以后得用啊。"

"你有洁癖啊？"

"我还抠鼻屎呢。"小陈说着就作势要抠，我赶紧制止他。

我问他："那中东站的氛围怎么样？"

他夹了一块水煮鱼，有点被辣到，赶紧补了一口米饭："挺好的。"

"你别装，到底怎么样？"

"你这人，真是……怎么说你！"他放下筷子，瞥我一眼，冥思苦想，未几，满脸严肃地憋出八个字，"团结、紧张、严肃、活泼。"

我哑口无言，对他半添几分好感，开始随别人叫他小陈。

站在陈晓晓旁边的是一位埃及人，三四十岁，后来才知道他是我们中东站的雇员，艾哈迈德。

在埃及有个笑话：你在街上大喊一声"马哈茂德"，街上十个男人有五个人会答应你；你再大喊一声"艾哈迈德"，有八个人会答应你；你若要喊一声"穆罕默德"，满大街的男人几乎都要回你一声"矮油哦"（埃及用途广泛的应答土语，相当于"是的""干啥""怎么了"）。

我庆幸艾哈迈德不叫穆罕默德。我后来才知道，这位艾哈迈德在埃及政界和新闻界的人脉超乎我的想象，你要求的事情，除了暗杀总统、偷渡黑工之类，他几乎都能给你办到，只要你给的钱足够多。

我把我的遭遇用中文跟小陈说了，在他一旁的艾哈迈德，也就是老艾居然也听懂了。当然在我发现他们之前，老艾已经把我歇斯底里的动作、表情尽收眼底，他知道如果再跟我谈钱，我估计会当场发疯。老艾二话不说，开始和机场人员交涉。

一番交涉之后，我知道了事情始末。原来，在北京飞往开罗的航班降落之后，行李按照惯例从飞机上卸下，运往机场，然后经过海关检查，运往行李提取处。然而，我的行李竟从航班上的所有行李中凭空消失了。机场方面和航空公司都声称不是自己环节上的问题，他们都没有操作失误或违反规定。但至于行李到底去哪儿了，却没有人站出来负责。

我站在原地，暗运内力，整个人濒临爆发的边缘。最后，机场一位负责人模样的埃及大叔走过来礼貌地跟我握了握手，我听懂了他用英语说的抱歉。他像领导人会见一样回顾了中埃关系以及民间交往，说中国和埃及虽然远隔重洋，但两国关系很亲密，中国人是埃及人的好朋友、好伙伴，然后说他们现在已经想尽了各种办法，但确实无能为力，唯一能做的就是联系保险公司，为我的损失付出赔偿，同时他们还会继续就事情的相关进展和我保持联系。

不知道是不是他的官比较大的关系，他身上的狐臭味儿比别人更醇厚。我在微醺中看了一眼艾哈迈德，他传递给我一个"只能如此"的眼神。我不知道该说什么，只好说了声谢谢，然后把小陈和老艾的电话留给了他。

冷宫格格驾到开罗，然而这位格格没有行李，甚至没有一件换洗的内衣。

后来回想起来，或许埃及留给我的所有阴影，就是从那个时候开始的。

冷宫格格现形记

埃及的穆斯林每天祷告5次，尼罗河上的游船每天开船两次，行李丢失事件却是我这辈子头一遭。我生无可恋地坐上开往记者站的车，勉强和小陈一边聊着，一边观察这座大城市在早高峰时的奇观。

开罗留给找的第一感觉是混沌。它一部分似乎还留着盘古开天辟地时候的痕迹，一部分又像是把纽约、上海之类的现代化城市规划经验借鉴了一点过米。或者说，它的一部分设定还停留在《动物世界》，另一部分已经录完了《走近科学》。

开罗城的上空是满天的雾，雾里藏着个大太阳，它的边缘是虚的，如果写生，这太阳的轮廓是画不出来的。阳光被大雾削减了不少，显得疲软乏力，让人联想到电线杆上的"梅×淋×"小广告，但天气却是晴天。"有时候确实是这个样子，不是霾。"小陈使劲一吸，然后用手指指窗外说，"如果是没有雾的时候，站在高处可以远眺到郊区的金字塔。"我顺着他的手使劲看，只看到一片朦胧而美丽的雾。

几乎所有的马路都没有红绿灯，到处都是没有盖完的烂尾楼。机场高速路上，有两段绿化带断开了，中间光秃秃的小丘被人刷上了一层绿油漆，以冒充树木和花草。上面写着"Welcome to Egypt!（欢迎您到埃及来！）"，让人"叹为观止"。

这里的一切就像发生在平行世界、另一个星球。三条行车道上，为什么四辆车能够同时穿行？埃及大饼为什么在垃圾堆旁边摆摊叫卖？妇女的头为什么能够顶起一整个大箩筐的杂物？人们为什么住在没有完工的砖房里？后面的车撞上了前面的车，为什么两辆车的司机连下车看都没看，只是隔着车窗喊了几句就开走了？我突然发现我的智商不够用，埃及的现状超出了我想象的极限。

我对在埃及看到的一切表示深深的折服。小陈坐在我旁边，像每一个见过大世面的人一样，间或为我答疑解惑，安慰我说见得多了就见怪不怪了。

汽车走走停停，停停走走，大约过了一个小时，我们上了一座桥，进入开罗扎马雷克岛，中东中心记者站就在这个岛上。绕了几条街，让我完全分不清东南西北以后，我们的车在记者站前停了下来。《叻报》中东中心记者站是一栋五层小楼房，租赁的，外面并没有什么显眼的标志，在埃及像是黑户一般的存在。

小陈跟我说，办公室在一层，分为站长办公室、会客室和两间办公室。其中一间给雇员用，兼用作他们的礼拜室。二层是站长的宿舍、会议室、记者站活动室。三、四层各有两套一室一厅一厨一卫的宿舍，供四名驻站记者用，目前只余一套四层北面的房子是留给我的。五层是记者站的招待所，一共有六个房间，钥匙由小陈保管。

小陈跟我说，早上九点开始办公，我还有半个小时的休息时间，九点可以到站长办公室报到。站里还有两位记者，一位是袁梦溪，男的，我们叫他老袁，他住四层；另一位是嘉航，男的，我们叫他嘉航，住在三层。"跟你名字还有一点像，嘉佳。"小陈在品味着这两个字。他对每个人的行踪如数家珍：老袁九点多，或者十点多，或者十一点多会出现在办公室，嘉航正在利比亚出差，那边局势也一直很乱，我得过几天才能见到他。

我这一岗位的前任记者在我来之前已经迫不及待地回国了，所以我不用暂居招待所，直接搬进他的宿舍就好。

我从小陈手里接过钥匙，打开门。刚进房间，一股灰尘钻进鼻孔，两个喷嚏相向和鸣。我发现这是为我，一个冷宫格格量身打造的住所。场景、布置都是如此的贴切，我想到了被容嬷嬷关在小黑屋里面的紫薇。

可以想见，这个房间的主人在两年的驻站生涯里与这房间进行着双苦卓绝的斗争，斗争的结果是从未打扫过的房间里辟出三条生命通道，通道以鞋印作为标记：一条往左，通向卧室；一条往右，通向客厅；一条往斜前方，通向厕所。通向厨房的路上满地灰尘，无人踏足。

让我唯一感到欣慰的是，客厅的沙发和卧室的床上都罩着灰色，或者说分不清本来颜色的罩子。我把罩子掀起来，不管不顾地瘫坐在沙发上。抬头一看，眼前的墙上挂着一个钟，在4点半的位置停着。望着这钟，我心如死灰。

9点钟刚过，我敲了站长办公室的门，给他请安。

站长叫韩天尧，是一位年逾五十的大叔，地中海的头型里蕴含着四分深沉，四五个月大的啤酒肚里藏了六分官气。他和蔼而不失身份地接待了我，交谈甚欢，中心思想有二：有领导给我打了招呼，我会关照你；但是站里一个萝卜一个坑，不养闲人，没有闲差，有活就得上，不论男女。

我赶紧跟韩站长立了决心、表了态。末了跟他说，我的行李找不着了。他闻言表示惋惜，并马上打电话给小陈："小陈你从储物间里给嘉佳拿一点生活用品，不够的话你先做出她一个月的工资，预支给她，带她买点日用品，然后回头找我签工资单。"

简而言之就是一句话：一切听指挥、听安排、按要求、讲纪律。我想起了小陈在第一次吃饭时"团结、紧张、严肃、活泼"的精辟总结，感叹汉语的博大精深。

上午，我在办公室见到了老袁。

老袁一见人就眯起眼睛乐，身形微胖，开朗健谈，好讲话又好帮忙的样子，似乎没有什么让他烦心的事儿，只是头发长得比较着急，三十几岁正当壮年，前额已经有些谢顶，不过为人随和，记者站里的人都叫他老袁，主要协助韩站长做一些重要事项的组织管理。

和老袁寒暄过后，我忍不住问了一句："嘉航呢，他哪天回来？"

似是故人来

嘉航就是我之前认识的那位同事。

2011年发生的瓯州动车事故，把两个不相干的人吸到了一起：一个是总编室的编辑端木嘉佳，一个是西北记者站的记者嘉航。

2011年7月23日20时30分05秒，由北京南站开往福州站的列车与杭州站开往福州南站的列车在瓯州境内追尾。

突发就是命令。《叻报》总编室领导一声令下，前方报道小组应声成立，分为总社和地方两大块。因为嘉航业务比较出色，总编室把他列入了地方报道小组成员名单，而我却一不留神被抓到总社报道组里，按领导的话说，这是机会，叫我去历练历练。

我接到任务，整个人开始哆嗦。我有一个毛病，就是面临紧急状况和重要场合的时候面红耳赤、大脑空白，手脚还会哆嗦。但是我哆嗦的功力又比别人高了三四成，因为我的四肢在这种重大事件开始前好久就开始哆嗦，好像地震前鼓噪的青蛙、逃蹿的老鼠，没完没了地提醒我：非战斗人员迅速撤离。

这一次，我这个非战斗人员不仅没有撤离，反而混迹在冲锋队中一往直前，整个人几乎要倒在血泊中。好在领导给我安排的是最基本的文字采编任务，让我汹涌的内心稍稍平复。

动车事故现场，一派世界末日即景。遍地的人，遍地的鲜红，乱糟糟的车体碎片，乱糟糟的废墟。我站在碎片围城的中央不知所措，呆若木鸡。一旁拍照的嘉航发现了我这个木鸡，非但没有排挤嘲笑，反而给了我很多照顾：想着不让我去太危险的地方，让我去做力所能及的活儿，有空的时候还跟我讨论采访的注意事项，讲讲自己采访到的一些感人细节。

我不会写稿的时候，嘉航会直接把素材口述给我；嘉航写稿的时候，也会时不时带上我的名字。我稿子写完心里没底的时候，在把稿子传给领导前都先给嘉航看一眼。他不管多忙，都会帮着修改完善，还不署上自己的名字。

最关键的不是这些。最关键的是嘉航是一枚大帅哥，是我在四面楚歌的状态下出现在我而不是别人身边的救世主。他没有救张三李四王二麻子，也没有救范冰冰李冰冰明月彩霞腊梅冬雪，而是拯救了我，我只想以身相许。因为有了他，我这个哆哆嗦嗦上战场的菜鸟不仅没有缴械投降，而且顺利完成了报道，还获得了领导的好评。

任务完成后，我坐上从瓯州回北京的飞机，身体也不哆嗦了，心情和来的时候有如天壤之别。看着机舱外厚厚的云层，我觉得此刻就像是睡在云彩做成的梦幻床上。我想起了一句歌词：You light me up.（你照亮了我。）似乎再也不用为总编室复杂的人际关系而烦心，不用为随时可能接手的任务而不安，我甚至开始幻想，有一个人可以倾听自己、引着自己向前走，让自己觉得，在之前的漫长岁月里，我都只是在做一件事情：等待他的到来。

然而现实是，当时微信还没普及，我们工作没什么交集，联系渐少，又身处两地，关系慢慢淡了下来，直到我在准备驻外的时候，偶然听说他也驻外中东，我内心曾经不可描述的小火苗，似乎又被这个消息撩拨了起来，我的身体产生了某种陌生而强烈的欲望，促使我最终下定了驻外的决心。

到开罗当天下午，我拿着站长批下的工资单，从小陈那里领了第一个月的份例，第一件事就是买内衣裤，买短袖，买姨妈巾，还买了一大袋埃及零食。我发誓不管好不好吃，我一定要吃饱吃好，反正我已经是一枚冷宫格格了。

第二天，我借了小陈一块抹布开始大扫除，准备多快好省建设社会主义。夕阳西下，华灯初上，终于把宿舍的三条生命通道开辟为冷宫里四通八达的康庄大道，然后在门背后贴了一张A4纸，上面用中性笔描了三个字：去锦宫①。然后抱住我随身行李里

---

① 去锦宫，紫禁城的一处宫殿，后宫妃嫔受罚幽禁之处，即冷宫。

带着的毛毛泰迪上床。我庆幸把这只毛绒玩具装进了随身行李。我好几年前就开始抱着它睡觉，考试考不好的时候，误以为某个男生对我有意思的时候，表演节目当众出丑的时候，我都抱着它，抚着它的毛，然后安然入睡。我怀疑它的身体里藏了我灵魂的一部分。

第三天，我到办公室里跟小陈请教最近的热点选题。小陈摆出一副不耐烦的样子，但还是怜悯地告诉我最近埃及局势的进展，并且让我多看外电。

"嘉佳，你这样子⋯⋯你还是多看看外电，看多了你就知道怎么策划选题了。"外电就是外国通讯社、报纸、网站等媒体发出的新闻消息。在小陈眼里，外电好像是解决一切问题的法宝，只不过他看的是阿拉伯语的外电，我只能看英文外电，以及《震旦日报》和远东通讯社发出来的稿子。他看的是一手信息，我看的是别人吃进去又吐出来的二三手信息。他的信息是鲜活的，我的信息是带着别人的饭菜渣子的，一条鄙视链就这么形成了。

驻埃及的新闻机构主要就是远东通讯社、《震旦日报》，还有《叻报》等几家，从业务上看，各家都是完成各自的报道任务，但实际上各家之间少不了相互竞争比较，如果谁家这一段时间的报道做得有声有色，那么下一次驻埃机构聚会的时候，这家领导的嗓门就会格外大，笑话讲得格外荤，饱嗝打得格外响。

小陈说完话，开始专注地挖鼻屎。我正准备再问他的时候，办公室的门开了，一个男生赶着风大步流星走了进来，双肩包鼓鼓地吊在肩上，右肩斜挎着一个相机，左手提着一个大摄像包，迈着有点类似军官的大步，脚上一双"踢不烂"大黄靴的鞋头沾了些尘土。

来人嘉航。小陈看见他进来，手指从鼻孔里拿出来，一边搓着，嘴里"哟"了一声，说了句："回来了！辛苦辛苦，晚上请客！"小陈表达热情主要有两种方式，一种是"哟""嗨"等语气助词，另一种就是"请客吃饭"。嘉航一边走到他的位置上，把两台相机放桌上，一边说累了，先休息。

我的手开始哆嗦起来，我的心里地动山摇。我不好意思跟他打招呼，我希望凭借我的念力让他开口，给我一个满心期许的答案。

我呆呆看着他从我身边走进办公室，走到他座位上，放下装备，然后又从他的座位上往外走。这一次，他终于看见了我："你来啦？！"一阵磁性的男低音撞进耳朵，我的肩膀被他轻轻拍了拍，浑身酥麻。我有些不知所措，呆坐不动，拼命忍着我的手脚不要不听使唤地哆嗦。

然后他定着看了我三秒钟，嘴上带着说不清是什么意味的微笑，说了句"刚回来，先上去了，回聊"，就离开办公室上楼了。从他进来到离开，整个过程持续大概1分钟。在这1分钟的时间里，我的心至少跳了140下。

我的大脑迅速回放了这个画面：小麦肤色男青年，身穿一件黑色保罗衫，个头大概一米八，胸肌明显，比一年前更壮硕些。他的头发很短，是左右两侧几乎剃光的板寸，有着好看的浓眉毛、自然的双眼皮，和像雕塑家的刻刀刻出来的鼻型、两颊和下巴，我一时只能想到"端端正正""恰如其分"这两个词来形容他的五官。他看我时眼神俯视，瞳孔深邃冷漠，鬓角很长，几乎连着下巴上修过的胡须，嘴唇却挤出微笑，像是刻意表示好感。

最让我注意的是他的嘴型。他的人中深陷，上嘴唇薄而上翘，好像未经开垦的处女地，下嘴唇略厚而敦实，好像技术精湛的老司机。我想到两个字：肉欲。

颜值即原罪。

我迅速从我的心跳中捕捉到浓浓的失落感，好像有一把大锤锤在胸口，溅起一片血渍。他笑不露齿，如蜻蜓点水。他已经不是一年前的暖男，更不是我人生游戏里的牧师。他是不是察觉出来我的非分之想？他是不是在心里嘲笑我不配？想到这儿，胸口一阵泛酸。

但转念又开始在脑海里临摹他的样子。我心里想，对于这种人，或许只能产生两种感觉，不是肝肠寸断的爱，就是刻骨铭心的恨。综合了一下我的第一感觉，我总结出"懊恼"两个字：因为他的漠视与漠然，让我觉得似乎自己在他眼中算不上美女，或者在他眼中我永远都是初见时的那只菜鸟，那只木鸡。他的眼光不值得为我停留。

我感到懊恼，我想掐死自己的胡思乱想，但我又忍不住想知道他真实的答案。这似乎比心如死灰更难受。

当天晚上，小陈、老袁、嘉航和我到了扎马雷克岛上的烧烤店聚餐。

说起埃及人的烧烤店，是绝对没有蜜汁鸡翅、烤生蚝这种东西存在的，他们桌上似乎永远就是老三样：烤羊肉串、烤牛肋排、烤鸽子。他们的烤羊肉串叫卡巴布（Kabab），是一种把羊肉绞成馅以后，再混合香料捏成的巨型肉丸串，肉串上一般还兼烤几个煮糊了皮的西红柿。他们的烤鸽子是把鸽子的内脏掏空，然后把米放进肚子里用炭火烤，烤出来总是黑得发煳。我想起妈妈的教导：女孩子不能吃烤煳的肉。

他们三人驾轻就熟，在我表示随意之后，他们点了一份烤肉拼盘，每人一只烤鸽子，还有一小箱当地的萨加拉啤酒。

后来我问嘉航，你是什么时候开始喜欢上我的？彼时天色已晚，空气浑浊暧昧，嘉航意识不清，说了半天等于没说。我不满意他的答案，左摇右晃一通，他终于想了起来："好像就是我们第一次在烧烤店聚餐那会儿，我看着你明明不喜欢吃，却因为抹不开面子，一点一点吃下肚子的那个样子，委屈、可爱，又让人心疼……"

端木仙子与"流星眼"

优秀的人总是表现得很优秀，一如龌龊的人只会下三烂的宫斗技法。嘉航是那种优秀的典型，把生活和工作结合得很好。他喜欢照相，也喜欢背相机，每天都要抚摸它无数次，相机就是他的柏拉图式恋人。韩站长对他赞赏有加，说他随时随地可以上战场。晚上的烧烤店烟雾缭绕，我们四人坐了一桌，我坐在嘉航对面，我的后面是一面彩绘玻璃墙，我的前面是嘉航的特大写俊脸。

我的眼睛由于受到强烈刺激而开始做无规则运动。先是瞟一眼旁边全身裹着神秘黑袍的大妈，然后看一眼点餐台后面的黑皮肤大眼睛埃及青年，然后盯着邻座洋娃娃一样的小女孩儿看一阵儿，最后再不经意间迅疾扫过嘉航的脸，达到我不可告人的目的。

我想起《小李飞刀》里面有一个惊鸿仙子，她擅长使一招流星镖，苦练多年，但其实说白了流星镖就是她的耳坠。后来她死了，李寻欢想了她一辈子。我觉得只要我坚持让我的眼睛做无规则运动，我也能练成一套独门绝技：流星眼。那我就是端木仙子，世界上最帅的帅哥就会喜欢我。我感到流星眼的效果和小时候在做作业间隙找个上厕所之类的借口瞄一眼电视有异曲同工之妙，欲罢不能，欲看还休，欲求不满。

在端木仙子还在练习流星眼的时候，大家开始讨论埃及局势。当记者的，没事就爱纵论国家大事，指点江山，激扬文字，樯橹灰飞烟灭。出国以后，更是放飞自我，从他国局势中参悟各种无法言说的奥妙。

"你们觉得谁有机会赢？"小陈装作很认真地问。再过几天就是埃及总统选举的第二轮投票时间。第一轮投票结束以后，两位候选人穆尔西和沙菲克胜出，进入第二轮进行终极对决。穆尔西出身穆斯林兄弟会①，代表的是传统的伊斯兰教势力；沙菲克在前总统穆巴拉克②时期当过总理，是世俗派别的代表人物，也被人们视为前政权的势力。

---

① 穆斯林兄弟会，简称"穆兄会"，成立于1928年，是一个以伊斯兰逊尼派传统为主而形成的宗教与政治团体。

② 穆巴拉克，埃及前总统，执政长达30年，被誉为"中东强人"。他的专制统治是2011年初爆发全国骚乱的诱因。民众从2011年1月25日开始聚集在埃及各大城市中心，要求推翻穆巴拉克政权。后来，抗议民众越来越多，据报道仅在开罗市中心的解放广场就有百万之众。在举国抗议声中，穆巴拉克于2011年2月11日辞去总统职务，授权军方掌管国家事务。埃及军方，即武装部队最高委员会成为实际上的最高国家权力机构。2012年5~6月举行的总统选举是穆巴拉克下台以后的第一次总统选举，是埃及政坛的一件大事。

"你觉得呢？"老袁不吃他这套。

"我这不是向你们请教嘛！你看你们，又假清高，一点意思也没有。"小陈做佯怒状。

"那我就说说我的看法。"老袁有点无奈，还是一本正经地分析起来，"从总统选举第一轮的结果就可以看出来，目前埃及社会是一种分裂的状态，穆兄会在埃及活动了几十年，一点一点开始做起，积累了大量粉丝，并且在前总统穆巴拉克下台以后开始借助权力真空走进政治舞台，这次总统选举的结果就是他们政治势力的体现，实力不容小觑。另外，从沙菲克进入第二轮的结果也可以看出，还是有相当一部分人对前政权有依依不舍的情结，因为前政权时期无论在政治上如何专制，人们的生活还是很和平安宁的。"

"说了半天等于什么也没说。"小陈最喜欢假装请别人讲解一番，然后又给人泼冷水。

"确实是这样，向左走还是向右走，我觉得哪怕是分析家也不会有确定答案。"

"说了半天就是四个字：分道扬镳。"小陈端起了范儿，装个专家模样，"专家们肯定也像我这么说。嘉航，你觉得呢？"

"我同意。"嘉航还在摆弄他的相机。

"你看你，你说一下怎么了？"小陈又激他。

"要我说，咱们还是等第二轮投票以后再好好讨论这个问题。第二轮投票的时候还可以采访一下民众，看看他们都投谁。"

这时候，啤酒和烤肉上来了。我从认真聆听状转作认真吃肉状。酒我实在是不想喝，可肉再不吃就不大合适了，我只能专心吃肉。

嘉航一边喝着啤酒，一边给我们三人照相。小陈无所顾忌，对着镜头做出各种搞怪姿势，有时还专门拉长了挖鼻孔的时间，仿佛在细细品味挖进去再抠出来时的快感。老袁则是一本正经地看着镜头，摆出像是拍2寸工作照的冷漠表情。

我为嘉航的镜头什么时候转到我这边而坐立不安。我拿捏着跟他说话的语气，让他感觉既不生疏，又不故作亲热："你拍的时候跟我说一下，我好有个准备嘛。"

"没事儿。"说着他又冲我咔嚓一下。

我只好尽量保持淑女姿势，心里却巴不得赶紧结束这次尴尬的聚餐。

晚上回到宿舍，嘉航让我登Q，结果传过来十几张照片。我没有研究过他的那部相机，不知道怎么调的参数，照出来的照片都自带滤镜功能。只是其中有几张我正在胡乱扭头、张嘴说话、大口吃饭，图是糊的，人是丑的，不忍卒视。

我想，我本来穿越过来是想当格格的，可是行李丢了，我一无所有，只能当个破落户格格，眼下自己的囧相生生在男神的相机里现出原形，自己巴不得赶紧躲进冷宫里，大门不出，二门不迈，真是再无颜见人的冷宫格格了。

正想着，有人敲门。还没等我反应过来，嘉航的声音传过来了："是我。"

我一开门，嘉航手里拿着一件衬衫。"你说你的行李都丢了，这两天也没什么衣服替换吧？下周是总统选举第二轮投票，投票搞完了，周末我们正好准备去CityStars（城市之星购物中心）采购，到时候带上你一起。这是我的一件衬衫，有点小，没怎么穿过，你将就着穿。"

嘉航用的是陈述句，但却隐隐有着霸道总裁的语气。我愣愣地接过这件衬衫，手上沉甸甸的。"进来坐坐吧？"我心里感觉很复杂，嘴上不知道该说什么，客气一句。

"不用了，你这里好像东西还没归置好。"嘉航说着往我屋里看了一眼，让我恨不得自己有三头六臂把身后的环境捂个严实。他顿了一下说："先回了，我还得导照片。"

我感觉我的脸红了，只得没头没脑地说了一句："谢谢你的照片。"

他突然笑了，跟我说了声"客气"就走了。

我愣愣地想：他八成是想到了我的那些囧图。我不知道他有没有留底，我更不敢问。我怒火攻心，恨自己是个现了原形的冷宫格格。

我手做握刀状，"噗噗"两下，狠狠捅向自己的胸口，嘴里吐出几个唾沫星子，射入空气，不知所踪。

这天夜里，上了床，关了灯，我把衬衫放在枕头边上，像是做什么见不得人的事情一样，把那件衬衫偷偷放在鼻子上闻了闻，可好像也没闻出嘉航的味道来。我有点不甘，又有点遗憾，可转念一想，嘉航的味道是什么味道呢？我自己都不知道。

梦里，又回到了在瓯州采访的一个晚上。四周漆黑一片，只有一盏红色的警灯，探照四周的黑暗，游移不定。灯光照在我的脸上，又移开，像是希望照进我的现实，又幻灭。我看着满地的废墟和鲜红，怕得几乎要哭出来。这个时候，嘉航走了过来，向我伸出手，歪着头冲我笑。

"跟我走吧！现在开始，还来得及。"

"不要丢下我……"

"嗯，我保证。"

……

泪眼蒙眬中，我不知不觉伸出手，抓住枕头边上小泰迪的爪，以为我抓住了一生的幸福。

我们总是先许下诺言，然后亲手打破它

那天早晨，是个美好的周末，久违的喜鹊爬上了冷宫窗外的枝头。冷宫格格已经做好一切准备巡幸CityStars。

在此之前，每天我都宅在办公室里，加紧恶补埃及局势。从2011年初的"埃及大革命"，到2012年2月的塞得港球迷骚乱，再到2012年5月开始的总统选举，我渐渐有了一点头绪，只是一时之间海量信息塞进大脑，似乎内存有点不够，运行比较缓慢。这么一来，我就只好夜里做梦穿越，主角是嘉航，白天胡思乱想，主题是去CityStars购物。

从枕头到被褥，从衣服到鞋袜，从化妆品到日用百货，我的单子列了一长串，每看一眼，心尖儿上都隐隐作痛。这个时候，我丢失行李箱已有两周了。我后来给埃及机场打了两次电话。第一次我们用英语无法沟通，第二次改由老艾交涉，结果仍然是我的行李变成蝴蝶飞走了，他们也很无奈。

我问老艾："我能申请赔偿吗？"老艾说："可以，不过他们的批复可能需要很长时间。"我坚持。于是老艾帮我写了一个阿拉伯文版的赔偿申请，我让他寄到了机场。从此这件事在老艾那边就翻篇了。在机场那边可能也翻篇了。

我一直很想知道是谁拿到了我的箱子，那里面的东西他又拿去做了什么。或许床上用品和洗漱用品可以勉强拿来用一下，但是他把那些东西拿走之后，起码可以把剩下的东西悄悄还给机场啊，这叫取之有道，而且我是绝对不会找鉴定人员在上面搜寻指纹的。

我只好继续想CityStars的事情。我感觉再想下去我的幻想对象就要从嘉航变成CityStars，而我就要变成一枚真正的恋物癖患者。

说起恋物癖，不能不讲讲狐臭这件事。也许是天气的缘故，在尼罗河畔穿行时，闻到的狐臭味更浓郁些。有时候闻到了狐臭，确实不好意思捏住鼻子。因为人们都不捏鼻子，只有我一个人捏鼻子，那我就是变态，我就有问题。所以到了最后，没闻到狐臭的时候，我往往会很害怕，以为自己的嗅觉已经在狐臭的强烈攻势下失灵了，自此惶惶不可终日，直到闻到下一次狐臭。

所以，我在练流星眼练到半途而废的时候，又开始担心自己是不是对狐臭味儿有意料之外的癖好。我在练流星眼的时候容易想入非非，想到嘉航的脸，想到他的人中和嘴唇，想到他为什么和我第一次见的时候不一样。而我在面对狐臭的时候更容易想入非非，我害怕我的精神因为对狐臭这件事的异常敏感而崩溃，我急需一件事情来转移注意力，而这件事情就是CityStars。

周末早上，我坐上记者站里最好的一辆车，跟嘉航他们三人一起奔赴非洲梦想之旅。很多人一想起非洲就想到了沙漠，其实非洲的大城市一般都建在海滨，比如亚历山大，或者建在绿洲，比如开罗，离真正的沙漠相距甚远。这里的人们虽然以毗邻广阔的沙漠为荣，但城市里的人们大多也很少去沙漠。

沿着尼罗河一路往北，道路两旁是椰枣树和棕榈树，然后就是横七竖八的各式建筑和建筑背后的垃圾堆、垃圾堆旁边的大饼摊。

没有红绿灯，没有斑马线，没有垃圾桶，没有行车线，没有交警，没有自行车道，有的道路甚至没有人行道。第一印象会让人觉得这里是不是人烟稀少。但是只要你一堵在路上，马上就会否定这个想法。

说起堵车这件事，就不得不说我从老袁嘴里听来的开罗街头两大帮派。

第一大帮是擦玻璃帮。擦玻璃帮建帮不到百年，历史可以追溯到20世纪50年代埃及独立的时候。大约从那时起，埃及街头多了来往穿梭的车辆，车辆需要有人擦洗，所以就有了以此为生的底层青年。然而这些青年身为弱势群体，权利得不到保障，于是三五一伙，渐渐组成如今的街头第一大帮。

他们各个身手矫健，轻功尤高，在车水马龙中穿行自如好似浪里白条，武器只有一件，就是每人一块的抹布。他们以擦汽车玻璃为生，其实不仅仅擦玻璃，也偶尔擦擦车前盖和车门之类。

只要一辆车堵在路上，他们大显身手的机会就来了。只见三五青年像抢钱一样迫过来，每人拿一块不知道擦过什么地方、原来的颜色已经辨认不出来的抹布擦着你的挡风玻璃。你为了不让他们继续擦，只好马上给钱。这招就叫作以退为进，证明我国古代经典《孙子兵法》流芳百世，以至于万里之外仍有人深谙其中奥义。

然而在给钱的时候，你要以迅雷不及掩耳之势根据他们的衣着、眼神和抹布的肮脏程度做出判断。如果给的钱多了，是你自己吃亏，如果没有一次性给到他们期望的钱数，你的整个挡风玻璃或许就完蛋了。然而这还不算完，如果你没有把握好给钱的空当，借机踩一脚油门逃之大吉，一群擦玻璃小哥发现你慷慨解囊后，会马上蜂拥而至，抄你后路，争先恐后把各式各样的脏抹布糊在你的玻璃上，上面或许还沾着他们经年的鼻屎、耳屎。

老袁跟我说，在刚来的时候，他完全不知道怎么打发这些擦玻璃帮的人，有一次甚至被十来个小哥围攻在马路中央动弹不得。有时候，还会碰到几个帮众为了一位像他这样的罕见金主而在马路旁大打出手的劲爆事件，所以以上的做法只能意会，不能言传。老袁这一番话让我不得不感叹，自己着实穿越了一次，大开眼界。

马路上遇到的另一大帮派是青少年丐帮，尤其是在开罗老城区，他们绝对让你享受到"明星待遇"。

只要有一个外国人在老城穿梭，就随时有可能被丐帮锁定，如果你是女生，锁定概率暴增，如果你还穿了无袖衫或者短裙，那么你在被丐帮锁定之余还应该准备随时随地拨打应急电话，以免在光天化日之下遭受无法言说的侮辱。

当你走到一处僻静的场所，一群介于黄黑肤色之间的小孩子会从墙角闪现，挥舞着小黑手来回触摸你的身体，一边叫喊着

"Suura，Suura（照片）"，让你给他们拍照片。如果你以为拍两张照片就万事大吉，可就真是小觑了丐帮子弟。如果你运气好，他们会留下他们的"脸书"账号，或者邮箱地址，让你把照片传给他们；如果运气不好，他们会继续在你面前摊开手，喊出第二种咒语"Guneih，Guneih（埃镑）"，问你要钱。

这时候你有两种选择，一种是摊开手，然后拍一拍，说出反弹咒语"Ma Fee，Ma Fee"，意思是我没钱我没钱，然后趁其不备夺路而逃；而如果你心存怜悯把一埃镑的硬币给了其中一个小孩以后，他们的神隐大车就会从天而降，几十个丐帮帮众会从四面八方聚拢上来，把你围得水泄不通，他们无处不在的小黑手会伸向你的每一寸皮肤，非逼你每人给一块钱，破财消灾。

老袁跟我说，对付丐帮是对"双商"的严峻考验。有一次就是因为他没有及时散财，结果被不知道得了什么皮肤病的小孩摸了几把，那几天的时间里，身上全长了密密麻麻的小丘疹。我听了这话，看了看我的胳膊和老袁的胳膊，低下头为老袁默哀3秒钟。

所以，外国人在埃及，每次出行不啻亲历一次骚乱。嘉航每每说起，神色颇为无奈，好看的浓眉皱成八字。按他所说，几次采访回来，还得应付这两大帮派，往往精气耗尽，内力涣散，而擦玻璃帮和丐帮则是日复一日的强盛，成为两大街头力量，地位不可撼动。

而即使我们对开罗失望透顶，我们却还是一趟又一趟地往返在CityStars、Arab Mall（阿拉伯购物中心）、CityCenter（开罗城市中心）这些号称非洲数一数二的购物中心去血拼一番。它们森严的门禁、高档的品牌、完备的设施，无不向我们展示着一个"现代化城市"的骄矜。

黑格尔说，你一定要一步步地才能了解一个时代。一步步甚为重要。现在，我从丢了行李开始，就在一步步地了解开罗，了解它街头的风物，包括垃圾和大饼，了解它最引人注目的特色，包括黑袍和街头帮派。而我自身的定位，也经历了从战地格格，到破落户格格，再到冷宫格格，再到端木仙子，而后到恋物癖格格的转变。在整个过程中，开罗的970万人口，就在这个传统性与现代感相生相克、相爱相杀的超大城市里杂乱地喘息着、生活着。

开罗的遮羞布

冷宫格格第一次巡幸CityStars的时候，就看出了这个地方作为开罗"遮羞布"的本质。

CityStars在开罗的纳赛尔城，吃喝玩乐一应俱全，而且不乏店铺打折，我不禁流下感动的泪水。我几乎可以买到单子上需要的所有衣物，我由此得出结论，只要有钱，冷宫格格随时可以珠翠满头，翻身做主。至此，我才知道为什么连一向吝啬赞美之辞的韩站长都用他那唐山味儿的普通话说："嘉佳，CityStars真是个好地方哇。"

嘉航、小陈他们都是这里的熟客，他们身上的衣服就是证明。嘉航今天穿了一件佛莱德·派瑞的短袖衫，一条埃德·哈迪的牛仔裤，一双爱步的皮鞋，再配上他霸道军官范儿的走位，简直就是男神君临。我这个时候喜欢走在嘉航的后面，装作不经意地盯住他被那件磨砂紧身牛仔裤包裹出来的又大又翘又浑圆的两瓣——那是踢球踢得好的证明。所以说女生看球，大多看的是这里，也是有原因的。看着看着，突然心跳加速，心里产生一个邪恶的想法：我要光明正大摸上一次。这么想着，脸上开始冒热气，为自己的这个大胆而惊悚的想法感到既兴奋又羞涩。

鉴于我第一次来，他们陪着我把一层二层的主要牌子逛了一遍。我锁定目标后，不好意思拽着他们三个男生陪着我，便分头行动，各抢地势。第一步先把清单上的大件购置齐全，然后全塞到汽车后备厢以后，轻装上阵，再度杀入重围，等到买齐购物单上几乎所有物品后，我在CityStars的负一层找到了"藏宝洞"——各式餐厅、咖啡厅、快餐店静静地等待着我的临幸。我一甩头发，拽下挎包，脚蹬新买到的玖熙淑女鞋，眼神放光，开始逐一甄选，最后选定一家"Panda House（熊猫餐厅）"。

化着大浓妆的女服务员一看生意上门，喜笑颜开。这里的食品有以糖醋鸡肉为代表的酸甜类，有以麻婆豆腐为代表的麻辣类，还有以炒饭、炒面、炸春卷为代表的主食。我到了埃及以后，第一次走进中餐厅，我感到浑身发热，内力奔涌，好像有人给我打通了任督二脉，我考虑重新修炼流星眼，说不定可以练到第九层，这样就可以在想意淫嘉航的时候施展绝技看一眼。我艰难抉择后，点了一盘糖醋鸡肉和一盘炒面，45埃镑，让我吃到了回忆里的味道，吃出了万里之外的乡愁，我感觉这才是一个战地格格应有的体面。

想起上小学的时候，刚刚流行播《新白娘子传奇》，暑假一到，四川卫视、山东卫视连番轰炸，让我的肾上腺素一阵狂飙。但是彼时我家里还没有安装有线天线，只能到对门小哥哥家里蹭着看。每天中午，我在床上躺着，静静聆听关于对门的一切动静。快两点的时候，只听到对门"吱——"地一开，对门哥哥的父母双双上班离去，然后我以迅雷不及掩耳之势，"噌"的一个箭步蹿到阳台，死死盯住对门叔叔阿姨远去的身影，等他们走远，我迅速拿上家门钥匙，锁了门，然后怯生生地敲开对面哥哥家的门。

当对门哥哥把门打开的一刹那，他睡眼惺忪又无可奈何的样子，在我眼里简直就像是天使一般的存在，但这种存在和肉体完全没有关系。然后我们就开始一个下午的狂欢。我披上哥哥床上的毛巾被，一边看电视一边给自己加戏。我假装自己是小青，然后逼迫他cosplay（角色扮演）白素贞——在cosplay文化还远没有进入我们生活的时候，我们已经身先士卒地实践了它——我披着毛巾被，把自己仅有的几个发卡和塑料耳环、假钻戒全都戴上，然后一边看《新白娘子传奇》，一边对着哥哥家的穿衣镜搔首弄姿，使出并不存在的法术，哥哥大多数时候因为不愿意扮演白娘子而遭到我持续的法术攻击。在一整套法术使出以后，我神清气爽，有如神助，身体和精神得到极大的满足，所有那些夏日里的气息——包括哥哥毛巾被上的味道，以及偶尔哥哥父母杀回来时的尴尬场景——留给我至今难忘的回忆。

从那时起，尚未发育成熟的我就暗自下定决心：我一定要留长发，涂口红，变漂亮，穿高跟鞋，然后一边逼着邻家哥哥扮演白娘子，一边吃尽一切华而不实又高端奢侈的东西。那时，这似乎就是我对幸福的全部定义。

然而此刻，到了万里之外的埃及，吃到了库夏里[①]（kushari）、沙瓦玛[②]（Shawarma）等种种我从来没见过、从来没吃过的东西，我最心心念念的，却仍然是家乡最平常的美食，就像每个暑假里，心心念念的还是《新白娘子传奇》。我知道，我们总是先许下诺言，然后亲手打破它，一如我们先谈爱，而后才读懂了爱情小说。

而且我第一次临幸熊猫餐厅，还意外有了别的收获。在熊猫餐厅吃饭的有三种人，一种是当地人，一种是来旅游的亚洲人，一种是驻在埃及的亚洲人。我旁边一桌有三个女孩子，叽里呱啦谈笑风生，我侧耳一听是中文，于是鼓起勇气上前搭讪，一问才知道，她们是国内数一数二的通信公司天铎公司在这里驻外的员工。我喜出望外，我们互留了名片。我说，我叫端木嘉佳。那三人分别说，她们叫曲毳、关睢、徐婕好。我们聊了一会儿天，然后一起自拍，从此成了好姐妹。

所以CityStars和它里面的熊猫餐厅对于拯救我的冷宫生活来说意义重大。第一，它让我从我的行李变成蝴蝶飞走的阴霾中走了出来；第二，我捕捉到了一枚非工作状态的野生嘉航，对他本人有了更为感性而大胆的想法；第三，我成功认识了在埃及常驻的

① 库夏里：埃及名小吃。混合了米、通心面、鹰嘴豆和类似番茄酱的炒饭，有点像意式炒饭，也有点像去掉汤以后的北方的和子饭。可以根据自己的口味添加辣酱和其他拌酱。所以有人说，一千个人有一千种库夏里的吃法。
② 沙瓦玛：阿拉伯国家最地道的小吃，一般沙瓦玛店里有几个烤架，上面转圈烤着鸡肉和羊肉。厨师拿一把大刀，把外面烤好的那层一点点削下来，然后加上蔬菜跟沙拉酱一起包进阿拉伯薄饼里，一个沙瓦玛就做好了。沙瓦玛也被中国人取其谐音为"想我了吗（Shawarma）"。

女同胞，摆脱了我在记者站一群雄性中间莫名的孤独感。因此，此后大多数的闲暇假日，我都要在CityStars虚度时光；此后大多数在CityStars虚度的时光中，怎么也要在熊猫餐厅吃一点假中餐，然后心里才觉得是不虚此行。

时光飞逝，岁月如梭。还没等我掌握好查外电的技巧，还没找嘉航把事情问个清楚，还没完全适应韩站长的唐山话，2012年埃及最重要的大事之一——总统选举的第二轮PK已经投票完毕。来自穆兄会的穆尔西与另一名候选人沙菲克的团队还没等到官方结果公布，就纷纷急着宣布自己的候选人获胜，然后又互相指责对方作弊。

官方最终定下6月24日下午宣布总统选举的结果。韩站长说："嘉佳，你老在办公室待着也不是个事，你跟着去看看也好。"我抬头看看头顶上澄澈的蓝天，不知道蓝得像个"假天"一样的背面，有什么正在等待着我。

第三章 也许一开始已经分出胜负

　　华灯初上，夜凉如洗碗水，手被这水冻得通红。我在洗碗时悟出一个道理：时间如水，在指缝中流过，我如果不抓住这水，我就抓不住一辈子的时间，不知老之将至；情爱如水，在时间中流过，我如果不抓住一个人的手，他也会在瞬间从我手指间流过。

含春少女的第一次见红

"嘉佳，这三位是'远东社三剑客'，乔女红、向定仪和林君，认识一下。不过不是刀剑的'剑'，是贱人的'贱'。"6月24日下午总统选举结果发布会现场，小陈煞有介事地跟我介绍。

"陈晓晓你欠打啊？"叫作乔女红的这人作势踢了他一脚，像个女汉子，然后自觉尺度过大，不好意思地笑了一下，又像东施效颦。

这里是埃及最高选举委员会报告厅。我们到了以后才知道总统选举结果的发布会可能要延迟一段时间。我翻了个白眼，小陈骂了一句"卧槽"，嘉航的眉毛皱成了好看的八字眉，跑去会场后面架机器，架好之后，他俩在会场扫描一圈，过去跟几个熟悉的驻地记者打招呼，顺便介绍我认识。

报告厅很大，各路记者——埃及本土的、其他阿拉伯国家的、欧美国家的，以及斯里兰卡、马来西亚、阿塞拜疆的记者——已经来了大半。发布会通常是记者非正式聚会的场所。如果到得晚，可能会很狼狈地钻进一个角落里，赶紧打开电脑或者笔记本记东西；如果到得早，那就可以开始社交，借助这个场合联络感情，互通有无，调剂余缺。《震旦日报》来了一位记者，名叫刁心。刁心看样子大我几岁，戴副眼镜，身材颀长，长发披肩，不冷不热，穿着随意。嘉航他们看样子跟她不大熟，寒暄几句完事。

远东通讯社来的这"远东社三剑客"倒是跟他们挺熟的样

子。我在心里默默复习这三个人的名字，结果一叫出口还是把向定仪叫成了定向仪。向定仪呵呵一乐："没事，习惯了。"找还是觉得很尴尬，我联想到我跟别人解释自己名字的时候，如果别人问到是哪个"Jia"，我还得跟他们解释说，第一个是嘉奖的"嘉"，第二个是上好佳的"佳"。刚想到这儿，乔女红就过来问我："你的'Jia'都是一个'Jia'吗？"

女孩子的第六感很准，比如我在高中上自习课的时候，刚想在座位上趴一会儿，突然第六感来了，头往后一扭，在堆放扫帚和垃圾的后门窗户外面，班主任正跟我对视；比如我上大学的时候只要哪节课一逃课，就预感到老师一定会点名，然后老师果然点了。

我的第六感又上来了。这个乔女红一副盛气凌人的样子，浑身散发着野兽攻击的气息，像是随时等待捕捉猎物。我预感来者不善，而且我跟她貌似气场不合，只得小心应付，按照惯例告诉她我是哪个"Jia"，然后准备好采取回击攻势，问她的名字是不是做针线的"女红"那两个字，可我又想自己贵为冷宫格格，不应与这等贱婢一般见识，于是微笑地看着她满脸的大浓妆和疑似劣质的耳钉，压下了这股冲动。

小陈邀请他们去他宿舍打实况足球。乔女红抢先说："打游戏多没意思！啥时候踢球，算我一份。"

"你说咱们这么点人，怎么踢？"嘉航好笑地看着乔女红。

"简单啊，三比三，我们这边三剑客，你们这边……嘉佳你会踢球吗？"乔女红的视线先扫到小陈，然后瞬间转过来，眼神紧盯着我，似乎向我施展着什么静默凝视法术，我怀疑她也偷练了流星眼这门高深的武功。

"我不会。"我苦笑了一下,内心对她的敌视更多了一分。

"那……你们看呗,你跟小陈,再叫上老袁?"

小陈插话:"老袁踢得臭,不想叫他。要不叫一下德臣广播电讯社的夏弥生?"德臣是另一家驻埃及的广电媒体,不过他们官多兵少,平时难约一次。

正在讨论着,大厅里开始混乱起来。嘉航一看,说快开始了,大家便各自散开。我、小陈和定向仪,哦不,向定仪坐在一起,嘉航去架好的摄像机那儿待命,准备开录,林君和乔女红打算做记者出镜报道。

选举委员会的主席年纪很大,颤颤巍巍走上台,然后开始絮絮叨叨说计票和审核的经过,以示客观公正。我因为听不懂阿拉伯语,只能无聊地刷新BBC(英国广播公司)和CNN(美国有线电视新闻网)的网站。

正说着,主席的声音突然高了八度,随后,我依稀听到沙菲克的名字,大厅立马炸了锅,在场的记者和委员会成员有的欢呼,有的大声质疑。

我问小陈:"是不是沙菲克当选了?"

小陈说:"刚才说沙菲克的得票率是48.3%,那就是穆尔西当选了!"

我赶紧跟韩站长打了电话,又给嘉航发了个短信。

这位主席后面的讲话就显得很没有面子,底下讨论声越来越大,主席终于说完穆兄会下属的自由与正义党主席穆尔西的得票情况后,大厅彻底乱作一团。有人借着混乱,用手指着主席大声斥责，反正他也不会回头；有人抓住主席正退场的画面做背景，开始出镜报道。

拥堵不堪的会场外，原先有百余名军警严阵以待，现在也松了口气，扔了棍棒，乱了队形，聊天打架，有的人见一堆外国记者鱼贯而出，还吹一声口哨，用英语和我们打招呼：欢迎来到新埃及！还有一些穆尔西的支持者打出标语，高喊"万岁"之类的胜利口号。

那样的欢呼，那样的雀跃，几乎让在场的所有人受到感染，让人们以为这预示着一个乱世的结束，一段治世的开启。然而生活从来不会因为谁的美好幻想而改变分毫。48.3%对51.7%，是一个很微妙的票数差，赢的那一方也绝非毫无争议。我想起了老袁和小陈之前说过的话：埃及人已经分道扬镳了，谁也说服不了谁，各自都有各自鲜明的立场，而这泾渭分明的立场，早就为日后的纷争埋下了隐患。

发布会一结束，嘉航开着车，带着我和小陈来到解放广场。这里是胜利者狂欢的据点。嘉航负责摄影摄像，我和小陈分头拣选合适的采访对象。

结果公布后，解放广场被人群挤爆了。我到现在也没法形容，作为一个悲摧的菜鸟记者，第一次见着这种大场面时是有多么手足无措。应该就像含春的少女第一次在被单上见红。

人生有三苦

如果让我总结第一次在解放广场闯关般的采访经历，我只能说人生有三苦：意淫，搭讪，求客户。

我看得出来，其实往常这种任务两个人来就可以。一个人拍东西，一个人找采访对象。可见现在我还不能当一个正常劳力使唤，我要努力摆脱这个定位。而要摆脱这个定位，非得靠自己闯过几道关不可。这第一关，就是今天的解放广场。

我做出英勇就义的表情，心一横，头一仰，胸一挺，杏目圆睁，怒视解放广场中心。

小陈像撞见鬼一样看着我的表情："找几个采访对象，没问题吧？"

我外强中干地点点头，还想说什么，小陈却已经开始找人采访……我的革命英雄主义精神瞬间萎掉，脑子里一遍一遍地开始回放瓯州事故时候的场景——遍地的人，遍地的鲜红，乱糟糟的车体碎片，乱糟糟的废墟。今天的解放广场虽然没有任何血腥，但到处是手舞足蹈的埃及青年，到处是呼天喊地的口号，感觉自己如果一言不合，随时随地可能会被撂倒在地。

小陈和嘉航已经开始穿梭外交，不见踪影，我只好硬着头皮在广场上盲人摸象，于是摸到了第一个青年。

这个青年长得瘦瘦小小，眼睛里饱含忧郁，看样子像是在解放广场闲逛。

我问他："你叫啥？"

"艾哈迈德。"

"你为什么来这里？"

"不为什么。"

我无话可说，安慰自己万事开头难，总不会一帆风顺，于是鼓足勇气开始寻找下一个目标。

一个激情澎湃的四眼大妈进入了我的视线，她的体重看上去有我的两倍，她的精力旺盛得像一台永动机。她扯着嗓子用阿拉伯语高喊着口号，激动得好像下一秒就要哭出来。

我想戴眼镜的人文化水平估计会高一些。然后我就走上前去。

我问她："您叫什么名字？"

"我叫苏珊。"

"您来是为了庆祝穆尔西当选吗？"

"……"

显然，她的英语水平只停留在"怎么是你""怎么老是你"的级别。

我准备走了，我很失望，她也很失望。她突然拽住我，然后激动地冲着我说了一通阿拉伯语。我依稀听懂的只有"Mursi（穆尔西）""Misr（埃及）"两个阿拉伯语单词，已经很不容易。我只得跟她说了一句"Shukkran（谢谢）"，然后依依不舍地拿开她拽着我的手。

接连两次拣选对象都以失败告终，让我感到气馁，并且开始怀疑自己的智商。我想，如果我作为皇上的皇贵妃帮皇上充实掖庭，那么以我的智商，很可能召进宫去的会是表面温顺、实则媚功十级的妖孽祸水。

前面两位的时间已经浪费，我开始寻觅下一个目标。

几度逡巡，我把赌注卜在一个看上去斯斯文文却又感情饱满的青年上。他若即若离地跟在一队人后面，眉头深锁，若有所思，口号却喊得响亮。

我再次鼓起勇气走上前，可话一出口就露了怯："我是中国报社的记者，想问你几个问题。"

他皱着眉头看了我两秒钟，然后说好的。

"你叫什么名字？"

"Mohammed.（穆罕默德。）"

我的心凉了半截。一般穆罕默德这个名字，在稿子和视频里是非常不好用的。在视频里，它的效用和"开罗市民"没有什么区别。在稿子里，它的出现仿佛就在提醒编辑，这个人很可能是前方记者杜撰的，类似国内的"买菜的李大妈""上小学的小明"还有"隔壁的老王"，其真实性值得严重怀疑。

"Well，what's your full name？（那么，你的全名是什么？）"

"Mohammed.（穆罕默德。）"

"Mohammed Mohammed？（穆罕默德·穆罕默德？）"

"Yeah.（是的。）"

我的心已经彻底凉了，但我不愿意接受残酷的现实。我抓住最后一线希望锲而不舍："你多大了？在上学吗？"

他看了我一眼，然后低下头去，羞涩地吐出一个词："Eighty Seven.（87岁。）"

我不禁要流下匪夷所思的泪水："What？ You're 87？ How can you？（你怎么能是87岁？）"

这位小哥愣愣地看着我，不再言语。

此时，广场上震天的口号又一次在我耳边回响着，小哥看了我片刻，便加入了游行队伍，跟着喊起了口号，一不留神就找不到人了。 拨又一拨的队伍在我身旁来回穿梭，我细思极恐，突然没有来由地害怕起来。

我赶紧往广场边缘走去，一边走一边打小陈的电话。

"小陈，你在哪儿？"电话终于接通了。

"我在里面采访啊。你采得怎么样了？"

"我问了好几个，可好像都没办法沟通……"

"哦，那行吧，你先在外面等我吧，我还得采一会儿。"小陈说完就挂断了。

时间已近傍晚，广场上的队伍已经开始放烟花庆祝。我从小到现在，从没觉得哪一次看烟花像今天这么落寞。我想，如果是一年前的嘉航，会不会在这个时候走到我身边，轻轻把我抱在怀里，然后把我变成一只窝在他怀里的小猫格格？人群冷漠地走来走去，我听不到任何回答。

没错，此刻最害怕的，是万人狂欢的时刻，你却不被这里的任何人需要。

过了一会儿，小陈打电话问我在哪儿，然后告诉我在停车的地方见。原来他和嘉航已经找了四五个能说上几句话的采访对象，这会儿已经采完了。

我只好跟着他们上了车，虽然非常没面子，但还是把我的遭遇讲给他们。

"你刚开始，很正常，我们一般还是找年轻的女大学生比较管用，再者就是感觉比较稳重的老人，但是老人可能不会说英语。慢慢来吧。"我应了一声，可心里那种挫败感却始终赶不走。我想问嘉航，你是不是已经记不起一年前是怎么帮助我在瓯州采访了？我到现在丝毫没有进步，你是不是已经厌烦我了？我到底该怎么做，才能追上你们的步伐？可他在专心地开车，小陈在专心地抠鼻屎，我的话只能和口水一起咽进肚子。

我想起了嘉航一年之间的变化，想起了他在瓯州的时候对我的照顾，还有他给我的那件衬衫，然后开始审视自己的内心，结果就是愈加陷入自怨自艾的恶性循环。我想，我必须找个机会投石问路。这关系到我是准备当嘉航的小猫格格，还是踏踏实实当一枚冷宫格格的问题。

在我们回程的时候，发布会会场旁边的十月战争烈士纪念碑是另外一番景象。一些沙菲克的支持者在得知他落败后十分丧气，而另一些情绪激动的人们开始报复式"打砸抢"活动，现场十分混乱刺激。我们本想转场赶到那里，但是守在那儿的报道员阿武告诉我们，记者已经被禁止进入现场了。

回到记者站，小陈和嘉航坐在一起剪片子，我拿了小本本在一旁学习。由于小陈采访到好多不错的quotes（引语），所以嘉航在解放广场的时候，就跟着小陈把相关的采访对象都录了一遍，准备做一个Feature（新闻特写）视频稿。

可能有人会问，一个报社而已，为什么搞视频搞得这么火热？其实我刚进报社的时候也这么问过。我是学新闻出身，从来也没学过视频拍摄剪辑，可现在整个传媒业都在转型。用报社领导的话说，谁不转型谁就会被淘汰，这是生死存亡的大问题，不是你张三李四会不会搞、愿不愿意搞的问题。所以我们从国内记者站到国外驻点，都在搞新媒体，搞视频拍摄，哪个记者站搞不好，很可能考核就要排倒数了。但其实领导也从来没搞过视频和新媒体，所以以埃及记者站为例，就是向远东通讯社中东总分社学习，远东社雇了一个视频雇员，我们也雇一个，远东社发一条消息必备视频，我们也备着。至于有没有人看，有多少人看，就不是我们考虑的范围了。

这时，小陈正在一边观察抠下来的鼻屎，一边告诉嘉航哪一段话是哪个人说的。

"OK，这里停。这一段是塔里兑·赛义德的。"小陈让嘉航把录像暂停，告诉他采访对象的名字，然后接着说，"这一段的同期就写：这只是民上马拉松的第一步，穆尔西当选总统是众望所归，人们都盼着他尽快着手国家改革，平息混乱局势。"在解放广场烟花的炫目光影下，赛义德手拿一面小国旗，眼睛里面对未来的憧憬满得好像要溢出来一样。这段画面拍得没得说，采访对象的话也很赞。

随后画面切到空镜头。傍晚的尼罗河水斑驳着狂欢尾声的点点花火，暗沉的天幕一语不发，好像等待书写新的黎明。我驻外后第一次现场采访就此结束，可心里却好像莫名其妙被谁打了个死疙瘩。我想起一部古老的电视剧，叫《篱笆·女人和狗》。我觉得我就是电视剧里还没有走上新生活的枣花姐姐。

"站街女"与斋灯王子

选举结束后，天气热得可怕，我们借机放松。我除了熟悉业务、掌握局势、跟踪外电，表示还想多了解一下各方面的情况。

韩站长给了我几个天铎、星芒这些中资企业的闲差，他认为这样可以让我尽快熟悉开罗的华人圈。

中资企业的活动一般是绝对上不了报纸版面的。道理显而易见：这些中资企业在国内总部的新闻都不一定能上得了报纸，这些海外的分部又怎么有资格上？所以一般有活动，如果觉得不写稿子交代不过去，就只好写一篇东西凑合凑合发《叻报》的网站，这样还可以跟中资企业搞好关系，赚点小礼品之类的好处。

这个时候，嘉航申请回国休假一个月，直到8月中旬才回来。韩站长欣然同意，因为算一算这个月应该是全年事情最少的一个月，而嘉航是记者站里最少不得的一个人。

他不在的这段时间里，因为我一直没来得及跟他打探他这一年来的事情，所以也无从知道他为什么会和一年前感觉不一样，我只能一边继续苦练流星眼，一边胡思乱想。

同时，我借着到天铎公司采访的机会，和公关部的曲毳、关雎越混越熟，我们的姐妹情谊越敦越牢。天铎公司正好也在扎马雷克岛上，走路过去十几分钟的距离，这正好方便了我们姐妹聚首。这时候正值国内《后宫·甄嬛传》最火的时候，我一边跟她们两个人推荐《后宫·甄嬛传》，一边告诉她们我已经自封为战地格格，她们最好也各拟一个封号，不然每次见面就必须向我请安。

曲毳自诩是微胖界的女神，平时爱听八卦，也爱传八卦，但对闺蜜忠诚度奇高，有呼必应。我们平时叫她"曲三毛"，姐妹吵架的时候叫她"大嘴曲三毛"，简称"三毛"。曲三毛一听这话，立马炸了起来，一边大口咬下一片薯片，一边用沾了油的小拇指指着我："嘉佳，凭什么你就是格格？我还是皇后呢！"

我跟她说："我这个系统设定里只有格格，没有皇后的角色可以选择。如果你自封为皇后，你也名不正言不顺，你还是要向我请安。"

曲毳有一个优点，就是不喜欢思考太多很复杂的东西。所以只要我说一堆看似很复杂但实则没有道理的话，她就选择放弃思考而按我说的做。我很多时候就凭借这一点来套路曲毳。于是曲毳冥思苦想半天，又往嘴里塞了一片薯片，双手一拍："哎！我就封天铎格格好了！这个名字够霸气。比你的什么战地格格好听多了。"

关雎是个高情商乖乖女，有家教、有涵养、有颜值，工作起来有条不紊，学霸气质由内而外，关键是她的名字实在没有什么黑点，我和曲毳只能给她起了个外号"菊苣"。菊苣说，我还不太懂，你们两个先玩，我当观众。于是巧妙地避开了一场后宫争斗。

结果曲毳来了劲："就我们两个人有什么意思？你闲着也没事干，一起呗！别硬撑着啦！"

关雎说："谁硬撑着了？我今天还有一个项目报告没写，还要联系一个客户，谁像你，把事情都拖到临到最后才做，做不好了领导又会让我们给你补台。说好了，这次你那个埃及电力公司的项目策划，如果到时候写不好了我可不帮你，我手头还有一大堆事呢。"

曲毳只好不情不愿地回到工位上写策划。刚敲了几个字发现手指头上还沾着薯片渣子，赶紧舔了舔，接着敲字。

嘉航回埃及的时候，夏天里最难挨的那几天还没过去，但是穆斯林的斋月已经开始了。街上的棕榈树和椰枣树耷拉着被烤黄的叶子，风带着撒哈拉沙漠的浓烈气息一吹，感觉能把路边的杂草点燃。出门的人都戴着墨镜，没戴墨镜的人都皱着眉头。嘉航一回来，汗还没落，便马不停蹄地投入斋月报道。

斋月是穆斯林的大日子，历时一个月。这一个月很有讲究：身体健康的穆斯林要"把斋"，就是从日出之后到日落之前都不能吃饭喝水。除了完成宗教的义务，意义还在于陶冶情操，克制私欲，体会穷人饥饿之苦，萌发恻隐之心，多做善事。

斋月的这一个月里会发生很多神奇的事情，比如满城的行人在白天突然消失，在晚上又突然冒出来。白天的时候，你会发现他们满城老少敛息蹙眉，收敛了往日豪放不羁的大嗓门，变得文质彬彬，不知道的还为他们跟平日判若两人的状态吓一大跳。

天铎公司这几天正好有一个开罗大学中文系的埃及少女在实习，叫阿莉亚，曲毳很喜欢她，没事总爱跟她聊天，还跟她分享中国零食。我和关睢一致认为，这是因为有阿莉亚在，曲毳只要平时稍稍注意一点，在这个办公室里她的肥胖指数就会下降到第二。

我去找曲毳她们的时候顺便采访阿莉亚，让她讲讲斋月的习俗和她的感受。阿莉亚说，今年的这个斋月她十分兴奋，因为在过斋月的时候，人们往往要给自己定一些平时完成不了的计划，在斋月把它完成，而她就给自己定下一个瘦身计划，要在斋月的时候起码瘦下来五斤。

不管她现在多胖，瘦五斤总归是一个好目标，英雄不问出处。我鼓励她鼓起干劲，力争上游。结果她才坚持了几天就现了原形——白天饿到头晕几近昏厥，到了晚上大家都在吃吃吃，她也忍不住吃吃吃，而且狼吞虎咽，变本加厉。所以斋月还没过一半，我再看到她的时候，好像更难从上下两层崇山峻岭中寻找到她的脖子了。

阿莉亚还告诉我们，他们的斋月一般都会挂起斋灯来，是一种传统灯饰，在扎马雷克岛上的集市有很多人卖，晚上十分漂亮。

所以我们的街头采访就定在了晚上。

傍晚左右，城市四周响起了唱经声。

一个苍老而持重的声音在不知道什么地方的广播里喊着："真主至大！万物非主，唯有安拉；穆罕默德，主之使者。快礼拜啊……"

全城成千上万个广播马上争先恐后地喊起来了。所有人沐浴在这巨大的广播声中，即使不想礼拜的也被搅得心烦意乱，干不下手头的事儿，只得礼拜。礼拜完，一天的把斋时刻也就结束了，穆斯林们抓紧时间狂欢，就像天鹅湖里的天鹅抓紧时间现原形。

嘉航和我，还有年轻的华人雇员阿武到了岛上集市。把斋结束后，这里人头攒动，小摊上挂着各式斋灯，其意义大概就和我们过元宵节看花灯是一个道理。

集市上卖的斋灯样子古怪，形状有点像古时候的四角宫灯，但是质地和外形更像是小学生手工课的习作，上面还挂着用铁片或者塑料做的星星、月亮。我们只好抓住几个买了斋灯的小朋友和家庭妇女，询问一下他们过斋月的感受。

采访完以后，我不由得说了一句："这斋灯好丑啊。"阿武也说："我本来觉得灯笼已经够丑了，看过斋灯以后才发现真有比灯笼更丑的灯存在，我以前委屈灯笼了。"

嘉航这个时候开口了："斋灯也有好看的和不好看的，埃及人的审美和我们不一样，我去利比亚的时候，就觉得人家卖的斋灯很好看。"

阿武不置可否，而我只想回去抱着我的毛毛泰迪睡觉，也没有接茬。

阿武先自己回了家，我和嘉航到了记者站已经九点多，各自回屋。在采访前我还打算做一个关于斋灯的专题，但此时我选择放弃，打算洗漱睡觉，睡前再看几段宫斗小说。

我刚冲了马桶水，嘶哑的门铃"嗞——嗞——"地响了。

跑去一开门，嘉航站在门口。

"睡了？"嘉航上下嘴唇一碰，好听的磁性男低音飘在空气中，让我全身好像被电流电了一下，几乎要发颤。

"还没，怎么啦？"我假装镇定，下意识地把湿手在睡裤上蹭了蹭。我发现我又不知道该用什么语气和他说话了。可爱范儿？调皮范儿？病娇范儿？还是公事公办？

"给你看个东西。"他走进屋，从手里变出一个灯。

"斋灯？"这个斋灯和我们在集市上看到的不一样，是一个和足球差不多样子，由好多个凸出的透光五边形组成的球体，上面吊着塔尖一样的装饰，下面焊上了底座。球体上打着一个个密集的小孔。

"嗯，你看看这个怎么样？"嘉航说着把这个斋灯插上电，放在客厅桌子上。

突然，客厅灯灭了，"啊——"我吓了一跳，尾音还没拖完，斋灯好像是被我的声音一震，亮了。橘黄色的灯光透过灯上的无数个小孔散射出来，一簇一簇的光打在墙上，一点一点地融化着周边的黑暗，让我想起小时候家里摆的星光灯，射在漆黑的房间，每一片星光里似乎都藏着一个好玩的故事，每一个好玩的故事里都藏着拯救我的王子。

而现在，拯救我的王子就站在眼前，还送了我一盏灯，让我的世界充满希望。我心里想：你送我灯是什么意思呀？我嘴上却说："好赞哦！从利比亚带回来的吧？"

"嗯，带回来的时候费了不少劲，放我那儿也没什么用，我就先放你这儿吧。"还没等我说谢谢，他就转身准备往外走。

我突然想起了一件事情：我还有想问他的事情！心里开始小鹿乱撞，胸腔开始一震一震，话说不出口，门已经给他开了。情急之下我站在门口，半个身子倚着门做站街女状，两只眼睛定定地盯住面前的主顾。

嘉航看着我的眼睛一笑："怎么，还有什么事儿吗？"

"我就有一个小小的问题！"我用手比出芝麻粒大小的样子，脑袋里仿佛有万马奔腾：冷宫格格今晚要豁出去了！

"嗯，怎么了？"

"你不会已经忘了我们一年前的事情了吧？"我脸上故做无辜状，摆出标准的微笑看着他。

"你是说……什么事儿？"嘉航像是在从记忆里翻箱倒柜寻找蛛丝马迹。

"就是在瓯州的时候啊……"

"瓯州的时候……什么事儿？想不出来。不会是要我以身相许吧？"

"哈哈哈……"我忍不住大笑了出来，然后看到自己的一粒微小的唾沫喷在了他的T恤衫上……

"你觉得呢？"我急中生智，将他一军。

"我觉得……肯定不是这个事。"嘉航笑着看着我，"你是不是还有什么话想说？"

"没什么啦。"我表面还撑着人畜无害的表情，心里已经凉了半截，我本来想问：你以前对我的关照和体贴都哪儿去了？可我根本问不出口。

嘉航说了声先走了，就回了他的宿舍。等他走远以后，我才敢站在门口看他走来的这条路。地板已经被磨得很粗糙，有无数人的脚印曾经踩在上面，分不清哪个有心，哪个无意。

我躺在床上，翻过来滚过去以后，终于还是发给他一条短信："我是想说，你在瓯州报道的时候对我很好，我很感激你，我一直想跟你说这件事。"

结果我刚放下手机，他的短信就来了："你说这个事儿啊？当然记着。你别放在心上。"

我眼睛盯着"别放在心上"这几个字，细细品味它的含义。嘉航的短信又来了："这周末我们跟远东社那几个人踢球，你如果有空，去给我们当啦啦队吧。"

最高指令来了！

我看着短信心花怒放：男神是在约本格格呀！但转瞬之间又

想起一个人，差点吐血：乔女红！

乔女红的猎物

周末下午，约定的时间，我们到了岛上体育场里的足球场上。我虽然不会运动，但也换了一身运动装，和场上的嘉航遥相呼应。

乔女红已经到了。他们那一队三个人分别是乔女红、向定仪和林君，我们这一队是嘉航、小陈还有雇员阿武。我作为特邀啦啦队员倾情出场。

在我对比赛规则还一知半解的时候，比赛已经开始，他们踢球的范围只有半个足球场大，我一个人站在球场边缘，此刻运足内力，施展"流星眼"，直盯着嘉航的身影。

嘉航今天穿了一身白色球衣球裤，正在合力和小陈、阿武组织进攻。我头一次觉得一个小麦肤色的男人穿白色衣服会这么好看。

嘉航身手矫健，臀瓣性感，大腿健硕，小腿紧致，身形飘逸，势头轻巧而迅猛。Less is more.（简约即是美。）此时此刻，我终于明白了这句话的意思。

然而就快要到球门的时候，乔女红从半路杀了过来。她身穿红色球衣、黑色短裤和球袜，线条十足，跳转腾挪，竟然比平时多了几分性感。我不由得担心自己今天女主角的身份不保。

只见乔女红紧跑几步，从侧后方跑来铲球，嘉航运球一跃，躲了过去，可巧脚尖碰上了乔女红的小腿。

"哎哟！好疼——"

乔女红一声嗲叫，倒在地上捂住小腿。我以为嘉航就要分心，被向定仪和林君乘虚而入。谁知他方寸不乱，运着球直捣黄龙，眼看就要射门。乔女红眼见一计不成，马上双手支地站起身来，一阵猛跑，大喊一声："防！"

说时迟那时快，乔女红从左后方，向定仪从右后方，林君从正前方三方夹击，来势汹汹，嘉航脚下的球生死一线，谁知嘉航像是耍杂技似的，做了一个杂技独轮车的动作，一左一右轻巧避开乔女红和向定仪的夹击，但正前方的林君马上逼近，嘉航突然虚晃一下，把球向后一拉，可林君离得太近，眼看就要铲走脚下的球，只见嘉航又把脚后跟放在球面上，使劲向后，又是一拉！

但是这么一拉，嘉航重心不稳，好像马上就要摔倒在地！但见他的左脚着地，连跳两下以后，及时闪避，迅速把球传给右前方的小陈！

小陈立即运球，直射球门，进球得分！

我被嘉航一连串的动作惊呆了：简直是球王贝利附体！整个半个小时的比赛时间，嘉航的这个动作让我印象最为深刻。

比到快结束的时候，乔女红抹着汗到场边喊我："嘉佳，我有点不行了，你换我一下？"今天的乔女红没化妆，我才发现她妆前的样子除了显脸长脸大，好像也没有别的缺点。

我当然不能帮着远东社这一边来踢嘉航他们，我只好说："红红姐，不好意思，今天不大舒服，你加油哈！要不要喝口水？"

乔女红一把把水从我手中抽走，说了句谢啦，就返回场地。

我在她身后默默送上一个白眼。

最后，我们《叻报》社以2：1打败远东社，获得胜利，我在场下比出一个胜利姿势。

比赛结束，六人走下场来。我正准备上前给嘉航送上毛巾和水，谁知乔女红抢先一步，拉住嘉航的手腕，指给他看自己的小腿。

"嘉航，这伤可是你踢的。"

"那么严重？不会吧？"

"你看，都踢青了！"乔女红走到场边的座椅上，卷下球袜给嘉航看。果然，小腿上有一点乌青，但并不严重。

"哟，对不起啊！还疼吗？"

"你吹一下，我就不疼啦！不然……"乔女红马上换了一副泫然欲泣的神情看着嘉航的俊脸。两个人就这么呆呆地对视了三秒钟！

我算是看清楚了，这里正在上演一场《美男与野兽》，而我用之前第六感察觉到的乔女红的猎物，竟然就是嘉航！

我正准备上前转移话题，可又一想，自己不就是嘉航的一个普通同事吗？搞不好乔女红在嘉航心中的分量，真的比我高出好多。

我的心拔凉拔凉的，却不动声色地看着嘉航的动作。

只见嘉航真的蹲了下来，眼看就要吹上去，突然用手一弹，差点弹在她小腿伤处，吓得乔女红一声尖叫，赶紧缩回了腿。嘉航笑着起身，朝我走过来。

"我全场就记着你给小陈传的那个射门的球。"

嘉航笑得更开了。

"那下次也带你来，赢了你要跳舞啊！"

我顺势把水和毛巾递给他，看着他擦汗，心中竟有一丝说不出来的躁动，似乎有一个想法、一句话，想要冲口而出。

我最终忍下了那种冲动，只是转头看向别的地方，天边正在落下绝美的夕阳。

和平的假象一戳就破

斋月结束，已到10月。人们吃饱喝足，精力旺盛，爬起床来继续关注国家大事。围绕解放广场的示威冲突而衍生出的一整条产业链上的各色人等，又开始蠢蠢欲动。

斋月结束，韩站长也重新开始寻找业务支点，撬起他的业绩新突破。按他的意思，是要开始年底冲刺了，而且冲刺的结果直接关系到我们每个人的年终绩效奖。其实这个奖金分到我等搬砖民工身上实在没有多少，主要是如果我们记者站考核排在前面，韩站长这个负责人会得到很大一笔钱。所以他的鞭子抽得越来越快，眼睛盯得越来越紧。

我们只好继续关注外媒报道，简称"盯外电"。穆尔西在上台前曾经提出振兴国家的"百日计划"，到10月的时候，正好是这个"百日计划"兑现的日子。穆尔西在10月6日说，政府已完成"百日计划"目标的70%，并将继续努力实现剩余目标，但这个说辞显然跟国家眼下的一副烂摊子相去甚远。老百姓为穆尔西的厚颜无耻、信口雌黄而感到失望，他们的怒火开始在炭上烤着了。

穆尔西有没有着手改革倒是还不清楚，他上台后跟军方、司法机构的"斗争"倒是有目共睹。又是在10月里，穆尔西有一天突然心血来潮，签发总统令，把一个堂堂的总检察长阿卜杜勒·马哈茂德的职务给免了，然后任命他当埃及驻梵蒂冈大使，对马哈茂德来说可谓奇耻大辱。但这位总检察长不是吃素的，他发表声明拒绝辞职，和穆尔西针锋相对，而且这个举动还赢得律师界的普遍力挺。双方僵持了两天，穆尔西眼见在舆论上落了下风，不得不再发声明同意马哈茂德留职。

这个故事告诉我们，当头的不一定都有大脑，有人会用屁股指挥大脑。这个故事还告诉我们，领导在做决策以前一定要全盘考虑、统筹兼顾、实事求是，避免朝令夕改、尊严扫地。

埃及的反对派也不是省油的灯，借着穆尔西"斗争"失败的由头，开始质疑穆尔西的统治。在这些人煽风点火之下，老百姓的怒火越烧越旺，一群革命青年在10月12日这天再度聚集到开罗市中心的解放广场，和同时在那里的穆尔西支持者发生冲突，造成至少143人受伤。

上任还没4个月，和平假象已经开始被戳破，人们把这一天的冲突称为穆尔西就任总统后埃及各派间矛盾的一次总爆发。事实上，虽然穆尔西一直声称自己是全体埃及人的总统，但上台以来，他和他背后的伊斯兰派别力量并没有消除反对派的疑虑，反而加深了他们对被"边缘化"的担忧，因此反对派为了自身利益，开始重新谋求走进埃及政治舞台中央。

大戏刚刚开幕。

　　10月13日早上8点，我还在被窝里假寐，老袁一个电话打到我的房间，说韩站长要召开紧急会议，时间8点半。等我们穿着拖鞋打着哈欠懒懒散散走到会议室座位上的时候，韩站长少见地高八度批评了我们。

　　韩站长一着急的时候，普通话里的唐山味儿就倍浓。他说，由于我们没有提前预判到局势进展，致使12日当天没有派人到现场，现场图片和视频开了天窗。

　　我和小陈默默对视了一眼。小陈夸张地捂着嘴掩饰他的假笑。其实12日这天的规模不算太大，我们也都及时跟进了消息和深度稿，但显然我们没法跟上韩站长这种"抓现场、抓节点、以小见大、年底冲刺"的要求。

　　"同志们，大家想一想，万一12日这天的冲突最后演变成又一个'1·25'百万人大游行的导火索，那咱们不就错失了一次抓节点的时机吗？"他环视一圈，发现我们表现出了良好的低头认错态度，语气稍微和缓一些，"下一阶段，我们的重点就是两个字：研判。"韩站长边说边"梆、梆"敲了两下桌子，"怎么研判？一要跟进最近的动态局势进展；二要采访专家，分析接下来的局势走向；三要形成观点，提前做好下一步报道安排。"

　　我们做奋笔疾书状，韩站长怒气稍减。

　　会后，我们分别向站长汇报了整改措施。老袁负责深度报道，我配合老袁采访专家、形成观点，嘉航负责动态，小陈人脉最广，又通阿拉伯语，所以刺探各大驻埃媒体同行动态、掌控解放广场一手资讯这一伟大而光荣的任务就交给了他。

　　韩站长看了我们的汇报，说了一句"很好"，又语重心长地补充：制定目标、完成任务，关键还在落实。

接下来，围绕穆尔西颁布新宪法声明、推进全国和解这些热点事件，总统与司法机构之间、世俗派与宗教派别之间的对抗模式逐渐升级，矛盾不断深化，最终各派约定：11月27日，在开罗市中心解放广场召开武林大会，公开反对武林盟主穆尔西。

韩站长悬着的一颗心放下来了。节点找着了，年终奖在招手了。为了确保万无一失，也为了带带我这位新兵，韩站长下令四名记者全员出动。

这是找第一次亲历冲突现场。这一天无疑是具有纪念意义的一天，我浑身上下又开始自动发出高能预警，还没到正日子就已经瑟瑟发抖。

11月27日，我们四人一早出发，韩站长踌躇满志，在记者站门口依依送别。从扎马雷克岛与开罗市区相连的十月六日大桥走，很快就到了开罗市中心。这里的解放广场见证了"1·25"百万人大游行以来的多次流血冲突，开罗著名的旅游景点埃及国家博物馆就在解放广场旁边，今天已然闭门谢客。

在博物馆附近，嘉航找了个地方把车停下，我们向着解放广场进发。

很难相信，今天的解放广场和上次我去的那个解放广场是同一个地方。几个月前，总统选举结果宣布的时候，这儿载歌载舞，简直是太平盛世。时至今日，欢呼的人群、绚烂的烟花、彩色的气球、穿梭的小摊小贩全都不见了，取而代之的是愤怒的人群、高喊的口号、反对穆尔西的标语和一口大棺材。在示威人群的外围，靠近政府办公大楼的一侧，一群军警身穿黑色制服，手拿盾牌准备开启战斗模式。

不过几个月的时间，民众对穆尔西的支持率已经从80%跌到不足50%，越来越多的人开始加入反对穆尔西的阵营中。

忽然之间，人群中的这一口大棺材开始徐徐前进，远远看去好像棺木漂移。

战地格格 vs 蒙面大娘

原来，这是人们借解放广场示威的机会，给前几天在示威游行中丧生的"四月六日运动"成员贾比尔·萨拉赫举行葬礼。小陈瞥了一眼解放广场上的人群，不屑地说了一句："小场面，没意思。"老袁开始像看戏一样边参观葬礼边拍照。嘉航波澜不惊，在一旁举着摄像机拍摄视频素材。

尽管从他们的言行判断，这次活动算不上恶劣血腥，可我还是忍不住浑身哆嗦。人生处处是战场，而你永远不会预知下一步自己是会马革裹尸还是衣锦还乡。这是好的形容，说得难听点，一将功成万骨枯，你永远不知道自己下一步会是那个成名的将军，还是那一万具尸骨里的一员。我只能尽力控制自己不要哆嗦得太明显。

过了午后，正是响礼时分。四周的唱经广播又开始立体声放送，余音绕梁。解放广场的节目进入到下一个环节，人们纷纷下跪礼拜，同时为贾比尔·萨拉赫祈祷。

好像只有在以前做集体广播体操的时候才看到过这个景象——几千个人，随着广播的鼓点，默念经文、祷告、磕头……

动作整齐划一，叹为观止。老袁叹了一口气："这就是宗教的力量。"小陈已经被嘉航叫去，一等礼拜结束就采访几位示威者，今天的任务差不多就可以完成了。

礼拜结束，人们快速组成一支游行队伍，开始最后的闯关。一队人马浩浩荡荡，簇拥着大棺材向军警聚集的地方开动，一边高喊着口号："以贾比尔·萨拉赫之名！人民想要废除宪法声明！"宪法声明是总统穆尔西不久前推出的一个行政纲领，有分析人士一针见血地指出他这么做是为了进一步专制集权。

眼看游行队伍很快就要靠近军警防线，只见前排几名军警不慌不忙，好整以暇地拿出早已准备好的独门暗器——催泪瓦斯，向着示威人群扔了过去。

一瓶瓶催泪瓦斯罐在空中画出一道道白色弧线，散落在人群中，升腾起白色的烟雾。

棺材开始摇晃，阵形立马被打乱，军警举目远眺，发现收效不错，继续加码。示威者也不甘示弱，拿起石子、砖块就朝军警扔了过去。只一会儿，整个场面就从和平示威活动演变成中世纪冷兵器冲突。

老袁赶紧塞给我一个口罩："戴上，离远点，熏着很难受的。"我和老袁远远地看着冲突现场的景象，老袁是因为早就看腻了，而我则是因为害怕不敢近前。

我想到了《小李飞刀》的剧情里，惊鸿仙子仗着有小李飞刀壮胆，跑到人家上官金虹的钱庄里无理取闹，妄想凭着自己的绝招"流星镖"和"流星十八莲步"与上官金虹的"子母龙凤环"一较高下，结局只能是被上官金虹讥讽说让她把绝招留到闺房里用。而我纵使再苦练我的"流星眼",也看不穿嘉航到底喜不喜欢我,也控制不住身临这种场面时浑身哆嗦的身体。我马上做了一个决定:停止修炼"流星眼",多参加这种解放广场级别的极限挑战。

过了一会儿,双方对峙白热化,示威者这边祭出最终法宝——燃烧瓶。燃烧瓶就是一个装着一些易燃液体的玻璃瓶,瓶上蒙一块布或者一张纸,准备投放的时候,用火柴一点,然后赶紧脱手扔出,效果惊人,场面劲爆,有一定概率会打伤敌人。

反观军警那边,这时只能用玻璃盾牌挡着,这一波盾牌歇菜了,再换上下一波。其实他们有更终极的法宝——枪。但是他们不敢开枪,只能被动挨打。这样僵持了一会儿,示威者胆子大了起来,离军警部队更近了。突然一个示威者妙手扔瓶,把燃烧瓶扔进了军警的阵营里面,紧接着就发现有人身上着了火。一群军警赶紧帮忙灭火,引起示威者一阵欢呼。

军警这边按捺不住,几个军警冲出了盾牌防守区,挥舞警棍和领头的示威者近身肉搏。示威者这边也不甘示弱,几个手拿铁棒的蒙面人不知从什么地方钻了出来,和军警展开单挑环节的对决。

场面更加混乱,老袁皱了眉头下了断语,宛如隐世高人:"今天差不多就到这个程度了。"他跟我说,让我在这等着,别乱跑,注意安全。他去支援一下嘉航和小陈。

我说好,我在原地等着。硝烟弥漫,喊杀声震天,来往的示威者看我一眼,不清楚我是干什么的,问我几句阿拉伯语,但我对不上暗号,浑身抖得更厉害了。

突然我的袖子被背后的什么人抓了一下，我吓了一大跳，叫出了声，回身一看，一个黑色的身影默默站在身后。

是一位埃及黑袍大妈。她的整个身体——包括整个脸——都笼罩在肥大的黑袍里。

明明是光天化日，但我却觉得这蒙面大娘宛如从魔法世界里跑出来的摄魂怪，武侠世界里神出鬼没的催命婆婆，只是一团又粗又大的黑色不明物体来回晃动，并且从蒙着黑纱的嘴巴部位发出听不懂的咒语。

我知道，很多保守的穆斯林大妈确实像这位大妈一样，平时用黑纱和头巾把全身包裹起来，除了两只眼睛，没有一寸部位可以示人，这是宗教规定。但今天这样的情况却是第一次见到——一位蒙面大娘跟我搭讪，但我们完全无法交流。

而她的嗓子是那种声带坏掉的哑嗓子，像是一条毒蛇在吐着信子。

我惊魂未定，听她絮絮诉说。

未几，我摇了摇头，用英语告诉她："No Arabic.（不会阿拉伯语。）"

也不知这位大妈听懂没有，但她突然变得声嘶力竭、义愤填膺、双眼怒视，来回挥动粗壮的手臂，带动着她的黑色长袍刮起一阵阴风。

放在武侠江湖里，这一位绝对是能在兵器谱里排上号的人物。我只好谨慎应对，说声抱歉，正想逃走，她突然又抓住我的袖子，从长袍的某个隐藏的口袋里掏出一把东西，然后把手掌摊开——

那是一只埃及劳动人民的手：无数条细纹在她的手掌里纵横交错。或许是因为长期劳作，或者不大讲究卫生，黄皮肤的手已经接近棕黑色。

她手心中间是几颗花花绿绿的豆子，或者是类似豆子的药丸。

她愤怒地用嘶哑的嗓音控诉着什么，可我完全听不明白，我轻轻挣脱她抓着我衣服的手，想赶紧逃跑，谁料她手劲奇大，紧抓不放，同时做出了一个惊人的举动：她把一把豆子猛地塞进嘴里，头一仰，吞了下去！

我被她的"独门绝技"吓傻了，这比我的"流星眼"要厉害好几个量级。来者不善，我开始奋力挣脱她的手，以表达我不想拜她为师或者跟她决斗。然而她一面紧抓住我不放，一面不知从什么地方的口袋里又拿出一把豆子，伸到我嘴边，两只眼睛紧盯着我，恨不得把我定住，然后逼我服药。

她这招很像"流星眼"，但比"流星眼"的招式更加凶险。我愣了两秒钟，全身颤抖，不知所措。我心里闪过一系列可怕的词语：毒品？弹珠？毒药？每一种吃下去都够让我永不超生。

"嘉佳——"

危急之时，老袁的声音从遥远的地方飘了过来，我像革命战士听到国际歌一样，几乎要热泪盈眶。我猛一回头，发现老袁他们正朝我跑过来。

我躲开大妈的凝视，一挥手甩掉她的豆子，然后猛一使劲，从她的控制中挣脱出来，向老袁百米冲刺，再也不敢回头看一眼。

回程路上，我跟他们三个人把我的经历说了出来，结果遭到小陈的嗤笑。开车的嘉航倒是认真跟我推理了一下蒙面大娘想表达的意思。

他这么一推理我才知道，她手里的那些豆子，应该就是橡皮子弹。她估计是想让我报道，警察向他们发射了橡皮子弹，造成了示威者的人员伤亡。至于咽下了子弹，她估计只是想表达愤怒，可能也没真的咽下去。而最后把子弹伸到我面前，估计也是为了让我确认那些究竟是什么东西。

折腾了一整个上午，筋疲力尽却一事无成，心里惴惴不安，饥肠辘辘，狼狈不堪。抬眼一看，连车窗外到处杵着的椰枣树都觉得腻烦——本来没有蒙面大娘出现，这个上午会是一个有惊无险的上午，可她却用几颗彩色"药丸"把这个上午毁掉了，毁得残忍而彻底。

当时的我还不知道，那只是一个菜鸟记者长期与解放广场斗争落败的开始，我抗拒着走入以解放广场为中心的黑暗漩涡，然而这漩涡却一步一步把我吞噬。

哈利·波特与我的左手

心理学中有一种黑暗效应：在光线比较暗的场所，约会双方彼此看不清对方表情，就很容易减少戒备感而产生安全感。在这种情况下，彼此产生亲近的可能性就会远远高于光线比较亮的场所。

从那次与蒙面大娘过招之后，我痛定思痛，查找不足，苦练内功。每天都有新情况新问题，每天也有新任务新挑战。类似蒙面大娘的"武林人士"间或遇到，好在每次活动我都准备两大救命绝招。第一是大吼大叫，第二是拼死挣扎。俗话说，软的怕硬的，硬的怕横的，横的怕犯神经病的。万一遇到"武林人士"来跟我过招，用这两招可以让他们对我兴味索然，不战而退。

随着类似解放广场的任务越来越多，我好不容易也积攒了一些经验，哆嗦的频率和时长减了下来。可是，我和嘉航的关系也这么不疾不徐地发展着，好像我们面前总有一堵墙，我总也捅不破，时间长了，该意淫还意淫，但就是懒得费力去捅了。

每逢周五都是解放广场的高潮点最容易被撩动的时候。

12月底，又是一个周五。韩站长一早问起解放广场当天的情况。我们跟他介绍说，从最近的局势和今天一早的现场画面来看，今天应该闹不大。韩站长说，还是咱们自己去一线看看好一点。他又看了我一眼："既然今天比较安全，就让嘉佳去吧。"我笑着说："好的，韩站长。"

嘉航说，今天广场上难得清静，正好去解放广场拍点备用素材，以备以后应急使用。所以叫上摄像帕拉丁，他开车带着我俩，从岛上下来，开到解放广场。我不知他这是纯粹出于工作目的，还是兼有照顾我的成分，心里一团莫名喜悦的火花在悄悄燃烧。

前两个礼拜，解放广场刚刚搞了一场大新闻，各派人员正忙着运功疗伤、养精蓄锐，空气里透着慵懒，解放广场一派祥和。张罗搞事儿的一些组织一看场面，觉得今天搞不大了，索性找了几十个人在广场上吊了吊嗓子，喊了喊口号，余音绕梁，激情满怀，转了一圈，顺利收官。

任务结束，回程。

我们自然也写不出什么稿子。可这么早回去，韩天尧肯定会问："规模不大，发个照片总可以吧？回传一段视频总可以吧？或者你们可以写一点素材留资，下午可以传给我看看。"可我们只想回去关门关手机闭目养神睡大觉。回程路上，我听着自己刻录的CD，里面是一首金海心的《阳光下的星星》，略带沧桑的声音吟唱着似懂非懂的暧昧，午后的阳光洒进车里，被车里空调一凉，不冷不热。

"暖暖阳光懒懒爬进窗……"

正是好时光。我开始思索怎么打开话题。

嘉航突然开口："想不想看个电影？"

我乍一听到这句话，不由得转过头看他。他自顾自开着车，满脸写着认真和心无旁骛。我突然笑出了声。

"怎么了？好笑吗？"

"哈哈，没有啦，突然邀请我看电影，有点害羞。"我是真的有点受宠若惊，只能用笑来掩饰。

"那你不看？"嘉航有点不好意思，只好装作愠怒的样子。

"看看看！好不容易埃及人今天没怎么闹腾，当然要庆祝一下。那咱们去Arab Mall？"阿拉伯购物中心是开罗郊区一个比较高档的商场，有大牌有影院，还可以去超市采购一番。平时我们去CityStars去得多，今天没有别人在，我就大胆建议去阿拉伯购物中心偷个腥，还可以有点新鲜感。

"好的。"嘉航没有多说，准备在前面的路口调头。公车私用，我们满心欢喜。有点像上学时获得特权不用做课间操的男女班干部准备在偌大的教室里亲热。

帕拉丁这时候忍不住咳了一声，插了句嘴："嘉佳，你们是不是有别的计划？反正今天任务结束了，我申请直接回家。"

我们都一愣，整个人大写的尴尬：光想着去看电影，差点都忘了雇员还在车上。好在雇员太有眼力见了，顺坡下驴，指了前面的路口说："你们在那儿放下我，我坐个小巴车就直接回家了，周末愉快。"我们讪讪地笑着。

帕拉丁下了车，我上网查看Arab Mall的影讯。周五街上人少，不一会儿就到了目的地。

Arab Mall在动荡中被资本家们很好地保护起来了，成为他们的自留地，没有受到革命者的骚扰。这里资本主义式的浮华和腐朽与外界歇斯底里的示威冲突氛围泾渭分明。

赶紧把车停好之后，我们进了商场的影院，发现离《哈利·波特与死亡圣器（上）》开场只剩10分钟。我们两个人一合计，毅然决定排队买这一场。售票厅离影厅还有一段距离，急急忙忙往里面赶，可我跑不快。

事情就这样自然而然地发生了，没有一点点防备。嘉航似乎条件反射一样，嘴里说了句："快赶不上开头了。"一把拉住我的手往前跑了几步，突然又定住了，我们俩就这样对视着，时间凝固了两秒钟，可嘉航回过神来，继续百米冲刺，仍然没松开我的手。

我就这样任他牵着，穿过保守的穆斯林长者谴责我们举止奔放的眼神，穿过全身裹着黑纱的阿拉伯妇女，穿过搽着香水的狐臭男，穿过低声窃窃私语或者冲我们高声叫嚷"Sinee（中国人）——Sinee——"的野孩子人墙，一瞬间，我觉得我们可以就这样无所顾忌地去往天涯海角，直到永远。

我的公主病犯了。我忍不住痴想：一次牵手，或许就是永远。

等到了影厅，坐到位置上，影片已经开始，伏地魔登场。黑暗之中，嘉航悄然松开我的左手，头却侧过来看着我。我只看到两只眼睛亮晶晶的，反射着影片的亮光。

在那一刻，我看到了似曾相识的亮光，和我们一起报道瓯州动车事故时的亮光出自同一双晶莹的眼眸。

我确信，那亮光比电影更吸引我全身心的注意，而这念头没来由地让我紧张。我想起了嘉航磁性的男低音，想起了他浑圆的两瓣，我的内心里有什么东西膨胀着，几乎让我无法呼吸。我的左手放在座椅上，我就是用竹竿击中西门庆额头的潘金莲；我的左手放在自己腿上，我可能就会变成悬崖边上的望夫石。我为了我的左手放在哪里而纠结了一整部电影的时间。

到最后，嘉航的手没有再伸过来，我也没有勇气伸出我那只略微颤抖的手。那时候还没有流行微信及其他社交工具，尴尬的时候没法低头刷屏。我们盯着电影大屏幕走神，一整部电影，成了我们开始前过于冗长的序幕，正如《哈利·波特与死亡圣器（上）》为系列的最终高潮做足了前戏。蓄势待发，却百般隐忍。

我不禁捂住胸口慢慢揉搓：这样的隐忍，是要伤身的。

可惜当时的我们都不懂：期待永远比得到更让人激动。我们毕竟还太年轻。

回程的时候，我们谈论着剧情，我的声音里有掩饰不住的羞涩，嘉航平静地开着车，刚才的一切却好像没有发生过。

那一次牵手和那部电影，长久地存活在我的记忆里。每当我被领导批评稿子写得烂，或者给领导办事时没有领会他的真正意图，或者被妈妈催婚接着扯出陈年旧账的时候，我感到自己是一个不擅于把握机会的"卢瑟（loser）"。然后我就想起嘉航，想起我们信誓旦旦说出永远之前，那些漫长的暧昧时光。

夜凉如洗碗水

从电影院回来，下半场走起。为了避免尴尬，我把小陈和老袁一并叫上，来我房间小聚，以掩饰我不可告人的目的。

小陈一直问我今天有什么喜事，我指着旁边的一箱萨加拉啤酒说："请你喝啤酒，还需要理由吗？"平时嘉航他们喝酒的时候就爱喝当地的萨加拉啤酒。我上次去超市的时候也顺便买了一箱，准备投其所好。

小陈从上到下打量了我两个来回，又扫视了一圈在座的其他人，最后目光落在嘉航身上："嘉航，你今天跟嘉佳一起采访，有啥大新闻？"

嘉航淡淡回了句："没有。"

老袁打破了僵局："吃饭，吃饭。嘉佳你的手艺还真挺不错，而且挺注意合理饮食。"他指着一盘葱头炒午餐肉，"要是再多几个肉菜，我们这两天锻炼又白费了。"

我其实不太会做荤菜，笑了笑说："老袁如果喜欢，下次你来钦点，我来做，保证满足要求，让你锻炼白费。"

小陈一看从我这里翻不出什么有价值的八卦来，便转了话头，一边吃喝一边开始分享其他驻埃机构人员的八卦。论传播和打听八卦，媒体圈里我就服两个人：男小陈、女三毛。他们在八卦界颇有"南慕容、北乔峰"的地位，当仁不让，八卦圈英杰，首推此二人。

小陈说起某个驻埃及公司的小女生倒贴已婚男士，公司人尽皆知；说起某个驻埃及的官员喜欢叫一桌年轻女孩一起吃饭，吃多了就爱一边现场直播一边动手动脚；说起远东通讯社驻埃及的女生好像对嘉航有点意思，上次单约嘉航去吃饭，叫嘉航就是没去。

老袁听得来劲，补了一句："不就是乔女红吗？"我脑袋里"嗡——"的一声炸了，原来乔女红把嘉航当作猎物的事情已经人尽皆知，亏我还以为掌握了什么惊天秘密。我不由得看向嘉航，嘉航眼睛盯着饭菜，"哼"了一声不再说话。小陈追问嘉航什么情况。嘉航轻描淡写说："就是采访的时候顺便给她拍过两次工作照，非说要请我一起吃饭。后来叫了我一次，我正好出差，后来也没再单约过了。"

小陈喝了一口啤酒："还是你撩妹在先。你对她没意思，干吗给她拍工作照？"

嘉航又冷笑一声："拍个工作照怎么了？小陈我也给你拍了很多照片，不如今晚我们亲热一下？"说着就势扯住小陈的衬衫领子，往他怀里拽。

小陈大叫："强奸啦！"嘉航这才作罢。

小陈犹嫌不足，还是嘟囔一句："不入虎穴，焉得虎子。嘉航你不去怎么知道没有更大的收获？"

嘉航一副云淡风轻的样子："都这么熟了，真不至于。"

小陈放下酒，仔细玩味嘉航的话："这么熟？有多熟啊？"

嘉航没有说话，这沉默却让我着急。

饱餐一顿之后，他们三人被我一一送走。我开始收拾狼藉，洗碗。

乔女红的厉害我见识过很多回，有事找你时你是皇后娘娘、皇贵妃，没事找你时你就是冷宫格格、洗脚婢。按照曲毳听来的消息，乔女红比嘉航还大一岁，回国以后肯定就是一枚标准的剩女，所以她想在埃及发挥主观能动性，在回国前摘掉剩女的帽子。很多驻外人员也是这么想的，所以出国的时候子然一身，回国的时候出双入对，甚至还挺着大肚子，一举完成人生两个重大转折。

我不知道乔女红为什么没有在远东通讯社内部解决，而在我们这里动起了心思。按照她掌握的情报，站长年龄太大，老袁已经结婚，小陈感觉太嫩不好下手，所以最优质的目标无疑就是嘉航，靠谱稳重，业务精湛，宜室宜家。

但她又岂止光在我们这里下工夫？想起参加使馆国庆招待会的时候，乔女红比我到得晚，来了以后马上开始和使馆外交官交谈，然后是使馆适龄青年，然后好像突然看到我一样，过来跟我亲热，东拉西扯一番之后现出了原形："哎，怎么没有看见嘉航呀？最近忙啥呢？"

我定睛看着她的亮色眼影。在密集社交过后，她额上渗出一层微汗，其中有一滴流过眼角，把眼影衬托得五光十色。

我无所谓地回了一句："红红姐，我也不太清楚啊，他这人，你知道的，神出鬼没的，我觉着不太着调。"化着浓妆的乔女红看得不到有效情报，马上换了一副痛经脸，跟我勉强说了两句就走了。

洗碗水流着。

我想着乔女红的痛经脸，还有她夸张的眼影，手上一阵黏腻，又挤了点洗洁精。别说嘉航对乔女红没感觉，就是有那么一点，也被现在的八卦冲得无影无踪了。她这么做，不是成心让嘉航下不来台么。照嘉航的表情看，他们俩应该是没戏的，可他又没说破。乔女红哪点是嘉航看不上的？是不够好看？还是不够他那么高冷？还是太轻浮做作？

嘉航喜欢什么样的？多高？多瘦？多少罩杯？多漂亮？多文艺？多有内涵？

我想到这些标准，再照了照镜子，有点自卑。我发现，刚刚在电影院的黑暗中精心培养的花朵被小陈一句话扼杀在襁褓中了。我害怕某一天在某个饭局上讨论起来的时候，主角换成了我，而我也被嘉航那么默然相对。我为此而担惊受怕，但是嘉航没有来安慰我，其实他说一句话就能安慰我。他只要说"你别信小陈的鬼话"，我就不信小陈的鬼话。

我洗碗的时候还期待今天的后续环节。我期盼嘉航晚上杀个回马枪，来敲我房间的门，无论多晚都可以。然后听到他敲门声时，我要不动声色地等着。等他敲到第三声的时候，我用慵懒的声音问道："谁啊？"他不说话，继续敲了三下。然后我飞跑过去，开门，等着他一句话让我从地狱飞到天堂，再说一句话让我夜里做一个电影院春梦。他告辞，我不挽留。这样今天的约会就完满了。我就可以不被一年前和一年后的问题困扰了。

磨蹭了半天，碗洗完了，人也没来。我替他找理由：我们是纯洁的男女同事关系，起码现在是。

华灯初上，夜凉如洗碗水，手被这水冻得通红。我在洗碗时悟出一个道理：时间如水，在指缝中流过，我如果不抓住这水，我就抓不住一辈子的时间，不知老之将至；情爱如水，在时间中流过，我如果不抓住一个人的手，他也会在瞬间从我手指间流过。

我想我已经开始后悔没有在黑暗中抓住他的手了。

第四章

欢喜

　　此刻，我拿过小纸袋，看见原味鸡上的油腻一点一点地爬满了纸袋子上肯爷爷的脸，我心里想起的是穿上水晶鞋的灰姑娘，想起的是选择和野兽在一起的乡下美女，想起的是吻了小青蛙的傲娇公主。原来，我的内心这么容易被满足。一块原味鸡，就能让我的世界里满是油腻腻的幸福。

闰土姐姐与娃娃脸霸道总裁

马上就到春节了，使馆和各大驻埃中资公司热闹起来，这里正在举办每年一度的春节招待会——这是社交爱好者们掐尖的季节。

腊月二十九这天晚上是天铎公司的招待会。我手上拿着一叠名片走进宴会厅，跟在韩站长后面一人一人地握手，一张一张地递名片，重复着自我介绍：我复姓端木，端木嘉佳。有的人和我礼节性地握了一下手，有的人把我的手握得很紧，完了另一只手还要搭上来，我微笑着用力抽出被握得通红的手。

韩站长最喜欢的是开会做指示，其次喜欢的就是凑饭局拉关系，这个时候自然不能错过。尤其是天铎公司中东区总经理虞天和韩站长是旧交，天铎公司又是订阅我们《叻报》的大客户，韩站长点名要我陪同前往。我暗自惴惴，预感我在这里会碰见不愿碰到的熟人。

墨菲定律的准头是很高的。没过一会儿，我就看见乔女红在人群里穿梭。

乔女红今天穿了件淡黄色长裙，淡雅的颜色却根本掩盖不住她整个身上散发的风尘味儿。从上下眼睑上的夸张眼影，到超大号的美瞳（虽然我自己也戴美瞳，但我总觉得她的美瞳一定是网上卖的既山寨又劣质的把所有眼白都遮住的那一种单层彩片），再到暗红色像是中了毒一样的口红……我敢肯定有好几个半秃大叔的眼光已经在她身上盯了很久，然后视线又不约而同地落在了她的胸部。

好在天铎公司还有另外几个熟人。等陪着韩站长把该打的招呼都打到了，然后看着他和虞天站在一处谈笑风生，我就趁其不备溜之大吉，找关雎、曲甇和徐婕妤她们几个接头。

徐婕妤虽然也是公关部的，但跟我不是很熟，好像跟曲甇和关雎也只是塑料花姐妹关系。曲甇偷偷跟我说过，别看她整天一副矜持的样子，她其实是个川妹子，厉害的时候霸气侧漏。而且他们所有人都没有见过她卸妆的样子。

正和关雎她们聊着，突然曲甇朝我一努嘴，施展唇语传音大法：闰土姐姐来了。闰土姐姐是我们给乔女红起的外号。我们立马换了话题，聊起CityStars什么时候开始打折。乔女红此时因为社交结束，无人可撩，在人群中搜寻到我们这拨人的身影，就不容分说插了进来："嘉佳，什么时候去CityStars呀？一起吧？正好有双玛西莫·都蒂的鞋我想买下来，上次试了以后犹豫了一下没有买，有点后悔了。"

我一面笑了一下，一面和关雎她们用眼神对了暗号：再也不买这家的鞋了。

"好啊红红姐，不过最近春节，总部那边来的约稿特别多，等我忙过这一阵儿就联系你哈。"我想时刻提醒乔女红注意两点：第一，她的乡土气息浓厚的名字；第二，她的尴尬的年纪。

乔女红眼睛里闪过一丝不快，然后哼哼哈哈了几句就不再理会我，又跟徐婕妤聊了起来。徐婕妤在旁人眼里一贯是唯唯诺诺的，只好尴尬地应和两句。我趁机去取餐处拿一点水果。

在取餐处，我见到了刚才打过招呼的天铎中东区总经理助理熊总。我只记得他的姓，就叫了一声："熊总好。"

他转过身，看着我的眼睛说："嘉佳，叫我苏文就好。"我这才想起了他的名字。

说实话，熊苏文给我的第一印象很特别。他和一般的公司高层相差很远——头发是用发蜡定型的、衬衫是小圆领的、裤脚是卷边的，但这些装扮和他帅气又可爱的娃娃脸形成鲜明的对比，不像是公司高管，更像是文艺范儿十足的悠闲商人。我由此判断他是那种在工作上没有太大野心，但是对个人生活品位要求不低的高级白领。同时我又不可遏制地感到一种潜意识里的自卑——一个名不见经传的小记者在他面前就像是一个羽翼没有丰满的丑小鸭，或者像是沙尘暴里被风撩拨的小石子，他或许已经看到了我这样一个初出茅庐又力争不落人后的菜鸟记者卑微的内心世界，而他的示好或许只是出于礼貌。

一想到这种可能，我浑身不自在，不由得又对他产生抗拒，避免被他一眼看穿的可能。

我只好说："您客气，以后工作上还有不少麻烦到您的地方，请您多指教。"

"好说好说，你随意。"说着举杯示意，轻抿一口，点了个头，转身离去。

我没再多想，回去继续和关雎、曲毳她们八卦。女生的话题总是在九曲十八弯之后绕到了对男生的品评上，自然聊到了天铎公司的熊苏文。有曲毳在，大家七嘴八舌地拼凑出一幅八卦全景图：他和他的老婆感情生活磕磕绊绊，所以至今没有要孩子；他平时对年轻同事比较照顾，但并不见色起意；依照关雎她们的内部推算，到了他这个级别，年薪至少有60万元以上……简直就是一个可供意淫的绝佳霸道总裁。

谈到兴起，曲三毛又开始犯花痴："简直就是我的男神！欧巴！"关雎捅了她一下："小心回头我给你男朋友打报告。"三毛翻了个肉肉的白眼："我老公才不会中了你的挑拨离间计呢。"然后又开始一边犯花痴，一边八卦熊苏文的轶事。

我们边吃边聊，过了一个多小时，韩站长和各位大佬就彼此关心的问题都交换完了意见，并且结束第二轮寒暄之后，开始催促我回站。我和关雎她们依依惜别，并且约定下个周末一起逛CityStars。

出门的时候，韩站长等在酒店门口，我正准备打车，熊苏文从后面跟上，说了一声"我送韩局回去"。韩站长哈哈一笑，假装客气："那怎么好意思，让熊总当司机送我们，我们打车就好。"熊苏文笑着说："韩局不要见外，大家合作这么好，应该的。"韩站长不再推让，被熊总迎进了车，我坐在前排。熊苏文一路上和韩站长有说有笑，话题不时转到我身上，气氛一下子轻松不少，让我不由得慢慢放下戒备，言谈间现出自己冷宫格格的原形来。

到了记者站，熊苏文下车目送我们，又摆出招牌微笑："韩局，有事随时吩咐。"又转过头看向我，"多联系，嘉佳。"

我点头道谢，和韩站长一起回到记者站。

洗完澡出来，手机的呼吸灯亮着，有一条陌生号码发来的短信。点开一看，原来是熊苏文发来的：

这是我的手机号，请惠存。照顾不周，改日再聚。（微笑）
苏文

我看着短信，心里却想起嘉航。我想，嘉航应该是面冷心热的那种，和熊苏文完全不一样。但熊苏文却用简单直接的方式，满足了我内心深处隐藏极深的虚荣——在他眼里，我并不是卑微的菜鸟记者，而是可以开怀畅聊、互相帮助的朋友，而我也不愿意去想，这是因为工作的关系，还是出于熊苏文的本心。

麦田里的眼泪

2013年的春节过后，报道工作回归正轨。韩站长在会议室里正襟危坐召开收心会，发表重要讲话，唯恐天下不乱。中心思想就是一句话：站里要抓住埃及最新的热点，把事情搞大，搞一个开门红。见我们都默不作声，韩站长让我们各自找选题，下次会上统一汇报。如果谁找不到选题，那就只能服从安排，配合别人的选题，就是给别人打杂。

就在全站上下蓄力开门红的时候，一件意想不到的突发事件发生了。

2月26日清晨和别的清晨似乎没有什么不一样。我8点起床洗漱，在微波炉热了点面包和牛奶，刚把冒着热气的早餐放在客厅餐桌上的时候，电话响了："嘉佳，你现在来一趟我办公室。"

来电的是韩站长。韩站长是个"老油条"，有事商量的时候，一般会打电话说："嘉佳你忙呢？有空的话来我办公室聊聊？"布置任务说得像是在谈论天气，气定神闲却不容置疑。如此用最直接的命令语气，我还是第一次听到。

我顾不上吃饭，赶紧换了鞋，拿上门钥匙下楼，一路跑到韩站长办公室。

嘉航在韩站长办公桌前的一张椅子上坐着，显然已经来了一会儿。我赶紧轻敲两下门，进来等候韩站长发令。

"大使刚给我来电话，卢克索的热气球今天早晨出事了。有中国香港公民遇难，这是重大涉华事件。目前事情还在调查。我的考虑是让你跟嘉航一起去一下现场，两个人互相照应一下，嘉航主要负责摄影摄像，你主要负责现场和深度文字，嘉航随时准备出发，你看有没有问题？"

信息量太大。我看着韩站长严肃的神情愣了一下神。一是没想到撑起卢克索旅游半边天的热气球真的出了事，而且还有中国公民遇难；二是站长居然指派我这个刚来半年多的新人参加这么重大的现场报道，不知道是何用意。

但不过三秒，我就答应了。"我马上跟嘉航确定行程和发稿计划，我们随时向您汇报。"我迅速以标准答案回复了领导，得到了赞许的目光："好！嘉佳，这也是你锻炼的机会，等着你们凯旋！注意安全啊！"韩站长说完就站起了身。

我和嘉航应声之后就退出了韩站长的办公室。嘉航好像也是刚起的样子，外套里面只穿了一件T恤。这个时候，我再也不去想热气球的危险系数和韩站长的用意，满脑想的都是我居然和嘉航单独出差了！

战地格格巡幸埃及古城，没有乔女红，没有第三者，简直是天官赐福、天遂人愿！

订机票、收拾行李、整装待发，嘉航一副重任在肩的样子，我偷偷打起了小九九：墨镜、相机、零钱、化妆包、几件漂亮的春夏衣服 —— 南方的卢克索比开罗要热，若有空当顺便一游卢克索古城，也是极好的。

卢克索位于埃及南部，俗称"上埃及"的地方，既是埃及古城，也是埃及最热门的旅游城市之一。在古埃及时期，这里是古埃及王朝的古都，名叫底比斯，其地位相当于我们的南京、西安。所以时至今日，这里仍然是底比斯文物古迹集中地。现在保存较完好的、规模较大的古迹有两大神庙，就是卢克索神庙和卡尔纳克神庙，此外还有一座帝王谷，是历代法老的陵墓，相当于北京的十三陵。两座神庙和帝王谷都是埃及南部必游目的地。

而热气球也是卢克索的热门旅游项目，卢克索上下靠这个创收。游客在大清早起来，坐上热气球可以在一个小时内在半空中俯瞰底比斯古城的概貌，领略尼罗河风光。这个项目的成本投入几乎可以忽略不计，但似乎从来没人关注它的安全性问题。结果，意外就在不经意间发生了。

我们到的时候已经接近傍晚。虽然开罗仍然是春寒时节，但卢克索已经有些夏天的感觉，好像思春的少女，等待丘比特一箭穿心。唯一的缺点是，天一黑，视频画面就不好拍了。我们顾不上休息，从机场租了一辆车直奔事发现场。

卢克索热气球起降的地点，在郊区一片荒芜的麦田里。我们到的时候，现场已经聚集了一些媒体。破碎的球体和缆绳被横七竖八地摆在路中央，由于受到巨大的冲击，球体上布满了大大小小的洞，像是一位肥硕的怨妇惨遭蹂躏。一部分球体已经炭化，焦黑的碎屑随着微风飘到各处，原本绿意盎然的麦田蒙上了一层大丧之时的死灰色。

失事的热气球叫作"天空巡游者"号，金玉其外，已经在卢克索上空飞了五年。操纵者是卢克索青年摩门·穆拉德，在26日一早载着19名来自世界各地的游客，从卢克索帝王谷旁的空地缓缓升空。没想到，1个小时之后，就在热气球准备降落时，惨剧发生了。气球内的燃气罐突然起火爆炸，不到30秒的功夫，就葬送了包括9名中国香港公民在内的19人的生命。

在我们采访时，一位安全人员跟我们透露说，他们在热气球起飞前的例行检查中发现该热气球"状态比较差"。他认为这个热气球"从一开始就不该起飞"。但具体什么原因，他们说还需要官方在调查后给出最后结论。

正在我们采访的时候，电话响了，来电显示是天铎公司的熊苏文。我看了一眼旁边正在一板一眼拍东西的嘉航，默默把手机放进口袋，不再理会。

把现场的东西做完了，当天晚上就要出稿。已经是北京时间午夜，距离最后的截稿期凌晨1点还剩1个小时，时间紧迫，形势逼人。

嘉航问我："你怎么写？能写多少？"

我刚给老袁那边打了电话。他负责联络使馆和埃及内政部，采一些官方的表态。我跟嘉航说："老袁那边表态加起来有500字，这样的话，我这边一篇1000字的现场新闻写得差不多了，一篇深度1000字还没写，两篇勉勉强强。"

嘉航胸有成竹："那一个版应该差不多了，我这边把两三张图片修一下，和视频一块儿先传过去，让他们先做版。"

我应了一声，直接往麦田里一坐，开始写稿，嘉航坐在旁边传他的照片和视频，让我感觉安全。

一篇《麦田里的哭泣者——埃及"2·26"热气球爆炸事故直击》先写了出来。300米、30秒、19条人命，3个数字引出主题，然后通过"魔幻地平线热气球公司"经理阿拉丁·马哈茂德之口回忆事情经过，穿插环境描写、现场状况、民众反应，再稍微参考一下其他媒体的报道，1000字的稿件很快顺利完成。

从头检查一遍，改一改措辞，顺一顺语句，然后打开采编系统，发送。

抬头一看，落日正西坠，天幕上裹着一层绛紫色的晚霞。旁边，嘉航还在专注地操作着电脑。一层红色的柔光像薄纱似的罩在他身上，仿佛三花聚顶、五气朝元。我内心涌上一股痒痒的暖流，只是无处安放，不敢打破这宁静。

第二篇稿件《本可以避免的悲剧？——揭秘热气球惨案幕后疑团》开始码字，距离截稿时间已经不到1个小时。我手忙脚乱，打算先从各方的表态切入：卢克索公诉部门指出"热气球当天状况非常糟糕，不适合飞行"，有报道援引分析人士的话说，原因在于"球体内压力过大，升空高度过高，引擎火焰碰触到球壁，导致球体起火爆炸"，卢克索省长则说"热气球爆炸原因可能是操作失误"。大难临头，各自把各自的责任撇得一干二净，最好的结果似乎只能是让气球操纵者穆拉德背下所有罪名。

但是只分析原因太单调，撑不起一篇稿子。这个时候编辑打来夺命连环电话，指出离截稿还有不到1个小时，时间紧迫，他们还需要做最后的编辑，交稿不杀。嘉航放下电脑，走过来问我情况。我说，最好再找一两个医生、专家之类谈一谈，不然稿子凑不齐。

"要不第二篇就算了吧。有一篇也差不多了。"我有点打退堂鼓了。

"好不容易出差一趟，稿子都写了一半了，怎么着也得跟韩站长有个交代，不然韩站长可能会觉得白把这个机会给你啦。你先写着，我想想办法。"他接着就开始到处走动，跟四处的埃及人交流。我没再管他，沉下心来只顾赶稿。

又过了20分钟，一个U盘递了过来："给你看看能不能用？"

我一抬头，天已经差不多黑了，嘉航的身子被我电脑屏幕的光照着，仿佛是一位姗姗来迟的救世主，冲破黑暗的束缚，找到我的卑微所在。我突然想起来，在瓯州那些漆黑的夜里，也是这一个身影，包裹住我的所有疑虑和痛楚。

我没时间继续感慨，赶紧说了声谢谢，插上U盘。一个文档里，整整齐齐列着两个人的话。一个是参与事故救援的医生，一个是刚刚接受完媒体采访的专家，被嘉航截住，把事故背景、热气球的隐患、埃及的旅游业又分析了一遍，此刻都在文档里了，并且所有文字都被贴心地翻译成了中文。

时间还剩半个小时，我加紧整理、条分缕析——从热气球事故真相分析，到热气球行业解析，到埃及旅游业前景，分出三个小标题，层层递进，然后检查一遍，一篇署名"本报记者端木嘉佳、嘉航"的稿件终于传走。我长舒一口气，不禁抬头看着嘉航。

天已经完全黑了下来。

麦田被微风吹着，发出窸窸窣窣的声音。远处是尼罗河的暗影，风声隐去了水声，悠远而神秘。嘉航站在旁边，正在低头看手机，另一只手扶着肩上的包带，沉着而冷静。所有的热气球此刻失去了踪迹，或许有很长时间不能放飞了。

我准备起身，没想到在地上坐了太久，差点跌倒。就这一瞬间，嘉航的手臂托起了我的身体，然后把我麦田里的包趁手背了起来。

我有莫名的害羞："我拿吧，你还得背设备。"

嘉航说："功德圆满，你贡献最大。想想吃什么，咱们找个酒店吧。"说着朝我们租的车走过去。

我跟在他身后，看着他王者一般的霸气步伐引我向前。星空之下，麦田里疯长的野草和麦穗渐渐吞噬了他的背影，我远远望过去，泪湿眼眶，朦胧之中，有点愉快，有点心酸，有点难过。

此刻我终于确信，那是一种近在咫尺却无法触碰的心情。

可就在我们晚上找酒店的时候，一个意想不到的状况发生了：我们没房间住了！冷宫格格要流落街头了。

共处一室

没有提前订好酒店，是我们今天最后悔莫及的一件事情。

我们原以为卢克索这样的旅游城市，酒店需求肯定是供大于求，再加上时间紧急，一路奔袭而来就没顾上订，却没想到这起突发事件饱受关注，各路媒体和埃及各部门相关工作人员已经从开罗甚至国外赶到此处。连续找了几个酒店，均被告知已经满房，其中一个酒店告诉我们，埃及检察总署的高官已经住到了这个酒店，酒店被检察总署整个包下了。

我们只好在网上一家一家地搜，终于找到一家好一点的酒店，一打电话，对方说："我们还剩最后一间家庭套房。"我问对方家庭套房是什么意思，她说，就是有一间客厅，有两间卧室，一大一小。

我心里一震，跟嘉航说了这件事。

嘉航说："我肯定没有问题，主要看你，如果你觉得不能接受，我们就再找，只是怕下一家没找着，这一家的客房也没了。"

我此时的表情就像中了五百万彩票但仍然要保持镇定的暴发户一样——我跟嘉航要睡一个房间了！这是冷宫逆袭的绝好机会，我既感到紧张刺激，又要做好表情管理，不能让嘉航看到我心花怒放的样子。

我装作低头思考，实则在用力憋笑。控制良久，慢慢抬头，像是下定决心的样子："那好吧……万一这个没订上，别的又没找着，咱们不是得流落街头啦？"

嘉航说："就是得委屈一下你了。"

我装作大度体贴不拘小节的江湖女侠："又不是双人间，套间而已，不委屈哈。"话这么说，心里的烟花早就已经铆足劲儿飞上天了。

到了这家"皇家××酒店"，才发现这是一家古老神秘的四星级酒店，服务员在把房卡给我们的时候露出诡异的笑容，客房的楼道里亮着昏暗的灯光。我联想起记忆中和酒店有关的恐怖片，寸步不离嘉航。

进了套房，我马上把客厅的大灯打开，还算敞亮，恐惧感稍稍缓解。客厅通往主卧，主卧和次卧之间由一个小门连着，各有一个洗手间，除了房间里的可怜陈设，这套家庭套间显得过于空旷，感觉客厅里缺一个麻将桌，主卧里又缺一个大沙发。

安顿好以后，我们来到客厅，打算跟韩站长汇报一下今天的进展，顺便找个充足的理由以保证我们安安稳稳地再留一天。

嘉航给韩站长打电话汇报了工作，交代了今天的报道上版面的事情，然后他一本正经地跟领导说，由于晚上光线不好，视频没法拍，只能第二天补拍，所以只能拍完再回开罗。韩站长立马套路回复："好的嘉航！没问题！今天辛苦了！好好休息！你和嘉佳注意安全啊。"

我本来还害怕韩站长问起我们的具体计划，以及今天晚上的住宿，但还好他根本没想多废话。后来转念一想：领导日理万机，哪儿有闲暇考虑这么多细节。即使他没有日理万机，也要装作日理万机的样子，以在对话中明确彼此的站位。

我们顺理成章地商量第二天的行程。他计划上午去卡尔纳克神庙，中午回现场周围拍点东西，下午去卢克索神庙，晚上订机票回程。

"就是没去帝王谷，只好下次有机会再说咯。"

嘉航正说着，突然洗手间里传出一阵水声，像是有人刚刚打开水龙头洗手。

《鬼水凶灵》！《咒怨（完结篇）》！恐怖片里的洗手间场景瞬间钻进了我的大脑。我"啊——"的一声叫了起来："有鬼啊！"

"你吓死我了。"嘉航一脸淡定，好像什么也没听到，"怎么了？"

"你仔细听，是不是洗手间里有水声？"

流水的声音还在幽幽地响着，像是无形的绳索勒着我的脖子。这次嘉航也听见了。"那我过去看下。"说着就要起身过去。

"我跟你一起！"我没等他答话，就扯着他的袖子，跟在他后面走了过去。

嘉航的主卧没有开灯，一片漆黑。走进洗手间的时候，声音逐渐接近，我浑身哆嗦，不能自已，一个猛子就挽住嘉航一只胳膊。嘉航倒也没有什么反应，径自打开洗手间的灯，然后观察一番，发现是水管里的声音："应该是水管里在往上抽水。"

"哦……"我们停了一会儿，抽水的声音没有了，《走近科学》录制完毕，嘉航准备回客厅继续讨论。

"你能不能……等我一下？"我发出了弱弱的请求，完全忘了要保持一个格格应有的矜持。

"又怎么了？"嘉航一脸懵。

"你在这儿等一下，我把我那个房间的洗手间灯开一下，要不一会儿我怕我不敢进去……"

嘉航没说话，笑了一声，原地看着我。

我只好三步并作两步跑到我的房间，把洗手间的灯连同房间的灯都打开，然后又小跑着跑回嘉航身边。

我紧跟着他回到客厅，像是黏在他身上的橡皮糖。我一边不安地跟他讨论明天的行程，一边担心自己给他留下胆小怕事的恶劣印象。

我问他："玩这么多地方，会不会太赶了？"可话一出口我就后悔了，我的心里明明已经开始盘算如何跟他共度难得的一天。

他摇摇手机："可是我已经在网上买好明天晚上的机票了啊。"

我笑得花枝乱颤，笑自己的促狭心理。

嘉航好笑地看着我："笑什么？"

我只是笑着，不说话。末了问他："你……不会嫌弃我太胆小吧？"

嘉航却说："我总算找着你害怕上解放广场的原因了！"

我恨不得找个地缝钻进去："啊……原来早被你发现了啊！"

嘉航看出了我的担忧："这有什么？没有谁是天生的好记者，你只要肯努力，这些小问题都会慢慢克服的。"

我还是不太安心，抬起头怯怯问他："那你会帮我吗？"

"我不是一直在帮你嘛！"

嘉航充满磁性的声音有种莫名的安全感，我想我得到他的回应了。或许我们之间缺的，只是多一点点的时间。

睡前我跟他说："我把我房间的门开着，不介意吧？"

他又用他磁性的男低音撩拨我："你就不怕我图谋不轨？"

我心里想：你要真这么想，我可以考虑。我嘴上说："比起晚上做噩梦惊醒哭醒以及把你吓醒，我觉得还是你这句图谋不轨更让我觉得安全。"说完做了一个搞怪的表情，让嘉航捧腹大笑。

嘉航毕竟没有图谋不轨。我在黑暗里听着他若有似无的呼吸声，慢慢入梦。

一夜无话。

我一晚上做着嘉航跑到我屋里来的春梦，早晨醒来，脑袋觉得累得慌。想起稿子的事情，赶紧在稿库里一查，两条稿件和嘉航的照片已经见报，果然是一个整版。这次登了一个整版，那就意味着报社把这个事件定性为重大事件，整版的报道也就成为重大报道了。韩站长看了今人的报纸，一定激情澎湃。

看到"本报记者端木嘉佳、嘉航"这几个字，心里一股暖流上下涌动，五体通透。在我看来，记者在稿库里搜自己的稿子，是一件很庄严而神圣且马虎不得的事情。大概就好像刚当了妈妈的人每早起来第一件事就是看看自己的孩子，或者像是农民每天起来围着自己的地转一圈，看看哪儿冒了芽，哪儿结了果，脸上绽放出收获的喜悦。

因此，一大早看到自己的稿件见报，仿佛预示了一整天都会诸事顺遂。

形影不离的私密之旅

查完稿件，我坐起来愣了几秒钟，然后默默走到卫生间，看着镜子里的我。我的眼睛小，嘴也小，耳朵也小，鼻子也不大，嘴角有一颗美人痣，别人说我笑起来又萌又甜无公害，我却觉得自己的长相没有任何特点。我看着自己睡眼惺忪的脸，不由得叹了口气。

等嘉航洗漱完，我们一起下去吃早餐。没想到这家鬼屋酒店虽然房间老旧，阴气森森，早餐却高于期待值。我一开始为了维持淑女形象，只吃了一个煎鸡蛋、一点蔬菜和一杯奶茶。吃完以后，一看嘉航盘子里还剩不少，我便忍不住起身再去拿一次，故意躲开嘉航询问的眼神。

等我回来，盘子里又是满满一盘甜点：奶油蛋糕、提拉米苏、抹茶雪峰、杧果布丁……嘉航看得目瞪口呆："这么多甜点？"

我故作轻松地解释："昨天有点儿累啦，就是突然想吃一点嘛。就像你说的，大功告成，犒劳一下下。"我的身体是那种吃多少甜点都不会胖的体质，其实可能是肠胃不好。有一段时间还曾寻思着要不要找医生调理一下，后来觉得一调理万一越吃越胖怎么办？所以就维持现状了。

嘉航调侃着说："那我一会儿不给你照相了。"

"人家会认真减肥的。"我做无辜状，顺便把一块蛋糕塞进嘴里。

嘉航噗地一笑："吃吧，放心大胆地吃。"

荷马史诗《伊利亚特》里有一句话："城门百座，广厦连亘。"运用了夸张的手法，描写底比斯城的雄伟壮观。据说这座城市在当时的世界上风光无二，可惜在公元前27年时，底比斯古城在历经外敌入侵、岁月侵蚀之后，在一次地震中毁灭，古埃及王朝的建筑从此破败不堪。2000多年后的今天，埃及文物部门和

考古学家对卢克索的古迹进行修缮与复原，这片最大的古埃及建筑群才得以重新向人们开放。

为了节省时间，我们吃完早饭，包了一辆出租车，把行李往后备厢一放，开启了难得的卢克索一日游。嘉航戴着雷朋墨镜，和我坐在后座。我稍微一活动，就能碰到他的腿，稍微一扭身，就能碰到他的胳膊，我每碰一下，心里就觉得暖暖的，就想着再碰一下。嘉航好像什么也没发生一样，过一会儿就打开车窗拍个照。

掠过卢克索街巷里低矮而质朴的土黄色建筑，在宽敞的河滨大道上，一座建在开阔场地上的古建筑映入眼帘，这就是我们今天的第一目的地：卡尔纳克神庙。

神庙，是卢克索除热气球外最重要的旅游资源。埃及究竟有多少神庙，恐怕埃及人自己也说不清。埃及的神庙全都分布在尼罗河沿岸，最为著名的有卡尔纳克神庙、阿布辛贝勒神庙、得尔拜赫里神庙、菲莱神庙等。不过来驻站这么久，人生地不熟，日常采访多，这些神庙我一座都没有逛过。

卢克索是一座旅游城市，来卢克索不来卡尔纳克神庙，就像是去北京不去故宫、长城。卢克索的几座神庙都建在尼罗河东岸。古埃及人认为，太阳从东边升起，到西边落下，因此东方代表着生，而西方则代表死。埃及的母亲河尼罗河把埃及分成东西两部分，东岸修建的是活人的神庙。而卡尔纳克神庙是法老迎接太阳的地方，地位尤其重要。它占地约30公顷，是古埃及最大的神庙，里面供奉着"阿蒙-拉"神，是埃及神话传说中最重要的神——太阳神，所以卡尔纳克神庙在众多神庙中地位特殊，是神庙中的"战斗机"。

为了今天的私密旅行，我做足了功课。我一边跟嘉航讲着这些神庙故事，一边观察嘉航的表情。嘉航津津有味地听着。我们的记者证可以免票，拿记者证给门卫一看，我们就从两侧立着"狮身羊面"斯芬克斯的甬道长驱直入，来到神庙正门。

神庙的门楼类似于古代的牌坊，被称作塔门，是进入主殿进行祭祀活动的必经之门。一般对寻常神庙来说，建有三进塔门已算宏伟，但卡尔纳克神庙不一样，单是现存的塔门就有十多座，这么多座塔门是一代代帝王们前仆后继修起来的牌坊，是各个法老几千年前怒刷的存在感。

最外面的塔门高38米，通往神庙门厅。门厅里是神庙中占地面积最大的庭院。庭院中央有两排圆柱遗迹，据说此处原是古埃及二十五王朝时期修建的一个凉亭。

与其说以卡尔纳克为名的是一个神庙，不如说是一个集塔门、石柱、方尖碑、圣殿为一体的古建筑群，类似于故宫博物院的存在。卡尔纳克神庙中有好多个附属的神庙，里面都供奉着"阿蒙-拉"神及其妻儿，同时辅以石柱和凉亭，上面绘有壁画和浮雕。就像故宫的每一个主要宫殿里都有东西配殿，还有走廊和亭台都是一个道理。

古时候，石壁、石柱上的壁画和浮雕都像《木乃伊》电影里一样，是彩绘的图案，纹理清晰，色彩明艳，具有极高的观赏价值和研究价值。可惜早就因为人为破坏和自然风化而模糊不堪，残存的大多只剩一个模糊的轮廓。

在大庭院左侧，有一座比较隐蔽的卡尔纳克露天博物馆，展出神庙各处收集而来的雕像。我的旅游攻略里竟然没写这个地方。我立即拍下了这个博物馆，准备回头发到埃及旅游的论坛上吸粉。埃及的文物管理实施的是粗放型管理，由于埃及古迹众多、文物散落，文物部门便在多个景点旁建造了实地博物馆，说白了就是把懒得归位的文物堆在那里，于人于己都方便。

除了这一座博物馆，埃及较为著名的实地博物馆有位于开罗南部萨加拉金字塔群的伊姆霍特普博物馆和埃及南部阿斯旺省考姆翁布神庙内的鳄鱼博物馆，据说口味都很重，我们都还没有去过。

穿过大庭院，进入第二塔门，便来到多柱大厅，这里是神庙最壮观的部分。134根高约12米、直径近3米的巨型石柱分列16排，其中中间最高的12根石柱高达20米以上，上面刻着描述太阳神传说的壁画和象形文字，据称这12根石柱的顶端可容纳100人站立。

几千年前，这里应该是法老召见群臣、上朝议政的地方。法老戴着纯金打造的恨天高长帽，坐在大厅顶头一把纯金打造的龙椅上，俯视群臣，睥睨万众。石柱之上，庙顶绘着一幅神造宇宙图，阿努比斯、荷鲁斯、伊西斯、阿图姆……在这些古埃及众神的庇佑下，夜空群星闪烁，世间繁荣祥和。

我跟嘉航说："你看多少年岁月浮沉，沧海桑田，曾经这些石柱撑起的庙顶应该很大，但现在整个庙都被掀翻了，只剩下这些柱子和柱顶的横梁。横梁朝下一面的图案还在，上面还闪烁着金黄色的群星。多少年的辉煌，最后也就仅此而已。"

嘉航说："我特别喜欢听你的解说，就是感觉很有道理但实际上我也没大听懂。"

我赌气说："那我不说了，口渴。"

嘉航拽着我往前走，好像生怕我跑了似的。沿着多柱大厅的中轴线进入前面的塔门，就来到了图特摩斯三世时期修建的圣殿以及中心庭院，这里是整个神庙的中心部分。

一座方尖碑十分显眼，这是世界上第一位女王、古埃及唯一的女法老哈特谢普苏特女王所立，碑身全高29米，重323吨，是当时最高的方尖碑，也是现在埃及境内最高的方尖碑。

传说几千年前，这位中东王朝的女法老位登九五之后，从埃及南部阿斯旺采下石料，制成两座方尖碑，着令奴隶沿尼罗河长途运输150千米，立在这座神庙里，直耸云霄，献给阿蒙神，并在碑上刻下铭文，自称是阿蒙神的女儿降临人世，以此昭告天下：哈特谢普苏特天命所归，至德配天，化及草木，当为天下之主。

历经3000多年，方尖碑上的铭文依然清晰可辨，上面写着："她为她的父亲阿蒙——两片土地王座之主，建造她的纪念物，为他用南方的坚硬花岗石建造了两个大方尖碑，它们的表面镀上了全世界最好的金子。当太阳在它们之间升起时，从尼罗河的两岸看去，它们的光芒照耀着大地。"

站在圣殿之下，石柱宏伟，人形渺小。我倚在柱子边上冥想，嘉航给我拍完一张照片，就去四处搞创作。我想这位女法老虽然已经位登九五，但依然需要神佛庇佑，可想而知，每一位位高权重的人似乎都会有"高处不胜寒"的恐惧感，所以有的拜佛求神，有的大兴土木，都是为了抵消这股"高处不胜寒"的感觉罢了。所以总有人喜欢环抱巨柱与其合影，无非也是想有朝一日飞黄腾达，白日飞升。而我虽自封战地格格，但眼下我所能把握的只有嘉航一人。

我要我的格格梦做下去。

我要我和嘉航在一起。

这念头太强烈了，强烈到想哭。我非得做些什么不可。

眩晕少女

心里有了这个想法之后，心境澄明，目标远大，甚至幻想几十年以后，我们的故事也能在这些壁画和石柱中间插上　脚，让人们津津乐道：战地格格端木嘉佳曾在此思春。

我一边想着，一边继续在偌大的神庙里探险。天气好像越来越热，我感到体内的内力开始逐渐涣散。从中心庭院再往南，神庙里的其他遗迹大多荒废，无人问津。多柱大厅的右侧是神庙向南延伸的部分，出口就快到了。

我们顺着石墙又穿过了两个塔门，左手边就到了曾经供祭司净身所用的圣湖，平静的湖面下仍安然栖息着数量可观的金鱼。我可怜这些金鱼，它们的祖先也曾是古埃及历史的伟大见证者，祖上显赫，可后代却没有积到阴德飞升成金鱼精或者金鱼仙，可见万物生灵都要把自己的奋斗同历史的进程结合起来。

圣湖旁边空无一物，只有一个圣甲虫雕像被阳光暴晒着。雕像的底座是一个长方体的石基，上面隐约能辨认出一些古埃及楔形文字和画面。圣甲虫的雕像有　只大乌龟那么大，头已经被风化得差不多了，只剩一截裹着石灰石的身体。一些游客围着雕像绕圈行走，像是举行什么仪式。

一位刚刚绕完圈的裹着头巾的女士见我愣在一旁，主动上来激动地告诉我，石基上记载的圣甲虫是古埃及传说中的圣物，当法老死去、准备做木乃伊的时候，他的心脏就会被切出来，换上一块缀满圣甲虫的石头。她说，这个圣甲虫雕像十分灵验，只要心里默念一个愿望，然后绕像七圈，愿望就可成真。

我从她眉飞色舞的表情和浓烈妖娆的眼妆判断，她许的肯定是想让男友尽快跟她求婚，或者让她准男友的女朋友尽快死掉之类的愿望。

我看了一圈，发现这些游客大多数都是欧美面孔的老外。没想到老外也这么迷信，他们有他们的耶稣，有他们的十字架，他们还不满足。此时日头正毒，圣甲虫即使有灵，估计也不会出来了。可正因为日头正毒，在这里转圈才显得虔诚。太阳照在圣甲虫和圣湖上，湖水被太阳烤得冒了蒸气，神庙上空的麻雀和乌鸦在湖边唧唧喳喳，争相解说这盛大的仪式。

我看一眼嘉航，他说："你想绕的话就去绕两圈吧，我在旁边拍一拍。"

他说完就自顾自地去了，手里拿着一台相机和一瓶水。我的水喝完了，嘴里有点渴，脑袋有点疼，想问问嘉航还有没有水，但看他拍得专注，也没好意思打扰他。

左思右想，想到一句话，然后开始进入绕行队列，围着雕像慢慢绕着。

嘉航一边拍神庙的景点，一边还转过身来拍一下我。我走在一群欧美人的后面，他们虔诚而静默地走着，尘土在他们脚边飞扬，我却在想自己为什么一定要绕够七圈。

太阳好晒啊……我感觉身体很不舒服，摸摸头，手却被头上的温度烫着了。我感觉身体里的水分已经被太阳蒸发殆尽，体温明明感觉很烫，浑身却冷得厉害。好毒好毒的阳光，像万千把蓄势待发的冰刀，一把一把刺穿我的身体。脑子里想不起来我转了多少圈，旁边的声音也听不清了，我只知道我显得不够虔诚，许的愿望或许实现不了了。

我想我的样子一定很难看。

我正准备喊嘉航过来照护我的时候，意识突然之间开始炸裂。头晕目眩，眼睛里整个世界天旋地转，心脏像机关枪一样突突突地跳着，想吐，失声，嗓子疼，气喘，需要补水补钙补维生素 C。两耳嗡嗡作响，好像里面有一种虫子在叫。

我想不会是圣甲虫显灵了吧。

我的身子开始不受控制地倒了下去，万有引力在召唤我，我像颗导弹一样全速下坠。我好累，好想找个肩膀靠一下，但嘉航似乎跑到一旁拍东西，不见人影。我眼睛里的整个世界模糊一片，只剩脚下那一片布满小石子和蚂蚁的黄土地渐渐靠近……在意识残存的两三秒钟，我拼劲全身力气，向前撑开双手，迎接即将碰撞的坚实大地。

我想自己倒的时候千万不要撞到脸。

"乓——"

"嘉佳号"导弹精确击中目标，我的身体壮烈晕倒，意识全无，仪式中断。

若即若离的你，无法触碰的未来

醒来的时候，我发现自己躺在卢克索广场的长椅上，头顶顶着一个塑料袋，里面全是冰块。

"你终于醒了。"

我浑身上下又难受又委屈，刚坐了起来，衣衫完整，双手酸痛，听到这话，心头一松，眼泪就从眼角溢了出来。嘉航救了我，我必感恩戴德。没有嘉航，我就要流落街头或者沦落青楼，做乞丐或者做荡妇。只要嘉航这个时候问我要怎么报答他，我就会说，小女子以身相许。但他或许已经知道了我本质上是个戏精，他不给我加戏的机会。

"我晕过去了多久？"

"我正拍照的时候，回头看不见你，发现你在雕像旁边晕倒了，就赶紧带你去医院，结果这里医院的急诊排长队，我抓了一个护士让她帮着看下，她跟我说没什么大事，在阴凉的地方降降温就可以，医院里人来人往挺乱的，我只好先带你来这儿，阴凉通风，还顺便到对面的肯德基拿了一袋冰块。"嘉航说着，指着我脑袋上的塑料袋。我发觉有几滴汗从他英俊的侧脸上轻轻滑落，不用问，肯定是一路上背着我四处奔波，可他却只字未提。

我突然有点没来由地害羞，我害怕再看到他脸上滴落的汗滴，我甚至需要花精力遏制住内心一个大胆而醒龌的想法。

我想要吻他的汗滴。我想尝尝他的汗滴是什么味道，让我的味蕾沉浸在这汗滴里无法自拔。

我只低下头，低声说着谢谢。

我内心躁动不安，内力四处涣散，口渴难耐。我以更低的声音说："我渴。"

"护士说，刚中暑不能喝凉水，咱们去肯德基买杯热红茶吧。"

正好已经是中午吃饭的时候，我在肯德基喝了一杯热茶，觉得元气恢复了一些，几番吐纳、运气调养之后，吃货本质暴露，转头问嘉航："嘉航，你饿了吧？"

"我还好，看你。"

"那……咱们就吃肯德基吧。方便。"我摆出撒娇的表情看着他。

嘉航又好气又好笑地看着我："还'肯德基吧'……想吃啥？我去买。"

我没再客气："原味鸡、汉堡，再加两盒甜酸酱。"埃及的肯德基也有类似国内糖醋酱这样的蘸酱，让我觉得简直是上天的恩赐。我无法想象没有蘸酱的人生，就和川渝人民无法想象没有火锅的人生一样。

我更无法想象没有原味鸡的肯德基。我对吮指原味鸡有着极端的偏爱，而我到了埃及之后发现，埃及的吮指原味鸡比国内的更油、更香、更不健康，也更让我疯狂。

我本来想直接要三块原味鸡，但又不愿意让嘉航一眼看穿我对原味鸡的偏执。可嘉航一买回来，我发现他点的只有两块原味鸡加两个汉堡。我痛恨自己由于矜持而没有放飞自我，说出自己其实想要三块原味鸡的愿望，也怨恨嘉航只点了两块鸡而导致我自作自受，再加上中暑，所以吃的时候情绪低落。

"怎么一副学霸考了第二的冷漠脸？"

"没有啊，挺好的。"

"你脸上明明就写着：有啊有啊。怎么啦？身体不舒服？"

"身体还好……"

"你说嘛。"嘉航忍不住开始好奇。

"……"我准备以装聋作哑战术瞒天过海。

"你要不说，我改机票咱们吃完饭直接回去吧。"

我缴械投降。我不知道嘉航是故意还是无意，这么轻易两三招就抓住了我的软肋。

"你赢了……好吧，我说啦。我就是单纯想再吃一块原味鸡，但是也不好意思麻烦你再去点了……"我巧妙地将矛盾转为麻烦他再跑一趟这个点上，避免暴露我是个原味鸡奴的事实。

"Khalas？"（埃及口语，意为"结束了""就这样"）

"Khalas."

嘉航什么话也没说，从二层就餐区的楼梯走了下去。过了两三分钟，他跑了上来，手里拿着两个油腻腻的肯爷爷纸袋子。不用说，里面装着原味鸡。

"吃吧。你一个，我一个，打消你的负罪感。"嘉航很酷地把一块鸡甩到我餐盘里，自己坐下来吃另一块。

"哦。"此刻，我拿过小纸袋，看见原味鸡上的油腻一点一点地爬满了纸袋子上肯爷爷的脸，我心里想起的是穿上水晶鞋的灰姑娘，想起的是选择和野兽在一起的乡下美女，想起的是吻了小青蛙的傲娇公主。

原来，我的内心这么容易被满足。一块原味鸡，就能让我的世界里满是油腻腻的幸福。

吃完以后，我又点了一杯热红茶带走，然后赶赴下一个目的地——卢克索神庙。

卢克索神庙是公元前1300年至1200年之间修建的，时至今日，曾经精美的壁画和金饰，也只剩下残存的土黄色石灰石。在罗马人统治埃及这片土地的时候，给神庙的周边修建了堡垒，后来阿拉伯人就把这个建筑群称为"要塞"（al-Uqsur），也就是卢克索这个名字的由来。

卢克索神庙虽然也是一座规模宏大的神庙，但看过了卡尔纳克之后，再看其他神庙就有"泰山归来不看山"的感觉，而且修缮状况也没有卡尔纳克神庙好，四面都是小摊小贩和猥琐大叔。在逛神庙的间隙，嘉航把视频画面补了补，而此刻我体力不支、弱柳扶风，中暑尚未恢复，我预感到自己的颜值快要撑不下去，便催着嘉航早点去机场。

嘉航累了一天，飞机没飞多久就在我旁边睡着了。我折腾了一天，此刻却神志清醒。也只有这个时候，我可以安安静静看着他的脸。

他脸上很干净，我推测他从来没有起过青春痘，鼻梁上架着一副李维斯的黑框眼镜，唇上的胡子都刮过，而下巴上的胡子似乎是故意留着的，只不过有时候工作太忙忘了修剪，有些微的凌乱，像是春天冒尖的草，撩拨着我蠢蠢欲动的手指。

我的手指像是突然受到了神灵的感召，慢慢伸到半空，伸向他的下巴，像是准备触碰神迹。我的心跳好像震动着座椅，脑子像被电击一样震颤，我不敢想象这个时候他万一突然醒来，会是怎样的场面。

我的手指慢慢接近他的下巴，窗外是层层堆叠的白云和纯洁无垢的碧蓝。

突然，飞机一阵急剧颠簸，我吓一大跳，手指在离他有几厘米的地方停下，然后以迅雷不及掩耳之势缩了回去，我的头迅疾一扭，眼神转向窗外，假装欣赏风景。夕阳渐渐从云层中间落了下去。

嘉航的身子好像只略微动了动，又没了声响。蔚蓝变成深蓝，再变成漆黑。我想起白天在卡尔纳克神庙圣甲虫雕像前许下的愿望：希望在这里平安快乐地度过两年时光。而只有我知道，只有嘉航陪在我身边，我才能平安幸福。

如果我去追，幸福就能追到手吗？

如果我去挤，爱情就能挤出来吗？

流云疾走，时光不歇，和神庙相比，人的生命如此短暂，穷尽一生，也写不出几千年失落与隽永的片鳞。浮生一场，美好的时光稍纵即逝，我难道要什么都不做，安心在我的去锦宫做我的冷宫格格？

没有人给我答案。嘉航还在闭目沉睡。我虽然已经下定了决心，但我的内心却仍然为不可捉摸的未来而经受着没有止境的纠缠……

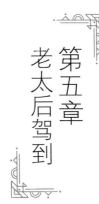

第五章 老太后驾到

此刻，他漫无边际的气场笼罩在我周身。无形之中，仿佛有雄性的荷尔蒙飘进我的鼻孔，钻进我的身体，我在他怀里有如浑身通电，一阵酥麻。那电力的中心就是他的一只揽过我肩膀的手，五个指节下面的五个茧不算很硬，却像是红红的烙铁一样烙在我的胳膊上，让我的胳膊颤抖，浑身发热。

脑海里响起一句话：不要主动去吻一个自己喜欢的男孩子。

尼罗河姐妹会

回到记者站已经是晚上10点多，正准备洗漱，手机响了，以为是韩站长的夺命连环电话，结果一看是天铎公司的熊总。

"嘉佳，我是苏文，你在哪儿？还好吗？"

"是熊总啊，我在宿舍呢，挺好的啊，这么晚了，熊总有什么指示呀？"

"哦，就是昨天我给你打了个电话，没打通，今天下午给你打过去你又关机，担心你是不是有什么事儿，所以想确认一下。"

他的语气里有一丝担心的紧张。

我这才想起昨天采访时的未接来电。当时正忙着采访，再说全身心的注意力都集中在嘉航身上，也没留意，后来忙过去了也就忘了。结果第二天奔波了一天，又忘了回。我赶紧把去卢克索的始末告诉熊苏文。熊苏文一听我是和嘉航一起待了两天，他语气里的紧张和担心似乎转化成了一点生硬。最后草草聊了几句，说了句"不早了，你早点休息"，就晚安收线了。

收线之后，我心里也略略觉得有点小失落，不过转念一想，熊苏文有权有钱有家室，如果我真一不小心自作多情了，那才真是贻笑大方。

过了两天，我去天铎公司采访推进"一带一路"建设的选题。说是采访，其实就是到关雎、曲毳她们办公室瞎聊，然后拿点资料回去摘编一下，不管能不能发稿，写完直接传给国内编辑，即使最后发不了，也不是自己的问题。

聊完正准备走，徐婕妤进来冲我淡淡一笑："嘉佳，你来啦！熊总找你，在他办公室。"说完跟我们点一点头，准备转身回去。曲毳见她要走，嚷嚷了一句："亲，别走啊，一起坐下唠会儿啊。"

徐婕妤转过头来又冲我们一笑："我手头还有点杂事儿，不好意思啦毳儿，你们先聊着。"曲毳见状，小声嘀咕一句："怎么总有那么多杂事儿啊。"

"毳儿"这个简称是天铎公司的同事们叫曲毳叫顺口的，听着有点像东北哪旮旯儿穿大花袄的姑娘小翠。我问曲毳："如果给你两个选择，曲二毛或者毳儿，你喜欢我叫你哪个？"

曲毳说："端木嘉佳！我郑重地告诉你！我哪个也不喜欢！"

我说："不行，你必须选择一个，不然我每次见了你就叫'三毛毳儿'。"

曲毳皱着眉头认真地想了一下，然后一拍自己肥硕的大腿："那还是三毛吧。我不能做城乡接合部穿大花袄的东北阿姨。"然后她又用手一指我，"不过你不许这么叫我！"

于是我就决定叫她三毛。

徐婕妤永远是那么温柔可人，她的眼睛永远像是在笑着，但不是邻家姐妹那种笑，是淑女那种蒙娜丽莎的微笑，像是跟你之间隔着一层卢浮宫的玻璃。脑后一头柔软的黑发披在肩上，却丝毫显不出凌乱。可她并不十分在意八卦，参加我和关雎、曲毳的尼罗河姐妹会的时候不多。

我们前一阵仿效"穆斯林兄弟会"成立了一个"尼罗河姐妹会"，主抓八卦探听与传播，以及知心姐妹淘相关业务，可她与我们三人姐妹会一直是若即若离的感觉。我隐隐觉得，她虽然有时候表现得很谦逊，甚至唯唯诺诺，但她本质上是那种很有目的有想法的职场达人。若她生在革命时代，那她就是丁玲，一篇文章就能把你气死；若她生在三国时代，那她就是貂蝉，一句话就能让你父子反目。所以我是有些羡慕她的，可这羡慕之中，也免不了有点酸酸的味道，和对她故作清高的一点鄙夷。但如果她即刻申请加入我们"尼罗河姐妹会"，我就决定对她另眼相待，姐妹情深。

走进熊苏文的办公室，他正在打电话，看见我来了，三言两语挂了电话，招呼我坐下，然后给我倒了一杯茶。

"嘉佳，那天给你打电话，你没回我，我还真有点担心你。"熊苏文旧事重提，引起话头。

"不好意思啊熊总，我那天正好出差在卢克索采访，就没接，后来忙着写稿，一忙就给忘了……"我表现出很诚恳的样子，给自己找台阶下。

"嘉佳，不是跟你说了叫苏文吗？下次再叫熊总，你可要受罚了啊。"

我有点尴尬地看着他，他的脸马上柔和下来，说："跟你开玩笑呢。"然后打开抽屉，拿出一个盒子来，放在桌上，推到我这边，"嘉佳，这个就算我迟到的新年礼物，你看看喜不喜欢？"

我拿过来一看，原来是一部最新款的苹果5手机。

我不禁想到我口袋里的那款不联网的诺基亚塞班手机，顿时有些羞涩。

熊苏文可能察觉到什么，跟我细心解释："这款手机是我们公司新年抽奖的时候我抽到的，自己手里还有一部苹果4s，还挺新的，没想换。想来想去这部手机送你最合适，现在不都玩微信嘛，我这个老干部都开始用了，你还不赶紧玩一把？"

我听了他说的，稍稍放下心来，可还是觉得有点不好意思："但这礼物太贵重了熊总，我还是不收了吧。"本来想说，您留给您家人吧，后来又觉得这么说太没意思。

熊苏文一听，直起了身子，起身走到我旁边："嘉佳，我找不到你，真是有点担心你，而且你经常出去采访，有了微信，同事之间，还有跟你们总部之间，沟通起来更方便，将来肯定是记者必备的通信工具啊。你说呢？"

一句简简单单的话，熊苏文说出来，就让人觉得入情入理，似乎没有拒绝的可能。我说："那就恭敬不如从命，我替熊总保管着哈！"

熊苏文笑了出来："好，你尽管先用着。"接着又跟了一句，"注册好微信以后，加我好友，这是我的微信号。"说着撕下一张便笺，写上一串数字。

我收好以后，走出了办公室，熊苏文送我到门口，正好碰上徐婕好迎面走来。徐婕好眼神飞快地在我手机上扫了一眼，脸上却还是熟悉的微笑："嘉佳，准备走啦？"

我应了一声，快步走出了天铎公司大楼。

确实如熊苏文所说，有了苹果手机以后，我第一时间下载了微信，注册，然后加了小陈和嘉航为好友。

记者站里，微信还没有普及，只有小陈和嘉航在用。他们问我怎么突然舍得花巨款买一部苹果手机，我解释说，是正好参加了天铎公司的一个活动，中了一等奖，送的。小陈马上就开始挤对我："我就知道嘉佳绝对不可能这么大方，自己死乞白赖非要用一个老掉牙的诺基亚手机不肯换，怎么舍得买苹果？"嘉航只是说了一句："手气不错啊。"然后就没再追问，我悄悄松了一口气。

微信这个东西，大约就是在我脱离国内朋友圈的2012年到2013年之间火起来的。所以我完美错过在国内那种"一夜之间，人人微信"的不可思议感。

微信确实是一个好东西，像是手机上的人人网，但比人人网更简单粗暴，假如你加了喜欢的人，简直能时时刻刻掌握他的行踪、时时刻刻跟他聊天、听他说话、窥探他的朋友圈。

我马上在QQ上给国内的好友陈馨馨留言："我搞到一台苹果手机，有微信啦！赶紧加我！"

第二天开机的时候，陈馨馨的好友申请冒了出来。她的昵称是"Lilith"。

陈馨馨是《叻报》对外部的编辑，是跟我同一年入职的密友。可惜出国之后，由于只能用QQ联络，又有时差，总觉得跟她有一点疏远了，最要命的就是有什么立刻、马上想要跟她分享的新梗，怎么也赶不及时差了。但有了微信以后就不一样了，只要我熬夜、她早起，或者我早起、她熬夜，我们还是360° 全天候的好闺蜜。

有了微信以后，我才真正领悟到关雎、徐婕妤她们嘴里的大嘴曲三毛到底是什么样子。如果某一天睡觉忘了关网，那么可能半夜两三点就会被曲毳信息的连环轰炸给吓醒，醒来一看，无非是分享她正在看的一部韩剧的高潮情节，或者是对一个让人爱得死去活来的男主没头没脑地乱发一通感想：

> 那个《蜗居》里面的宋思明好帅啊，我以后能不能遇见这样一个人呢，真的！可问题是我现在已经有男朋友了，怎么办？啊！人家好纠结呀！

我不知道该怎么回她。

实在没有事情可做了，她临睡前会发来10条59秒的长语音，把当天的工作和吐槽跟你汇报一遍，末了说一句："哎呀，跟你说了这么久也累了，不跟你说了，改天再聊啊，睡了88。"好像是你占用了她的时间一样，让人哭笑不得。

我们跟曲三毛反映了很多次，下次再深夜扰民，我们就要跟她要精神损失费。可是她总是答应得好好的，结果下次还是原形毕露。有时候不禁想，这位同学出尔反尔的样子，简直就像是领导年初的时候总是答应今年会提高待遇，年末的时候又总把提高待遇作为明年的工作重点一样。

有一次曲毳又来午夜惊魂，第二天我专门跑去她的办公室手动抗议。我说："你真是狗改不了吃屎！"此时，曲毳同学好像受到雷劈一样，身体一晃，然后手抚额头、两眼含泪、泫然欲泣："哇！嘉佳，你不爱我了！"简直戏精附体，我只好投降求饶。

我在下载了微信的那个晚上加上了熊苏文的微信。他的微信名叫"大黑熊",配了一张北极熊的照片做头像。我从11点坐在床上开始跟他聊,一聊就聊到了12点。跟熊苏文聊天很愉快,他总是会顺着你的话题聊,还总能一方面纾解你的情绪,一方面让你感觉到被关心的温暖,关上微信以后,还能心满意足地睡个好觉。

在某一个瞬间,我会忘了他是一个有家的已婚男士,而把他当作可供幻想的暧昧对象。这个时候,就连他发来的"抱抱"之类的动画表情,仿佛也有了另一层含义。

在这层幻想的作用下,我每每在意淫嘉航而不得的时候,就把我的失落转移到和"大黑熊"的聊天上,我很受用,仿佛熊苏文也很受用。我们就这么不急不缓地聊着,就像日子就这么不快不慢地过着,天就这么不阴不晴地蓝着。

不要主动去吻一个自己喜欢的男孩子

春节一过,乡愁淡了,春天款款而来。我对家里父母亲人萌生的许多想念,又渐渐被突如其来的各种事情冲散。

这一段时间,我由于践行"坚持意淫嘉航,坚持联系熊总"的两个基本点,对嘉航的主动勾搭少了很多,这天想起这事,猛然发现,我们从卢克索回来以后,还没单独约过。我在卢克索眩晕前许下的宏愿,自然也就无从践行。

世界上很多人,经不起相处;世界上很多事情,禁不住细想。这天是周五,白天我在办公室蹲班,嘉航他们去了一趟解放广场,没什么大事,回来打了个招呼,继续各忙各的。晚上的时候，手机突然蹦出一条微信："想不想出去逛逛？"

没有高能预警，省略前奏，直接进入高潮，我的心怦怦跳。我一遍遍地把回复的内容打好了，又删掉，又打好了，又删掉。我恨不得马上回复，却为了装矜持不得不极力克制点出"发送"键，怕此刻拿着手机的他发现我是如此的迫不及待。

就这么想着想着就呆住了。回过神来，嘉航已经又给我发来一条"？"的微信。

我赶紧以最无从指摘最朴实无华的两个字回复了他："好的。"

"十分钟以后，后街。"

"十五分钟可否？"我需要施展佛山无影手补一个妆，施展乾坤大挪移换一个装。

"好的。"

十五分钟以后，我略施淡妆，身形款款，来到后街。后街是我们记者站后面的一条小街，有一个垃圾场，我们叫它后街。我正在左顾右盼没找到车子的时候，嘉航开着车慢慢地停在我身后。

我吓了一跳，赶紧控制好面部表情，以一个格格应有的矜持微笑钻进了嘉航的车里。

嘉航边开边说："看到前面那个垃圾堆了吗？以后如果是私下活动，咱们就在垃圾堆那儿会合，我开车出来绕一圈，然后你正好上车，别人发现不了。"

从此以后，"后街垃圾堆"就成了我和嘉航私下出行的暗号，每次出行，总带了些猎奇探险的味道，叫人欲罢不能。

"怎么你今天心血来潮了？"我忍不住问。

"这两天干活累劈了，找个机会放松下，劳逸结合。"普普通通一句话，我心里却听得暖暖的，侧着脸看着他。他放松，我作陪，再好不过。他注意到我的视线，看了我一眼说："带你去个好地方。"又跟我说，他再叫上两个远东通讯社的哥们儿。我继续努力管理好面部表情。

出了扎马雷克岛，从河滨大道一路向南，车外是车水马龙的拥堵和喧嚣，我心里却好像装了一只骚动的鸟儿，对周遭的脏乱差毫不介意。

好不容易到了位于穆罕迪辛区的远东通讯社中东总分社的办公地点，等在路边。不一会儿，向定仪和林君就有说有笑地走了过来。我紧张地看着他俩身后，直到汽车重新发动，才暗暗松了一口气。我庆幸车上没有别的女生，我不喜欢别的女生坐在嘉航的车上，尤其是乔女红，尤其是坐在副驾驶的位置，好似在向来往的路人宣誓旁边这个人、坐着的这辆车的归属权。

终于走过了拥堵路段，上了开罗近郊的穆卡塔姆山。初春傍晚的空气是最舒服的，没有夏天的热流，没有冬季的寒意，有的只是万物生长的跃动与生机。嘉航把车窗摇下来，左手搭在窗沿上，头靠着座椅，右手慵懒地开着车，手上的筋骨有力地伸张着，我的鼻子一吸，这是雄性荷尔蒙的气息。

老实说，我对这样连开车都开得这么帅的男人一点抵抗力都没有。

想起乔女红，我发现，嘉航似乎比较能接受她不化妆的样子。嘉航不喜欢大浓妆，他对以妖冶为名的一切有着近乎本能的排斥，而对以质感为名的本真有着近乎偏执的喜爱。从他喜欢穿的几乎只有一个商标的纯色衬衫，到苹果手机入手后仍然没丢掉的黑莓手机，再到他宿舍客厅的简洁布置，我笃定他是一个简单而直接的人，如果不爱就是不爱，爱了就会让你感到纯粹而踏实的安全感。

到了山上，向定仪和林君找了个理由四处走走，剩我俩坐在山顶，像上帝一样俯瞰着喧嚣中的霓虹。晚风微凉，我双手抱住手臂。嘉航看见了，把衣服脱下来披在我身上。

满天星空，是开罗夜色的遮丑布，星空之下，是满城斑斓的霓虹。天暗了下来，全然找不到白天垃圾遍地、飞尘扬土的样子。

我脸上开始发热，想起了他留给我的衬衫，我一直没还，他也没要。衣服上是熟悉的带点洗衣粉清香的味道，还夹杂着一点汗水的味道，和那件衬衫上的味道一样。

一切就像顺水推舟。我想把这种味道记得更深，于是我轻轻靠在嘉航的身上。他像是已经等待许久，于是装作熟稔地伸手揽过了我的肩膀。

我心想，冷宫格格今晚开始逆袭了。

我心里记下：初春的晚上。

他是夜晚的天空，我是天空上的三日月。

路边的椰枣树蓬勃着，树下裹着头巾的人们干着密不可闻的勾当，没裹头巾的人们夸张地大笑，尼罗河面上的游船活力四射，正向前开动。

此刻，他漫无边际的气场笼罩在我周身。无形之中，仿佛有雄性的荷尔蒙飘进我的鼻孔，钻进我的身体，我在他怀里有如浑身通电，一阵酥麻。那电力的中心就是他的一只揽过我肩膀的手，五个指节下面的五个茧不算很硬，却像是红红的烙铁一样烙在我的胳膊上，让我的胳膊颤抖，浑身发热。

脑海里响起一句话：不要主动去吻一个自己喜欢的男孩子。

一场好戏的幕后主使

冷宫格格在山顶上成功逆袭了，之后的日子却好像和之前的没有什么两样。我和嘉航除了偶尔在垃圾堆秘密集合，然后约饭逛街，剩下的时间都在采访、写稿、值班、发呆。总统穆尔西的位子坐得不稳，几乎每周都有人抗议游行，因此解放广场每周五几乎都有一次高潮。穆尔西似乎对这些例行高潮并不在意，我也对这种套路式的循环感觉越来越麻木。用一句歌词来形容就是"这一刻突然觉得好熟悉，像昨天今天同时在放映"。

在我出国之前，到相关的编辑室实习的时候，国际版的一位编辑老师刘一柏曾对我说起中东的报道。

他说，别看现在中东这些国家都成了报道的热点，但是这么闹着时间一长，这报道都没法看了。比如说，伊拉克的自杀式爆炸袭击事件，一般可以归纳为以下的模板：

题：伊拉克××市发生爆炸袭击事件致×死×伤

叻报×月×日讯（本报记者××）伊拉克××省官员××日说，该省当天傍晚（上午／下午）发生一起自杀式爆炸袭击，造成至少××人死亡、××人受伤。

一名不愿透露姓名的安全官员告诉本报记者，爆炸发生在一个什叶派聚居的村庄，当时许多人正在赶集，一名武装分子在人群中引爆了身上的炸药。

这名官员说，许多什叶派民兵也在人群当中，他们可能是袭击的目标。死者包括××省一个什叶派民兵组织的领导人。

爆炸发生后，伊拉克安全部队在该村庄及邻近的城镇实施宵禁，防止各方采取报复行动。

××省近一个月来已发生多起爆炸和武装冲突，具有逊尼派背景的极端组织与什叶派民兵组织互相攻击，造成人员伤亡和财产损失。

刘　柏足《叨报》国际版的老责编，他编过的版面从来没有出过差错，所以国际版的人都叫他刘一版，又叫他刘一班，意思是他是第一做版专家，他一看过，别人就可以下班。刘一版说，像这样的稿子，只要国内没有重大活动和特殊安排，国际版没有安排非上不可的广告，一般肯定会上版，成为版上的一小块豆腐。

听了他的话，我几乎可以想到人们在翻看《叨报》时候的情景，一边抽着烟，或者喝着茶，一边跟同事聊天：伊拉克又死了那么多人啊……也许记者冒着危险亲历现场采写的新闻，对于普通看客来说，最多就是一句话的事情。

我苦笑着点点头。他又说："你看你第一次驻外就去埃及，可能手会有点儿生，不过没关系，你不用担心，埃及的报道也可以做成类似的模板。"他说着就在稿库里输入几个关键字，调出几篇稿子，然后在键盘上噼里啪啦一顿敲，给我打出一篇"模板"来——

题：埃及开罗再爆大规模游行示威致××人受伤

叻报×月×日讯（本报记者××）埃及首都开罗数万民众×日再次聚集在开罗市中心解放广场，对日前国防部附近冲突导致大量人员伤亡的事件表示愤怒，要求军方如期交权。驻守在解放广场的军警与示威民众间当天再次爆发冲突，导致××人受伤。

从当天上午开始，大量民众不断涌向开罗市中心解放广场。除穆兄会外，光明党等政党组织和青年团体参加了此次游行。一些派别呼吁清除国家机构中的前政府残余人士，解散最高总统选举委员会，另一些派别要求按时进行总统选举，要求军方在×月底前按时移交国家权力。

解放广场的游行队伍午后开始向阿巴西耶广场转移，与此处示威者会合后，人数达到了数万人。记者当天下午在阿巴西耶广场看到，一些示威民众不断靠近军警设在国防部大楼前的铁丝网和路障，试图冲击国防部大楼，随即与驻守军警发生冲突。一些示威者爬到附近建筑物顶部以及大桥上向军警投掷砖块和石块，军警向示威人群喷射水柱和催泪瓦斯，阻止其靠近隔离带。

根据埃及卫生部发布的声明，当天国防部前的冲突目前至少已造成××人死亡，另有××人受伤，伤者已送往附近医院接受治疗。

2011年2月，埃及总统穆巴拉克因反政府抗议活动辞职后，武装部队最高委员会接管国家权力，解散议会并中止宪法。根据过渡计划，今年初埃及选出了议会两院。总统选举将于5月23日至24日举行。

刘一版的模板到现在都留在我的电脑里。这么一看，我们每天的工作似乎变得毫无意义：从记者站走到解放广场，那里总会定期上演着相似的动荡或游行；打开我们的稿库搜索，每一篇稿子都烙着似曾相识的印记。甚至是哪一天，稿子多杂事忙，或者情绪低心情不好，或者单纯不想写稿的时候，我完全可以把之前的一篇稿子翻出来，复制粘贴，改改数字，变一下措辞和语序，就可以出手了。

或许除了自己，别人看不出来这一篇稿子和其他稿子的区别，或者别人可能以为我一直都是这么写稿子的。

我们似乎写了很多，说了很多，又似乎什么也没有做，什么也没有说。每每想到这里，我就感到一股浓浓的绝望感。

非洲，中东，对于曾经的我来说，只是新闻联播里一个遥远而模糊的地域。而到如今，它已经确确实实和我走到了一起，而我对它的感觉从陌生到新鲜再到熟悉，最后到麻木不仁。我看着自己写过的稿子，想着这是否就是职场中每一个人都在经历的痛苦历程。

但起码有一个人不觉得麻木。随着2013年的时间就快过去一半，韩站长的危机感越来越强。他每次开会的时候，都会语重心长地提到时间过半、任务过半。

他一边抽着烟一边说，虽然热气球爆炸事件做得不错，但是我们上半年无论在突发事件方面，还是在深度报道上，或者是在新媒体报道上都没有太多可以拿得出手的精品力作。

一声叹息，韩站长默默地焦虑着，大家低头俯首，默然不语。

但是解放广场的活动似乎看不到值得进一步炒作的苗头。直到6月23日这天，埃及国防部部长塞西以自己的行动，怜悯地回应了韩站长的诉求。

这天，又矮又胖的塞西身穿军装，做精神抖擞状，操着一口流利的埃及土话召开会议，呼吁所有埃及民众团结起来达成共识，但具体达成什么共识，他又没有明说，只是义正词严地警告说，军方不会任由国内局势恶化。

当时，或许很多人不会想到，今后一年多的动荡，就是从这一句话开始的。

塞西说，军方自2012年8月以来一直置身政治之外，集中精力提高军队的装备水平和人员素质，但如果本月底反对总统穆尔西的游行中出现暴力冲突，军方决不会坐视不管。他宣称，军方不会任由"祖国滑向失控的深渊"。

他说的本月底的游行，是6月30日穆尔西上台一周年纪念日游行。埃及反对派早有计划，声称要在这一天举行全国性游行，目的就是对穆尔西的统治给予最大可能的冲击。鉴于此，塞西呼吁所有埃及民众和党派在接下来的一周尽快达成和解。他厉声指出，军方有义务维护埃及民众的意志，但不会向任何暴力行为屈服。

其实塞西说的话模棱两可，他说有义务维护民众的意志，潜台词就是如果民众要求推翻穆尔西的统治，军方就会予以支持，但他又说不会向暴力行为屈服，那就是说如果以暴力推翻统治，军方还会对穆尔西政权予以保护。所以怎么说他好像都有理。

当时，我就隐隐觉得，塞西，可能才是那个皇帝御座后面的老太后。此时此刻，他终于受不了垂帘的憋屈，从帘后走出。

也难怪塞西按捺不住，穆尔西就职一年，政绩上没什么建树不说，反而深陷行政权与司法权之间的斗法，国民经济停滞不前，饱受反对派的指责。

时间过去了一年，2012年6月的欢庆场面早就被老百姓抛到脑后。就连路边买菜的阿拉伯老太，或者街头游荡的无业青年，没事儿都能发泄两句对穆尔西的不满，然后继续买菜，或者继续参加有偿示威游行。

我们一边麻木着，一边又期待着什么。同一场戏重演了太久，是时候有人改一下剧本，打破这种周而复始的循环了。

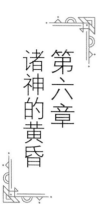

第六章
诸神的黄昏

　　蒙面男青年毫不掩饰自己的欲望，一只手钳制住我的动作，另一只手像一条油腻的蛇，触到我的手心，然后又浑水摸鱼一样摸上我的胸！

毒发

6月30日这天快到了。

凌晨四五点钟，喧嚣被暗夜浸没的时候，唱经声突兀响起。楼底下不知什么时候多了一辆坦克，停在路边像一只蛰伏的猛兽。24小时咖啡店关门了，失眠的人们无处可栖。韩站长夜里的梦大多和穆尔西有关，而我的梦大多和嘉航有关。这个夏天注定躁动得叫人睡不安稳。

有一群人要毒发了。

事情要从一年前开始说起。在2012年6月，也就是我刚来埃及不久，总统选举第二轮投票结果公布了。候选人穆尔西以51.7%对48.3%的微弱优势击败对手。穆尔西赢了，但48.3%的反对票却是一个不能忽视的庞大数字。微妙的票数差就像是一颗种子，偷偷被埋在总统府地下，等一阵风过、一场雨来，就发芽，然后长成大树，破坏穆尔西政权的龙脉。

而投票支持穆尔西的人们，也在等待一个结果，这个结果将决定他们是修行得道，还是毒发身亡。一年前，他们一人一票把穆尔西抬上了总统宝座，穆尔西坐在龙椅上，给他们每人服下一颗药丸，许诺他们：只要服下药丸的人，一年之后，朕将为你们打下一个美好的未来，一个盛世的天下。

但一年过去了，开罗的烂尾楼还是烂尾楼，别人家的白富美还是别人家的白富美，失业青年还是失业青年。在一艘国家复兴梦想的小船上，大家合力搞掉前总统穆巴拉克后，把希望全部寄托在新的舵手——穆尔西身上。但一年以后，人们发现这些希望变成无数泡沫，而这些泡沫被现实一一戳破。他们等不来新楼房，等不来白富美，等不来工作与钞票，等不来修成正果，但他们服下了药丸，他们要毒发了。

友谊的小船说翻就翻。他们想起了2011年初的埃及大革命，他们摇身一变从支持者变成了反对派，想要再次走上街头，讨个说法。在他们背后，各大反对派开始频频搞事。他们在"脸书"和"推特"上传递着暗语，在无数个深更半夜的无数个逼仄角落里潜心修炼，排演着一出《新解放广场传奇》。

各派已经排兵布阵，准备在6月30日这天先让愿望破灭的"中毒青年"充当先锋，使出示威、游行、喊口号这"街头革命"三板斧，拉开"二次革命"的序幕。这些青年都有些共同的特征，他们头上的发油一层叠着一层，身穿污渍斑斑的牛仔裤，身材消瘦而颀长，他们在穆尔西统治下看见的只有绝望，他们只有奋起反抗。

我暗自思忖，可能只有满足这些标准，才能在解放广场的帐篷里住得岁月静好，在军警的镇压下溜之大吉，最后到各大派别的阵营里领到赏钱。他们充沛的精力就像他们的体味那样在尼罗河畔绵延不绝。一言不合就上街，这是自2011年的埃及大革命开始就训练出的被动技能，每当他们对现政权的不满达到峰值，就会自动发动。

事态严重，危急存亡。

穆尔西也渐渐感到了事情的严重性。为了抚慰各大门派的情绪，他早前发表讲话说，我执政一年来很努力，我取得的成绩很多，但我也希望坦白从宽，我知道自己应对当前国内局势承担相应责任。穆尔西还承诺，组建一个委员会，类似武侠小说里的五岳剑派联盟，邀请各派人士参与，确保埃及的改革进程向前推进。

然而反对派的大佬们选择冷漠。

如果换一个国家、换一国国民、换一段历史背景，情况可能还会有所不同，但这里是埃及，这里刚刚发生了埃及大革命。这里什么都已经不一样了：2011年开始，埃及民众的情绪就已经被前总统穆巴拉克燃了起来，他们体会到了民主变革的酸爽，这种"后天赋权"的酸爽像毒药，没来由地充满了对于自己掌握国家命运的骄傲感与使命感，让他们渴望天天高潮。

现在，到了穆尔西执政一年期满的时刻，曾经对穆尔西政权充满希望的人们，眼下就要毒发了。他们浑身燥热、摩拳擦掌、无法忍耐。

他们忘了，一年前穆尔西当选，解放广场一片盛世欢腾，人们的欢呼声盖住了天上的烟火声，他们曾一人一票把穆尔西抬上了小船。

如今，这些制造了盛世假象的人们，不再记起自己把票投给了谁，而是再一次打开了推翻政权的潘多拉魔盒，撕裂开了这虚伪的盛世，去寻找他们的解药。

他们心中的信念催动着他们展开行动：即使是盛世下的蝼蚁，也不是不可以有改天换地的能耐。

时隔一年，曾经的烈火烹油，如今变成了炭火炙烤。这把火非但没有熄灭，反而烧得更旺了。

另立新帝

埃及的政治戏里，有几个万变不离其宗的桥段，其中之一就是，每到当权派和反对派剑拔弩张的时候，双方矛盾最直接的爆发点就是冲突的"风暴眼"——开罗的解放广场。

如今，解放广场又吹响了集结号，以"革命青年"为首的各色人等再次聚集起来。熟悉的场景、熟悉的剧本、熟悉的人物设定，他们似乎只需要闭着眼睛梦游，就能凭感觉自导自演一出大戏，幻想所有的照相机和摄像机对准了自己。同时，有另外一些人厌烦了老套的人设，他们想要给自己加戏。他们选择跑到总统府旁搭起帐篷，建起新的根据地，做野外生存真人秀节目，包里裹着大饼和矿泉水，仿佛具备一个艰苦朴素的革命者的全部素质。

穆尔西当然也有自己的支持者，自己的大本营。他们的大本营是开罗东北部的纳赛尔城。他们给自己贴上了和平人士的标签，发动和平集会，呼吁所有埃及人以和平方式表达诉求，维护宪法和法律的尊严，捍卫政权的合法性。只因他们是当下的既得利益者，或者是被既得利益者收买或鼓动的良民，他们要维护既得的一切。

各大派别、各路人马集结完毕，埃及政权的江湖组不成联盟，新一轮大战就要开始了。

为了这一天，我们的记者站也早早做好了准备。

6月29日晚，在记者站的会议室，我们团结在韩站长周围。

韩站长点上烟，一边眯着眼睛抽着，一边听大家汇报近期的报道成果，以及新总统上台一周年的报道方案。他在几个方面指出了不足，强调一要抓现场，二要抓深度。他同时又高瞻远瞩地表示：不要面面俱到，要抓大放小，取巧避短，但也要形成声势。我们在烟雾迷蒙的会议室里向朦胧中的韩站长宣誓：时刻准备着。

6月30日这天，皇历上写着"宜祭祀"。

天朗气清，惠风和畅。

我、嘉航、小陈、老袁4名记者全体出动，韩站长坐镇指挥。我和老袁被派往纳赛尔城，小陈去了总统府。嘉航经验丰富，就去了解放广场。

韩站长这样安排，自然是为了照顾我，一来不放心我一人独当一面，二来也是担心我的安全。虽然他这样的安排原是为我好，但自己心里却着实生出一点委屈，还有一点不甘。我想起驻埃一年来的成功与失败，想起自己在神庙圣甲虫雕像前许下的愿望，暗暗下定决心：一定要抓住机会，抢占先机，写出一篇好稿、做出一次好报道来，不能再放任别人提醒自己尴尬的存在，更要让自己成为能配得上嘉航的那个人。

我们赶到纳赛尔城，远远就听见了喜庆的声音。纳赛尔城的阿达维耶清真寺广场是穆尔西支持者的大本营，这里的人们正以准备上埃及新闻联播的极大热情欢欣鼓舞着，庆祝穆尔西执政一周年的纪念日。一群穆斯林兄弟会（简称"穆兄会"）的孩子手舞足蹈地唱歌跳舞。旁边一个会场上，穆兄会的大佬们临危不乱，慢条斯理地用极标准、极清楚的阿拉伯语普通话念着冗长的发言稿。

但坐在底下的人们，尤其是那些政治嗅觉灵敏的人们却烦躁不安。他们一边抠着脚，一边不时翻看手机或者低声交谈。他们担心，只要在解放广场上，或者总统府边上的帐篷里有一张骨牌倒了，穆尔西可能就会步前总统穆巴拉克的后尘。

所幸我和老袁采访了半天，并没有传来什么爆炸性的新闻，只有几个小乞丐问我们讨钱，还有几个接受了采访的人跑回来问我们是哪个电视台的。他们充分表达了对穆尔西的信心，但他们对穆尔西的命运一无所知。

纳赛尔城的活动没有爆点，我们最先回到记者站。小陈也从总统府回来，给我们看相机里拍到的帐篷和铁丝网，还有正在喝水或者拉屎的帐篷里的父老乡亲。就剩嘉航还在外面。

老袁给嘉航打电话打不通，几次尝试之后打通了跟嘉航在一起的雇员的电话，报了平安，正往回赶。

嘉航还是一如既往的工作狂。他进门第一句话就说："手机没电了。"然后一口气都没喘，就跟韩站长报告解放广场的情况。

晚上写完稿，我约嘉航在扎马雷克岛上散步。星空不语，万物迷离，我问他："你觉得这次会乱吗？"

嘉航认真地想了想，还是用了一个万用答案："说不好吧。"还没等我发嗲抗议，嘉航接着说，"穆尔西的支持者力量也很大，反对派也得考虑万一把穆尔西赶下台，他的支持者们会不会掀起更大的冲突，搞不好就可能真打起来，因为穆兄会据说也有不少秘密武器。"

我轻叹了口气："这么看，无论什么结果，都没有赢家。即使穆尔西撑过了这一次，还会有下一次、下下一次大对决，他的气数会越耗越衰；即使反对派这回赢了，已经撕成两半的社会也还会是个烂摊子。我是真的觉得累了，真的。我不想再跟这帮埃及人这么耗下去了。"

说完以后又隐隐觉得不对，我想跟他聊的不应该是这些，我们该聊下一次去哪里约饭，哪个景点值得一游。政治离我们的爱情太远，可离我们的生活很近。我正想着岔开话题，嘉航开口了："我也烦了。这么下去翻来覆去地乱搞，埃及真的就无药可救了。"

暴风即至，虽然嘉航的话透着几分伤感，他的脸却平静如常。

我对嘉航的感情也和这场即将到来的风暴一样，把根深深扎在土里。等一阵风过、一场雨来，我的感情就发芽，我的枝蔓就缠上嘉航的四肢，缠上他性感的翘臀，缠上他好看的五官。

因此，对于不知道什么时候到来的风暴，我既着急，又害怕。

等我们散完步回去的时候，我让嘉航先上楼去，然后说自己在门口再转转。

我守在楼底下一动不动。一两分钟后，嘉航宿舍的灯亮了，人站在窗前，把窗帘拉上了。暧昧的灯光映在我的心里，他的伤感或者平静，此刻都与我隔绝了。

我看着这灯光发呆。

这片灯光、这幅场景，此刻完完全全属于我一个人。我等待着有一天，窗帘拉开，窗户打开，有个人倚在窗边看着我不动声色，只一句：你上来吧。

我上了楼，发现韩站长仍在办公室里待着。我趁着去水房打水的工夫偷瞄了一眼，韩天尧神情凝重地盯着电脑，右手烦躁地操纵着鼠标，左手夹着一根烟，嘴里忧愁地低唱着《自从有了你》，硬生生把一首琼瑶电视剧主题曲唱成了《国际歌》：

感谢天……感谢地……感谢命运……让我们相遇……

对于"穆尔西一周年"这天没有爆出什么大新闻，韩站长表示痛心疾首。虽然我们的报道已经按要求做好，但韩站长仍然一副壮志未酬的样子，让我想起了屡屡陷害小燕子而不得的气急败坏的皇后娘娘，时刻对漱芳斋突如其来的任何一条新动态满怀期待，旗头上的坠珠因此老是和头发上插着的发簪纠结在一块儿，让人心生一丝怜悯。

不过几天之后，韩站长发现，他再没有工夫演内心戏了。

局势在朝着不可描述的方向发展着：先是"革命青年"中有人喊出了"塞西上台"的口号，然后是国防部部长塞西7月3日晚粉墨登场，施展天魔绝音，一口操着埃及土话的魔音传向全国，宣布埃及未来的一个发展路线图，推出了一个"政变"方案：最高宪法法院院长阿兹利·曼苏尔就任临时总统，中止现行宪法，提前举行总统选举。

没有任何预警，埃及变天了。

塞西突然卸下了部长的伪装，摇身一变成了慈禧老太后，牝鸡司晨，谕以废立，发动反对派展开政变，另立了一位临时皇帝。

随后，军方开始配合天魔绝音展开行动。埃及安全部队越过总统，对穆尔西所在的穆兄会实施了逮捕行动，多位穆兄会高层被抓。此后又有消息说，埃及总统穆尔西已被军方关押。

电光火石之间，天魔绝音传声入密、百里搜魂，穆尔西政权无从闪避、开始崩坏。如果他重蹈穆巴拉克的覆辙，那么就是他下台、塞西上台；如果他选择拒绝，那么一场冲突，甚至一场内战似乎已经无法避免。

图穷匕见，局势瞬息万变。

各大门派终于亮出了最后的底牌。但凡是改天换地，必须要有一个新主，他们一致公推塞西，一切就顺理成章了。

解放广场上，国旗和各色旗帜飘起来了，各大派别的人们到齐了。当初算在穆巴拉克头上的账，此刻算在穆尔西头上了。天空中发出血般暗红的光，把天地染成一片深红。有流星从苍穹中坠落，穆尔西的时间开始读秒，此刻是诸神的黄昏。

决战迫近

到了7月5日，又是一个周五，穆斯林的主麻日，决战之日就在今天。

为了这躁动的一刻，整个开罗已经等待多时了。

大街小巷的人们像是等待出嫁的老姑娘，恨不得早一刻在脸上画上埃及国旗，赶到约会的场所。我们依然分头行动：小陈和老袁去了纳赛尔城，我跟着嘉航，还有雇员阿武来到解放广场。

安拉胡……阿克巴……（真主至大……）

5日下午，彤云四卷，暮色四合，太阳渐渐移到西边。在穆斯林兄弟会的据点纳赛尔城，数万民众聚集在一座清真寺附近，跪在地上俯着身子做祷告，搞活动。《古兰经》的诵经声远近相闻，一众弟子加持着力挺穆尔西的一股念力。

以民选总统的捍卫者为名，他们暴怒了。做完了礼拜，他们像基督徒举着耶稣肖像那样，举着穆尔西的肖像聚在一起，浩浩荡荡在街头打转。人数越聚越多，不知不觉汽车也加入了游行，交通瘫痪了，汽笛声掀翻了示威口号，声势够了。

小陈和老袁他们赶到的时候，游行的人密密麻麻。小陈满不在乎地照了张照片，给老袁看："今天人数上万，就这么决定了。"

老袁说："好，听你的。"

小陈一乐："图片么，可以单发了。"

当天傍晚，穆兄会最高领袖穆罕默德·巴代伊（在穆兄会的地位相当于伊朗的最高领袖哈梅内伊，专家说穆尔西其实是他手里的牵线木偶）现身了。汽车的闪光灯照着他，千万张画像上千万双穆尔西的眼睛看着他。有报道说他已经被军方锁定了。他准备用一番致辞把活动推向高潮。

"穆尔西是一人一票选出的总统，是民主与自由的象征，是人民革命的果实……"

他言辞激昂，讲到高潮处大手一挥，握紧拳头，青筋暴突，怒视前方，声称他和数百万穆尔西的支持者愿意牺牲他们的生命捍卫穆尔西。底下的人虽然在打瞌睡，在抠脚，但是他们仍然听着巴代伊的演讲，憧憬着穆尔西的未来。

同一天，埃及最大的反对派"全国拯救阵线"呼吁所有埃及人上街游行，支持军方和临时总统。彼时，苦练签字的临时总统曼苏尔刚刚签署上任后的首个总统令：任命最高宪法法院副院长出任总统宪法事务顾问，任命穆斯塔法·赫加齐担任总统政治顾问。新政府已经开始运作，宣告穆尔西已被架空。

事实上，一场政变的主要流程已经结束了。穆尔西这个牵线木偶的政治生涯已经开始读秒。

我和嘉航这一队午后出发，沿着尼罗河一路前往解放广场，明明是炎夏，心里却莫名有些寒意。

安拉胡……阿克巴……

声音越来越近，我们顺着声音到了现场。

场面比我预先想象的还要骇人，仿佛在一个拥挤的池子里挤满无数条待宰的鲤鱼，每条鱼都相濡以沫，比肩接踵，大嘴一张一翕。

五颜六色、面貌模糊的人填满了解放广场，广场就成了挤满待宰鲤鱼的池塘。声势浩大，品种齐全，彩旗飘飘，完全洗刷了前段时间以来稀稀拉拉的游行景象。

我们找到一个相对安全的制高点，可以运筹帷幄了。在解放广场旁边的大桥上俯瞰，广场中心支着几十个帐篷，帐篷上插着国旗，组成一个帐篷连。

拍完远景和近景，嘉航一手拿着三脚架，一手背着摄像包，我和阿武跟着他挺进广场。帐篷内外人满为患，空气里有一股难闻的浑浊气息，让我联想起了职业游行者身上长时间不换洗的窗帘布衬衫和牛仔裤。我想，后宫慎刑司里面的空气恐怕不过如此，光是深吸几口空气，就感觉要被熏晕过去，这估计也是刑罚的一种。

从制高点下来，解放广场北边的小巷子里，局势稍微安全，我们找了一个相对不引人注目的地方停好车作为营地，然后约定好，无论发生任何情况，下午三点一定要在这里见面，一起返回。

一开始，我们三个还在一起行动，后来嘉航觉得这么打游击不是办法，就让我们两个在外围采一采，他一个人深入敌群拍素材。

嘉航用笃定的语气说完以后，只淡定地看了我一眼："你没问题吧？"还没等我点头，他又加了一句，"注意安全啊。"然后一转身走进了人群组成的巨大漩涡，犹如易水河畔的荆轲前往一片肃杀的秦国宫殿。

我们一边拍摄，一边采访，阿武的目标是那些能说上几句可以用的话又不会产生人身威胁的斯文青年。我的目标则是寻觅有理想、有热情又绝不膘肥体健的青年妇女。找准目标后，我们一般上前先攀谈几句，不靠谱立马撤，靠谱的话就把他拉到一边，然后我们俩一个摄像一个提问，速战速决。

大概过了半个小时，我和阿武觉得采访得差不多了，就给嘉航打了个电话，他没接。我们只好回到游行队伍最外围，稍微歇一会儿，接着又给他打了两次，没想到一开始没接，后来他居然直接挂断了。

这个时候，人潮突然开始躁动，我们赶紧上前问了几个人，原来是他们听说纳赛尔城那边的总统支持者要过来，这边支持政变的人们也按捺不住了，跃跃欲试要往纳赛尔城挺进，决一死战。

像是鱼雷扔进了池塘，池塘炸了，鲤鱼惊恐地上下翻飞着。

还没等我们反应过来，如潮的口号由远及近，像炸弹一样爆发了："人民想要推翻政府！穆尔西滚蛋！"

跟一浪高过一浪的口号相伴的是来回翻涌的人潮。涨潮的时候到了。我赶紧又给嘉航打了电话，终于接通了："你在哪儿？你没事吧？"

"没事啊！我再拍点。"我一听他的声音，突然心底泛起了一阵阵委屈。

"你能不能早点拍完出来？"我担心事态失控，也担心他无法脱身。

"好。"嘉航的回答明显带着敷衍。我就知道，越是这种时候他越闲不住。

"我在里面，有点乱。现在怎么了？有什么事？"嘉航追问我。

"听说纳赛尔城那边的人要过来，这里的人们来劲了。我看着场面不大好，你要不先回来吧，我看着可能要乱。"阿武一把拿过我的手机说。

"那好。我再拍十分钟。不用担心我，你们在外面稍等一会儿。"说着嘉航就挂了电话。

直到后来我参加了战地报道安全培训班之后才知道，当一个记者深入到危险区域进行采访，一般情况下必须遵守"十分钟原则"，就是不管有没有采到需要的素材，不管对采到的素材满不满意，都必须在十分钟之内撤出危险区域。千万不能为了一个镜头而多待哪怕一分钟。因为那多待的一分钟可能就是死亡的大限——从玛丽·科尔文到雷米·奥克利克，这个道理已经被多位以身犯险的战地记者所证实。

这自然是后话，但是在当时，我和他的直线距离可能就只有几百米，但心里却真真正正体会到什么是咫尺天涯。

假面舞会

安拉胡……阿克巴……

肯德基、麦当劳、墨西哥肉卷、土耳其烤肉……所有临街店铺都已经关门了，所有帐篷上的旗还在飘着，整个市中心变身大型批发市场，解放广场成了瓮城，嘉航还不见踪影。

集合时间到了。我和阿武从人潮边缘小心退出来，走到车附近，靠着车等了二十分钟，依然不见嘉航。正是下午，天气最好的时候。埃及的雨就好像北京的蓝天，少得近乎奢侈。我看着这蓝天，莫名生气，焦躁难耐。

阿武跟我说："你在这儿等着，我去把他拽回来。"说完就单枪匹马直闯迷阵。

我的眼睛盯着来来往往的行人，期盼能出现阿武和嘉航两个人的身影。盯得久了，眼睛酸涩得想哭。天空蓝得毫无波动，心跳快得我一脸潮红，每一秒钟都是漫长的煎熬。这还不算，旁边还不停有张三、李四、王二麻子戴着面具、拿着棍棒从我身边穿过，走进人群中央。

又过了十分钟，嘉航的身影没见到，阿武竟然也联系不上了。我靠着车等着，寻找着一切可能的依靠。每一个拿着棍棒的人走过来看向我的时候，我都以为他下一秒就要来砸车抢人，心里既紧张又害怕，既无助又焦急，五味杂陈，像是准备上考场或者上刑场。

我突然想起了小时候，有一天傍晚妈妈从学校接我回家，我坐在自行车后座上。正骑着车，突然妈妈的自行车后轮轮胎里绞进了一根铁丝，自行车发出了金属打击乐"叮叮咣咣"的声音。

我下了车，站在一旁。妈妈下车，弯下腰把轮胎里的铁丝扯掉。正在妈妈和铁丝搏斗、自行车前端疏于防守的时候，突然一辆摩托车疾驰而来，骑手一把拽过自行车车把上挂着的手包，扬长而去。

妈妈这才发现她中了调虎离山计。一世聪明，却遭此劫难，妈妈勃然大怒。她一发狠，扯出铁丝，回头跟我喊了一句："嘉佳！站在这里！别乱动！"

随后，妈妈像个女战士一样，朝前大吼一声"站住！"便骑上自行车开始追前面的摩托车。

只见她两脚猛蹬脚踏板，自行车就跟飞了一样向前冲出去。她左手稳住车把，右手食指怒指前方，嘴里巨声吼着"小偷！""站住！""抢钱包了！"

我惊呆了！石化了！我第一次看到妈妈爆发她的究极小宇宙，妈妈原来是第十三个黄金圣斗士或者第二个战斗女神雅典娜。傍晚的路灯照在妈妈的背影上，给她周身蒙上一层淡黄色的光晕。她的小宇宙燃烧着，她的洪荒之力爆发着。就连她和爸爸吵架的时候，她都没有这么大声；就连我磨磨蹭蹭快迟到的时候，她蹬自行车都没有这么起劲。

我转念一想，也对。她和爸爸吵架的时候没这么大声是因为她怕邻居听到他们在吵架，影响他们夫妻恩爱的形象；她送我的时候没有这么起劲是因为我的重量是拖自行车后腿的一坨不可忽视的肉。

不知道过了多久，红灯亮了又灭，街边人来人往，妈妈还没有回来。小时候家里穷，我没有卡通表，从而没有时间的概念。我的脑海里开始回想着音乐课上的歌《歌唱二小放牛郎》《嘎达梅林》，曲调悲壮，意境凄凉，让人热泪盈眶。我对我的音乐天赋深信不疑。

街边的小孩子牵着妈妈的手，鄙夷地看我，仿佛跟我说我是没有家的孩子。夜色浓了，路灯亮了，然后在我的眼里碎了。无数个碎片成为我眼里微茫的希望，我努力睁着眼，让这碎片照亮整个支离破碎的世界。

天上的鸿雁从南往北飞，是为了追求太阳的温暖……

我脑海里放着《嘎达梅林》，浑身冰冷着，我哇哇大哭起

来。旁边偶有善良的阿姨问我："你怎么一个人啊？"我哭得更
凶了。我开始一边回头看着妈妈抛下我的地方，一边慢腾腾地往
家的方向走：要穿过一条街，然后右拐，然后再左拐，然后再直
走，再右拐就到了。

我望着妈妈远去的地方，远处一片黑暗。有一瞬间我以为
我再也见不到妈妈了。我的泪被晚风糊了一脸，然后又有新的泪
盖在脸上，流到下巴，滴在衣服上。突然远远地听到熟悉的声音
"嘉佳——嘉佳——"我一回头，妈妈正顺着来的路来找我。我
用尽全身力气喊"妈妈——"

安拉胡……阿克巴……
安拉胡……阿克巴……

嗡——
又到了礼拜的时间，整个解放广场在共振了。我的耳朵里嗡
嗡地做着全堂水陆的道场*。
此刻，解放广场的场景似曾相识。广场外围人来人往，人潮
退了又涨，呼声远了又回，鲤鱼的大嘴一张一翕，池塘的波涛无
边无际，仿佛有一股强大的磁场吞吐着千万条生命，嘉航淹没在
这无边的池塘中，我被嘉航抛弃了，就像被全世界抛弃了一样。
彩旗蔽天，天色为之而变；铁棒坼地，大地为之而震。几个
蒙面青年乱舞着棍棒，此刻又急急跳入了这舞会的池塘，如泥牛

---

* 编者注：水陆道场即水陆法会，一般为度化之用，这里形容"我的耳朵里"充
斥着嘈杂的声音。

入海，不知所踪。

我的鼻尖泛出一阵酸楚，我害怕这吃人的池塘，但我更害怕无能为力的感觉。正当我泫然欲泣，一辆熟悉的黑色奔驰车停在了路旁。

车上下来两男一女。远东通讯社的人杀到。

两个男记者向定仪和林君分别背着相机和摄像机走在前面，乔女红跟在后面，化了一个有史以来最淡的妆，上身穿蓝白条格子衬衫，自己把下摆打了个结，下身穿一条户外迷彩裤，脚穿一双户外靴，朝气蓬勃，英气勃发，仿佛在向世界宣告她即将冲向战场。即使是以最苛刻的眼光打量，她仍然显得专业又有范儿。她的记者范儿光芒四射，射到无人问津的角落，那里躲着一个孤独而落寞的我。

我正在内心祈祷他们不要看到我的时候，四处张望的向定仪看见了守在车旁的我，不过一秒钟工夫就喊了出来："嘉佳！你也在？"

乔女红闻言一个转头，眼神"刷"地一下就锁定了我。

"嘉佳！你们采访结束啦？"她夸张地问我，还竖起大拇指，比了一个"赞"的手势。

我只好强装镇定："嗯呢，差不多了，嘉航他们马上出来，就准备回去。"

"哦？这样啊。我看现在正热闹着呢。我们先进去啦。"乔女红毫不掩饰她的狐疑，说完以后凌厉地瞥了我一眼，递给我一个意味深长的笑，然后扬长而去。

我看着三人的背影，做了一个决定。这一次我要主动出击，我不能再眼睁睁地看着重要的人渐渐走远，我必须对乔女红的鄙夷给予有力的回击。

我像革命战士英勇就义一样，相机一挎，背包一背，小跑到示威场地的边上张望。里面的人潮一层裹着一层，根本分辨不出谁是谁，谁在哪儿。

有举着标语的，有挥舞着小旗的，有小孩牵着大人的手的，还有人骑在别人肩膀上的，人潮做着无规则运动，一会儿涌来，一会儿退去，成千上万张嘴或嚼着大饼，或唾口唾沫，然后高声喊出杂乱的口号，随即形成了千万个舆论场，每个人都是自己的发言人，天地昏沉，一片末日即景。

突然，人潮猛地向我这个方向涌了过来，像是前方有什么人在驱赶他们。还没等我反应过来，我就已经被卷了进去。

天一下子黑了！我被裹在人堆里了！恐惧像腊月的冰水漫上了四肢，浑身开始发抖。

任务失败！

我再也顾不得其他，挣扎着辨认停车的方位，然后在人堆里往停车的方向挪动。但这一堆人总不让我如意，由于跟大部队的方向不一致，我被撞了几下，又被猛踩了几脚，退无可退。突然背带一阵紧勒，有人背后偷袭！我斜挎的相机被人一扯，整个身子一个趔趄，差点摔成格格啃屎。

我一惊，赶紧一手护紧背带，回头一看，一个消瘦的花衬衫牛仔裤男青年用黑布蒙着面，只露出两只吊着的眼睛盯着我。

他似乎是在笑着，朝我晃晃右手上拿着的一根铁棍，仿佛是想邀请我跳舞。

那铁棍锈迹斑斑，黑里透红，从头到尾绽着大大小小的缺口，张牙舞爪。

铁棒袭胸

我把头一抬，把胸一挺，和蒙面青年对峙三秒。

第一秒，我装作精明强悍的样子。

第二秒，我发现大脑一片空白。

第三秒，我突然反应过来，一个激灵，费力拨开人群，拔腿就想跑。

看不出表情的蒙面青年认定了我是这偌大"舞池"里他的舞伴，像丁了追火姑娘一样跟上了我。

他用阿拉伯语问我："Sinee？（中国人？）"

我瞪了他一眼，极力摆脱。这个时候，不能回应，不能骂人，不能做激怒别人的任何事情。

然而只这一瞪，却好像被他认为是默许的信号。我从人群的夹缝中逃生，他却从后面一抓，抓住了我的手。黏腻潮湿的感觉从手背浸满了我全身。

"啊——"

恶心的潮湿感从手背一直蔓延全身！我不受控制地叫出了声，但叫声迅速淹没在了人潮的呼号中。我一边施展甩手大法，一边咒骂着让他放手。我使尽内力用脚一踹，他却好整以暇地放了手，笑着看着我，等我迈开腿一跑，又追了上来。我左支右绌，慌乱之间，一个趔趄，身体应声倒地。我用两只手撑住地面，于是我的手被地上的碎石子划了几道大口子，我的嘴正对着一颗刚被人吐掉的绿色口香糖。

"Welcome to Egypt！（欢迎来到埃及！）"

男青年居高临下，双眼凝视着狼狈的我，说出了可笑的咒语。

这个咒语我在汗哈利利市场①听会讲中文的店家说过，在各个官方办事机构听什么事儿都办不了的工作人员说过，此刻却是在解放广场这个"大舞池"听一个随时可能让我生不如死的埃及人说出了口。

我什么都顾不得了。我内心抓狂着、鄙夷着，奋力爬了起来，边哭边跑边大声求救。但这时候我前面的人群像是故意组成了一面人墙，任我如何腾挪，蒙面男青年还是粘了上来，甩不掉了。

我曾经跨过山和大海，却跨不过这人山人海。

我的视线不争气地模糊了，对于在此地英勇就义这件事，我的心理概率不断扩大。蒙面男青年毫不掩饰自己的欲望，一只手钳制住我的动作，另一只手像一条油腻的蛇，触到我的手心，然后又浑水摸鱼一样摸上我的胸！

一只又黑又粗的恶爪不管不顾地缠了上来！

"哇——哇——"

当他的手碰到我的胸的那一刻，我感觉我的整个世界崩溃了。我端木嘉佳虽是冷宫格格，但我金枝玉叶，身份贵重，此刻

---

① 汗哈利利市场：埃及最著名的传统工艺品市场，环境嘈杂、人流熙攘，售卖纸草画、铜盘、石雕、T恤衫、皮革制品、金银首饰等各种工艺品。

却被一个腌臜泼才玷污。他该千刀万剐、凌迟处死！而在此之前，我会死于他的手下。

我想起了英勇就义的刘胡兰。小人书上，她齐耳短发、杏目圆睁，那仿佛是共产主义精神的集中体现。我的集体主义意识突然空前强烈，我大叫一声，用尽全身力气奋力挣脱他的束缚，双手抱胸，护住最后的公家财产 —— 相机，开始像共工触山一样，与我面前的人墙对撞。

专家热议的正负电子超级对撞机，是为了观察物质世界到底是怎么组成的。我对撞人墙，却把自己撞得鼻青脸肿，蒙面青年一边卷着大舌头问我"What's your name（你叫什么名字）"，一边像抓犯人一样拽着我的手臂。

一个声音从人潮中砸进我的耳膜：投降吧！你的生命如此脆弱。

无数人的生命，此刻就在这个巨大的漩涡中沉沦。往前多迈几步，就是地狱。可后退回去，也绝不是天堂。此刻，天堂和地狱的门，都向我紧闭着。震天的呼号冲击着我的耳膜，我的意识几近模糊，大脑像灌了铅生了锈，思考无能。

我唯一的求生工具是手机，可不敢拿出来，怕让蒙面男抢去，断了最后的念想。就在我以螳臂当车的力量又一次撞向人潮、渴望奇迹出现的时候，我旁边出现了另一个大个子黑壮汉，一把拉住我横冲直撞的身体，眼神与我对视了几秒钟——他的眼里一定映着哭得一塌糊涂的我。

历史的洪流已经再也没法阻挡。我眼睁睁地看着他拿着一根更粗的铁棒站在我面前，无视蒙面男的存在，用阿拉伯语问了我几句话。

我后悔没有跟街边摆摊的长髯大爷学相面，不能一眼辨忠奸；后悔小时候练跆拳道的时候半途而废，不能一招毙命。此刻我只能凭直觉判断：他比蒙面男块头大，他能打赢蒙面男；他的铁棒只要一下就能打得我满地找牙、武功全废。逃跑可能性为零，与其让蒙面男绑架不如让他绑架，横竖左右都是被绑，还有50%的可能他是好人。

我尽力装作梨花带雨的样子，把我的身家性命赌给了这位壮士："Ana Siyyehei！（我是游客！）Help me！（救救我！）"

那个壮汉听懂了，转头斥了那个蒙面男几句，蒙面男发现他没有壮汉块头大，他手里的铁棒没有壮汉手里的粗，他打不赢壮汉，便装作良民的样子，吹着口哨舞着铁棒一溜烟隐入了人群。

"Welcome to Egypt！"壮汉自傲地拍了拍胸脯，说出了相同的咒语。有一滴口水溅到了我的脸上。

我欲哭无泪，不敢擦去那滴口水。

我一边比画一边跟他解释我的车在哪儿。也不知听懂没有，他连声说着"OK"，在前面四两拨千斤地拨开人群走着，不过两三分钟，眼看就要把我带出人潮。

冷宫格格水漫广场

大个子黑壮汉舞着铁棒带着我，眼看就要走到人潮边缘。他的铁棒每挥一下，我颤抖的小心脏就漏跳一拍。我感觉自己的心马上就要跳到嗓子眼了——

只差一点点，只要一点点，我就能重新回到人间。

"嘉佳——"突然，熟悉的声音传了过来。就在我扭头一看的工夫，嘉航奋力拨开人群，朝我的方向跑了过来。

头发蓬乱而爆炸，两眼的泪水还没有干，我的裤子上沾了一大片土，衬衫胸口部位糊着一团黑掌印，我的牙齿打着战，浑身忍不住哆嗦，张口说不出话。

嘉航看见我的时候，我就是这副德行。

"你怎么了？怎么回事？……"

嘉航正跟我说话的时候，我的耳朵突然"嗡——"的一声炸开了，像是有人在我耳朵里装了一个音箱，和我的耳朵共鸣了，我只看见嘉航的嘴在动，根本听不见他说什么。

嘉航好看的眉头又皱在了一起，眼睛盯着我不停地说着话。我看着他的眉毛，他的眼睛，我想起了妈妈，想起了我的家，想起了蒙面青年的黑爪，想起了我实现不了的格格梦，我真气翻涌、呼哧带喘，无数种情绪在我大脑里狼奔豕突。我耳朵里嗡嗡作响，嘴里哆嗦得说不出话。我张了张嘴，"我……我……"了半天，却听不见自己的声音。我使劲摇着头，想把耳朵里的杂音甩出去，结果噪声没甩掉，眼泪却从眼里甩了出来。

这时候，壮汉发现了嘉航，挥着铁棒凑过来，嘴巴张了张，大概是问我怎么回事。

我牙齿打着战试图解释："He is my friend.（他是我朋友。）"壮汉好像听懂了，说了一句"OK"，表示任务完成，转身就想走。

嘉航一看他的铁棒，又一看我一脸被强暴的狼狈样子，立马拽住他质问了一句。

壮汉像看一个傻子一样看着他，开始跟他对话。

对话完毕，嘉航好像一点也不相信那个壮汉，抓着他问我话。

我赶紧大声说："我听不见！"我一边说一边摇头，把头摇成了拨浪鼓，眼泪从拨浪鼓里蹦了出来，四处飞溅。

嘉航看见我貌似精神分裂的样子，二话不说，冲着壮汉小腹就是一拳。

乓！

我在一旁吓傻了，可我再怎么傻也知道，我应该赶紧跑过去挡在他们俩中间，用实际行动证明我们是朋友，我们是国际友人。可我害怕壮汉手里的铁棒，害怕他们俩的拳头同时打到我的身上。

就在我犹豫的时候，壮汉被嘉航一激，愤怒值达到100%，嘴上貌似用阿拉伯语骂了一句脏话，手里抡着铁棒就瞄准嘉航砸过来，嘉航以迅雷不及掩耳之势低头一躲，躲避值100%。就在我再次犹豫要不要挡在他们两个人中间的时候，只见壮汉抡到一半的铁棒突然转向，横着朝嘉航的胳膊又抡了过来，我控制不住，像个两三百斤的宝宝那样哇哇大叫起来："嗷——嗷——"但我也不知道我喊叫的是什么意思。

"咔嚓——"

我用尽身体全部力量阻止我的眼睛因过于恐惧而闭上。

只见嘉航用一只胳膊挡住了铁棒，铁棒的一端被壮汉紧紧握在手里，青筋暴突，另一端打在了嘉航的右臂上，与嘉航健美的肌肉零距离接触。铁棒似乎还带着这位壮汉的内力，我确信我看见至少两片碎屑悄悄落在嘉航的皮肤上。

壮汉似乎被嘉航的反应惊了一下，两个人定在原地不动。

我的耳朵突然不响了，大脑重新恢复思考了，语言神经一瞬间占领高地了。我用足力气大声叫喊："He's my friend！We are friend！（我们是朋友！）"然后以下课飞奔到食堂的冲刺速度飞奔到他们两人中间，以革命英雄炸碉堡的必死决心定在那里不动。

我把我的话又跟嘉航重复了一遍，嘉航恍然大悟，面如死灰。到了和壮汉一刀两断的时候了。我还是忍不住浑身颤抖，一边抽搐一边向送我逃出来的壮汉道谢。小女子唯有来世做牛做马，壮士好走不送。

等壮汉走远，嘉航才龇牙咧嘴地护住胳膊喊疼。他的胳膊在以大于1秒2次的频率重复着微颤，铁棒打到的地方又黑又紫，肿得老高。我像捧着国宝上节目那样捧着他的胳膊，一步一挪往停车的地方走。

"不是跟你说了在外面等我吗？"嘉航一边"咝——咝——"地倒吸着凉气，一边狠狠地问我。

我说："我知道……可我是真的担心你们，真的不想一个人待着啊。"

说着眼皮一阵酸胀，眼泪一滴一滴又滚了下来。

"不要哭了。"嘉航抬起受伤的右手想要擦干我的眼泪，刚抬起一半就好像被烫了一样缩了回去，我的泪腺好像收到了至高指令，堤坝堵上了。

走到车旁，阿武一脸焦急地等在车旁。

我前言不搭后语地跟阿武说了一通，最后又强调了一遍：去医院。

"我本来想拉住嘉航，别又冲进去找你，结果没拉住。"阿武一句话，让我的泪腺又一次崩溃，我眼泪汪汪地看着嘉航，半是感动，半是羞愧。他摸了摸我的头，淡定地跟我说："已经没事了。"

我们就此收工，直奔国际和平医院。车里，我觉得浑身的委屈、恐惧、羞愧和不甘已经控制不住要从每个细胞里喷薄而出，只有再一次通过泪水发泄。我躺在嘉航腿上，他用没受伤的那只手慢慢摸着我的头，我感觉到从未有过的温暖，像小猫窝在主人怀里慢慢慢慢地睡着的温暖。

一路上，我的眼泪流到了嘉航的裤子上，洇出了一小片水渍。我的眼泪无声地谴责着自己，我绝望地发现，自己去了这么多次现场，原来还是当不好记者。韩站长安排我们集体行动，是因为他一眼就看出我当不好记者。

"Welcome to Egypt！"这句话像最恶毒的脏话一样，一遍一遍捅着我的心，刺激着我心里深处的自卑。

我不敢想象，万一那位壮汉也是混混，甚至比蒙面混混更可怕，我会怎么样。我知道，我之所以突入重围，只是为了我内心卑微的恐慌，或者只是因为不想被乔女红鄙视，不想一个人待着，我放弃了最安全的做法。对于这些，我满腔委屈，但都无法说明，也不能说明。

不是有了新闻理想、具备了实战经验，就能当得成一名好记者。在恰到好处的时候从示威人群里抓取合适的采访对象，用两三分钟时间和驻守冲突现场的兵哥哥混熟，从水泄不通的人潮中杀出一条生路……还有太多事情，我无力做到。一个想法撞到我的脑海里：或许这一辈子，我都做不成一个好记者了。

我闷着声问嘉航："我还能做记者吗？我觉得，自己好失败……"

他慢慢地摸着我的头，轻轻地，但是笃定地回答我："那还用说。"

尽管我的泪还流着，尽管还有些委屈和自卑，但心里却好像有一股甜甜的感觉泛滥起来。像是有谁把心爱的巧克力喂到了我的嘴里，因而笃信有人对我一百分地宝贝、一百分地呵护，发誓不让我再受任何委屈。我的泪任性地流着，而他的身体毫无保留地承受着这泪水……

到了医院一查，嘉航右臂骨折。医生像打包小行李一样把嘉航的胳膊胡乱包扎一番，然后就打发我们走了。

两天之后，7日这天，由于担心暴力冲突继续发生，塞西大手一挥，坦克和装甲车开上街头，和军警一起扮演解放广场的守护神。军方发言人说，军方将"保卫和平示威"。这意思无非就是，政变示威者请进，总统支持者请跪安。严防死守下，解放广场的一场高潮终于渐渐落下帷幕。这场大戏以民选总统穆尔西的倒台和塞西为首的军方掌控实权而宣告结束，史称"二次革命"。

当晚，除韩站长以外，老袁、小陈、嘉航到了开罗华人区的中国餐馆"中国风"喝酒，庆祝大战告一段落，借着给我压惊的名义也叫上了我。我换上精致而不俗艳的妆容，戴上天蓝色隐形眼镜，点了"中国风"里最喜欢吃的白菜粉丝豆腐煲，三位男士点了几盘硬菜，外加一箱当地的萨加拉牌黑啤，一边胡侃一边拼酒。

一箱啤酒喝了过半，三人都有些高了，剩下小半箱酒就只能通过游戏拼完。每当此时，真心话大冒险就充分显示了它的不可替代性。

时间不早，外面的野狗在叫，垃圾遍地，路灯昏暗，我不想一个人回去，只能硬着头皮参加。人不多，女生就我一个，大冒险没什么氛围，真心话模式开启。一开始，大家还都带点试探性质地提问，随着天色越来越黑，底线被探得越来越低，频频举杯。

"你有没有男朋友？"

"怎么分手的？"

我不愿破坏规矩，又不愿说出口，只能小抿一口，一口接着一口，话和酒都憋在肚子里了。

餐馆是中国餐馆，桌椅却是西式快餐店的桌椅，四周镀了一层钢面，抠也抠不下来。我的手有点无依无靠，只能撑在椅子腿上。

"那你现在有喜欢的人了吗？"

我没回答，立马喝了一口。小陈追了一句："别光顾着喝啊嘉佳，你这样多没意思。"

"难道是不方便说？我们认识？"老袁虚长我们几岁，关键时候淡淡一语如同惊雷。

我的脸开始发烫。我低着头看手机，脑子里想着：回家第一件事是要在微波炉里热一杯牛奶，就着两块饼干吃。

想完之后，我认为隔的时间够长了，然后不经意地抬头，不经意地看向嘉航，发现嘉航也正在不经意地看向我，我像被电了一样，赶紧移开视线，然后转向剩下的啤酒罐，手上不经意地抠着椅子腿上的一层镀钢，手指被椅边上尖锐的倒刺划了一下，我没吭声。

又过了几巡，剩下的半箱子酒快被消灭了，小陈却又想把问题往我身上绕。这时嘉航压着嗓子说了一句："咱们今天是给嘉佳压惊，小陈你喝多了。"我听着振聋发聩，往另一个杯子里加了点热水，结果动作太快，洒了一点出来。小陈"欸？没有啊！"哼唧了两声，可其他人没再起兴，也就过去了。

还剩一瓶啤酒了，几个人杯子里分了分，算是任务完成。老袁若有所思，小陈好像没有尽兴，嘉航只沉默地看着手机，手上的纱布绷带和手机蹭来蹭去。

空气中像是有一层霾，浓浓地隔绝着彼此。虽然气氛仍然是喜悦的，我却感觉自己似乎提前被嘉航的淡定判了死刑。从那以后，每次谈到"中国风"，脑子里就会浮现出掉了漆的椅子，进而想起解放广场上掉了漆的铁棒，然后莫名忧伤。

冷宫格格不是要逆袭吗？说好的逆袭呢？我突然沮丧得想哭。

无比漫长的四五秒

吃完饭回到站里，老袁打了个招呼，先一步回他房间。小陈作势要揽我的肩，问我怎么样，我闪身一躲，冲他翻了个法式白眼说我没醉，我自己走回去。其实我真的没有醉，只是一开始喝得有点多，脑子里有点晕，心里面有点堵，脚底下有点软。

我进了宿舍，关了门，走进洗手间，坐在马桶上，运气吐纳，定了定神。

自从上次在解放广场突然耳鸣之后，我作息规律、休养生息，这两天每天早上洗一次澡，晚上洗一次澡，饭前洗一次手刷一次牙，便后洗一次手刷一次牙，那件被摸过胸的衬衫被我扔在垃圾堆里，耳朵里没了噪声，一切恢复正常，解放广场的噩梦貌似已经远去。

上完洗手间，打开客厅的灯。刺眼的白炽灯光让我想起了我该干的事：把牛奶倒在杯子里，然后放进微波炉里热了热，拿出来不烫不凉，就着饼干吃。可我吃了一片饼干，却越觉得胃里难受，头脑眩晕。我回卧室，躺在床上，身子一软，脸一侧，眼一闭，泪流到床单上，一气呵成。

一口牛奶在我胃里翻滚，左冲右突，一滴泪刚从眼角钻进枕头，无影无踪。

我明白这泪是为谁流的，我没等到我要的答案，没等来我要的人，这泪是我无声的控诉。混沌之中，我意识模糊了，模糊之中，似乎听到有人在敲门。我顿时酒醒了大半，一股热流突然涌上来，太阳穴突突跳着，心怦怦撞着，脑袋里热流翻滚着，我屏气凝神听了片刻。

咚咚，咚咚，咚咚……

是有人敲门。

我又觉得会不会是电影里的女鬼？我最怕恐怖片，可我最爱看，看的时候又必须扯上别人。可另外一种更强烈的欲望把嘉航的样子投射在我的脑海里，鬼使神差地驱使我开门。

门上没有猫眼，我更不敢问，只能呼一下猛地把门打开。嘉航站在门外，似乎有点意外我的金刚开门手。

门外的风打在我脸上，我酒醒大半，愣了两秒，马上恢复了娇羞。酒气微醺，我突然想大胆做一件事，但是我的身体还有些麻痹，我怕行动不调，口齿不清。我用我自认为迷离的眼神看着嘉航，嘉航进门，问了一句："真喝醉了？"

我没答话，把他迎进了小客厅。他看了眼桌子上的杯子，然后拿到我手里，让我再喝点。

我是真的喝不下了，我怕再喝就会吐，但是我的小手抓着他的大手抓着的杯子，还是喝了一口，我觉得这一口是命令，是喜欢一个人的宿命。

"睡一觉，明天就好了。"

我"嗯"了一声，没头没脑地呜咽着说："'中国风'还不错，下次还想去吃。"

"好，找天不忙的时候，我带你去吃。"他不为所动，淡定沉着。顿了顿又说："时间不早了，我来看看你，那你好好休息，先走了。"

我心头一惊，嘉航已经起身要走。

我突然很感激我今天喝了酒。我要做一件事。

整个动作不假思索，我已在梦里演练过无数次，我今天要实施它。

我上前轻拽住他的胳膊，把他的身体扳了回来，我不顾他错愕的眼神，伸手笨拙地捂住他的脸，只露出眼睛。

这眼睛里面映着客厅里白色的灯泡，映着我的人影。这眼睛漆黑深邃，蒙着一层雨后的迷雾，深邃之中，隐约藏着模糊的亮光，仿佛是我们一起报道瓯州动车事故时的亮光，又好像是那天看电影时他牵起我的手的亮光。光芒深处，光怪陆离、捉摸不定的，是他的整个世界。

我确认了这亮光，松开手，接着抱住了他，把头靠在他胸口。壮实的，是他健硕的身体，带给我浑身触电一般的酥麻。

抱住他的一刹那，嘉航的身体颤动了一下，我的心跳震动着他的身体，他的身体却给了我僵硬的答案。

在无比漫长的四五秒钟之后，我尴尬地松开他的手，一步一挪地打开我的门，退在一边，让开他离去的路。

进位皇贵妃

宿舍的门开着，外面的世界像是可怕的黑洞，我离得远远的，无力地抗拒着这现实。

嘉航走了，因为我的自作多情。房里的空气憋得我喘不过气，冰箱不时哼哼两声，我一句话也没说。

我没来由地想起我来埃及的时候，第一次见嘉航。他刚从利比亚回来，身上好像还带着硝烟味儿，我的内心万马奔腾，他的表情如平静的湖面。我以为我们在解放广场的革命友谊可以升华一下，但当解放广场的示威者们各回各家、各找各妈、各敦各的友谊时，我和嘉航却一夜回到解放前。

或许早在一年前，我们的友谊已经回到了解放前。

我为我的自作多情而生不如死，我不知道我该在我的冷宫里待着，面壁思过，还是该立刻生一场大病，申请回国治疗。

我正发着呆，门铃响了。

我行尸走肉一样走到门口。

"研究表明，喝牛奶不能解酒，喝蜂蜜水效果更好。我刚刚回宿舍给你冲的，赶紧喝了吧。"嘉航过来的时候有些急，语气有点喘。他停了一下说："我刚才还在准备一件事。"然后另一只藏在后面的手伸了出来，拿出一捧玫瑰花。

我的眼睛直直地看着他变出来的花。

是真的玫瑰花，不是塑料花，不是国内情人节的时候奸商拿出来骗人的月季，是货真价实的玫瑰，看样子，应该是33朵。

我知道它的花语：缘定三生、爱你三生三世。

可我心里好气哦。我想，你不能要求一个刚刚被你的沉默拒绝的女生立马对你投怀送抱，你也不能要求她在这种情况下还对你予取予求，你不能不喜欢她还对她好，还让她以为她懂得了什么叫作爱。

"你不知道人生有三大幻觉吗？"我的语气有点伤心，还有点冷漠。

"不知道啊。是什么？"

"他喜欢你、手机震动、还能反杀。我觉得你在这里，就是幻觉。"

他听后愣了半晌，但还是说出了我期待已久的四个字。为了这四个字，我觉得自己已经等待了四个世纪。

这四个字好像一句咒语，把我定在了原地。嘉航好整以暇地把蜂蜜水放在门口的鞋柜上，然后拿起我的手，去接那捧花。

其实一开始我是拒绝的，我想挣脱他的手，但我的手被他的手半握半钳着，我尝试了，没有挣脱，于是就放弃了。

可他的手指引的方向并不是那捧花，而是那捧花后面的胸口。电光火石之间，我的手贴了上去，捕捉到一片性感的胸肌。

手心开始出汗，我不知道是我的酶活性升高导致体温突变，还是嘉航的胸口变成了火炉，我要去火中取栗，总之我的手心开始出汗，嘉航的胸口很烫。

我不知道我是该甩他一个巴掌还是应该骂一句"讨厌"，就如同我不知道在这种时候该说"变态"还是"不要"。

然后我似乎感觉到他胸腔里强劲有力的一种鼓点。咚、咚、咚，像是有一头野兽要冲破包裹着它的血肉之躯。

我突然明白了什么，抬起头看嘉航。

嘉航低着头，抓我的手一下子没了力气，好像是槐树一下子忘了落花，柳树一下子忘了吐絮。他的眼神跟我对视了一秒，然后注意力马上转到我衬衫纽扣的样式上去。他咽了一口唾沫，喉结做了一个伸展运动。

那个时候，我突然发现，原来一个男人害羞的时候是这个样子。我感觉自己好像看到了什么不得了的东西一样。

我赶紧把手从他的掌控中抽出来，然后说声谢谢，接过花，就要插到客厅的花瓶中。花瓶是一个浅绿色的玻璃瓶，上书"花好月圆"四字隶书，不知道是在这里驻外的哪一任留下的。

我正准备把花插过去，嘉航悄悄从后面抱紧了我。

我这个时候才想起来哭："你刚才为什么走了……"

他说："我刚才没想好，现在想好了。"

"如果你没做好准备，就当我什么都没说，我没事的。"

"这句话，我也想问你。"

"嘉航，你这么优秀，你可以喜欢很多人，也有很多人会喜欢你。"

"你的心意我已经感觉到了，我的心意难道你没有感觉到？"

我语带哽咽："我害怕。"

嘉航说："我知道，我不会。"

据说，每个降临到这个世界的人都自带粮草和地图。但如果缺少一个引路人，我们就无法看到诗和远方，直到弹尽粮绝、穷途末路。

我清楚地记着这一刻，嘉航让我看到了远方。

在那里，存在着一个以他为名的奇迹，让我相信，即使我一无所有，仍然有人守在我身旁，鼓励我相信自己，相信明天，相信爱情。

这一刻，是我们真正的开始。我已经被他拥在了怀里，前所未有的巨大暖流在血管里横冲直撞。

胸口也"怦怦"震荡了起来，我分不清这急促有力的心跳是我的，还是他的。

我怕他感觉到这心跳，想抽身离开，却又千万般不愿意。暖流此刻从心房里流出，流到奇经八脉了。我冒着大不敬之罪勾引了皇上，我的整个人都在皇上许与不许之间。然而皇上仁慈体恤，我一瞬间从冷宫被抬到了暖阁。

嘉航天恩浩荡，而我沐浴天恩。旁边就是冒着热气的皇家太液池，身后就是在龙床上等着我的嘉航。我想，我再也不是冷宫里的格格了，我得到了嘉航，我就冷宫逆袭，我就得到了天下。

我闭上眼，脑海里同步着电视剧里太监尖细而绵长的声音："奉天承运，皇帝诏曰，冷宫端木氏，丕昭淑惠，珩璜有则，持躬淑慎，秉性安和，臧嘉成性，着晋为皇贵妃。钦此。"

此刻，我进位宠妃了。

我头戴镶着凤凰与珠翠的旗头，矜持地跪接圣旨："谢主隆恩！"旗头边上的珍珠流苏碰到地面，摩擦声细碎清脆，一下一下地挠着我的心。

我蓦地又一次鼻酸，极力控制的眼泪从眼角不动声色地滑落：在没有嘉航的这些日子里，我是怎么过来的？我又是怎么忍受这日复一日的平淡与孤独呢？7月5日又是一个多么神圣而怪诞的日子！如果没有蒙面青年，没有大个子黑壮汉，没有反对派，没有穆尔西，没有解放广场，又有什么能够推着我走向他，让他抓住我，点燃我死灰一般的心火？

两年之后，2015年，在"二次革命"后被捕的穆尔西被判处死刑。2017年的6月18日，他又因间谍罪及泄露"机密文件"被判了40年监禁。幕落人亡，这是一个牵线木偶最后的落寞收场。

穆尔西的陨落，恰逢我们爱情的开始，然而当他银铛入狱的时候，我们之间又有了新的故事。

而对于在埃及活跃了80多年的穆斯林兄弟会来说，此时的"政变"只是一个噩梦的开端。代表军方势力的老太后塞西已经和穆兄会彻底闹翻，政治和社会的双重危机正在膨胀。就如同德国的《法兰克福汇报》说的一样：双方比预期的都要显得更好斗，在前民选总统穆尔西被军方推翻后，新的统治者塞西尚未控制这个多灾多难的国家，平稳过渡的时代远没有降临埃及。

我们

人总是活在一种迷茫与纠结之中。有时候，迷茫来源于书本里找不到的答案；有时候，迷茫来源于内心的呼唤得不到满足；有时候，迷茫来源于对未知的恐惧和对行将失去的担忧。

就在政变前夕，小陈把一段"优兔"上很火的视频拿给我看，视频是尚在总统之位的穆巴拉克有一次对时局发表的一段讲话，在这个时候被人翻了出来。穆巴拉克意气风发、中气十足："永远不要相信他们（穆斯林兄弟会）想要民主或者什么，他们只会利用民主来破坏民主。一旦他们主政，只有丑陋的独裁。"

现在，在来自穆兄会的穆尔西被选上台又被政变赶下台后，这段讲话被人们疯转，纷纷评论说穆巴拉克预测到了未来。有很多曾经在一年前给穆尔西投过票的人，装作如梦初醒一般，痛斥穆兄会的专制独裁，同时开始想念安稳的穆巴拉克时代。那时候虽然经济疲软、失业率高、社会矛盾激化，但很多人依旧可以安安稳稳地度过一生。

但他们恰恰忽视了很重要的一点：正是这些如梦初醒的人在2011年1月的时候，聚集到解放广场和全国各地的广场，推翻了穆巴拉克长达30年的政权。

而这一次，又是在解放广场，紫气东来，天降祥瑞，反对时任总统穆尔西的埃及人民又一次翻身做主。虽然不知前路是好是坏，但每一个参与到这场"二次革命"里的人都真真切切地感到了自己的力量对扭转乾坤的意义。好似曾阿牛得到了《九阳真经》，卓一航遇见了白猿，郭靖、黄蓉发现了武穆遗书，势必要干一番重整乾坤的大事。

世事往往是一个反转接着一个，令人啼笑皆非，而人的改变往往也就在一刹那。一个无业青年，如果没有到过解放广场，或许一辈子就在街角暗巷里干一些蝇营狗苟的勾当；一个菜鸟记者，到了解放广场，虽然或许遭遇从未有过的狼狈与恐慌，但她看到了头破血流，看到了众生百态，看到了绝望之中的希望，挣扎着从人潮的漩涡中走了出来，便也算是经受考验、劫后重生了。

此刻，我的改变不仅仅是经历一劫之后的重生。我找出嘉航给我的那件衬衫，堂而皇之地穿了起来。我找到他的手，堂而皇之地牵了起来。我堂而皇之地发了一个朋友圈，把那捧玫瑰花拍了下来，图片说明就配了两个字"我们"。

在十几个小时以后，熊苏文在这条朋友圈下面点了一个赞。我看到他的点赞，默默地盯着他的头像看了许久，不由叹了一口气。

后来回想，当时的我是如此的年轻与幼稚，尼罗河上的风吹开我的窗户，撩起我的头发，仿佛在问我，你所希望的永远，到底多久才会到来？

第七章
感情总有理智无法理解的理由

我的头发此刻散在嘉航的胳膊上、胸肌上，他用手把它们弄乱，又拢起。我的脸此刻柔柔地埋在他的胸口上，喉咙里强忍着尖叫，任由他的手带领我在他身上攻城略地。

此刻，我紧紧靠着他，如同靠近我的整个青春。

红樱桃与黑樱桃

小时候家里穷，好吃的很少，吃一次白糖饼好久都会馋得不行。所以我的记忆里留存的儿时回忆除了数码宝贝和名侦探柯南，大多和吃的有关：打着色素和糖精的甜饼，人工奶油面包，用长了虫子的杏肉做成的"唐僧肉"，过年礼盒里面放不坏的蛋糕，还有打虫药宝塔糖。

许多年后，我赚了钱，有了薪水，回到老家再次搜寻这些零食，有的找到了，但是却再也吃不出原来的味道。

唯有宝塔糖，我肚子里没有蛔虫，于是再也没办法吃。我的记忆里，它是幼儿园阿姨发的，免费的。彼时，幼儿园阿姨刚刚生下小宝宝，奶水充盈，给我们上课时乳房就涨得厉害。

一天下午，她刚刚给我们发完黄色的宝塔糖，就赶紧去办公室里挤奶。我吃完一颗，意犹未尽，欲罢不能，去她休息的地方找她，却看到她将上衣撩了起来，鲜红色的奶头肿胀着，像是没有熟透的小樱桃，从小樱桃里面漏出的奶水一个奶瓶装不下，滴在了地上。白白的，圆圆的，有的拉着白丝，有的镶着蕾丝边。我愣住了，惊呆了，在我眼里如此美丽可爱的阿姨在做着一件以我三岁的智商无法理解的事情。

阿姨看到我进来，镇定自若："怎么啦嘉佳？"她的奶水像是一个没有关紧的水龙头，兀自一滴一滴往下滴答着，在地上汇成一小滩白色水迹。

"阿姨，我的宝塔糖不小心掉地上了，你能不能再给我一颗？"

阿姨虽然面目潮红、樱桃肿胀、自顾不暇，但一下子就识破了我的诡计："嘉佳，那是药药，吃多了不好，乖。"

从此以后，宝塔糖、幼儿园阿姨的红色樱桃和她镶蕾丝边的乳白色奶水，就留在了我的记忆里，成为我童年回忆中玄幻而美好的一部分，经久不衰。

而现在，我破解了其中一半的秘密，而另一半的宝塔糖，成为我记忆中永久封印的美好与甜蜜。我有了买第二颗宝塔糖的经济基础，却知道我无论去到哪一个大药房，都不可能买到小时候宝塔糖的味道了。

那是一种可遇而不可求的美好，是一夜错过就再也梦不到的帅哥，它的威力如此之大，令我二十几年念念不忘。二十多年后，嘉航变成了我生命中第二颗宝塔糖，填补我每每想起宝塔糖时欲壑难填的虚空。

在喝醉酒之后大胆勾引皇上的那个晚上，我感觉自己用尽了全身的体力与精力。夜里，我重复做着一个冗长而杂乱的梦。梦里，我入主富丽堂皇的坤宁宫，细细梳妆打扮、粉饰精致，接受六宫妃嫔、公主、王福晋、正三品以上命妇的叩拜。

我的旗头正中是点翠的金色凤凰，沉沉地压在我的头上，左右两边是两只略小一些张着翅膀的蓝凤凰，凤凰嘴里吐出两只金步摇，随着我一步一步稳坐坤宁宫主位凤座而一步一摇。等合宫觐见结束，我到勤政殿叩谢皇恩，嘉航温柔地告诉我，晚上有合宫夜宴，专门为我庆贺的，我含笑谢恩。

夜宴上，我准时赴宴，却发现自己皇贵妃的位置被乔女红抢了。然而端坐正中的嘉航却不謦不欬，由着乔女红祸乱后宫。乔女红坐在我的位置上喂皇上吃了一口红樱桃，皇上咬了一口，红樱桃的汁水从唇边流了下来，乔女红作势要伸出舌头舔掉……

第二天早晨醒来，我的头感觉像是做了十张数学卷子那样钝钝地痛，花了五分钟时间确认现实里的状态——没错，略显局促的卧室是真的，窗外的清真寺是真的，楼下穿梭的汽车里放着的阿拉伯鼓点也是真的，昨晚我刚和嘉航确认关系，我是嘉航最钟爱的皇贵妃，这和两点确定一条直线一样，都是拒绝辩驳的公理。

经过解放广场这一次战役，韩站长昂首挺胸、意气风发。为了显示体恤下属，他破例给我们所有人放了一天假，我们这一天不需要盯动态、不需要调研课题、不需要被叫去开会，也不需要刺探《震旦日报》和远东通讯社的记者站最近在做什么选题。

准备起床的时候，时间是中午12点半，手机忘了开，屏幕上冒出来五条新短信，都是嘉航的。第一条问要不要一块儿吃午饭，第二条是催问的，第三条表明了放弃的意图，第四条说他下了一部好莱坞的新片，第五条问要不要晚上一起看。

我忙不迭地回复："现在说想看还来得及吗？"

片刻，嘉航旨意传来："甚善。"

他下的是一部好莱坞剧情片《安娜·卡列尼娜》，片长两个多小时，冗长而迷幻。我和嘉航坐在长沙发上一边看电影一边吃杧果。我最终看穿了这部电影，它无非是每一个女生都会思考的问题：爱情或面包？安娜和渥伦斯基都因深陷这个问题而最终结局悲惨。

如果有权有势的亚历山大·卡列宁和尚未变坏的青年军官渥伦斯基同时站在我面前，我会选哪个？

当时，我还没有办法回答，我觉得我不需要回答，因为嘉航比他们两个人都好，他们两个人没有嘉航充满磁性的男低音，也没有嘉航好像雕刻出来的五官。时间已经是晚上，我突然感到有些冷，我说："嘉航，我有点冷。"于是我躺在穿着睡衣的嘉航的怀里，缓缓地摸着他的身体，透过体温的交换来确认自己比安娜更幸福。嘉航坐怀不乱，一部电影下来只同我讨论剧情。我笃定地相信：嘉航是皇帝，我就是唯一的皇贵妃。躺在嘉航怀里，我就拥有了天下。

一开始，嘉航搬到我屋里的时候，我连睡觉都会小心翼翼。我们洗完澡，上了床，嘉航已经在床上，又开两腿大大咧咧地躺着。我躺在床的另一边，侧身看着他，听着我"怦怦怦"的心跳声，关了灯，闭上眼。嘉航入睡很快，不到一会儿旁边就有了轻微的鼾声。我越发一动不敢动，害怕我一动就会吵醒嘉航，让他知道我没有睡着的事实，进而追问我为什么没有睡着。

我害怕让他知道，他在我心中是那么的神圣，和幼儿园时阿姨乳白色的乳汁和肿胀的乳头，以及再也吃不到的宝塔糖一样神圣。我害怕他知道以后，会停止喜欢我，会觉得我廉价，会失去对我探索的兴趣。

所以在第一个星期，我整个白天昏昏沉沉，整个晚上昏昏沉沉，在每每渐入梦境的临界点，却又奇迹般地清醒了过来。嘉航轻微的鼾声在我的耳边远了又近、近了又远，像是村子里一出吹吹打打的红白喜事班子乐，绕过了山头又绕了回来。

直到第二个星期，半夜，他翻了个身突然问我："嘉佳，你是不是没睡着啊？"

我顶着他看不见的黑眼圈，看着他沉默。

万幸，他没再追问。他伸出胳膊，从我脖子后面穿过，搂住我淡淡地说："靠过来。"

我的耳朵听到声音，他的指令传入身体，输入大脑，我以最快的速度做出了反应，就像是电视里某位嫔妃身边的洗脚婢，在某一次近身服侍的时候被皇上看中，一朝晋封宫嫔，凤凰于飞，翙翙其羽。

我枕在他的手臂上，脸冲着他的胸肌，上面吊着两个大黑樱桃。淡淡的沐浴液味道混合着陌生的雄性激素的味道，让我浑身燥热而酥麻。

我猛然间想起了宝塔糖，这两颗黑樱桃如果有味道，也应该是这个味道。不同的是，宝塔糖离我远去，而我和嘉航的永恒，才刚刚开始。

我记住了这个味道，它有一种魔力在我周围漫散，于是我受其蛊惑，鼓足勇气用我颤抖的手去触碰他壮实的胸脯，用我笨拙的舌去轻尝以嘉航为名的果实，他察觉到了我僵硬的动作，用另外一只没被我枕着的胳膊向我逼近。他粗糙的手轻捏了一下我的脸，然后轻抚我的发，抓起我的手，褪去我的睡衣，带我一起探索暗夜深处的奥秘，让我坠入无可名状的深渊。

我的头发此刻散在嘉航的胳膊上、胸肌上，他用手把它们弄乱，又拢起。我的脸此刻柔柔地埋在他的胸口上，我的腿紧紧地缠绕着他的腰腹，我干渴的喉咙里强忍着尖叫，任由他的手带领我在他身上攻城略地。

我开始相信，人不只有在孩提时代才有真正的欢喜与幸福。此刻，我紧紧靠着他，如同靠近我的整个青春。

幸福感

我穿上了嘉航送我的那件衬衫，它就是我的凤冠霞帔，印证着一个皇贵妃的无上荣宠。我在屋子里的时候穿着，在跟小陈、老袁他们聚餐的时候穿着，在每周站里开例会的时候也穿着。

"嘉佳，你们啥时候在一起的？保密工作做得也太好了吧！"

"……"

"嘉佳，是不是上次解放广场的时候？我瞧着那时候你们就不对劲了。"

"……"

"小陈，吃饭。你最喜欢吃的鸭血，就剩最后一块了。"

"你……你真没意思……"小陈一边皱着八字眉，一边把最后一块鸭血夹进了碗里。他碗里还有三块，加上这块，一共四块了。

每次聚餐的时候，小陈开始起哄，老袁就适时制止小陈无理取闹的行为。他们俩还很默契地坐到餐桌的一边，另一边让给我和嘉航。

开罗的夏天很热，天一热人们就更喜欢八卦，好像八卦比西瓜更能消暑。

曲毳跷着二郎腿坐在我客厅的沙发上，左手一杯卡布奇诺，右手一块肯德基的原味鸡，大腿上的肥肉由于地心引力的作用堆成一大坨吊在下面。我看着她张开血盆大口，撕下一块鸡肉，然后把原味鸡放在面前的碟子里，用又油又胖又短的食指对着我一指："嘉佳，你变了！你居然不跟我说！好消息要和好朋友分享，你应该让我们参谋参谋啊！"然后一转头看向关雎，"菊苣，咱们跟她绝交！"说完满足地喝一大口卡布奇诺，然后定定地看向我。

"这不就刚刚开始，我就赶紧把你们请进宫里，与我说说体己话？"我矜持地喝了一口菠萝汁，真诚地看着曲三毛，"从今以后，你们应该叫我皇贵妃娘娘。"

曲三毛一口"呸"了出来，我几乎看见空气中划过两颗鸡块的微粒："皇贵妃娘娘？那我就是皇后。"转头用油手一指关雎，"你可以当贵妃。"

"为什么不是皇贵妃？"关雎对宫斗小说不太感冒，她喜欢看的是原版的英文小说。前两天我跟她说刚看完一本《麦田里的守望者》，她像发现了新大陆一样激动："我觉得塞林格在这部小说里的用词风格特别写实，语气和主人公的性格状态特别契合。"

我只好讪讪地说："不好意思菊苣，我看的是中文版的。"从此我再也不敢跟她讨论外国文学。

曲三毛这个时候正滔滔不绝地跟关雎讲解清朝后宫的制度："皇上可以有一后、一皇贵妃、二贵妃、四妃、六嫔，然后是贵人、常在、答应，然后是最末等的官女子，没有定数。"

　　关雎哭笑不得："我为什么要进这个后宫？再说，你也要和嘉佳一起侍奉嘉航？"

　　我说："菊苣说得对，三毛，你做皇后不合适，还是做太妃吧，你就做皇贵太妃，怎么样？按品级来说和我平级，按尊卑来说仅次于皇太后。"

　　"你咋不跟我说让我直接做皇太后？虚伪！"刚说完，像是终于想起什么重要的事情一样，"嘉佳，说了多少次了，不——许——叫——我——三——毛！"

　　"好了好了，曲小姐别闹，我再给曲小姐夹一块鸡腿。"

　　亲闺蜜陈馨馨收到我的微信后说的第一句话让我差点喷饭："我要不也找地方驻外吧？"眼下她正陷于和若干小鲜肉的暧昧之中，极度纠结。

　　我回她："嘉航可是这个世界上绝无仅有的濒危物种。"

　　她回了个翻白眼的表情，然后又义正词严地提醒我："你以前的那些毛病可得改改了，不要太任性，男人会因为喜欢你而容忍你，但他们的容忍度是有限的。另外，即使你真的很爱他，很在乎他，也不要全都表现出来，这反而会成了他的负担，给你们的感情减分。"

　　我虽然觉得她在我正开心的时候泼冷水有点不厚道，但还是回复："好的好的，知道啦。"然后把手机丢到了一边。

　　开罗的夏天热得让人睁不开眼。

　　40多度的暑热夹杂着尼罗河的热风和两岸数千年的泥沙迎面吹来，那是古老埃及的暑热之惩戒。

　　再怎么避暑，解放广场是不得不去的。上午逆着风悲壮地走向解放广场的时候，粉底和防晒霜是精致而厚实的，风是微热而矜持的，下午风刮的方向变了，回扎马雷克岛的时候依旧是逆着风，可这风里夹杂的满是尘土和溽热，还有岛上到处都有的各种形式的可吸入颗粒物。此时的粉底花了，防晒霜干了，皮肤开始呈现粉红色，用曲三毛的话说就是，过了今天，我又成功向阿拉伯黑袍妇女的肤色迈进了一步。

嘉航从来不涂防晒霜，他顶多往脸上抹一把男士用的润肤霜。晚上从解放广场回来，我喜欢把灯关上，把窗帘拉开，就着月光小心翼翼地端详他的身体和皮肤。我像触碰天神那样，用手划过他的脸、他的脖子和胸脯。他的脖子和上臂上有两道明显的印痕，清晰地标示出衣领和短袖袖口的位置，一边是黑中透着小麦色的皮肤，一边是比较浅色的皮肤，在阳光下看应该很白。我更喜欢他黑色的皮肤，我仿佛能从上面闻出尼罗河的潮风夹杂着沐浴露的味道。

嘉航说，他喜欢我的头发。我的头发垂到肩上，乌黑茂密，按他的话讲，像一片原始森林。我想要淑女的时候，就扎成丸子头、公主头，我想要奔放的时候，就扎一个大马尾，或者干脆把头发披散下来，任由他的大手穿过这片森林。

嘉航说，他喜欢看我被阳光晒过之后粉红色的皮肤，让人怜惜又不忍触碰。我猜他肯定把它当成一个处女的质量管理体系认证。但我管不了这么多，我既害怕把自己交给他，又怕这粉红色转瞬即逝，变成阿拉伯妇女黑袍下隐藏的噩梦。

因为这双重的害怕，我像着急确认什么似的，不停地用鼻子慢慢蹭他的脸，用手慢慢摸他胳膊上和胸脯上的小鸡皮疙瘩，他的手则是在耍流氓，我把他的手打了下去，不一会儿又悄悄钻了过来。我想静静地享受二人时光的时候，我会说一句：不闹了，睡吧。我想让他犯流氓罪的时候，就会悄悄从床头柜的抽屉拿出四方形的小包装，然后放在床头柜上。

月光照在他的脸上，他的瞳孔里印着我看着他的眼睛。

第八章
小屠杀

　　挡在推土机前的黑袍大妈、躲在暗处的狙击手、在我身旁爆炸的催泪弹、乔女红肿胀的小腿、停尸房里奇形怪状的尸体、背诵《古兰经》的绷带男……我的大脑高速运转着，那些淋着鲜血的场景又一个一个蹦了出来。今天的场景切换得太快，而我现在喉咙干渴难耐，肚子里翻江倒海，脑子里天旋地转。我怎么也想不明白，事情怎么会一下子发展到现在这个地步？

报道员失踪

如果有一种力量支撑着一个菜鸟继续在工作岗位上垂死挣扎，毫无疑问，是爱情的力量。如果此时让我在嘉航和工作之间做出选择，毫无疑问我选择嘉航。但如此敬业的嘉航如果知道我的选择，必定鄙视我不求上进。所以我还得想办法摆脱我的菜鸟身份，多刷刷我的战地积分。

最近又是解放广场高潮的日子。总统穆尔西被塞西解职以后，他的支持者誓要复辟前朝，解放广场上依旧重复着"冲突 — 镇压 — 平静"的无限循环，场面或大或小，伤亡或轻或重，总还是逃不开2011年初埃及大革命之后的套路。据韩站长的分析，这个叫作"螺旋上升"，是事物发展的客观规律，现在我们和埃及人一同处在螺旋中最纠结的那一小段。

韩站长出于安全考虑，没再派我上前线，所以在办公室里，就出现了我在电脑前疯狂敲字、韩站长站在身后阴魂不散的诡异画面。

所有前线的素材通过电话由我来记录、整理、成稿，韩站长觉得这样可以弥补没让我去前线的遗憾。我由于自己上次的狼狈收场，所以二话不说，只是盯着屏幕，手忙脚乱，然后像个机器人一样自动接受来自身后的最高指示。

韩站长对我的表现甚为满意，每每在我累到半死的时候，总会叼着烟给我注入一剂强心针："嘉佳，你要知道，你的努力，不会白费的！你只要继续努力，就会成长得很快。等你卸任的时候，我会把你当作驻外同志里的先进典型向报社报告的。"他专门把"不会"两个字着重强调了一下，以显示他说到做到的决心和意志。

他的烟味无孔不入，我一天到晚背对领导的绝望感也无孔不入。我默默看着电视屏幕上解放广场局势的直播，又默默看看烟灰缸里的烟头，然后默默谴责自己上次败走麦城的耻辱。

韩站长的激情就和野火烧得一样旺。2013年年中的这场由总统被解职引发的一连串大新闻，终于被韩站长紧紧地攥在手里，像数钞票一样一遍一遍地摩挲着 —— 总统下台以后，塞西开始扶植自己的势力，扩张自己的版图，但穆斯林兄弟会的势力也不善罢甘休。两派相争，鹿死谁手，尚未可知。在此期间，每一个新节点都是一条大新闻，可以让韩站长无处安放的多巴胺找到一个栖息的港湾。

"养兵千日，用兵一时。"韩站长越来越喜欢把这句话挂在嘴边。他的逻辑是，平时我们东跑西逛，自由散漫，他从来没有严肃批评过，这个时候，正值中东记者站的一场战役打响，我们要发挥"顶得住、冲得上、拿得下"的革命精神，我们要拿起我们的武器 —— 笔、笔记本、相机，冲向我们的战场 —— 解放广场，或者办公室，打一场漂亮仗。

韩站长一把年纪，斗志昂扬，我们四个人却老气横秋，只是总归不忍心拒绝韩站长"潇洒走一回"的期望，只好硬着头皮干了起来。可我去不了第一战场，只能在二线打好持久战，所以我们的雇员帕拉丁和阿武，就必须跟着老袁、小陈、嘉航他们去解放广场，去穆兄会的老巢阿达维耶清真寺广场，去总统已经逃离的总统府。

7月8日凌晨，穆尔西支持者攻击共和国卫队总部，造成51人死亡；7天之后，几乎在深夜同一时间，穆尔西支持者在开罗、吉萨等地与军警和反对派爆发冲突，导致7死261伤，400多名肇事者被抓。紧接着就到了惯例的黑色星期五。7月20日这天，连日来的小打小闹为一场恶战积蓄了足够多的愤怒与能量，穆尔西的支持者从四面八方汇聚到开罗解放广场、纳赛尔城、总统府、共和国卫队总部等多个据点，示威游行，摇旗呐喊，一度造成部分地区交通瘫痪。

当天，我和韩站长一直在办公室里紧盯各大电视台的直播。半岛电视台是个唯恐天下不乱的电视台，总喜欢把机位调得很高，摄像机专门对准下方人流最密的地方，然后画面一出，比肩接踵的人就像下雨前密密麻麻的蚁簇，让人感觉事态极其严重，其实镜头外面，其他地方的场面并不那么可怕，稀稀拉拉，三五一伙，外围的人就更少了。但观众不知道这些，越热闹的场面，观众越喜欢，收视率越高，记者的奖金也越高，这是一个良性循环。

虽然我们知道实际人数绝没有看上去那么多，但和以往印象中的现场直播画面一对比，这次的势头还是不小，穆斯林兄弟会的人把这一次的举事当成他们最后的战役，而各大媒体的镜头也重新对准解放广场。

新闻里的坏消息接踵而来："示威者向军警投掷石块，军警用催泪弹和水枪还击""军方和示威者爆发严重冲突，不停有示威者被担架抬下去""军方开始抓捕领头的示威者，以挫败示威人员的士气"……

我不停地在键盘上敲打着最新的动态进展，还不得不回应着韩站长的"指点江山"："嘉佳，你觉得这次为什么规模不大，但是冲突却这么严重？"

我想了一下回答："也许是因为穆尔西下台以后，他的支持者们的愤怒达到一个顶点了吧？"

"那为什么以前穆尔西在台上的时候，反对派没有闹到那么大呢？"

我感觉韩站长已经有了答案，于是低眉顺眼请他指点。

"因为那个时候穆尔西是一人一票把他送上台的民选总统，名正言顺，反对派也没办法否认这一点。但是现在，塞西把反对派团结在了一起，利用强权推翻了这位民选总统的统治，上了台的自然要维护来之不易的革命果实，被赶下台的也绝不接受这种近似于'政变'的夺权，自然双方针尖对麦芒，互不相让了。"

正在听韩站长纵论大势的时候，老袁给韩站长打来了电话，韩站长问了几句以后说："那你们赶紧再找找，如果实在找不到，就先回来，别你们也走丢了。顺便让老艾也问问他的家人。"

是报道员帕拉丁失踪了。

小黑屋

帕拉丁在站里负责摄影和摄像，是我们记者站的新闻业务向全媒体业态发展过程中不可或缺的骨干力量。而韩站长一直对他的工作很重视，这无形中会给帕拉丁增加一些不必要的负担。所以帕拉丁偶尔会偷个懒、耍个小聪明，但大部分时候非常尽心尽责，是记者站数年来大浪淘沙一般筛选出来的比较能干又不太计较钱的绝佳人选，十分符合记者站的管理理念和站内文化。

这天本来大家都在现场分头采访，结果到了集合的时间地点，左等右等帕拉丁都不来，连手机也无法接通。

我抬头看一眼半岛电视台的直播画面，里面的人潮仍然是摩肩接踵的一片，像是在人潮中什么看不见的地方有一个恐怖的深渊，慢慢吞噬着人们的精力与生命。

等到老袁、嘉航他们一行人回来，已经是夜里快12点。他们到办公室放下东西，就聚到韩站长的办公室开会，多半是为了帕拉丁的事情。我被韩站长压榨了一天，几近油尽灯枯，赶紧躲回宿舍里面闭关修炼。

过了不知道多久，迷迷糊糊正睡着，嘉航开门进来了。

"才开完会啊？"

"嗯。帕拉丁到现在都没有消息，我们都挺着急。"

"到底是怎么回事？"

"我们觉得统一行动太浪费时间，还是分开行动省时高效，但今天的局面确实有点不太好控制，你也知道帕拉丁喜欢到最前线去拍画面，今天听小陈说，他也看见帕拉丁往示威者跟军警对峙的最前线钻过去了，我们一分散，也就没消息了。"

"那你呢？你是不是也去最前面了？"

"我就待了一会儿就出来了，和小陈一起采了采示威者。"

一听就知道，他肯定是又去冲突前线拍了不少东西才出来。

我又担心又赌气，背转身子也不说话，闭上眼睛，不一会儿就睡过去了。

早晨是嘉航起床洗漱的声音把我吵醒了。

"怎么今天又这么早？"

"还要开会。"

"昨晚不是开了一晚上了吗？怎么又要开？"

"今天早晨再试着联系一下帕拉丁，如果真找不到，今天就要报警。"

"真的这么严重？"

"是啊，他又不是小孩子，知道我们找不到他肯定会着急，所以一旦能跟外界联系上了，肯定会报平安，可到现在都还没消息，八成是出事了。"

嘉航特别重义气，我虽然对帕拉丁不是很感冒，但看他这么着急，也不好说什么，只试探性地问一句："那你觉得是什么原因？是被人绑架勒索？"

"我怀疑可能是被军警当成示威者给抓了。我先下去再试着联系一下，你一会儿起来了也下去，一起想想有什么办法。"

嘉航说完就走了。他严肃的神情和命令的口气让我几乎没有拒绝的余地。我也挣扎着起来洗漱，饭也没顾上吃就下去了。

到了办公室，所有人都在了，老艾也在。老艾用中文说，他昨晚和今天早上都跟帕拉丁的家人联系了，但那边也说一直联系不上他。老艾说，根据他的经验判断，应该是被当成领头的示威者给抓了，毕竟帕拉丁冲在那么前面。

大家讨论了一会儿，我才知道事情的严重性。因为帕拉丁是兼职的报道员，记者站为了不让别家媒体坐享其成，就没有给他申请记者证，而他这样一个无证人员堂而皇之地拿着摄像机到解放广场采访，就属于违规采访，当局抓捕他有理有据。

这时候，韩站长也显得有些尴尬："本来觉得他干得不错，想着等这一阵子忙完就给他办证的……"我听到以后看了嘉航一眼，他也看了我一眼之后，撇了撇嘴，移开了视线。谁都知道，类似"等过了这一段"的话，就是一张空头支票，和"等再处一处咱们再讨论结婚的事""再处一处就带你见我父母"这种话等效。

讨论之后，韩站长决定让老艾先联系军方，探探情况，然后让家属报警，剩下的人一方面注意安全，另一方面也要紧盯动态，同时嘱咐老艾赶紧给另一个报道员阿武办记者证。

阿武一直是"黑户"的原因和帕拉丁类似，但由于阿武是华人，同时给两三家国内驻埃机构干活，大家资源共享，都得了便宜，谁也不会想到给他办证，因为他谁的人都不是。可这次事情出在我们《叻报》中东站，韩站长为了以防万一，也赶紧张罗着给阿武办证。

老艾一打听，帕拉丁果然被军警关了起来，原因也和我们猜的差不多。老艾回头跟站里一汇报，问韩站长要了些打点关系的钱，就赶紧开始营救帕拉丁。为了证明帕拉丁的身份，也为了办事更体面，老艾让韩站长派我一起跟着，其他人在站里盯动态。

我们先是去了新闻部，跟新闻部的两个小头头说明了情况，把帕拉丁补办记者证的材料交了上去，然后去了埃及武装部队最高委员会下属的政治部。老艾早就买了两瓶法国的红酒带上，等到政治部的一个头头批准我们进他办公室，老艾把红酒放在他办公桌一角，然后赔笑着跟他说明情况，希望能够尽快释放我们的同事帕拉丁。

在埃及，任何事情都绝不可能一次办成，尤其是这种"捞人"的事儿。那个政治部头头把现状和困难陈述了一番，然后推辞了一下红酒，老艾再坚持，他就道谢收下了。

临出门前，我觉得我也应该帮着做些什么，就主动跟那位头头说，能不能让我们看看这位同事，我们好几天没见着他，希望能行个方便，看一眼。

这位头头在我身上停留片刻，然后拍拍我的肩膀，借握手的机会把他的两只大手覆在我一只手上。在我忍受了他滑腻手掌将近十秒钟之后，他答应了我的请求，然后半开玩笑地告诉我："No reporting!（不许报道！）"

出了这位头头的办公室，老艾夸了我一句，然后跟我解释现在的情况。因为现在塞西当局正在严打穆尔西的支持者，所以凡是穆兄会的主要成员和示威者里面的激进分子都要宁枉勿纵。军方的人说，要等到当局把他们的政治身份都核实清楚，确定没问题了，才能放他们出去。

"可能以后还得辛苦你，咱们多跑几趟。"老艾对这种事情司空见惯，从政治部拿了一张准予探视的字条，就赶往关押帕拉丁的地方。

我对埃及的监狱几乎没有什么印象，唯一的印象是收押前总统穆巴拉克和他儿子的托拉监狱。托拉监狱建在华人聚居的马阿迪区，外面隔着一道高高的围墙，四周斑驳的铁门紧紧闭锁，像是一位老处女紧守着她的门户，谁也不知道里面是什么情况，只是听闻穆巴拉克和他的儿子在里面衣食无忧，因此受到很多政论家的批评，指责他们建立了"托拉王朝"。我想"一朝天子一朝臣""人走茶凉"这话一点儿都不假。人家已经80多岁了，又是被赶下台的失败者，一众看客犹嫌不足，落井下石，实在是世态炎凉。

可老艾获知的关押示威者的地方不是这里，而是紧邻解放广场的前民族民主党大楼。

前民族民主党大楼可谓是埃及大革命的见证和缩影。大楼有六七层高，在开罗市中心，紧邻解放广场和国家博物馆，早在2011年"百万人大游行"的时候，这座大楼被视为穆巴拉克专制暴政的象征，让示威者一把火烧了，只剩下黑黢黢的外墙。我们从来也没有进去过，没想到现在成了军警关押示威者的地方，可见这根本不是正式拘押，而是临时的"小黑屋"。

我们拿着记者证和字条进去之后，才知道那位头头说的"不要报道"的含义。整个大楼的每一层都有士兵把守，每一间办公室都重新分割，变成一个个小屋，小屋的门早就被烧毁，取而代之的是一扇新装的铁门，门上方有一扇只能探视的小窗，从小窗望进去，里面是小黑屋的世界，关着不知多少示威者。

我们只知道这里被关的都是7月20日那天参加游行示威的人，但这里的士兵们也没有关押人员的名单，我们只能一间一间地找。我从一楼开始往上，老艾从四楼开始找。

我从来没干过这种事情。士兵为我打开一扇铁门，一股混合着尿骚味、汗臭味的污浊空气扑面袭来，几十只苍蝇在头顶横冲直撞，里面挤着的几十个人听见响声，几乎同一时间看向门口，原本嘈杂的环境一瞬间安静了。他们有的浑身乌黑一片，有的还能依稀辨认出相貌，有的努力适应着突如其来的亮光，脸上还露着发狠的表情。我鼓足勇气屏住呼吸艰难喊出一嗓子："Is Paladin here？（帕拉丁在吗？）"

人们的目光收了回去，有的还瞪我一眼，开始继续睡觉、聊天甚至喊着口号。我见状还不死心，扯着嗓子又喊了一遍："Paladin Yassin？（帕拉丁·亚辛？）"再也没有人理我。

就这样，从一楼一间一间找到二楼的时候，老艾终于打电话给我："找到了。"

这是五楼的一间小黑屋。

帕拉丁缩在人群里，脸是黑的，衣服也是黑的，几乎辨认不出。门打开以后，阳光刺到他眼睛里，半天睁不开。看得出，他好几天没有休息好，浑身污秽不堪，几乎毫无尊严。苍蝇一会儿停在他脸上，一会儿停在他眼睫毛上，一会儿停在他好几天没洗的头发上。

老艾小声跟他用阿拉伯语交流着，我一边穿过污浊的空气，一边悄悄趁士兵不注意，拍了张照片备用。

这边老艾正跟帕拉丁聊，一旁有人坐不住了："放我出去！放我们出去！"一屋子人突然乱了起来，大家开始朝门口扑了过去。士兵马上出了门，把铁门砰地关上，然后冲我和老艾吼着："快点出来！"

我们没办法，我抓住最后机会跟他说："好好保重，我们尽快救你出去。"

出去之后，我和老艾庆幸，今天我们自己来找帕拉丁是一件多么明智的事情。如果不是我们这样地毯式搜索，等军方把他审讯完再放出来，估计至少得等个半年了。

走之前，我们给看守这间屋子的士兵塞了点小费，尽量让帕拉丁少受些苦。

开始清场

帕拉丁已找到，但三五天还回不来，只能再想办法。后来我们又去了一次军官头头的办公室，他还是收下了我们的礼物，摸了摸我的手，但也没明确什么时候可以放人。

帕拉丁一走，他摄像的工作大半都由嘉航接手。嘉航也不推却，像任何一位尽职的记者那样，尽心尽力做好安排给他的事情。

转眼到了8月14日这天，是埃及军方早就预告的清场的日子。塞西再也受不了穆尔西残余势力的死缠烂打，决定赶尽杀绝、斩草除根。与此同时，穆斯林兄弟会更号召穆尔西的支持者聚集起来，对政变篡权的塞西给予最暴怒的抗议。

一场"内战"的决战时刻就要到了。

韩站长的夫人就快要来开罗探亲了，九月份到开罗，一直待到"十一"结束。此时的韩站长干劲十足，他准备把自己这个夏天最绚烂的绽放定格在解放广场的清场行动上，然后高枕无忧地度过九月一整个月。

因此，对于14日这天的到来，韩站长既激动，又忐忑，而我也终于获准再次去现场采访。在我和嘉航他们6点不到从地库开车出来的时候，韩站长已经在记者站门口等着了。

我摇下车窗，跟韩站长打招呼。

"注意安全！多采一些人，拍一些动态！有情况随时报告！"

我和嘉航、小陈齐声应好。老袁今天负责在后方支援我们。为了以防万一，我们带上了头盔和防弹衣，沉甸甸地放在后备厢里。

这天是工作日，按理说6点开车出行到解放广场，十多分钟绰绰有余。没想到，刚下了十月六日大桥，前面就被堵得水泄不通，费劲挪了半天才动了没几步。嘉航觉得耗下去不是办法，就让我和小陈先下车和阿武会合，然后他把车停好后再来找我们。

我和小陈下车步行往南走，还没走到埃及博物馆就被通知前方是清场隔离区，禁止通行。尽管已经预先得到消息，我们仍然有点气馁。我们赶紧联系已经提前到了的阿武，他告诉我们为了避免进不到隔离区里面，他在天还没亮的时候就混进了示威人群，身上带了一台相机。"今天我就负责拍现场照片了，采访和拍画面就交给你们了哈！"阿武的语气听着有点兴奋，一方面或许是他认为今天拍摄的所有照片都会成为独家，另一方面是因为他这个月的奖金绝对水涨船高，多劳多得。

我们只好在外围等嘉航过来，然后商量一下怎么办。

外围聚集了一些本地和西方媒体，大多也只是把设备举高，拍一些全景。一家日本的媒体临时租了一辆直播车，在路边架上了大摇臂，镜头从半空中伸到隔离区里面。

在我们等着的工夫，乔女红的身影从远处姗姗而来，抬头挺胸，昂首阔步，引人注目，搞得后面几位男记者像她的随从一样。今天的乔女红和穆尔西下台那个时候的素颜判若两人，脸上换上了每每参加使馆活动时意欲招蜂引蝶的大浓妆，身上装束依旧是越野的那一套。我敏锐地判断她今天肯定是要出镜。这时候她正神采飞扬地一边走一边跟旁边一位军官亲密交谈，根本没有发现我们的存在。

等到了隔离区警戒线，这位军官的作用凸显了出来，他随手把警戒线拉开，引着远东社的四五个人一起走了进去！后面有几位西方媒体的"女汉子"见状不服，想上去找那位军官理论，可他不慌不忙地重新拉上身后的警戒线，向几位记者摆出"十分抱歉"的手势，绅士地一笑，然后径自走了进去。

小陈调侃一句："还是美女的杀伤力大，是吧？"

"说不定是远东社一直维系的关系呢。"我不想把功劳归在乔女红身上。

"不管怎么说，今天远东社该有的东西肯定有了。我们能做啥就做点啥，差不多就得了。"小陈的想法依旧十分现实。我们每个人都心知肚明，论报道人员、实力和资源，我们确实比不上远东通讯社。可这是韩站长最不愿意承认的一件事，就像他不愿意承认，不管他在中东记者站做出怎样的成绩，他提副部的可能性都微乎其微这件事情一样。

正说着，嘉航过来了。我们商量好后，决定启用B计划：在广场旁边的City View酒店开一间视野好的房间，从那里拍摄解放广场的画面。到了酒店才发现，幸亏我们已经提前预订好房间，这里早就被大大小小的媒体订满了，大厅里站的坐的全是记者。我和小陈小心穿过人群，进了房间，架起相机，做出镜，而嘉航则直接跑到酒店楼顶拍照片。

此时的解放广场早就被穆尔西的支持者包围了，军方宣布清场的消息好像是一剂兴奋剂，这次聚集的人似乎比穆尔西下台那次还多。解放广场通往临近的每条道路都被示威者占据了，从上面俯瞰，密密麻麻的人群组成一只八条腿的大蜘蛛，头、胸、腹的位置在解放广场，八条腿是通往解放广场的八条巷子里密密麻麻的人群。示威者打上的一条条横幅从街头铺到了街尾。在解放广场一旁的停车场上，穆尔西的一张巨型大头海报被固定在两个大帐篷之间，有了这海报，示威者的呼喊此起彼伏，好像喉咙是机器做的一样，海报不倒，呼声不止，精神不灭。

而另外一方的军警们似乎也早就等得不耐烦。隔离区四周布满了装甲车和消防车，看样子只等上面一声令下，他们就要踏平整个解放广场。每辆装甲车上都站着穿迷彩服的士兵，皱着眉头俯视着解放广场里煮饺子似的示威人潮。地面警察则在隔离区四周把整个区域围了起来，全副武装，最前面的一排警察戴着头盔，手上还紧握着钢玻璃的大盾牌。

太阳渐渐升了上来，眼看酷热的一天就要开始了。我问小陈："怎么还没开始？"

好像回应我的话一样，广场上突然被人打开了扩音器。警报"嗡——"地一响，四面的军警突然发作，向前推进，装甲车上扔下催泪瓦斯，消防车喷出巨大水柱，向广场上的人群径直喷了出去。

人群开始四散奔跑，一部分人留下来，在烟熏火燎中坚持用石块和燃烧瓶瞄准军警，还有一部分人从军警在广场南部留出的一个豁口逃出控制区。这是现场的部队留给他们的唯一一条生路。

在清场的战线向示威者推进一圈以后，装甲车停了下来，但催泪瓦斯还在不断地射向人群。留下的人越来越少，一场大战胜负已分。"枪杆子里面出政权"这句话是颠扑不破而放之四海皆准的真理。

远景已经拍得差不多，我问小陈："要不要绕到出口的地方拍一下？"

我们给嘉航打了个电话，走出酒店，绕到隔离区的出口。出口的地方早就被示威者、医护人员和媒体围得水泄不通，眼看一个个流着血奄奄一息的示威者被抬到出口外的临时救护站，真有点像打仗的意思。我们趁这个机会赶紧找了几个示威者采访。

我们正采访的时候，瞧见乔女红一行正准备撤离。乔女红瞥了我俩一眼，打了个招呼就往前走，倒是林君和小陈关系不错，跟小陈说他们打算转场去穆斯林兄弟会的老巢阿达维耶清真寺，那里示威的人更多，而且场面更激烈。

一听林君的话，我们赶紧给嘉航打电话，集合以后，马上飞奔纳赛尔城的阿达维耶清真寺。

推土机 vs 流血青年

阿达维耶清真寺和解放广场完全不一样，如果解放广场是末日，这里就是地狱了。

天空的蓝色背景已经找不到了，上空全是灰黑色的浓烟，四处全是标语、帐篷和路障，人们用一切可能的防护装备把自己武装起来，进行备战准备。我的身体又开始不由自主地发抖，小陈忙着拍照，嘉航显得干劲十足。

解放广场正在失守，这里是示威者最后的根据地了。如果军警今天清场成功，这场行动就注定成为穆斯林兄弟会最后的葬礼。

至少有一万多名穆尔西支持者、穆斯林兄弟会的成员聚集在清真寺外的广场上，他们退无可退了。

一些示威者正在合力撬起清真寺周围人行道上的地砖，围着清真寺筑起一层隔离墙，远远望去宛如私人花园的外墙。还有人抬起广场上的长椅，堵上了清真寺四周的道路，交通已经被完全阻断，这是他们最后的围城了。

军警显然还没有收到最高指令，但已在清真寺外布下天网，只等一声令下。

有几个穆斯林兄弟会大佬一般的人物被一群示威者众星拱月般地围到广场中央，大佬正跟周围的人们慷慨陈词，周围的人们听得视死如归、热血沸腾，誓将革命进行到底。可能他们还不相信军方对这"最后一役"的决心——塞西这位"老太后"已经准备从幕后走向台前，位登九五、君临天下，怎么还会给予这些人喘息的机会？

我一边和小陈采访，一边暗自给这些人分封后宫品级，只盼以一位皇贵妃的身份给予他们落幕之前最后的哀荣。

一个叫赛义德的示威者显然低估了这场战役的危险性："我们努力坚持和平示威。警方可以将我们驱赶出解放广场，驱赶出阿达维耶清真寺，但抗议的浪潮会在全国范围兴起。这次清场行动并不意味着游行示威的终结。"这位可怜的青年，还不知道自己即将成为炮灰，我至多只能给他封一个官女子，位列九品之外。

一位叫哈沙姆的大叔看着年长些，他希望军警能够在不造成伤亡的情况下结束阿达维耶清真寺的示威活动。他说："我起先的确是支持穆尔西的，但是穆尔西后来的执政表现非常令人失望，在过去一年把国家弄得混乱不堪。我希望这次行动能从此永远终结穆兄会的统治。"这位大叔立场不坚定，政治意识也不强，他不知道哪怕对这群示威者存有一点儿同情心的人，势必会在清算中被殃及。我念他年长，姑且给他封个五品的贵人，就叫哈贵人。

另一位年岁更大的阿布·扎拉特讲起来有些激动："这次清场行动是国家发展进程中不可避免的罪恶。"但他的逻辑更搞笑。他觉得清场是必要的紧急措施，希望示威者不要以暴力还击。这位大叔也属于神志不清、立场不坚定的，我给他封一个七品的答应，就叫扎答应。

正当我在广场里大封六宫的时候，警报突然响起，清场行动再次毫无预警地开始了。

示威者的呼喊声高了起来，他们知道这是最激烈的一战，他们的青筋近乎爆裂一样凸出着，喉结凸起着，呼喊着内心最真实的想法：为了穆尔西，为了穆兄会，或者是为了一天示威能拿到的50块钱或100块钱补助，或者是为了全家老小这个月的干粮，或者干脆只是为了某家报纸刚好拍到他热血沸腾的样了……

军方全力从外围向清真寺广场推进。推土机走在最前面开路，阻挡前进的砖块、沙袋、轮胎一个一个被掀翻。后面跟着轰隆开动的装甲车，装甲车上伸着一杆一杆黑洞洞的枪，然后是全副武装的士兵和警察。

就在这时，一个示威者从正在节节败退的一群人中钻了出来。

如果是在电视剧里，这样的人出来以后肯定要横扫乾坤，制霸四方。可这位青年看上去并没有什么跟其他人不一样的地方：皮肤很黑，年纪很轻，头发剪得很短，T恤衫很白，像是新换的，只是牛仔裤上面有些污渍，一双赤脚沾满泥土。

他一开始有些迟疑，后面有人招手让他回去。但他一步一步往前走，渐渐不害怕了，好像是后面的呼喊声和口号声激励着他一样，一步一步走到推土机的正前方，两手空空，没有任何掩护。他像个漫威英雄一样，在张牙舞爪的敌人面前站定了。

推土机的速度慢了下来，最后停住了，就在离他不到两米的地方。

他的眼睛盯着推土机。推土机的铲子里全是轮胎、路障和一堆沙袋。有几个沙袋的袋子破了，沙子正慢慢地从裂口中流出来，流进广场上没有草的草坪里。

一看推土机停下了，他身后的人们又开始振作起来："人民支持穆尔西总统！以穆尔西的名义！以民主的名义！"

这名青年举起拳头，他的声音和后面的声音混在了一处，好像是无形的巨浪，朝挂着喇叭的推土机和推土机后面的军警一浪一浪地压迫过来。

其貌不扬的青年成了英雄。记者们的闪光灯对准了他。时间一分一秒过去，推土机上的喇叭让他退后，他当然没有。可他没有美国队长之盾，没有雷神之锤，没有超能力，他只是赤手空拳地喊着口号，眼睛看着推土机车窗玻璃后的那位军方驾驶员。

喇叭里的声音突然大了起来，小陈说，这是给他最后三分钟时间，让他后退。埃及军警显然没什么经验，三分钟根本什么也改变不了。

我看着手表，一分一秒，三分钟到了！

推土机两侧突然像拍电影一样，左右各闪身而出一位士兵，枪口瞄准青年脚下，开始射击。

青年脚下顿时"噗噗"几声乱响，多了两三个弹孔。一些尘土被带了起来，在空气中打着圈。

青年或许没有意识到还有这种操作，本能地往后退了两步，拳头也放了下去。然而射击没有停止，喇叭里的声音没有停止，飞起的尘土就盘旋在他脚边。

怎么办？身后的呼声仿佛是冲锋的号角，催促着这场战争继续进行。我心里有一个想法越来越清晰：如果他后退，那么他身后的人们会怎么想他呢？他已经是一位英雄，一位战场上的英雄，而英雄是没有可能后退、没有资格后退的。

他的剧本里，没有后退这个情节。

我莫名地替他担心起来，我想起《战场上的快乐圣诞》，眼前浮现出杰克的画面——他被埋在土里，只露出一个头。

这名青年是熟悉他的剧本的。他的拳头重新随着口号的韵律举了起来，他的脚开始向前迈步，他的眼神依然愤怒地看向推土机车窗里的驾驶员……

几秒钟后，"砰——""砰——"两声。

青年往自己的腿上看了一眼，然后两只手握住了他的右腿，痛苦地倒在地上。血从他的指缝里淌了出来，一点一点，一片一片。

我想他完成他的剧本了，下一幕该是有人把他拉回到示威人群里，迅速把他抬上担架，然后以一个英雄该有的体面把他送到最近的临时急救站。

然而一分钟过去了，两分钟过去了，口号还在嘹亮地响着，但没有人上前。没错，士兵还端着枪瞄准着青年的身体，在军警的大喇叭没有赦免他们擅自上前的罪过之前，似乎和所有人一起待在人群里，是最明智的选择。

推土机又开始缓慢向前推动了，再用不到一分钟，这位青年就要和沙袋一起，被收在大铲子里面了。

似乎是为了抵抗推土机向前的速度，青年身后的示威声更响了些，但显然这只能虚张声势。

人潮开始涌动起来，许多小石头被砸到推土机的铲子上、车门上、车窗上，像是对推土机的警告，又像是对青年的营救。

可惜他们不是黄老邪，更不是王重阳，他们没有一阳指和弹指神功，这些石块像是一个个错步上前的跳梁小丑。

推土机还在前行着，眼看就要铲上去了。

这时候，人群里突然又站出来一个人。

是一位身材肥硕的黑纱蒙面妇女。

我没法判断她的年纪。从身形上看，应该已婚。她的武力值似乎比那位青年更弱，近似于武侠片里的素人。因为她长袍下包裹的肥硕身体走起路来并不轻松，有点像企鹅，身子不高，体重不轻，每走一步仿佛用了很多力气。

但是她站出来了，而且挡在了青年的前面。

她站在那里，没有喊口号，而是像舌战群儒一样，一边做着手势，一边口若悬河，好像在和两个士兵理论"五讲四美三热爱"之类的话。

身后的人们停止了扔石头的把戏，口号还喊得很响。就在她说话的空当，终于有两个人小心翼翼匍匐着身子出来，然后飞速把青年抬了下去。

剩下这位妇女，孤军奋战了。

催泪少女

两个士兵没有得到长官的命令，只是用枪瞄准她，没有故伎重施。

但是两辆装甲车上来了。它们本来躲在推土机的后面，现在一左一右上来了。

装甲车有备而来。车上的士兵从容地拿起脚边的一个个催泪瓦斯瓶，像扔沙包一样一瓶一瓶地往广场里扔，仿佛广场里面待着的，都是他们幼时的玩伴。

现场浓烟四起，这位妇女英雄隐藏在烟雾里了。

　　我见状不好，喊了一声小陈，赶紧准备撤退。结果就在这个时候，两瓶冒着烟的催泪瓦斯从天空划下一道完美的弧线，落到我的脚边。我抬头一看，装甲车上戴着头盔的士兵朝我这个方向隔空打了两记左勾拳。

　　简直岂有此理！我是这个广场里唯一的正一品皇贵妃！谁胆敢犯如此忤逆大罪？！还没等我把愤怒值积满，下一秒我已经完全失去了思考能力。

　　我感觉我的脸像是给人浇了一大桶辣椒水，每个细胞都像是吃了一大捆小辣椒一样，火辣辣地疼，估计已经肿得比母猪脸还大。眼睛里像是被人滴进去一千零一滴辣椒水，胀疼得无法睁开，泪水就和自来水一样，顺着眼角一股一股地流了出来，然而越流，脸上越辣得像是被刀子一点一点地划开。

　　只是不见鲜血。

　　我感觉自己连呼吸的力气都没了，双腿再也支撑不了全身的重量，一个趔趄倒在了地上，"砰"的一声，头已经怼在了广场上。身体倒地，头脑还清醒着。可我没心思考虑头疼，也没心思考虑眼睛，我的心思全在我的喉咙上。

　　我喉咙里面刚刚着火了，很大很大的火，我左右开弓挠了半天，咳嗽咳了半天，喉咙里的火却越来越大。要是手头有一把刀，我甚至要马上把刀捅进喉咙里去。小陈的声音在旁边响起了："嘉佳？不要紧吧？你看你……怎么反应这么厉害？"

　　我没有力气回答，喉咙着火了，没人能够扑灭这场大火。我两手抠着喉咙，就要涅槃了。我感觉有两个人拖着我在地上走，然后嘴上被人套上了口罩。我一边猛咳，一边下意识地想把口罩拿下来。我的视线已经完全模糊了，整个脸憋在口罩里火烧火燎，我的嘴在口罩里拼命呼吸着，感觉空气所剩无几，耳旁的声音渐渐模糊，直到再也听不到。

一个可怕的预感钻进脑子里：这一次，似乎又成了一次失败的采访经历。恍惚之中，我看到乔女红的身影从我身旁走过，带着一丝不屑而轻蔑的笑。

最后一战

一阵高音喇叭声把我吵醒了。我睁开眼，发现自己躺在路边一张长椅上。

流血青年不见了，黑纱妇女也不见了。

小陈戴着口罩陪在我旁边，两只眼睛红红的，显然也被催泪瓦斯伤到了。他身上穿好了标有"PRESS（新闻报道）"的防弹衣，让我心里更多了一分紧张。他从车上把我的防弹衣拿下来，放在我旁边，然后往前张望。我们的前方有一圈军警，不知道还有多少示威者困在这一圈军警的包围圈里面。

小陈问了我两句，就说要赶紧去采访，让我自己休息一下，注意安全，然后就跑进了清真寺清场的核心区。

清场行动还没有结束。我甚至都没来得及问小陈，高音喇叭里在喊什么，估计是对示威者的警告，以及对下一步更加激烈的清场行动的预演，这似乎就是现实版的"勿谓言之不预也"。包围圈里灰黑色烟雾此起彼伏，间或有燃烧瓶被抛出，在烟雾中画出一道道红色弧线，宛如雾霾中盛放的烟花。

我的喉咙还痒得厉害，黑压压的一圈军警就在眼前。我想冲进去和嘉航他们一起采访，顺便寻求帮助，可又怕自己再次被撂倒，反而给他们添麻烦，但坐在椅子上又不是办法。

我穿上防弹衣，戴上头盔，步步为营，一边弯着腰往清场核心区靠拢，一边观察情况。

突然，高音喇叭停了，四周一下子安静下来，连示威者的口号也弱了许多。示威者或许也和我一样，被空气突然的安静吓得不知所措。

"啪啪啪——"

枪声！紧接着就是子弹穿过空气的声音，感觉像是一种特别结实的布料被以奇怪的方式不停地撕裂。我赶紧跟其他人一起趴在地上。

包围圈里炸开了锅。喊口号的声音越来越弱，最后终于全面溃败，四散开来。我正看着，突然发现几个蒙面青年从浓烟中跑了出来，绕到军警后面，向军警的包围圈开了枪。

尽管军警穿着黑色防弹衣，但显然这些示威者的子弹能够穿透这个级别的防弹衣，枪声一响，眨眼的工夫，几个军警应声倒地。

军警暴怒了，现场彻底失控了。阵形一旦被打乱，就再也分不清东西南北了。几十个军警转过身来，朝四处射击，我和旁边的记者一样蹲在地上，小心翼翼朝马路边挪动。一群示威者也都蹲了下来，蹲在仅存的沙袋后面。最前面的、最年轻的示威者举着一排井盖挡着。井盖在紧张的空气里瑟瑟发抖。

有些事情，比如采访冲突现场，你越是逃避，就越是深陷其中，一如你越是担心领导突然袭击，他就总会打你个措手不及。我脑海里飞快地闪过每一次在冲突现场的采访经历，几乎无一例外地都以失败和逃避告终。我越想越痛苦，后槽牙咬得越紧，觉得自己承受了一个冷宫格格本不应承受的苦难，因为冷宫格格没有这么多人在乎她，她至多只会被小太监和小宫女欺负，只要留着一口气，留着一根银针防毒，或许哪一天就能从冷宫里解放了。

可我不能这样，我不想再看见韩站长在派人去解放广场的时候看着我的那种尴尬眼神，我也没办法忍受自己一次又一次的失败。这一次，我无论如何都要想一个办法，必须让自己做一点改变，哪怕只是一点点也好，否则这种挫败感将会在每个睡不着的夜里和每个遭遇乔女红鄙夷的瞬间狠狠啃噬我的自尊。

嘉航说过的一句话突然从脑子里冒出来："驻外记者就是要去现场。如果不去现场，那和国内抄外电的媒体有什么区别？如果能进到第一现场，必须进去，如果实在去不了，就要尽可能地去信息量最大的，或者最有现场感的第二现场。"

我突然想到，按照嘉航平时的做法，如果冲突现场去不了，那么就去第二现场——建筑物的楼顶或者近旁的临时急救站。

我好不容易挪动到马路边的一棵树下靠着，然后抬头观察对面的建筑，发现建筑楼顶藏着蒙面的狙击手，他们的枪口正对着清场核心区。楼顶去不了了，我只能问旁边的记者知不知道最近的临时急救站在什么地方。这位记者也被我提醒了，让我跟着他一起去。

我们弯着腰弓着身，像两只受惊的小猫，小跑出清场核心区。这位记者是英国天空电视台的，一问才知道，他的一位同事也正在核心区里采访，他发现在核心区近旁既危险又被动，所以决定一起去临时急救站这个第二现场。

"难道你们来之前没有在这附近踩过点吗？"他明显因为我不知道急救站的位置而怀疑我的专业性。

我有点汗颜，但我不准备长篇大论地告诉他我们的报道员失踪被捕的所有细节，我怕又多了一个他质疑我的理由。我只是说，我的同事们来过，但现在我和他们走散了。

这位英国记者不置可否地看了看我背的小书包和我空空如也的双手，然后伸手调整一下他肩上的相机背带，带着我往临时急救站走去。

十分钟后，我们穿过层层路障，进到急救站的大帐篷里。

急救站里的人山人海和污浊空气压迫着我的心脏。这种压迫感和解放广场、清真寺广场上的感觉不一样，那里即使有再多人，也都是广阔苍穹之下细微如尘芥的存在。而这里，帐篷的顶部就是头顶上方一两米的破布，四周全是站着、坐着、卧着、趴着的伤病员，还有全身裹着白色套子的示威者尸体。

穿着白色医护服的工作人员忙前忙后，呼吸到他们身上消毒水的味道让我心旷神怡。我赶紧趁着一个医护人员过来的当口深吸一口气，准备开始采访。

其实，我还是最怵这种从一大群人里找着一个说英语的采访对象的情况。

远处放裹尸袋的地方有一个小孩在哇哇大哭，或许他旁边的那个裹尸袋里是他的爸爸，但旁边没有其他家人。有一位壮汉坐在一具尸体旁边，一只手握着身下那人的手，一只手紧紧捂着眼睛。我不确定这位男士会不会说英语，或许我只是害怕被他拒绝。

我正无从下手，旁边的英国记者大叔蹲下来就跟一个躺在担架床上的埃及大妈聊了起来，我正惊讶于他是怎么知道那个人会说英语，没想到这位大叔直接用上了埃及土话。埃及妇女一开始还有点抵触，但是当她发现家乡话滔滔不绝地从一位金发碧眼的西方男士嘴里说出来时，立即打开了话匣子，哇啦哇啦开始了她的倾诉。

我只好硬着头皮挨个找女护士搭讪，终于抓住了一位在这里当志愿者的开罗大学学生。她一边帮一个刚被送进来的大叔处理伤口，一边跟我说起这些人的情况："送到我们这里来的已经有100多人，我们这个帐篷已经接近极限了，但我们没办法，必须把他们收留进来，就当是他们的避难所。有的人刚送进来就不行了，有的人本来可以送到大医院接受治疗，但是周边的路已经完全被堵死了，所有人都只能在这里接受简单的治疗……"

随后她又帮我找了一位能说英语的负责人，我跟这个负责人聊了几句，情况基本掌握了。正准备再问几个问题的时候，又有伤病员从帐篷外面被抬了进来，这位负责人赶紧上去接应。我一扭头，赫然发现被两个人架着进来的，竟然是化着大浓妆的乔女红！

肿胀的女战士

我一扭头，只见向定仪和林君一边一个架着乔女红，从帐篷外面火急火燎地闯了进来，临时急救站的负责人赶紧上前询问乔女红的情况，我跟在负责人的后面也想看看乔女红究竟光荣负了什么伤，没想到刚往前没走几步，就发现嘉航也跟在远东通讯社一群人的后面！

我赶紧冲上前叫他："嘉航！"

嘉航也奇怪怎么在这里撞见了我："你怎么在这儿？你脸上怎么了？"

我这才发现我刚才在清真寺广场倒地之后，脸上的土灰一直没有处理，我尴尬地用手背擦了几下，然后把被催泪瓦斯熏晕醒来的事儿都跟他说了一遍。说完我忍不住问："你怎么来这儿了？你没事吧？"

"我没事。远东社的乔女红受伤了，我正好差不多拍好了，现在现场也比较乱，就陪远东社几个朋友一起过来看看，别出什么大问题。"

我内心的紧张感被他一句话浇得无影无踪，一股无名火在我五脏六腑扩散开来，却又不知道该怎么发作。我想马上跟曲三毛和菊苣吐一个天大的槽：我的男朋友现在因为乔女红受伤了，竟然把她送到了急救站，而且还是在根本不需要他在场的情况下，而且他自己还承认了！

我隐忍不发，只把矛头转向神志不清晕倒吐沫的乔女红。乔女红妆容花了大半，犀利的战地记者气质也丢了大半。她眉头紧锁，嘴角扭曲，呻吟声微微溢出，一条腿蜷缩着，看样子应该是伤了小腿。我只好跟着关心了一句："红红姐，没事吧？"

乔女红的脸扭曲着摇了摇头，然后就没有了任何回应，仿佛是在尽力维持着一位光荣负伤女战士的尊严与体面。

于是我小声问林君是怎么回事。林君说得很含蓄，大意是他们在军警的包围圈做记者出镜，似乎是给军警的清场行动造成了麻烦，军警几次劝说乔女红做完了就赶紧撤离，乔女红就是不听，结果就在她录第三段出镜的时候，被一个黑衣蒙面人猝不及防用铁棍袭击了小腿，当场跪倒在地。令人意外的是，乔女红在跪倒之后依然保持着跪立的"英姿"录完了出镜词，这才让同事搀扶着她逃离了现场。

我在内心翻了一个大大的白眼。我不想再在这里看着乔女红乔张做致，就走到嘉航旁边，问他要不要先回去。

嘉航的脸上看不出什么表情："先看看乔女红伤得怎么样了。"

医护人员把乔女红的迷彩裤挽了起来，小腿上狰狞地黑青了一大片，黑里还透着暗红色，整个小腿肿胀着、充盈着，仿佛一掐就能掐出不知名的液体来。

我忍不住转眼看嘉航，发现他正皱着眉头看着乔女红的伤处。我无话可说，只能静静等着医护人员给她处理伤口。

这时候，那位英国大叔过来跟我告辞，说他的同事现在还联系不上，他先回去找他的同事。我叮嘱他一定要注意安全，我们互留了手机号。

嘉航仍然盯着乔女红肿胀的小腿。

等到乔女红包扎好了，嘉航终于跟她道了别。好在乔女红也是恹恹地不怎么说话，我也省得跟她多费唇舌。我们走出了急救站，走到停车的地方，阿武和小陈已经在那儿等着了。

小陈问了两句乔女红的伤势，我们就开始讨论现在的进展。

小陈说："官方已经证实，大概有70多人在今天的冲突中死亡，200多人被捕，阿达维耶清真寺的局势远比解放广场那边要严重得多。另外，军方已经宣布，从今天开始宵禁，所以我们必须在晚上7点之前赶回记者站。"

"现在是下午4点，还有一些时间。"阿武说，"我听别的媒体说，阿达维耶清真寺广场东北2公里外的伊曼清真寺已经被改造成临时停尸房，由军方接管。"嘉航说："我们去看一下。"

到了停尸房门口，几位警察拦住去路，要我们提供身份证件。我们拿出记者证，他们左看右看一番，然后说让我们稍等，他们去向长官汇报。

过了一会儿，一个军官模样的人来跟我们握了手，小陈用阿拉伯语跟他攀谈了几句。那人的意思是说，我们可以进去，但是不能携带相机和摄像机，不能拍摄。这已经是给予我们中国记者的优待了。

我们商量以后，只好照办。军官看我要进去，连说"No，no，no（不，不，不）"。我一问才明白，即使是被改造成了停尸房，这里依然是清真寺，女生进去需要围上头巾，遮住头发。

我只好微笑着再次跟军官握手，请他帮我借一块头巾，我出来就还给他。他用左手覆上了我的手，左右两手一上一下把我的右手摩挲了一番，然后说"OK"！

现场的状况比我们想的还要糟糕。大概有几百具尸体躺在清真寺的大堂里，腐臭味和血腥味充斥着整个清真寺，无孔不入地朝我袭来。我想吐，但是我不能在这里吐，更不能当着嘉航的面吐。我紧咬住嘴唇，徒劳地抑制五脏六腑的剧烈运动。

嘉航见我进来了，问了句："没事吧？"还没等我回答，他就已经把任务分配给我：四个人分别从四个角落开始数尸体，数完以后一起撤出。

我本来想发泄一下委屈，可自从我来开罗以后，我发现所有的事情无时无刻不在刷新着我承受的下限。如果我从入住那个冷宫一样的宿舍开始就心如死灰、心如刀割，那现在的我哪儿还有闲心被切割呢？如果一定要发泄委屈，那我可能就永远只能做菜鸟了。我觉得自己的想法很有哲理，于是默默走到清真寺右上角停放尸体的位置，开始一个一个数尸体。

数尸体

这是我第一次看到这么多尸体。

或许是因为家属没有被允许进来，这里一点哭声也没有，甚至呻吟声都没有。侧耳静听，远处高喊的口号，还有军警的警报隐隐约约传了过来。有口号，证明还有人活着，还有人面临死亡。

医护人员把所有尸体的手都交叉放在胸前，远远一看还以为是在举行什么宗教仪式，但也有特立独行的。一个穿着条纹衬衫的青年两只手紧紧抓着一本《古兰经》，估计连医护人员都没办法松开。有的尸体显然是刚刚被送进来，还保持着死去时候的狰狞姿势。

我一个一个地数着，30、31……40、41……一个青年的防护眼镜还架在鼻梁上，眼睛睁得大大的，嘴也睁得大大的，嘴角流下一行鲜血，把衣服、胸口染得鲜红。一个大叔还戴着白色口罩，大半个口罩都被鲜血挑染着。可能是被水枪袭击过的缘故，那湿漉漉的一片红色已经褪成浅红，和眼角流出的鲜红色对比鲜明。另一个大叔戴着造型夸张的红色泳镜，白色的口罩和耳塞，他脸上的皮肤被泳镜勒得很紧，脸上的青筋暴露着，但一点也看不出他的表情。还有一个长发青年，两只手虽然被交叠着放在了胸口，但是右手上还拿着一个小弹弓，显然他用它来袭击军警。很多尸体的手上都缠着绷带，有的绷带还渗着血，像是经历轮番冲突的证明。

60、61……69、70……越往里走，空气里烧焦的腐败味道就越浓，像是皮革、橡胶或是什么不好烧的东西被点燃了。这里存放的是被烧死的示威者。至少有十多具尸体，他们或许是先被击中，或者中了催泪瓦斯晕倒，然后又被活活烧死，皮肤大多被烧成了焦炭色。有的尸体身上的衣服被烧得干净，只裹着一块床单，有的床单还是两三个人共用。有的尸体炭黑的指缝里闪着红色的亮光，走近一看，是他们手里握着的小石块，上面镀着一层血色的殷红，准备向军警发起脆弱而无力的一击。有的漆黑的尸体上还渗出一些血迹，仿佛是黑土地上开出的鲜花。有的被烧得全身扭曲，显然医务人员没法把他们摆成安然躺下的姿势，只能让他们保持着奇怪的姿势，看上去仿佛是他们痛苦生涯的最后呐喊。

80、81……89、90……这里的医护人员轻声细语，似乎不想惊醒这些永远沉睡的人。事实上，这里每一个微小的声响，都能把我吓一个哆嗦。虽然我知道，每一个尸体应该已经被反复查验，全是停止呼吸、死得透透的了。我一个一个看过去，突然看见一个人，样貌长得斯文，但他的嘴以极限的角度张着，似乎是正在喊着什么口号，声嘶力竭。他的额角留着一个弹孔，手底下还压着一张字条。

我左右一看，四下没人，赶紧蹲下身子，慢慢从他手中把那张字条抽了出来。因为怕军警上来干扰，我赶紧把字条放在口袋里，默默走开。

走出清真寺，我们一合计，起码有300具尸体。300具"穆尔西主义"的殉道者、300个穆斯林兄弟会的殉难者在这里了。

一位医护人员正在清真寺外接受媒体采访，我们赶紧拿上设备凑了过去。

这是一位负责统计伤亡人数的医生，叫萨米尔·苏维拉姆。在他用阿拉伯语跟别的媒体说了一遍之后，我们又请他用英文再说一遍。他说，除了这座伊曼清真寺，清场过程中死者的尸体还被停在附近3座医院和1间专门的停尸房，"截至目前，尸体总数为554"。

我的眼前浮现出清真寺里各式各样的尸体，刚才在清真寺里面因极度恐惧而被暂时遗忘的恶心感又涌了上来。我赶紧捂住嘴想走，刚走远没几步，一个头上蒙着绷带的男青年迎面拦住了我。

我一抬头，吓了一跳，他径直问我："Journalist？（记者？）"

我回头一看，嘉航他们就在后面，我就"嗯"了一声。

他闻言猛地抓住我没捂嘴的那只手："请一定把我们这里

的情况真实地报道出去！我们是捍卫民选总统的埃及人！这里是民主选举的国家埃及！我们，受伤的，和死去的，什么都没有，只有两样东西——"他从兜里拿出两个东西来，"一件是《古兰经》，一件是纱布。"说着，他开始不由分说地给我大声念《古兰经》。那本《古兰经》有着深蓝色的硬皮，他翻开的那一页或许是经常使用的缘故，页面已经变得油腻暗沉，像是一片许久没有洗过的皮肤。

咒语钻进我的两耳，大脑里嗡嗡一片，天旋地转。肠胃里翻江倒海的那股秽物，仿佛听到了咒语的召唤，一阵强似一阵地横冲直撞，寻找出口。我冲这位青年无力地挥了挥手，但他义正词严地继续读着。

我再也忍不住，紧跑两步到一棵树下，一弯腰，把肚子里折腾我许久的东西全都呕了出来。

一地狼藉。刚才还高声念诵的青年被我的过激反应吓了一大跳，撒腿一跑，寻找别的目标布道传教。

我慢慢站起身，躲开这一堆秽物，想转移一下注意力，看看别的什么地方。

天空一半是蓝色，另一半是黑色，一派末日景象。

黑色最浓最深、不断扩散的地方，那是穆斯林兄弟会毁灭的地方。

此时此刻，还有多少被遗忘的示威者，在火海里慢慢忍受凌迟？

一只飞鸟正好从硝烟中飞过，但它或许也不知道答案。

血手印

我们往回去的路走着，所有人都沉闷着。由于数尸体的经历再加上我呕吐物的加持，所有人心情都变得更加糟糕。

我的手机铃声打破了这沉闷。

"嘉佳，你好吗！"是老艾的声音。

"我们刚采访回来，怎么了老艾？"

"告诉你一个好消息，刚才军方通知我说，帕拉丁被释放了，我已经告诉他的家属了，他们现在也赶过去，你们也赶紧过去吧，接一下他，让他先回家休息两天。另外别忘了今晚上有宵禁，注意安全！"老艾用他那过于字正腔圆的汉语跟我说了一大串话，说完就挂断了。

我愣了愣神，赶紧跟开车的嘉航说："去解放广场！"

到了关押帕拉丁的小黑屋，前民族民主党大楼。我们刚刚说明来意，把守的士兵就把帕拉丁交出来了。他临放出之前，士兵们给了他一张纸，让他在纸上签字。

帕拉丁签完字，慢吞吞地走了过来，看到我们之后，有点不知所措，愣了愣神，疲惫地跟我们打了招呼。

"欢迎回来！"看着他一身落魄，我们也不知道该说什么。

他比上次我和老艾见他的时候还瘦，像是刚从开罗丐帮里逃出来一样，油腻的头发打着卷，一件白色条纹衬衫已经穿成了灰黑色，一条牛仔裤好像是借给修车工穿了很长时间。

我们再也没提不愉快的事情，我只说了一句，正在抓紧给他办记者证，应该很快了。

他点点头说谢谢，想再说什么，张了张嘴，没说出口，只是问阿武要了一根烟，背过身去，默默抽了起来。

等到他家人来了以后，我们又寒暄几句，然后道别回家，叮嘱他先休息几天，回头联系。

我们终于走回岛上的十月六日大桥。早晨来的时候，大桥就堵得厉害，晚上回来的时候，大桥还在堵着。人们对无穷无尽的交通瘫痪早已无法忍受，有的人胆大心狠，从两条车道中又杀出一条道来，其他杀不出来的则争先恐后地按着喇叭。这里是喇叭声的汪洋。

阿武跟我们说，今天白天的时候，一群示威者把大桥堵死了，把停在桥上的一辆坐着军警的小巴车推到了桥底下，车里的军警有死有伤。

我不由得问："他们不会开枪制止吗？"

阿武说："谁知道呢？CNN的记者还拍了照片。喏，你们看，前面那个栏杆断掉的地方就是。"

我转头一看，一群示威者围在栏杆断掉的地方，在那里拿着《古兰经》，举着穆尔西的头像，喊着口号，气宇轩昂的样子，像是庆祝他们今天在这里的胜利。他们难道还不知道，自己的大本营都已经被攻陷了？

正看着这群人自嗨，我的手机上突然来了一条短信：

今天，我的同事，英国天空电视台摄影记者米克·迪恩在报道清场行动时，不幸中弹身亡。愿他安息。

汤姆·拉伊尼尔 14日于开罗

我把这些字一个一个地读了一遍。挡在推土机前的黑袍大妈、躲在暗处的狙击手、在我身旁爆炸的催泪弹、乔女红肿胀的小腿、停尸房里奇形怪状的尸体、背诵《古兰经》的绷带男……我的大脑高速运转着,那些淋着鲜血的场景又一个一个蹦了出来。今天的场景切换得太快,而我现在喉咙干渴难耐,肚子里翻江倒海,脑子里天旋地转。我怎么也想不明白,事情怎么会一下子发展到现在这个地步?而这位英国记者等的那位同事,怎么就再也等不回来了?

我想起了我在去急救站路上和汤姆的简短对话。

"你觉得他们是为了民主吗?还是单纯被雇佣、被煽动?"

"不能否认有你说的第二种可能。但他们很多人把孩子带过来了,他们要让自己的孩子来见证这里发生的一切,不管发生什么。他们有一句话让我印象很深:'生死是由真主决定的。如果真的死,我们也不会害怕。'"

"啪——"的一声,我内心里的一根引线突然被一种情绪点燃了,可又不知该怎么表达。我突然想起,裤子口袋里还有一样东西。我赶紧掏了掏裤兜,拿出一张字条——

字条有一半浸着血迹,被揉得皱皱巴巴,上面分别用英语和阿拉伯语工工整整写下一行字:

为了民主和自由,难道我们要一直保持沉默?

后面按着一个血手印，指纹清晰可见，仿佛是写下这句话的人每一寸皮肤里千沟万壑的无声控诉。

塞西上了台又如何？能改变什么？这场政变闹剧什么时候才能走到头？

离去的人不知道，还苟活着的人不知道，我也不知道。

我收起字条，小心翼翼放在裤兜里。嘉航目不斜视地看向前方，旁边的小陈已经歪到一旁睡了过去，车里出奇的安静，窗外仍然是那个支离破碎的世界。已经是黄昏时分，路灯亮了起来，灯光打在穆尔西被烧了一半的海报上，照出了海报锯齿一般的残角。

第九章
余生请谁多多指教

"嘉佳，你中午要是没事的话，我给你开了一个房间，你在房间里休息一下再走。"

酒会名媛大作战

"中埃关系牵动着中阿关系、中非关系与南南合作关系，我们愿做推动中埃关系进一步发展的桥梁……"

9月30日这天晚上，群贤毕至，少长咸集。使馆举行国庆招待会，各色俊男靓女大佬小丑又装扮一新登上了大舞台，领导在台上发表重要讲话，我和曲毳、关雎在台下举行"尼罗河姐妹会"非正式会议，就嘉航与乔女红的关系进行了坦诚、深入的交谈。我把肿胀女战士的故事向曲三毛和菊苣做了汇报。曲三毛和菊苣一致认为，嘉航和乔女红之间不存在任何支线情节，他们两个在一起是绝对没有可能的。

"虽然你们这么说，我还是觉得他们两个之间有故事，三毛你不是也说，在我还没来的时候，你还见他们俩聊过天？"这个问题曲毳已经解释过无数次，但我每次说起乔女红的话题总是锲而不舍。

"嘉佳！我再重申一次，别老叫人家三毛，把我都叫脱发了！"曲毳一边使劲摩挲着她的头发，一边瞪着眼睛再一次命令我。

"好的三毛，我以后叫你曲小姐。对了，你看见今天乔女红涂的眼影了没？"曲毳的注意力总是很容易被乔女红的眼影、领导鼻子里的鼻毛、某位大妈香水味中的狐臭味等类似微小而猎奇的细节吸引过去，这一招屡试不爽。

曲毳赶紧东张西望，然后像发现世界第九大奇迹那样用力拍我和关雎的胳膊："你们看，乔女红今天涂了粉色和金色两层眼影！"

距离上次乔女红在清场行动中光荣负伤已经过了一个月，乔女红眼下不仅病痛痊愈，而且荣誉加身。听说远东通讯社的总部认为，乔女红在冲突中所表现出的崇高敬业精神值得全社上下学习，因此乔女红即将在今年的记者节回国专门接受表彰和嘉奖。

而我上次在清场行动中的表现也为自己扳回一盘。韩站长在看着我的时候终于收起了那种狐疑和怜悯的眼神，转而形容我说"还有两下子"。嘉航则刻意忽略我晕倒和呕吐这两大囧事，对我的进步予以爱的鼓励和肯定。我暂时沉浸在这突如其来的虚荣之中，可这次行动却也在我心里留下一点阴影——关于尸体，关于民主，关于染血的字条，关于嘉航和乔女红的关系，关于那位在工作岗位上牺牲的英国记者。

埃及的整个局势仍然动荡不安。穆斯林兄弟会还会不时掀起示威游行活动甚至暴力事件，但塞西的位置越坐越稳却是不争的事实。一方面，埃及报纸纷纷刊发社论说，埃及街头的紧张状态将持续下去，目前埃及存在的两种极为对立的人群彼此憎恨对方，只要这种局面持续着，埃及就不会迎来真正的和解。但另一方面，埃及各地请求现任第一副总理兼国防部长塞西竞选总统的呼声越来越高。甚至有人发起民众联署，呼吁取消大选，直接推举塞西为下届总统。

面对逐渐高涨的呼声，塞西本人及军方却表现得非常低调。军方发言人表示，军方仍坚持一贯立场，不会涉足政治生活，塞西不会参与总统竞选。尽管如此，专家们也都很隐晦地表示，其实他是否参选、当选总统都是意义不大的事情。我想也对,一个老太后,把帘子垂下来,或者撤了帘子,是没有什么本质区别的。

不过介于目前埃及形势趋于缓和,我们终于能歇下来喘息一下。可有一个人却总也停不下奔波的脚步。

乔女红对于在灯光下秀出晶莹四射的眼影有着近乎疯狂的偏爱,以至于她忽视了这一效果对周遭人的精神伤害。她假装专心致志地聆听领导在台上的讲话,时不时用眼神的余光瞥一眼旁边是否有可以交谈的对象。

曲毳一边不停摆出作呕的表情,一边又忍不住从侧面的绝佳位置仔细端详乔女红奇特的眼影,她说她透过那一片晶莹的眼影,看见了这位姐姐二十年后被妇科疾病缠身的悲惨宿命。

而我却看到乔女红今天的衣着尤其精致,穿了一件难得一穿的浅草绿连衣短裙,戴了施华洛世奇的项链,手拿一个巴宝莉的手包。我怀疑今天一定有什么事情不寻常,问了曲毳,曲毳说了一句"有道理!等着,老娘三分钟之内给你答案!"就刮起一阵旋风窜入了人群。此时领导的讲话刚刚结束,一群人争先恐后地和领导交换名片,另一群人争先恐后地扑向取餐处,现场秩序几近失控,而曲毳早就消失在人潮之中。

我和关雎在原地等着,聊起最近工作上的琐事。关雎跟我抱怨她一闭上眼睛就是埃及人不按项目计划执行的那副嘴脸,我则想要从工作琐事中跳出来,跟她探讨一下未来和人生。突然,我看到一个人影,然后我没来由地开始注意我今天的衣服和装束,而下一秒又发现自己这样的想法是不对的,随即又把注意力放在平复自己的情绪上,但又觉得好资源应该跟好朋友分享,于是跟关雎说："菊苣，你看下你九点钟方向。"

"哦……那个男的？"

"嗯嗯，你发现了？"

"你说你，你都有嘉航了，还到处乱看！"

"我就是指给你看看嘛……"

正说着，曲毳一股旋风似地飞了回来。真的只过了三分钟。我对她所携带的情报突然产生出加倍的好奇。

"下次请客。"曲毳堂而皇之地向我提出了交换条件。

我说："好，你快说吧。"曲毳慢条斯理地说："是《震旦日报》的高层最近来埃及访问，今天顺便参加国庆招待会。"

"怪不得乔女红把自己打扮得跟鬼一样。"曲毳又开始把注意力拉回到乔女红身上，正看着，突然她又拍了一下我和关雎的胳膊，"你看那个男的，应该就是《震旦日报》来的吧。"

"我们刚才也说呢，嘉佳一眼就发现了。"关雎在一旁揶揄我。

我默默地顺着曲毳指的方向看去，就是他了。关雎看了一小会儿，大概觉得不好意思，就收回了眼神，我和曲毳则开始深度观察他的鼻翼、唇形和肌肉，同时将这些信息扫描进我们的大脑。

他的身体被西服包裹着，他的五官暴露在我们的视线里。

他的侧脸棱角是最有杀伤力的，尤其是对第一眼看到他的人来说。尖尖的下巴、高挺的鼻梁、一米八的身高。但如果你多看这个人几眼，确实觉得不如第一印象那么好看。我渐渐没了兴趣，朝曲毳撇撇嘴："他比嘉航差远了。"

错遇

曲毳想拉着我一起去见见他，我不肯。让嘉航知道了不好。

曲毳又想拉着关雎一起去。关雎在这种事情上总是不够豁出去，她自然也不想跟曲毳这个大花痴一同出现在这位型男的视线里。

曲毳急红了眼，闹着要跟我们两个人绝交，说着说着又要在大庭广众之下装哭。我们为了不让"尼罗河姐妹会"的声名毁于一旦，只得由她拉着我和关雎去找这位扫描认证了的型男。曲毳一听心花怒放，停止假哭："起码知道一下人家的名字嘛。"

我们各自拿上盛着果汁的酒杯，然后开始穿过一拨拨社交中的人潮，前往正和使馆领导交谈的型男。型男看样子应该是《震旦日报》代表团团长的秘书或副手，十分娴熟地配合着《震旦日报》来访领导和使馆领导的交谈。

就在我们经过一帮天铎公司的人的时候，我被熊苏文发现了，他忽略了曲毳脸上渴望的表情，也忽略了我脸上隐忍的好奇，生生站在了我们面前。

"嘉佳，听说你上次在清场行动的时候晕倒了？你还好吧？"一句话，又提醒了我自己是一枚菜鸟记者的事实。这句话本身就让我无比厌烦，而在一个错误的场合、错误的时机、由一个错误的人说出来，更让我觉得无语凝噎。

"熊总真是消息灵通，没想到把熊总也惊动了。"我只说了一句话，语气带了些生硬，便没有了下文。

"我也是听别人说的，很担心你，只好跑过来跟当事人证实。"熊苏文说得很真诚。

"谢谢熊总。"曲三毛急急地拉着我准备走。我看一眼曲毳，再看一眼熊苏文。熊苏文有点讪讪，说以后有机会再聚。

靠近目标之后，发现被人捷足先登了。乔女红正在热情地跟目标对象交谈："李总，听说《震旦日报》近期做的几个新媒体现象级的产品都是您的手笔，我拜读以后真的学到不少呢。"

我和曲三毛对视一眼：居然已经知道了他的姓氏，还提前做了功课，乔女红真是手段老辣！

那位李总说："哪里哪里，乔记者见笑了。我们刚还听使馆领导说，上次清场行动的时候，乔记者临危不乱，在身体负伤的情况下坚持工作，堪称战地记者的表率！"

我和曲三毛使劲憋住不让自己笑出来。乔女红脸上立马喜上眉梢，絮絮叨叨又说了半天清场行动的故事，《震旦日报》代表团的团长却被冷在一边。

这位李总或许已经注意到这一点，适时打断了乔女红："乔记者今天真是让我们心生敬佩，咱们改天再细聊，我看这里的三位是不是你的同事，她们好像在等你。"

我们三人吓了一跳。我们本来在这位李总的斜后方，按理说他是不会注意到我们的，我们也没看到他往后看一眼，但却突然被他当作挡箭牌推了出来。

"哦哦，好的李总，咱们改天细聊。嘉佳，曲毳，关雎，你们也来啦？我先走了哈。"乔女红装作刚刚看到我们的样子，瞥了我们一眼，然后扬长而去。

关雎抢先跟李总打了招呼，估计是害怕曲毳一开始就泄露我们此行不可告人的目的："李总您好，我是天铎公司中东区公关部的关雎，我们也是听说《震旦日报》的领导来访，想过来拜访一下，可否请使馆的领导引荐一下？"

使馆的领导一一介绍了代表团的主要成员，我也给团长和这位李总递上了名片。

他叫李维柯，是《震旦日报》总编室业务管理室主任，正处级干部。李维柯看我的眼神有一瞬间的失神，让我怀疑自己是不是又在自作多情。

大家稍微聊了一会儿，我们三人就先告辞。

等走远了，曲毳说："真的是年轻有为，看着就成熟稳重，又有颜值又有气质又处事周全，简直就是年轻版的宋思明！"曲毳对《蜗居》里面的宋思明似乎着了迷，但凡找到一个差不多的就要跟宋思明做对比。

"拜托，他比宋思明瘦多了好吧？"关雎哭笑不得。

"我不管，我看中的是他的气质！气质你懂不懂？嘉佳你觉得呢？"

"我觉得还好吧。"我由他想起了嘉航，又由嘉航想起了乔女红，一时之间真气翻涌、目光呆滞。

开房

我本以为这次和李维柯的见面就像一阵风一样吹过去，心里开始想着另一件大事：找个机会旁敲侧击地问问嘉航，他以前和乔女红之间是不是有什么关系。

上次从阿达维耶清真寺回来之后，我就再也没问过嘉航关于乔女红的事情，有好多次我开口想问他，但话到嘴边，又咽了回去。我害怕嘉航不告诉我，害怕他告诉我的真相让我无法接受。

这感觉就像每次考完数学公布成绩的时候，既急迫想知道自己得了多少分，又害怕卷子上的分数让我无法接受。

这天是10月2日，远望尼罗河畔，上下天光，波澜不惊，是个好天气。更重要的，这天是我的生日。身为抗战老兵的爷爷曾在我初生之时坚持要给我取名国庆，但最后硬是被我妈妈冒着被说不孝的风险，以各种理由婉拒，为了这事，两个人当初还闹了好多别扭。

而如今，二十多年过去，我十分感激这位伟大的女战略家的英明决策，不然，背着"端木国庆"这个名字的我注定要被归入"张红艳""王二臭""上官招弟"一流，被同学、同事当成谈资，不时取笑一番，暂遣闲愁。

去年的生日因为我人生地不熟，所以匆匆就过去了，也没跟谁提起。可今年不一样了，今年我有了嘉航，我是他的皇贵妃，便有了大办一场的理由，我要他给我庆生，度过异国他乡最难忘的一个生日。

我不好意思提醒他，我早就跟他说过今天是我的生日，我想他应该会记得。

可早晨起来吃早饭的时候，嘉航却说他上午要去外面"扫街"，就是搞街拍创作。失望之余我只能佯装今天是平凡的一天，然后等他回来。

嘉航把门关上，"砰——"地一响，我转身滚在床上，弱弱地捶着床。我害怕他完全忘记了今天的生日，但却隐隐希望他是想给我制造惊喜。

为了这50%惊喜的可能性，我准备给他做一锅久违的意大利面，顺便找一个时机把他和乔女红的关系这件悬心好久的大事给问了。

正准备洗菜切菜的时候，电话来了，一接是韩站长。

"嘉佳，你今天有什么采访任务吗？"

"没什么任务，韩站长有什么指示？"

"是这样，使馆新闻处的处长打电话过来，说使馆正在筹备一个中阿媒体对话会，媒体合作方是《震旦日报》，这次《震旦日报》来的重要任务之一就是跟各家媒体协调这件事。你如果没事，一会儿就跟《震旦日报》约一下，今天去一趟《震旦日报》代表团住的酒店，了解一下相关的信息，按照使馆的指示，我们《叻报》也要在这件事情上做好对接。"

"好的韩站长，您这么重视，我就去一趟。"

"嗯，这件事你要充分重视，这个对话会是中埃外交上的一件大事。"

放下电话，我找出李维柯留下的埃及手机号给他打过去，约好一个小时之后，在开罗马里奥特饭店见。

我只好跟嘉航发微信说了一声，韩站长有个使馆的活儿，让我去采访一下。嘉航问需不需要拉我过去，我说不用，打车就可以。

一个小时之后，我到了酒店大堂，正准备给李维柯发短信，他正从大堂休息区走过来迎接我。

"谢谢端木记者赏光！咱们就在咖啡厅聊吧。"说着把我请进咖啡厅。

"好的李总，听您安排。就我们两个人？"

"是的，我全权负责向端木记者介绍对话会的情况。"

"好的李总，您叫我嘉佳就可以了。"

李维柯笑了一下，我们找了个比较安静的角落聊了起来。李维柯还专门要求我不要录音。

我一听才知道，这个对话会预计将是后年国家领导人访问埃及的系列活动之一，领导人可能会出席，所以这次会议从现在起就开始筹划，在媒体议程方面的负责方是《震旦日报》，不过经《震旦日报》和埃及使馆商量，大使同意让国家驻埃及的主要媒体配合《震旦日报》做一些前期准备工作。

"咱们《叻报》当然是很重要的参与伙伴。这里有几家我们列出的拟邀请埃方名单，麻烦你手抄一下。"

"不能拍是吧？"

"是的，不能拍，抄完之后，麻烦你，或者回头请韩站长选两家媒体，提前进行接触，一方面是了解该媒体的具体情况和在埃及的影响力，并且进行前期接触，但不能透露给他们这个对话会的信息，只说是想增进媒体之间的合作。这个是第一件事。第二件事就是请你们调研一下沙特、阿联酋这两个国家的主流媒体，写一份调研报告出来，写好后发到我的邮箱。"

我一边记一边说"好的"。

或许是李维柯不想让这件事情显得过于个人化，他跟我补充说："下一步的事项我们也会与使馆保持密切沟通。顺便提一句，我是这次对话会的总协调人，有任何问题我们都可以沟通。你有微信吗？咱们可以……"

"有的，我加您。"

把主要任务聊完之后，李维柯坚持请我在咖啡厅吃一顿西餐，席间我才知道他仅30出头，而且看样子是领导身边的红人，对话会这么大的活动都由他来前期协调。他也很擅长倾听，听我讲在埃及的采访经历，一聊就过了一个多小时。

"嘉佳，你中午要是没事的话，我给你开了一个房间，你可以在房间里休息一下再走。"我正在想找个时机结束这次采访的时候，李维柯的话让我吓了一跳。

"李总，您好好休息，我先回我们站里，还要跟我们韩站长报告。"

"哦，这样啊。"李维柯说着，打开手机拨通了电话。居然是韩站长！他三言两语跟韩站长说完，最后说了一句："韩局，我跟嘉佳还有一些工作要谈一谈，您不介意我再占用她一两个小时的时间吧？"得到韩站长的肯定答复以后，李维柯挂了电话。

我有点愠怒，又有点不知所措。是他太自恋还是我太矫情？是这个世界变化太快还是我睡着了忘了醒？我才跟你见第二面，你就要给我开房？为什么？又凭什么？我又想，如果换作现在是曲三毛在这儿，不知道会怎么心花怒放呢。

"如果不介意，我送你上去？我跟天铎公司的虞总约了下午三点去他那儿谈合作，三点的时候我在你房间门口等你，我先把你送回记者站。"李维柯的话说得十分客气，却暗暗藏了一种让你没办法拒绝的气场。

我看了一下手机，手机上没有嘉航的任何信息，更没有任何为我庆生的暗示。我的心凉了半截，在最需要他回应的时候，得不到他的任何回应。他忘记我生日的可能性逐渐增大，而李维柯已经把我的借口堵死，我一时也找不到什么理由逃脱。

李维柯看出了我的犹豫，又在一旁说："嘉佳，只是顺便休息一下，稍做慰劳，这个也要再请示韩站长吗？"

我只得起身，跟着李维柯上电梯。他给我开的是他房间旁边的一间房，看我进去后，他轻轻关上房门，简直绅士。

我走进卫生间，打开壁灯，仔仔细细地看着我这张脸。细碎的头发遮住了两颊，只露出小鼻子、小眼睛和小嘴唇，笑起来天真无邪，看上去人畜无害。我脑海中浮现出了许多电影里的女主角在酒店房间顾影自怜的画面。我想了半天都不明白李维柯的意图，只好甩了甩头，做了一个龇牙咧嘴的鬼脸，不去想李维柯究竟卖的什么药。

下午三点，我打开门的时候，李维柯正站在走廊上，背对着房间，看着窗外的风景。他一听见声音，转过身来笑着问我："睡得怎么样？"

"还好。李总这么客气，倒让我有点不好意思了。"

"让你不好意思就是我的不对了，我得跟你道歉啊。"

我笑了笑，没再跟他说话。

往电梯厅走的时候，李维柯顺势揽上我的肩，我心里一惊，浑身不自在，又不好推开他，只得借上电梯的时机，闪身躲在了电梯一角，两个人闲聊着就到了一层。电梯门刚打开，我一走出来，发现徐婕妤在旁边站着，看样子是在等李维柯。

我们都愣住了，没跟对方打招呼。过了一秒，徐婕妤笑着看向我的身后："李总！"

"是婕妤啊！你怎么过来了？"

"我们虞总说，您是客人，怎么好意思让您打车来我们这边，我们就派了辆车过来接您。"

"嗨，虞总太客气了！不过我这里还有一位朋友，你们认识吧？我得先把她送回她单位。"

"认识啊！我们是好朋友。好啊，那李总不介意的话，就先送嘉佳。"徐婕妤笑得有点不自然，"嘉佳，回站里吧？"

"嗯，给你们添麻烦了！"

"这话应该我来说才对，我给你们添麻烦了！"李维柯接过了话头，让我们在大厅等他一下，他去前台，明显是去结我的房费。

我赶紧跟过去，抢着结账，最后还是被李维柯坚决结掉了。

一路无话，回到站里的时候已经快四点了。

第十章
只道好事多磨

　　乔女红终于出招了！一击"兰花拂穴手"看似逼近曲嚞，实则拿我要害，虚实互见，杀得我措手不及。我闻言心中一凛，内力激荡，就差一记如来神掌拍向乔女红的脑门，可这时接招的是曲嚞，我赶紧瞥向曲三毛，想施展一招"流星眼"，希望她别跳入乔女红的圈套。

　　可曲嚞正在专心致志地低头猛吃她那块蛋糕，无心防备，随口就说："哦，熊总啊，是啊，他怎么没来？平时见他跟嘉佳有说有笑的，今天可能是在忙吧！"

引狼入室

回到站里，我先是跟韩站长汇报了一下整个事情。韩站长破天荒地拿起笔记本记了起来。说完之后，韩站长交待我先把两个埃及媒体的资料收集一下，其他的工作等他下一步想想怎么办之后再说，还特别叮嘱我："注意保密，不要再跟其他人说起这件事，嘉航也不能说。"

韩站长对我们的关系了如指掌，我有点不好意思："好的韩站长。没有事我就先上去了。"

回到宿舍，嘉航还是没有回来。我的心情糟透了。嘉航不知道也就算了，就连曲三毛和菊苣这两个小蹄子居然也忘了我今天过生日？她俩的生日我可是又送礼又唱歌来着。我发现自己又有被打入冷宫的危险，决定主动出击。

正准备给曲毳打电话的时候，曲毳的电话打过来了。

我心里一发狠，狠狠地挂断了。

过了一分钟，来电又响了，这次是关雎。

我想了三秒钟，还是挂断了。

就算是今天晚上给我庆生，怎么到了现在才临时通知我？太假了！臣妾做不到！

又过了几分钟，宿舍的电话响了。宿舍电话没有来电显示，而且一般是韩站长，或者老衷、小陈他们有工作上的事情找我的时候会打来。

我担心是工作上的事，犹豫了一下，接了起来。

"嘉——佳——！"

曲毳高八度的声音用足了十成内力，我的耳朵嗡嗡嗡地一阵忙音。

"干吗？没事挂了。"我强撑着维持自己的高冷人设。

"哎——等等！你这生哪门子气呢？跟嘉航吵架了？"

"跟你吵架了！"

"哎呀，讨厌！说正事！你现在在宿舍吧？赶紧到你们楼底下来！"

我心里又隐隐生出一点期待，但又不想让我的高冷人设瞬间崩塌，只好说："哦，那你等我。"

"得了，都是自己人，怕啥呀！快点儿啊！"

我慢吞吞地补了个妆，然后关好门，下了电梯，保持一位皇贵妃应有的贵气与闲适，准备接受四方朝拜。

记者站的一楼有一个门厅，平时那里什么人都没有。我原以为，如果有人等在那里，无非就是曲三毛和菊苣她们，顶多加一个嘉航，如果他一早就决定给我惊喜的话。但当我到了现场，却发现除了曲三毛、菊苣、嘉航、小陈、老袁，还有向定仪和林君，居然还有乔女红！

我的情绪从沮丧到期待，再到如遭雷劈，跌宕起伏，最后还是逃不过被劈得外焦里嫩的结局。乔女红和在场的其他人一样，一边起哄一边撑起得体的微笑，宛如亲密好友，掩盖她把嘉航当作猎物的事实。我的眼神接触到乔女红的一刹那，周身泛起一股恶心的黏腻，像是有蟑螂爬进了我的内衣内裤。我翻了个白眼，还没弄明白这唱的是哪出戏，只能问曲三毛："毳儿，怎么把这么多人都召集过来了，这么兴师动众，让我都不好意思啦！"

曲毳不用我问就知道我对乔女红的出现有多么暴怒。她仔细观察我表情的每一个变化，赶紧说："嘉佳，还真不是我……你应该谢谢嘉航！他从前几天就开始联络我们，一定要让我们今天一起出现，给你好好过个生日！"

我只得把目光又移向嘉航。嘉航显然不清楚我和乔女红之间的是非恩怨，不明白我们像是慈禧杠上了慈安、尔淳见到了玉莹、甄嬛撕起了安陵容，总之仇人见面分外眼红。他费了很多周折，我不仅不能怪他，还得对他心存感激、保持微笑。

我跟嘉航说："谢谢啦，这么兴师动众……我还以为你把我的生日忘了呢。"说完我转头看一眼乔女红，乔女红气定神闲、假装耳聋、面不改色。

嘉航说："忘了谁的都不能忘了你的呀。你屋里有酒吗？我从中国餐厅买好了菜，你爱吃的全在里面，咱们去你屋里一起给你庆生，怎么样？"

黄昏深渊

进了屋，我赶紧把客厅收拾出来，把家里所有的椅子和凳子都摆了出来，嘉航又从他屋里拿了几个，凑够了九个。

外卖的菜此刻都拿了出来——有白菜粉丝煲、香煎柠檬鸡、蜜汁烤羊排、八宝饭……我喜欢吃的菜一个不漏，都在这里了。我被嘉航的细心感动得心潮澎湃，不由得跟嘉航说："谢谢你啊……你都记得。"

嘉航说："瞧你说的，都这么长时间了，怎么会不记得？咱们就别矜持了，赶紧开动吧！"

我心花怒放，小陈开始起哄："还没开始吃呢，就撒了一把好狗粮，吃完狗粮没肚子吃菜了！"

曲甍也附和，口水几乎要滴了出来："嘉佳，你俩要是再刺激我们，这几个你喜欢吃的菜就别想吃上了！"

我笑着看了一眼嘉航，然后娇羞地把一个羊排夹到碗里，尽量无视乔女红的存在，幸福感满满地开动了。

酒足饭饱之后，嘉航不知道从什么地方变出了一个生日蛋糕。埃及的生日蛋糕没有小蜡烛，只有一根简单粗暴的烟花蜡烛，我以前给人过生日的时候看见过，比国内的小蜡烛简单省事，而且还有烟花效果加持，温馨浪漫。

关了灯，点了蜡烛，烟花绽放，映出了一张虔诚许愿的脸。

"嘉佳，许了什么愿呀？"屋里灯一开，小陈和曲甍就开始八卦。

"许了什么愿也跟你们没关系好吧。晚上我要一个人说给嘉航听。"我看着嘉航，心里默念一遍我的生日愿望。

"哈哈，好好好！赶紧切蛋糕吧！"嘉航在众人的哄笑声中尴尬圆场，拿来小塑料刀让我切开。

我给乔女红分了一块大蛋糕，暗示她越长越肥，心宽体胖，外加找不到对象。乔女红叫了一声："哎呀，嘉佳，我可真吃不了那么多呀。"

"红红姐，你跟我就别客气啦，好不容易盼着你来，多吃点哈。"

"说起来，今天你们天铎公司的熊总好像没来呀？他不是跟嘉佳关系不错嘛！"乔女红话锋一转，看着曲毳好奇地问道。

正所谓善者不来，来者不善！乔女红终于出招了！一击"兰花拂穴手"看似逼近曲毳，实则拿我要害，虚实互见，杀得我措手不及。我闻言心中一凛，内力激荡，就差一记如来神掌拍向乔女红的脑门，可这时接招的是曲毳，我赶紧瞥向曲三毛，想施展一招"流星眼"，希望她别跳入乔女红的圈套。

可曲毳正在专心致志地低头猛吃她那块蛋糕，无心防备，随口就说："哦，熊总啊，是啊，平时见他跟嘉佳有说有笑的，今天可能是在忙吧！"

曲毳说完，全场的空气迅速凝固下来。嘉航低着头吃蛋糕，小陈欲言又止，老袁暗自蹙眉，乔女红面露浅笑，紧接着补了一句："嘉航，这就是你的不对了，嘉佳过生日这么大的事儿，应该把好朋友都叫过来嘛，怎么能漏了熊总！莫不是你看见熊总和嘉佳关系好，吃醋了？"

嘉航手上吃蛋糕的叉子已经停了下来。曲毳旁边的关雎见状，赶紧施展一招"旋风扫叶腿"，暗自运功踢向曲毳，提醒她说话带上大脑，谁料曲毳哎哟一声，冲着关雎翻了个白眼："你踢我干吗？！"

周围的空气已经凝固到可以勾芡了。此刻我的脸色一定很难看。忽然窗外喇叭声响起——昏礼时分，唱经声四起，宛如天魔绝音，让我心烦意乱，我正想着怎么还击乔女红，没想到乔女红再进一招，一记"化骨绵掌"，狠辣凌厉，向我劈来："不过说来也是，熊总那么忙，估计也没空过来吧。我还说呢，他们都说熊总对嘉佳格外照顾，我看也没那么夸张，你说呢嘉佳？"

我再也克制不住，两眼逼视乔女红："红红姐，今天是我生日，一定要说这些无聊的话题吗？"

老袁见状，赶紧使出一招"太极功"："蛋糕挺好吃，大家都吃点呀！女红，你都没怎么吃呢。"

没想到乔女红毫不认输，轻巧一避，又把话锋对准嘉航："嘉航，看你的样子还不知道吧？其实事情估计也不像大家传的那样，我觉得有必要把熊总叫出来，大家当面问个——"

乔女红字字如毒蛇吐信，找和她之间微妙的塑料姐妹花情谊瞬间决裂。眼见乔女红招招夺命，"流星眼"奈何不了，我一怒之下施展"棒打狗头"，一手拿起红酒酒杯就泼向乔女红那一张化着大浓妆的荡妇脸，乔女红见状连忙用双手一挡，只听一声尖叫，红酒泼到了她的袖子、脸和头发上，她此刻已经是一只落汤鸡。

"嘉佳！你干什么？！"我怎么也没想到，沉默良久的嘉航，居然在这个时候帮起了乔女红。

乔女红眼见嘉航出言，马上转守为攻，"腾"地站起，一指戳人，张口就骂："嘉佳，我们来是给你庆生的，你脑子有病吧？！好好一个聚会都被你搞砸了！"

曲三毛此时酒足饭饱，虽然没太整明白来龙去脉，但眼见乔女红撒泼，内心不忿，赶紧帮腔："红红姐，谁搞砸谁清楚！难道不是你先故意让嘉佳下不来台？"

"我怎么着嘉佳了？我一没骂人二没动手，可她呢？嘉航你说呢？我可是看在你的面子上才过来的。"林君在一旁轻轻拉了一下乔女红被红酒泼过的袖子，意思是见好就收，可乔女红怒气不减，使劲一甩，把几滴红酒甩到了林君脸上，林君只得讪讪拿起纸巾去擦红酒渍。

"都别说了！嘉佳，跟乔女红道个歉，今天咱们就圆满结束，各回各家！"嘉航看了眼乔女红，然后转过来看着我，做了这番总结陈词，伸过手来准备安抚我。

五雷轰顶！我一把打开他的手，瞪着眼睛看着他："嘉航，今天好好的一个庆生聚会，一定要这么逼我吗？"

"没人逼你，是你先泼人家红酒的。"嘉航的手被我一挡，变身满嘴仁义道德的长者，让我突然觉得陌生。

"嘉航，谁先挑事儿的你看不出来吗？我不！"我声嘶力竭地喊出了口。

"是人家挑事还是你反应过激？身正不怕影子斜，你至于这么激动吗？"

原来我和嘉航之间，不过如此！我从到开罗的时候，甚至更早的时候就倾心的这个男人，却在这个时候帮着我的疑似情敌来羞辱我？！

我浑身气得发抖，形象全无，像是得了鸡瘟的小鸡："嘉航，我原以为我的心意不用说，你都明白，我原以为我的愿望成真，满心欢喜，没想到许的愿多了，竟成不了真！"

把话说完，我没等嘉航反应，身形一闪，到鞋柜上拿了钥匙，"砰"的一声摔门而出，逃离这场黄昏论剑。

冷宫格格夜游记

冷宫格格今天晚上微服出巡。

我一个人走在扎马雷克岛上，路过中国大使馆，路过日料店，路过马来西亚人或者菲律宾人开的中餐馆，路过埃及丐帮分舵。所有公司的灯都熄着，所有公寓别墅的灯都亮着，丐帮帮众穿梭其间，眼睛窥伺一切，犹如在天堂和地狱边缘寻找生命的奥秘。

我摆脱了丐帮帮众的围追堵截，走到尼罗河边，在渡口坐下来。夜晚的游艇懒洋洋地停在河边，随着河水的微波晃来晃去。船头挂着一盏昏暗的灯，电线盘根错节地在船体上萦绕着。行人稀少，水波不兴，一个埃及长胡子老头在守夜，他幽暗的眼睛盯上了我，我岿然不动。他慢步走了过来，他不会说英语，用我听得懂的埃及土话说了一句："请问您需要什么服务吗？"

我装作没有听懂，恐惧、委屈、无助、伤痛向我袭来，我默默地哭了，他在我旁边站着，不安慰我也不离开。我开始戴上耳机，听歌，抽泣。

懒懒阳光慢慢爬进窗
悠悠微醺淡淡咖啡香
恍然你又在身旁
笑容星一样明亮
……

尼罗河在夜里终于没有人打扰了。它在忍受了白天被各种熊孩子淋尿甚至被吃屎的羞辱之后，晚间似乎总算有了点时间舔舐一下自己的伤口。它把河里的水草、小鱼团结起来，消化着白天的凌辱。

像尼罗河一样，所有在白天受苦受难的广大群众在这一刻松散地团结起来，以不被人察觉的方式，默默地舔舐着自己的伤口，彼此照应着，又回避着。

只怕你每次转身
我会以为看见明天的艳阳
……

曲毳和关雎接连打来几个电话，都被我无视，手机渐渐安静了。我的生日过得如此失败，最先离场的竟然是自己。而嘉航没有追上来，甚至没有一条微信。

我真的错了吗？他真的误会我了吗？还是这场戏无论怎么演都只有这一个结局？

尼罗河在我的视线里扭曲了，月亮在河面上的光点与路灯的光点以不可思议的角度交叠在一起，整个世界都被这扭曲的光点与它们连成的光线淹没，整个世界几乎都与我无关，我害怕这种无关，害怕被全世界抛弃的感觉。或者说，我被全世界抛弃都没有关系，只要他转身回头。

不知道过了多久，等到周围公寓的灯渐次熄灭，泪水的堤坝终于止泄了。情绪宣泄完毕，理智占领高地，我准备往回走了。

可笑的是，守夜大叔一直在我旁边不远的地方凝视着我，像是猎豹凝视着羔羊。不是嘉航，不是关睢或者曲毳，甚至不是熊苏文，偏偏是一个守夜大叔。我使出终极奥义，两个词，轻巧而出，振聋发聩。他啐了一口，转身走了。

我用哭花的脸微笑着跟他说："Shukkran，Habibi.（谢谢你，亲爱的。）"

嘉航果真不在我的宿舍。切给我自己的那块蛋糕还放在桌上，他已经回他的房间睡了。我神智突然清醒了，开始翻箱倒柜地寻找。门口的鞋柜，客厅的写字台，厨房的灶台上，厕所的洗衣机上，窗帘的缝隙里……找找了20分钟，精疲力竭，没有发现房门钥匙，钥匙有99%的可能还拴在他的钥匙串上。我瘫坐在椅子上，心情大雨转阴。他没有留下钥匙，就证明他还会回来。

我的纠结体质开始发作，想维持这样的心情，不想让它变坏，却也不想让它变得更好，喝酒是唯一的办法。我打开冰箱，取出一瓶香槟，开瓶，倒酒，开音乐，喝香槟。

香槟一点也不好喝，我强迫自己喝了一杯，草草刷了牙，上床挺尸。最后我只记得给曲三毛发了个微信：我恨你。给关睢发了个微信：我挺好的，喝点小酒。然后就睡过去了。

梦里，我梦见了至高无上的命运，他有三张脸，腾云驾雾，在天空的制高点睥睨着我。

我费力地望向他，他用他花纹繁复的金色权杖指着我说："爱吧，然后绝望。"一片霞光射来，笼罩全身。

醒来的时候，是晨礼时分，四面八方的清真寺在混响着"安拉胡——阿克巴——"，我的脑袋胀着，晕着，再也睡不着。

电影票

10月3日的整个上午，我窝在房间里。嘉航没有出现，没有短信，更没有电话。曲毳终于认识到了问题的严重性，开始接连跟我用微信语音道歉，我懒得打开来听。关睢确认我早晨酒醒后，再祝了我一句生日快乐，说晚上再和曲三毛来看我。

我突然发现一切都在变得越来越糟。乔女红的裙子越穿越短，开罗爆炸袭击事件越来越频繁，停电的时候越来越多，嘉航从我的世界消失已经快过了一天。

中午的时候，自己做了一锅意大利面。嘉航很喜欢吃意面，所以我和他在一起之后，我就开始学做意面。我至今还记得我第一次尝试做出来以后，嘉航吃着我的意面脸上露出的表情。

当时他一边吃着意面，一边用不可思议的眼神望着我，让我觉得我做的意面是世界上最好吃的意面，我可以凭借意面拴住这个世界上最好的男人的胃。

因为做意面的工序复杂，我一般很少做，可今天，我却心血来潮、鬼使神差，想以面邀宠。我想，我如果是后宫争宠的嫔妃，我想的计策一定是别人都没有想到的，争宠的功力一定是别人望尘莫及的。

洗菜，切菜，炒肉末，熬汤，下菜，下肉，加料，慢炖……前前后后许多工序，做好后已经过去两个小时。我心满意足地发了一个朋友圈，然后把宿舍门打开，让意面的味道飘满整个大楼。我想让他明白，这顿饭是我并不沉默的道歉，虽然我根本没做过什么对不起他的事情。

我打开微信，发现小陈点了一个赞。手机还没放下，就听到敲门的声音伴随着敲打碗筷的声音从门口传来。

我几乎不用思考，就知道这声音是谁。

小陈摆出一副可怜的表情倚在门口："嘉佳，求蹭饭。"

我实在想跟他说一句，做人不能没点眼力见儿，你也不看看这饭是做给谁的。

可我只能说出来一句："嘉航呢？"

小陈撇了撇嘴："不知道啊，可能一大早出去采访了。"他并没有意识到我问这句话有什么不对，仿佛昨天的事情完全没有发生过，然后接着说，"嘉佳，你看在我到这个点儿还没吃早饭的份儿上，就分我一点吧。这么长时间不吃饭，是要伤胃的。"

我突然想起来，这句话嘉航也跟我说过，不由愣住了。

我恍恍惚惚地把小陈让进门，给他一个勺子，让他自己从锅里盛。

小陈跟我胡乱说了些话，没有提到嘉航，也没有提到乔女红。我跟着小陈吃了两口，实在吃不下，索性看着他吃完，离开，然后坐在沙发上发呆。每到一天的这个时候，时间总是特别难熬。想睡觉又不想把时间浪费在睡觉上，但是想做点正事，比如跟进一下时局的进展，或者看两本书，又觉得大脑犯困。尤其是今天，嘉航始终不在身边。

我开始幻想着，自己就这么岁月静好地坐在这张沙发上，然后嘉航下一秒就会用他钥匙链上的钥匙打开门，若无其事地进来，坐下、吃面，然后我们重归于好，好像什么都没有发生过。

但我就这么呆坐了半个小时，什么事情都没有发生。

我不想一天就这么浑浑噩噩地过下去。我想去岛上的麦德龙超市买点东西。刚收拾好出门，下楼，走到门口，发现熊苏文刚从韩站长的办公室走了出来。

"嘉佳！"

"熊总怎么过来了？"

"不是说了吗，叫我苏文就好。刚找站长谈点合作的事情。我们准备和咱们《叻报》中东站合作，在大使馆的领导下，一起搞一个中埃友好合作展，把双边的重要外事活动，和《叻报》相关报道一同展出，算是我们下半年的一项重要国际合作项目。"

不用问，这项目肯定是使馆甩给财大气粗的天铎公司，天铎公司老总跟韩站长关系不错，自然想到找我们《叻报》记者站一起合作。

我摆出得体的笑容："那是好事啊，熊总牵头，效果肯定没得说。"

"嘉佳，你看你，又来了！咱们瞎客气啥？！你出门有事？"他应该不会知道我昨天的闹剧，当然我也不准备告诉他，只是事情由他而起，我不由得把对嘉航的怨气转到他身上。

"嗯，准备去超市买点东西。"我语气平淡，不愿多说。

"坐我的车过去吧！反正我现在也没什么事了，顺路捎你一程。"熊苏文做了个"请"的手势。

"不用了，熊总，我自己过去就好，不远的。"

"嘉佳，你怎么跟我这么客气！就是一脚油门的事，你怎么搞得生怕和我沾染上关系似的？"熊苏文那张娃娃脸上摆出标准的童叟无欺的微笑，无辜地看着我。

我再也没办法拒绝，就道了声谢，上了车。

等熊苏文开出一段距离，我发现车好像并没有朝超市的方向去。熊苏文这时候开腔了："嘉佳，今天下午正好都没什么事，能不能请你看个电影？最近正好刚上了一部《爱在午夜降临前》，评分很高。"

我其实挺想看这部电影的。就在前几天我还问过嘉航，可他对这一类纯爱影片清心寡欲，觉得没有任何欣赏的价值。但我是一定要看的。我想约三毛、菊苣一起看，但从没想过熊苏文，何况他现在还是以先斩后奏的方式开始他的邀约，让我非常不爽。

车已经快开下岛，进入开罗市区。今天本来运势不佳、心情烦躁，想起生日会上的矛盾还是因他而起，我愈加厌烦，我说："熊总，我们改天再约，我还有事，麻烦靠边，我下车。"

熊苏文见状，赶紧把车停到路边。我正要下车，他做了个稍等的手势："嘉佳，你别生气，我只是作为普通朋友请你看个电影，没提前约你是我不对，今天纯粹是因为赶巧没事，实在不想辜负下午的时光回办公室打盹，正巧你也有空，所以冒昧临时约请。如果惹你生气，我真的很抱歉。下次有机会再约。不过这个电影我真的很喜欢，可想来想去也找不到该约谁一起看。总不能我去敲虞总办公室的门，约他吧？"

熊苏文摆出一副苦瓜脸看着我，我一下子没有绷住，笑了出来。

其实说实话，熊苏文并没有做错什么，他从没有对我表达过喜欢的意思，我也从没有拒绝他的由头，如果因此就给他扣上这个莫须有的罪名，我也觉得有点小题大做。而且我刚刚被他逗乐的一瞬间，是生日闹剧结束后最快乐的一瞬间，它与嘉航无关，却是熊苏文带给我的。

我停了停，熊苏文显得有些紧张。看得出，他既不想让我下车，又不想惹我生气。我佯装勉强同意："那好吧，苏文你要记着你说的话，我们之间只是普通朋友。还有，看完电影，能不能把我放到记者站旁边的麦德龙超市？"后半句的时候，我再也无法义正词严，听上去有点跟他撒娇了。

"太没问题了。"熊苏文莞尔一笑，一脚油门，吹起了不知名的口哨，一点也不像平时的熊苏文。

走进市中心的解放电影院（al-Tahrir Cinema），熊苏文买了票，然后买了爆米花和饮料。问我要不要吃冰激凌，我赶紧摇头。

电影开场，熊苏文虚扶着我的肩，进了影厅。落座之后，他把饮料给了我，自己拿着爆米花，跟我说想吃就抓着吃，然后把我的那张电影票给了我，让我收好。

我把电影票放在裤子口袋里，然后拿出手机来刷微信。

熊苏文见我用着他给我买的手机，跟我说："还好用吗？如果觉得不好用，我再给你买一个新的啊。"

我笑了一下："才送了我多久就要买新的？苏文你真是大方得吓人。用不着哈，谢谢啦。"

电影随即开始。一整场电影下来，除了交流对某个莫名转折和狗血桥段的吐槽，我们互动不多，我甚至都没怎么想起来吃他手上的爆米花。直到结束，爆米花还剩下大半桶，对我们这一场略显尴尬的电影约会做了一个完美的总结。

熊苏文问我怎么看，我说，就是告诉大家相濡以沫、忍受平淡才是爱情最真实的状态吧。

熊苏文表示赞同，比前两部而言，这部没有惊喜，但这样似乎已经是最好的结局。他微叹了口气，然后非常自然地看着我说："这部电影是不是有点太平淡了？下次不知道还有没有机会跟你再约一部电影？"

我直截了当地说出我的顾虑："你不会是想让嘉航误会我们两个吧？"

熊苏文看着我，有片刻的失神，停了停才说："我哪儿能有资格让他误会？"他的眼神突然有点感伤，"况且，我们最多只是看个电影，聊聊天，还真没什么别的。"

我赶紧截住他的话头："这样挺好的，谢谢你苏文。"

这话虽然有些残忍，可为了打消嘉航的所有疑心，我必须这么说。

电梯惊魂

熊苏文把我送到麦德龙超市后，就调头回公司了。我看着汽车远去的背影，走进超市的大门，不由得长舒一口气，现在是自由自在的购物时间。不用想嘉航，更不用想熊苏文。

我对于在埃及购物这件事有着比国内更加狂热的爱好，原因之一或许在于埃及的超市不"限塑"，我可以让超市提供尽可能多的塑料袋来填充我的欲望。还记得来开罗后第一次去超市购物，结账的时候我从裤子口袋里拿出一个皱皱巴巴的塑料袋，然后服务员一脸诧异地看着我，一边连连说"No need! No need!（不需要！）"，一边拿出一把塑料袋来，抽出几个给我，脸上露出怜悯的神色。我考虑一番，还是没有跟服务员解释"限塑"对于环保的重要性，因为不"限塑"的购物体验对我来说好像裸体跳舞一样的畅快，既不用担心去了超市而没带袋子的恐慌，也不用担心带了一个袋子却装不下的尴尬。这就和做爱一样，在这样一个自由自在的环境里，仿佛无限量提供四方形小包装，既不用担心开了车却发现没有带小袋子的恐慌，也不用担心带了一个小袋子却临时加场的尴尬。

一个小时以后，天色渐晚，我满载而归，拿着两大袋子的东西站在记者站楼门口。在心情郁闷的时候购物的结果就是，你除了那些必须买的东西，也会买很多不必要的东西。

我下意识地走进电梯，按下"4"，然后电梯门关上。

就在电梯门闭上的一刹那，我突然感觉不对。

时间是下午5点刚过，天色渐暗，最近又是一年当中频繁停电的日子。

还在我犹豫要不要按个"2"或者"3"直接下电梯的时候，最坏的事情发生了。

随着"咯噔"一声响，然后是"嗞——"的一声线路摩擦的声音，就在几秒钟之内，电梯打了个寒战，灯一灭，轿厢一停，"哐当"一声，周身一片漆黑。

停电了！

我们住的扎马雷克岛虽然是富人区，但由于国家动荡以后，百业凋零，国家机器的故障体现在城市的每一个角落，所以电力系统经常瘫痪，停电的次数越来越多，尤其是在傍晚的用电高峰期。

黑暗无孔不入地包裹着我。我已经连叫的勇气都没有，两手无力地扒着电梯墙壁，半蹲在漆黑一片的电梯里，然后慢慢掏出手机。一如在电视里看到的那样，手机在电梯里已经没有信号。

好像进入了电影中的电梯惊魂场景，我浑身开始发抖。以前看这种镜头我都是直接捂上眼睛的，我真不知道该怎么做。楼里已经停了电，那就是说，已经没有人会再用电梯，即使使用了电梯也不会有反应，更不会发现困在电梯里的我。

我很不想让别人，尤其是嘉航看到我困在电梯里的狼狈样子：一位尊贵无比的皇贵妃，竟然因为停电被困在了电梯里！

但是黑暗和恐惧最终战胜了我可耻的自尊心。

"救命……"我弱弱地喊了出来，外面一点声音也没有。

"救命！"犹豫不决地喊出几声之后，我终于开始大声呼救。

没有人应答。

我边发抖边想到一个办法。我拿起手机，也就是熊苏文送我的那部手机，开始"梆梆梆"地敲电梯门，然后隔上半分钟铆足劲儿大喊一声"救命"。

过了漫长的几分钟以后，第一个声音出现了："JiaJia？"是分社的雇员老艾。我赶紧说："老艾！是我！救我出去！麻烦想想办法！"

老艾说："好的，你先别着急，我马上想办法救你出去。"

这一刻，我觉得自己好像是耶稣基督得到了天启、穆罕默德得到了真主的回应，这个声音驱散了无尽黑暗中的无数牛鬼蛇神，我几乎就要跪倒在地，臣服于这声音的主人。

过了一会儿，感觉有更多人来了。韩站长的声音隔着电梯瓮声瓮气地传了进来："嘉佳，你没事吧？你放心，我们都在这儿，马上救你出去，你不要着急。"

韩站长拿出他惯用的气定神闲的语气跟我说话，让我变得更着急了。我发现自己有点尿急。电梯里的空气很差，憋得我开始一边发抖一边出汗。我想，所有人都在了，嘉航一定也在了，他即将要和别人共同见证历史性的一刻：皇贵妃变成汗水里浸泡的冷宫尿急洗脚婢了。

老袁的声音也出现了："咱们得抓紧，嘉佳在里面待的时间长了，里面空气不好，别出什么事。"

老艾也插话："是的，这个电梯时间久了，质量也不好……"老艾的后半句没有说出口。他的意思或许是，万一电梯失控掉下去就完了。

我赶紧回答："谢谢！现在还好！需要我做啥？"

老袁这个时候显示了他临危不惧的胆识："你先蹲下来，敲一下电梯门的底部，然后站起来，敲一下手能够到的电梯门上面，然后我们来判断你在什么位置。"

我慢慢蹲下、站起来各敲了一下，然后老袁和大家开始商量一番，最后得出结论：我被困在了二层和三层的中间，为了保险起见，还是在三层拽我上来。我听到一堆人的脚步声，过了一会儿，老袁的声音从我头顶上方响起了："我们已经把电闸拉了下来，不用担心来电的问题。现在你先靠着电梯墙壁蹲下来，我们把电梯门掰开，然后拉你上来。"

我不好意思地说："谢谢谢谢！我手上还有两个大购物袋。"

老袁说："没事，门开了你先把购物袋扔上来。"

我照做，先蹲在墙角，心脏扑通乱跳，我既害怕他们拉门的时候破坏了内外平衡，让电梯急速下坠，又期待可以从小黑屋里逃出去，同时还暗自担心让嘉航看到自己狼狈不堪的样子。就在想到这些事情的时候，我赶紧用袖子擦了一把脸，整了整头发，让自己看起来没有那么狼狈不堪。

感觉有一群人在使劲拉，上面有人在喊："一，二，三……"

"啊——"

电梯似乎正在和这股外力进行博弈，轿厢猛地晃了两下，我吓得叫出了声。

随着一道亮光刺了进来，一切重归宁静。

是小陈举着手电筒在往里面照，他旁边站着站里所有的人。我先碰到的是韩站长关心的眼神，然后是老袁和老艾松口气的表情，最后是半张脸隐身在黑暗里的嘉航，看不出他脸上的表情。

我像个第一次到溜冰场滑冰的素人那样慢慢站了起来，先道声"谢谢，麻烦大家了"，然后把两个购物袋递了上去。接着老袁伸出手来，跟我说："抓住了，往上爬！"

我赶紧一只手抓住老袁的手，另一只手抓住电梯光滑的门框，可我一点也使不上力气，一使劲差点让老袁摔倒，我吓得又叫了一声。他一个人根本拽不动我。

这个时候，嘉航终于出现了，他和老艾两个人一边一个抱住老袁的腰,然后一起往后使劲。我终于像一头猪一样一边拱着,一边被拽着拉上了三层的楼梯口。

把我拉上来以后,老袁马上瘫倒在地,直呼"累死了"。我赶紧连声道谢。韩站长跟大家说了句"辛苦了",然后嘱咐了几句,自己大功告成,慢悠悠走下楼,回到了他的宿舍。

小陈看我一脸狼狈,像是自言自语又像是在故意嘲讽:"以后有可能停电的时候千万不能坐电梯,太可怕了。"然后又冲我说,"我帮你把东西拎回去吧!"

嘉航一直在旁边沉默,宛如局外人,这时候终于发话:"我帮嘉佳拎回去。"

嘉航从地上拿起两个大购物袋,然后径直走在前面,上四楼。

我满身狼狈,像是现了原形的灰姑娘、打入冷宫的洗脚婢,低着头跟在他后面。等他走到我宿舍的门口,空出一只手来,从兜里拿出钥匙,开了门,把购物袋放在地上。

我的脸色波澜不惊,内心如热锅蚂蚁,因为我怎么搜肠刮肚都找不出该跟嘉航说什么话。我站在他后面,我想说:"嘉航,中午我熬好了意大利面,咱们晚上一起吃吧?"我想说:"嘉航,我错了,你能不能搬回来?"我想说:"嘉航,没有你在身边,我晚上做的都是跟你分手的梦……"可我的喉咙干涩难耐,嘴角像生了锈,张也张不开。

嘉航说:"我走了。"

我没说话。

嘉航说:"以后如果怕停电,就别坐电梯。"

我想说："可是我拎着两个大购物袋，提不上去啊。"可我只是嘴角抽动两下，也没说话。

嘉航见我什么都没说，就把门关上走了。

我的宿舍漆黑一片，重新变回冷宫了。我突然觉得昨天的微服出巡和号啕大哭都没有任何意义，嘉航终归还是要走的，宠妃终归还是要失宠的。

我坐在沙发上，心如刀割，心如死灰。

我深吸两口气，然后开始翻箱倒柜找蜡烛。鼓捣半天，突然想起，上次停电后，蜡烛烧得只剩下烛底的一摊油脂，嘉航就把它扔掉了，说改天到超市买几根新的回来。

还没等他想起买回来，我们已经闹掰了。世界上最尴尬的事情莫过于此。

折腾了这么长时间，一身土灰，饥肠辘辘，但并不想做饭，也没有条件做饭。我继续坐在沙发上发呆。

不知过了多久，"咚，咚，咚"三下非常有规律的敲门声。

我差点叫了出来，心里却一阵暗喜：是他吧？

我小心翼翼挪到门口，停了停。

打开门。

一支亮着的蜡烛，放在一个人下巴上照着一张鬼脸。

"啊——啊——"我两声紧凑而凄厉的大叫，响彻云霄。

"给你送蜡烛来了，看把你吓的。"嘉航赶紧把蜡烛拿远了些，然后假装客气地问我："能进来吗？"

我说："进不进来，当然你说了算。"说着就小心拿着蜡烛，把它放到这屋子前任留下的烛台上。

黑黢黢的屋里，豆子一般的烛火在客厅的饭桌上燃烧。

我和嘉航站在一旁，静静凝视这微光。嘉航的半边脸被烛光映出淡淡的金色光彩，另半边却隐藏在黑暗中。即使离得这么近，他的脸也好像蒙了一层纱一样，模糊不清。

明明宿舍里没有风，但烛光却好像被什么看不见的东西束缚着一样，挣扎着，左右摇摆。

我想起，从我和嘉航在一起到现在，他还从来没有为我许下什么一辈子的誓言。我需要抓住什么东西。我只要抓住一样东西，光明就能驱散黑暗，我就不用害怕和他分手的噩梦。

我怯怯地看着他的脸小声地说："嘉航……我好害怕你哪一天突然就像蜡烛一样，悄无声息地熄灭了，就剩我一个人，一个人在黑黢黢的房间里……你看这蜡烛越烧越短，最后就剩一层油脂瘫软到烛台上，好像失恋的人在哭——"

嘉航打断我，轻轻把我抱在怀里："我以后不会再抛下你。"

黑暗之中，一切都是虚幻的。我只能用尽力气抱住他的身体，感受这唯一的真实。

平安夜的符咒

埃及人当然也过圣诞节。埃及人有10%左右的基督徒，他们都是科普特人，这些人谨小慎微地生活，基本不会在类似解放广场示威游行的活动中抛头露面，所以他们不会被军警的棍棒打死，不会被催泪瓦斯熏死，不会喊口号喊得一口气喘不上来噎死，不会挡在清场装甲车前面被当炮灰打死。他们福祚绵长、长命百岁。

但他们当中大多数是东正教徒，所以一般都按儒略历法在1月7日庆祝圣诞节。可我跟嘉航说，我还想在12月24日到25日过，我们过中国人习惯过的圣诞节，我要在24日这天晚上和王府井大街上、东堂外的人山人海遥相呼应。

我们准备先去CityStars或者Arab Mall看一场电影，然后逛一逛商场，吃一顿晚饭，再去超市购物，最后去教堂看看——尽管教堂这天晚上并不会有人弥撒。

那次停电事件以后，我和嘉航和好如初，我们就当生日那天的闹剧从来没有发生过，他从来不问我和熊苏文到底是什么关系，我也不再谈论和乔女红有关的任何事情，只是在梦里偶尔梦到嘉航和乔女红在一起做各种事情。而我再也不乘坐电梯上楼，如果手上东西多，我就打电话叫嘉航帮我拿东西。

为了迎接圣诞节，我专门刻了一张圣诞主题的CD，里面有一大部分内容出自《小鬼当家》第1部、第2部的原声音乐，其中我最喜欢 *Somewhere in my memory*，每次听到这首曲子的时候，脑子里总会想起电影里凯文的妈妈终于回到家门口，凯文经历一场恶战，安然无恙，妈妈把凯文抱了起来，*Somewhere in my memory* 的高潮响起，凯文的妈妈热泪盈眶，我也热泪盈眶。

汽车发动，CD插入，圣诞气氛浓郁。嘉航平时很少听圣诞歌曲，偶尔听一次也很新鲜。听完 *Somewhere in my memory* 的时候，嘉航命令我再放一遍。我乖乖地满心欢喜地重放一遍。

我们正在车里享受二人圣诞节，突然一个电话打给了嘉航。

我的心一惊，音乐关小，专心偷听。嘉航一边"嗯嗯"一边说："不好意思韩站长，今天我跟嘉佳在外面，跟其他报社的几个朋友约好了一起过圣诞，您看方便的话请老袁或者小陈做一条吧？大过节的，我判断闹不起来。"

放下电话一问，原来是埃及过渡政府总理贝卜拉维刚刚宣布穆斯林兄弟会为恐怖组织。

我赶紧上网搜索总理的声明。贴心的BBC和CNN已经翻译成了英文。声明说，穆兄会在制造流血事件、扰乱国家安全之后，暴露了其作为恐怖组织的丑恶嘴脸。声明还说，穆兄会的恐怖行动无法阻止过渡时期路线图的实施，也不会阻挠国民踊跃参与新宪法草案的公投。

其实这个声明早就有预兆。10月9日的时候，埃及社会团结部就宣布正式解散穆兄会注册的非政府组织，禁止其在埃及的一切活动并没收其全部资产。那时我们就预测，穆兄会迟早有一天会被定性为非法组织。

但没想到居然是平安夜这天。好在嘉航难得地拒绝了韩站长，避免我们平安夜计划因为韩站长的一句话而泡汤。

我扭头看着嘉航说："你倒是难得拒绝韩站长一次。"

"平时使唤我就算了，大过节的，我又在外面，难不成还得赶回去？站里还有两个人，就做个消息，谁都能做。"一阵暖流涌上心头，嘉航总是在这种不经意的时候流露出让我无法自拔的男友力。他并不是一味的工作狂，他知道在韩站长和我之间，他更愿意和谁共度平安夜。

到了CityStars之后，放的电影里面有好莱坞电影和阿拉伯电影，但没有一部我知道中文名字的。嘉航说："我没啥特别想看的，你选吧。"我斟酌半天，选了一部好莱坞恐怖片，道理很简单，但我不会跟嘉航说。

恐怖片开始了，我懒得去查这部恐怖片的剧情梗概和中文名字，糊里糊涂看起来。剧情开始的时候，是一个蒙面的不法之徒入室杀人，但家里有一个小孩子躲了起来，并且目击了杀人的全过程。后来全家人都死了，这个小孩长大了，再后来的剧情我就不清楚了。我因为害怕而紧紧挨着嘉航，嘉航若无其事地看着大银幕。

我索性把嘉航的一只胳膊拽过来扯着，然后半枕在他的胳膊上。嘉航这天穿的是一件带帽的卫衣，质地柔和，穿脱自如，适合剧烈运动。我的脸贴着他的卫衣，感受着柔软的质地和微不可闻的洗衣粉气息。

我再也没有心思看电影，本来也不想看这部电影。每次到电影院，我一想起我们看哈利·波特的那次，就特别想"补课"，把那堂课里没做的事情统统补回来。今天是个好时机：论天时，今天是平安夜；论地利，今天是在谁都看不见谁的电影院里；论人和，我和嘉航刚刚和好。论证完毕，我准备付诸实践，正好到长大的小孩子被那个蒙面杀人犯发现的高潮，我出唇如电、迅疾如风，抬起头亲到了嘉航的脸。

嘉航的脸两边的棱角被肉包裹着，但不肥、不赘，是恰到好处的肉欲，是最适合爱情栖息的宽阔的跑马地。他眉头微皱，低头看了我一眼，什么都没说。

我的肾上腺素立马停止分泌，不敢造次，安安心心地看电影，只是左手还是拽着嘉航的右胳膊不放。

看完电影，我们在CityStars购物，多半是嘉航陪着我逛。因为圣诞是打折季，我们满载而归。把大包小包放回车里之后，又杀回CityStars地下一层的超市，又拿了大包小包放回车里。我说："我们还是不在这里吃了吧？我想吃岛上最正宗的那家日料店。"

嘉航说好，启程回岛，我们吃了日料，然后准备去岛上的教堂感受平安夜的氛围。

路过"咖啡豆与茶叶"咖啡店，我看着商铺前的圣诞树和圣诞装饰，心里想让嘉航停下车去买两杯圣诞限定的咖啡，可我也知道这里不好停车，所以就忍住没说。这时候，嘉航发话了："你下去买吧，我兜两圈，你速度点。"

我手舞足蹈地下去，临下车时说了句："嘉航你真好！Muamua！"

我买好坐上车的时候，嘉航已经兜了三圈了，我解释说店里人太多，不过好在买到了圣诞限定的咖啡，我的是雪顶热巧克力，他的是卡布奇诺，里面的东西跟平时没什么区别，但外面的杯子却是圣诞限定装，上面画着一个圣诞老人和两头驯鹿。

我把他的杯子放在座椅间的杯槽里，先喝了一口热巧克力，里面满满的都是甜蜜的味道。

到了教堂，这里祷告的人并不多，他们大概是少数信奉天主教的科普特人。4盏巨大的枝形吊灯悬在头顶，柔光投射在暗红色的木质天花板上。教堂里萦绕着圣歌声，人们默默地祝祷，点燃圣诞蜡烛并供奉在教堂的祭坛上，祈求主能回应自己的愿望。

一位女基督徒祷告了好一阵之后，在祭坛上奉上蜡烛。我想知道她许了什么愿望，上前去问她。在我想来，无非是祈求全家健康、爱情美满、工作顺利，但她许的愿望却是祈求每天都能像圣诞夜一样平静。她说，现在埃及的局势还没有完全稳定，她会继续为国家的平安祈祷。

听了她的话，我不禁感叹埃及基督徒的博爱与善良。我跑到嘉航边上，告诉他这位女基督徒的圣诞愿望。

嘉航听了，先是感叹了一句，然后问我："怎么，你也想许一个像她一样那么'圣母'的愿望？"

我说："我就是个小女生，我许的愿望你都能猜到。"

嘉航一边拍着照一边问我："我猜不到吧？"

我说："你肯定能猜到。你看今天天色已晚，半空挂着一盏月亮，月亮的倒影在尼罗河水波中飘摇，你再仔细看一看，可以看见两三艘帆船从视野中缓缓远去，没入黑暗。可这黑暗不总是漆黑的，你使劲往远处看，在很远很远的地平线上，有几颗明星闪烁在苍穹，你看它们是不是在指引未来的方向，传递幸福的希望？"

嘉航这次把相机放下来了，把镜头盖盖上，然后笑着看着我说："你知道我最喜欢你什么吗？"

我说："不会是因为我特矫情吧？"

他哈哈一笑："你是我在现实世界中认识不多的能把眼前所见的很平常的东西描绘得很美的人。"

我说："伤心了，难过了，你嫌人家不好看，嫌人家不可爱，只能夸人家描绘得美了。"

他说："在我看来，这是最大的褒奖了。"

我说："你知道夏目漱石怎么表白吗？"

他说："你说，不要考我。"

我说："今晚的月色真美。"

他说："那我刚才是不是也算是表白了？"

我说："你表白得太含蓄了。"

他说："那你来个不含蓄的？"

我想了想说："我想跟你再看一部恐怖片。"

嘉航咧开嘴笑了，他一手拉住我，然后紧紧搂着我走出教堂。教堂前有一片空地，此刻行人不多，空气恬静。

他把手轻轻放在我的肩膀上，然后小心翼翼地把我抱在怀里，好像是在抱一件易碎的工艺品。他用他那富有磁性的男低音说了句平安夜的咒语："今晚的月色真美。"然后，悄悄地往我手里塞了一样东西，浅浅地印上我的唇，深深地停留了很久。

第十一章

暗影

　　我左手不自觉地开始不老实，慢慢探到他被子的边缘。他的被子被身体压住了，我轻轻掀了掀，他没动，鼾声如旧。我又用力掀了一下，开了一道小口。

　　我的左手开始顺势往里爬，轻轻地碰到了他的身体……

触不可及的救赎

2014年的新年过后，一年一度的重大事件"1·25"埃及大革命纪念日就要到了。

韩站长依旧运筹帷幄、指点江山。他在例会上说："你们都要做好准备，尤其是嘉航，你再过两三个月任期就结束了，这应该是你最后一次重大报道了。"

听到这话我心里一凉，才意识到，嘉航在几个月后就要回国，我们的分别或许近在咫尺。

今年的1月25日是前总统穆巴拉克政权被推翻3周年纪念日。25日这天，嘉航、小陈、帕拉丁和我一行4人去到市中心的解放广场拍摄纪念日的庆祝场景。

广场一片热闹，已经找不到去年8月清场行动时一片混乱的任何痕迹。短短3年时间，埃及政坛已经变了几次天：2011年的"1·25"埃及大革命之后，时任总统穆巴拉克辞去总统职务，在此之后，埃及武装部队最高委员会成为埃及政权的实际操控者，随后民众因不满军方实际掌权而数次举行大规模游行示威，直到来自穆斯林兄弟会的候选人穆尔西在2012年6月底当选总统。然而仅过了一年，军方就以穆尔西未能解决国家危机为由，解除了穆尔西的总统职务。随着穆尔西解职，他背后的穆斯林兄弟会也遭到取缔。在此之后，军方背景的塞西成为埃及政坛的幕后操控者，示威游行的主力军又变成了穆尔西和穆斯林兄弟会的支持者，国内暴力冲突不断升级，针对检查站、警察局等军警设施的恐怖暴力袭击迅速增多，埃及大革命的余波远未停歇。

在军警的守卫下，来自四面八方的人像过年赶集一样涌到广场里面，干的事儿无非还是举国旗、喊口号等那些"老三样"，傍晚一群人还开始了文艺表演。小陈直说没意思，想回宿舍打游戏。嘉航说，再去一下阿达维耶清真寺吧，不然光是庆祝的东西，怕不好发稿。

我们一行人来到已经被列为恐怖组织的穆斯林兄弟会大本营——阿达维耶清真寺。这里的人明显没有解放广场的多，不过情绪大多很激烈，而当示威者情绪激烈的时候军警又在场，军警就不可避免被当成发泄的靶子。

眼下看着示威者已经和军警开始"前戏"，我们暗自感叹，如果不是每次示威游行军警都出场，可能还不至于演变成严重的流血冲突。

嘉航和帕拉丁分别闯进人群去拍视频和照片，我和小陈在队伍后方寻找可以说两句的采访对象。

在经历一次又一次混乱局面之后，我们都更乐于去找人畜无害的示威者进行采访，简单、高效、危险性低。但这次找来找去我有点发怵了：大多数示威者都蒙着面，甚至戴着面具。

小陈说："这一个个都整得那么吓人，怎么采？谁知道面具里面是一副什么嘴脸。"

我心里很赞同这句话，但又转念一想，我们要是把这事告诉嘉航，他肯定是一边低头看拍好的片子，一边露出不耐烦的神情："那算了，我来吧，你们不用管了。"

我害怕他露出这副神情，这让我觉得自己好像根本跟不上他的步伐，或者自己这一年多来的努力几乎等于白费。

我跟小陈说："咱们还是再找找吧，既然都过来了，肯定得找几个能说的，不然就这么空手回去？"

小陈说："那好吧，反正我们现在也回不去，等着也是等着。"

我们好不容易找到一个看着像大学生的清纯女孩，把她拉到一边，聆听她的故事。

没想到这女孩子一对着镜头，就开始声嘶力竭地大声控诉："这根本就是一次暴力政变！这是反对派为了能够掌权而干出的卑鄙勾当！他们'清场'那天，我亲眼看见子弹从我身旁飞过，打在旁边一个青年身上！"

她说着就从衣服口袋里拿出两个食指长的子弹："这些子弹都是在现场捡到的，这是针对我们普通老百姓的屠杀！就因为我们支持的派别不一样，我们这部分人就没有资格活下去吗？！"

听着她的话，我脑海里蓦地又想起那个沾了血的字条：

为了民主和自由，难道我们要一直保持沉默？

女孩儿的控诉声越来越高，围观的人越来越多，人气越聚越旺，我心里不由得又有点紧张，生怕再出什么事儿。突然几个蒙面侠挥着铁棒走了过来，用阿拉伯味儿的英语问我："你们是哪个电视台的？"

我只好说，我们是中国的官方报纸。

蒙面侠问："哪个报纸？"

我说："*The Lat-Pau Daily*.（《叻报》。）"

他让我重复了两遍，都没听清楚，最后只能放弃了，随即挥着棒子说："那你们来采访采访我呗！"

我看着他蒙着的脸和锈迹斑斑的铁棒有点发怵，小陈在一边说："我们只能采英语。"这套说辞是专门用来拒绝浪费时间的不速之客用的。

没想到，对方劲头上来了："English！ OK！ I know English！（没问题，我会英语啊！）"

我们只得把机器打开，然后开始忍受他蹩脚的英语，他看样子只会说"反对塞西上台""支持穆尔西"一类口号式的话，好歹是听他说完了。

正想赶紧离开，没想到这位蒙面侠用铁棒一挡，挡住了我们的去路："等等，我的朋友还没说呢。"

从这位蒙面侠身后，闪出了一位身材更粗壮、铁棒更粗大的蒙面大叔，笑嘻嘻地眯着他满脸横肉上缀着的两只小眼睛看着我："What's your name？（你叫什么名字？）"

我心里想："别废话，请开始你的表演。"我嘴上说："您今天出来游行有什么诉求？"然后把话筒伸向他。

他"哈哈"笑了两声，像赶苍蝇一样把话筒推开，然后看着我说："你结婚了吗？"

小陈一看不好，赶紧上前拉住我，准备火速离开这个是非之地，结果还没走两步，蒙面大叔挥舞着大棒子拦住去路："站住！再不站住就打断你们的腿！"

小陈只犹豫片刻，马上拉着我调头，朝着另一个方向逃去。

我跟着小陈撒腿就跑，感觉蒙面大叔的棍子就在身后呼呼地乱舞。他扯着嗓子说："你们往哪儿跑！你们想干吗！"

我偷偷往后一瞄，这位大叔边跑边抢起棍子，眼看就要打到我身上，结果就在往后一看的工夫，脚下没扎稳，被地上一个小坑一绊，"啪"的一声摔在地上，手上的话筒滚到几米开外。眼看蒙面大叔马上像饿虎扑食一样扑到我身上，我铆足劲儿大喊一声："小陈！"

小陈回头一看，赶紧一转身奔了过来。可这时蒙面大叔马上就要扑上来了，我只顾看着他粗壮的身形和粗大的铁棒哇哇大叫，连站起来的力气也没有了……

说时迟那时快，旁边突然闪出一个带着"V"字仇杀队面具的壮男，一把拉住蒙面大叔，朝他腹部猛踹一脚，然后拉起我就往外围跑。

话筒还没拿呢！我想挣开他的手去拿话筒，可他却攥得很紧。我蓦地想起去年穆尔西被解职时的场景，也是一个壮汉从一个猥琐男的手中解救了我，而现在和当时一样。我并不知道这位解救我的"V"脸男是要把我从水深火热中解救出来，还是要把我带入更水深火热的深渊，我只是跟着他一直跑，一直拼尽全力地跑，仿佛一直跑下去，就会逃离铁棒和猥琐男，逃离一切的不幸和厄运，逃离一切以解放广场或者阿达维耶清真寺为名的桎梏与牢笼。

等我们跑到冲突现场外围，他终于松开我的手。我喘着气停下，发现眼泪不知不觉已经从眼角飞出，只剩下浅浅的泪痕。"V"脸男也停了下来，睁着眼睛，默默地看着我。我慢慢地平息了呼吸，缓缓抬起手揭开他的那面"V"字仇杀队面具。

一张明亮的面孔在我面前逐渐展露出来。这张面孔的眼睛温柔地看着我，他的嘴角咧开一个清澈的微笑，然后伸出天神一般的手，轻轻抚去我眼角的泪痕。

"我……"

"什么都不用说。你带着我送你的平安扣，就会有人守护你一世平安。"他富有磁性的声音温柔而笃定，几乎要让我沉溺其中。

我手上正戴着平安夜那天嘉航悄悄塞给我的礼物——平安扣。一个小金猪被拴在一段红色手链上，紧紧地套在我的手腕上，紧紧地套住我的一颗心。收到礼物以后，我也动手做了一个绿色的平安结回送给他，他把它放在了钱包里。

此刻，我用拴着平安扣的手紧紧地握住他的手，慢慢地靠近他，像是靠近我一生的幸运。

"你看这天空，什么都不说，却什么都能理解，什么都能明白。"

我紧紧地抱住他，像是要把我卑微的灵魂，交给这世间最健壮骁勇的武士，任由他来左右我一生的宿命。

再说一遍你爱我

"1·25"大游行之后就是春节，春节过后就是情人节，这是驻外时光中最平静的时候。情人节这天，皇历上写着"宜做灶、解除、平治道涂，忌栽种、出行、祈福、行丧、纳畜"。

上午9点多，我们到办公室绕了一圈，刷了一遍新闻，没什么要紧事。老袁在办公室坐镇，修片，运筹帷幄。我和嘉航双双来到办公室，他见状促狭一笑，大手一挥："得！你们出去玩玩吧，这里有我。"

我朝嘉航使了个眼色，嘉航先在他的工位上坐定，我拿起水杯，打水，顺便在一层办公室转了一圈。小陈还没起，老艾还没来，帕拉丁在刷脸书，韩天尧在聚精会神观看CCTV4，纵览国际要闻。我回到办公桌，揭开水杯盖子，水汽氤氲而上。我跟嘉航传暗号：后街垃圾堆。嘉航微不可闻地"嗯"了一声。

嘉航下了地库，发动车，然后开启地库车门，"吱呀——咯吱咯吱咯吱咯吱——"，犹如惊雷。我继续观察一层办公室的动静。韩站长许是上了年纪，播放新闻的声音依旧高亢激昂，与地库开门声互不相逼。我心定步稳，走出大楼，绕到后街，前行100米是街区的垃圾堆。嘉航在车里等我。

我们开始进行真理标准问题的大讨论，否定了彼此的错误方针，最后决定去从未去过的名胜古迹——悬空教堂，一方面可以躲避埃及穆斯林，另一方面万一韩天尧怪罪，还可从解放广场绕一圈，拍几张片子，留作备用。

悬空教堂离开罗老城不远，一路上尽是拥堵的小路和满地的垃圾。终于到了教堂，已经是午后。悬空教堂是埃及最古老的教堂之一。据《圣经》记载，耶稣一家曾来此栖身避难，历史可以追溯到公元3世纪。

我问嘉航："悬空教堂为什么叫悬空教堂？"

"估计和巴比伦空中花园一个道理吧！建成的时候让人觉得

有悬空的错觉。"

走进悬空教堂，这里是科普特人的自留地了。

我对埃及的科普特基督徒有种说不上来的好感，他们并不像有些埃及人那样对人假热情，上来就一边紧盯着你一边非要跟你握手：你好！Sinee（中国人）！但是给人感觉更真诚朴实，不虚头巴脑。走进教堂，复古的枝形吊灯投下柔和的橘色灯光，照在彩色花窗上，让每个进来的人感到温馨平和，整个教堂平添了几分神圣感。我学着基督徒的样子做起了祷告，嘉航在一旁照了几张照片。

等我们走下台阶，他问我："你瞎凑什么热闹？你又不是基督徒。"

我说："只是借这个场合有感而发，默念心愿，有什么不可以。"

"那你有什么心愿？"

"不想说。"我害怕说出来就不灵了。

从悬空教堂出来，我们意犹未尽，决定到尼罗河边乘三角帆船转一圈。

日渐黄昏，落日在尼罗河面上洒下一排金光，光点直通对岸金字塔所在的地方。

我们商量好价钱，上了船。嘉航坐在船头，呆呆地看着夕阳西下，时间沉默着不说话。

我把平安扣解下来放在手里，然后静静地靠在嘉航身上，说出我的不安："我们的驻外生活真的能平安结束吗？"

"你瞎担心什么呢？"

"我担心眼前的平静太不真实,也担心你离任以后我一个人过不下去。"

"你不也就剩半年多了嘛?时间很快的。"

可我没法想象没有嘉航的驻外生活,这让我觉得自己像一位冷宫弃妇。

"你爱我吗?"我突然就这么问出了口。

"嗯。"嘉航愣了两秒。

"再说一遍嘛。"我仍不满足。

"爱你。"

"有多爱?"

"只要有你在,我就觉得干活儿更有力,生活更有趣。哈哈。"

我也忍不住笑了起来,轻轻捶了他一下,然后窝在他的怀里。

他的话让我焦虑的内心有了暂时的安静。我突然想让时间就这么一直沉默着,而我们永远不要回到岸上,不要谈及乔女红,不要面对分离。

埃及有句古话:喝了尼罗河水,一定会再回到埃及。我想,是不是喝了这一口尼罗河的水,下辈子还能做嘉航的女人?

我一转眼,看见远处有个裸着身子的小混混往河里撒尿。

突然中奖

在外逛了一天,我一直心惊胆战地等待着韩站长的传唤,但手机一直静静的没有响。我跟嘉航说着这个小幸运，他也有些许感激："韩站长有时候还是考虑得挺周全的。"

晚上，我们一起看了一部《春娇与志明》，看到两人终于走到了一起，我们心满意足地洗漱睡觉。睡下，嘉航轻轻在我耳边吹着气："开心吗？"

我没说话，只是整个身子紧紧和他靠在一起。初春的星夜透着晦涩的喜悦与迷茫，我不由得想，在嘉航怀里，就可以什么都不去想，甚至不用去想自己开心不开心、幸福不幸福，因为我在这里，本身就是幸福。

在嘉航的怀里，好像整个地球都与我无关。我和这个地球，和这个宇宙的关系，只通过嘉航来维系。

想到此，我不由得又钻得近了些。嘉航有点好笑地看着我："我都快被你挤到地上去了。"

我这才不再动弹。

嘉航搂了我一下，说："差点忘了正事，我憋了好几天，就打算在今天告诉你。"

我的心不由自主地开始怦怦直跳，突然有点恐慌，想深吸几口气，又怕露了怯，眼睛直戳戳地盯着他，弱弱地问："啥事儿啊？还搞得这么严肃。"又加了一句，"不好的事情人家不想听啦。"

嘉航说："好事。我前段时间申请延期一年，这两天刚批下来。这样的话，我算了一下，只要你能稍微推迟几个月，咱们差不多同一时间回国。"

好像有个人在我耳边说"你彩票中奖了"，而我怕只是做梦。我猛地从他怀里钻出来，瞪着看向他的眼睛，定定地不说话。

他不由失笑："把你高兴傻啦？这位同志，你清醒一下，你的稿子还没有写完哪！"

片刻的沉默，然后卧室爆发出我的一声尖叫。

"你在教堂的时候怎么不说？在船上的时候我问你你也不说！"

"你什么时候问了？"

"我就是问了！啊——"

我的脸在吼叫之后变得通红。嘉航一脸欲哭无泪："完了，站长又要被你给吵醒了。"

我跟嘉航说："我就是要把他吵醒，我要跟站长坦诚地分享一下我的喜悦之情！"

我此刻憋不住想说一句话，但又不想直接说给嘉航听，左思右想，转过身来，拿出手机，打开微信，找到闺蜜陈馨馨的对话框，打出一句："我真的好爱嘉航哦！爱死他了！"

发送之后，心满意足地躺回嘉航怀里，用脸蹭着他的胡子，闭上眼睛，感受他的存在。

嘉航的胡子让我发现自己竟然有这样的癖好：我沉迷于用脸靠近他下巴上的胡茬，近乎上瘾。他总是会把下巴上的胡茬修剪得很整齐，这样整齐的胡茬扎在我的脸上，痒痒的，有一点疼，却让我觉得有莫名的安全感。

而此时此刻，我享受着嘉航胡茬带来的快感，与以往的感觉更加不一样。我隐隐觉得，我和嘉航的未来可期，我噩梦里那个和乔女红在一起的嘉航再也不会出现了。

我故意用劲捏了一下他的下巴，感觉像是突然被银行告知意料之外的年终奖落袋为安，满心欢喜。

一个比埃及更加神奇的地方

一夜无梦，仿佛好久没有睡过这样一个安稳的觉。

睁开眼的时候，床上只剩我一个人。枕头上的凹痕还没有消失，我凑上去闻了闻，有淡淡的洗发露味道和嘉航身上的味道。

我闭上了眼睛，突然又想到昨天晚上发给陈馨馨的微信，赶紧打开看她有没有回复，结果陈馨馨来了一句："看来昨晚你们圆满了。"

我笑骂了一句，回她："才不是。"然后把我们这一天的经过大致告诉了她。

片刻，她回了一句："好好珍惜吧，我的小公主！还有，之前跟你说的别忘了啊！别得意忘形！"

我脑海里回想起陈馨馨之前提醒我的话："你以前的那些毛病可得改改了，不要太任性，男人会因为喜欢你而容忍你，但他们的容忍度是有限的。另外，即使你真的很爱他，很在乎他，也不要全都表现出来，这反而会成了他的负担，给你们的感情减分。"

可我觉得这样会把自己约束得太累。何况有一次我问过嘉航，他说："你只要做你自己就好啊！"这让我心安不少。

时间已经是9点多，我起身洗漱，热牛奶和面包。嘉航自己已经吃了一点就去采访了，餐桌是擦过的。一切都刚刚好。

微波炉关上，我独自坐在餐桌旁，突然大脑不知哪一个回路冒出一个不合时宜的想法：我现在这么幸福，会不会有一天这些幸福都会离我而去，然后残酷地告诉我曾经的一切全部都是蜃景？

情人节、教堂、三角帆船、陪我延期一年，这么多好事情凑在了一起，鼻子又开始泛酸。吃完饭，刚才的疑虑渐渐消失了。可我那个时候还不知道，其实这疑虑就静静地躲在我大脑的一个角落里，窥伺着我的一举一动、一念一想。

开年之后的埃及政坛特别平静，或许一切都在按照塞西的意志向前徐徐推进，所以一切动作显得水波不兴：3月4日，埃及副总理兼国防部长塞西在一场活动的讲话中表示，如果大多数埃及人要求他参与总统选举，他将无法忽视民众的意愿；3月13日，曾宣布参加总统选举的武装部队前总参谋长萨米·阿南表示，他将为了维护国家利益而放弃参选。而在此之前，埃及武装部队最高委员会已经宣布，同意军方领导人塞西参与总统竞选。

我们正准备好好歇口气，养精蓄锐等待塞西憋大招，韩站长却突然在3月16日召开例会。会上宣布，因为利比亚记者站的驻站记者月底回国休假，中心记者站要派人去增援一个月。

大家闻之，表情丰富，各抱地势。的黎波里是中东记者圈里臭名昭著的洼地，不仅环境险恶、冲突不断、基本生活需求得不到保障，而且能见度很低，自从卡扎菲身死、新政权上台以后，基本上已经淡出了大众关注的视野。利比亚民间流传的一个笑话可以证明：原本人们想要推翻卡扎菲政权，把利比亚变成第二个阿联酋，把的黎波里变成第二个迪拜，没想到迪拜没变成，却变成了第二个近乎无政府主义的索马里。

尤其在2014年以后，利比亚开启了破罐子破摔模式，各种突发事件简直可以拍成一整部《名侦探柯南》：利比亚总理绑架事件、埃及外交官绑架事件、外国教师杀人事件、武装人员火拼事件……每一起案件都是大案要案，每一起案件最后都以最狗血的方式收场。

就拿2013年10月10日这天发生的总理绑架事件来说，10日早上，利比亚临时政府爆出消息称，临时政府总理阿里·扎伊丹当天凌晨被不明身份武装分子绑架，下落不明，让所有人一头雾水、毫无头绪。结果当天中午就传来这位总理获释的消息。后来有记者爆出，在的黎波里市中心的科伦西亚饭店看到扎伊丹完好无损地被数十名警卫簇拥着返回酒店。这群警卫在进入酒店前还朝天鸣枪以示庆祝。究其原因，原来是一群被利比亚内政部雇佣的安保人员临时"哗变"，突然对扎伊丹实施绑架行动，威胁他下台，理由是不满这位总理接受一些利比亚油田经营者的贿赂。

总理被身边的安保人员绑架，原因还是八竿子打不着的什么油田老板行贿问题，绑架后不到半天又完好无损地将人质释放，总理当然也没有答应下台……一系列狗血事件在利比亚这块神奇的土地上日复一日地上演，遍观天下，无出其右者也。

正在想着，韩站长已经开始点人："因为嘉佳是女同志，而且战地采访经验不是很足，我们出于对她安全的考虑，就先不考虑嘉佳同志了。嘉佳，你觉得怎么样？"

我虽然知道，这个挑战可能无论如何我也没办法胜任，但内心还是不由得有点委屈，就像追了十年的男神突然宣布娶了一个女孩子，不管她是美若天仙，还是貌似无盐，内心还总会默默地添上一句诅咒。

我强压住内心的委屈，抬头报以得体的微笑："谢谢站长关照，我没什么意见。"

而老袁资历略老一些，他本人也没有去的意愿，所以人选最终就只能从小陈和嘉航两个人当中产生。

小陈低着头，嘉航面无表情。韩站长让他们两个说说自己的想法，他们两个都没有作声。

僵持了5秒钟之后，韩站长开始点人："嘉航，你说。"

嘉航说："如果小陈不愿意去的话，我愿意听组织安排。"

小陈撇了撇嘴，还是低着头不说话。

韩站长问他："晓晓同志，你愿意去吗？"

小陈说："如果站长你要让我去，我当然可以去，不过现在嘉航都说愿意了，我觉得就让他去呗。嘉航摄影摄像都比我更在行，而且他之前也去过一次利比亚了，比我更有经验。"

韩站长一看问题解决，赶紧接话："那既然大家都没有意见，小陈你一会儿就拟电报，说中东中心记者站经讨论决定，派嘉航同志前往利比亚增援一个月，并请利比亚记者站做好交接和协助。拟好以后给我签个字就发给总社吧。"然后跟嘉航说，"嘉航，你还有一个礼拜的时间，抓紧准备准备，有什么困难和组织说啊！"

嘉航点点头。小陈拉长了音调："好——的——"

韩站长心满意足地宣布散会。

论一个女记者的自我修养

嘉航虽然嘴上什么话也没说，但我知道他心里向往那种以梦为马、到处闯荡的生活。依依惜别的时光总是特别的短暂，转眼就到了出征前夜3月23日晚上。

出于想让嘉航养精蓄锐奔赴战场的革命人道主义情怀，我们关灯就睡，安分守己。但与此同时，我大脑里不断重复着过一个月才能再见到他的怨念，我的心心出现了一个空洞，随着一声声清晰的心跳，越来越大，欲壑难填。

到了后半夜，至少已经一两点的时候，我辗转反侧，躁动不安。我静静听着嘉航的呼吸，很均匀，略有鼾声。

我把身子转向嘉航。他睡在我的左边，月光隐隐约约透过窗帘照进来，我勉强可以看到他身体的轮廓。我突然想起了之前看哈利·波特电影的那一次，也是这样朦胧的场景，我的左手在挣扎中躁动不安。

而此时此刻，我开始给自己做心理建设：我们已经正大光明地在一起了，我再也不需要挣扎，再也不需要欲擒故纵，我想大胆一次，就这一次，让他辅助我睡个好觉，让我们在小别之前圆满一次。

我左手不自觉地开始不老实，慢慢探到他被子的边缘。他的被子被身体压住了，我轻轻掀了掀，他没动，鼾声如旧。我又用力掀了一下，开了一道小口。

我的左手开始顺势往里爬，轻轻地碰到了他的身体，温润得体、软硬适中，是屁股的位置。他睡觉的时候通常喜欢穿一条紧身内裤。我的手还想往里深入探索，无奈姿势问题，手再探进去有些不容易。我忍了忍，屏住呼吸听他的动静，似乎还是轻微的鼾声，没什么大的反应。于是我整个身体朝他的方向凑近了一点，我的腿紧贴在他身上。尽管我努力动得轻一点，但床垫还是发出了细微的声响，在我听来仿佛空谷洪钟。

我吓了一大跳，担心嘉航被吵醒，责怪我半夜发神经。我的心更急促地跳了起来。稍微顿了顿，确定他没被惊醒，我再次伸出手，缓缓摸进去，一下就贴到他内裤前面的位置。我轻轻把手落下去。他忽然像感觉到一样，动了动，手随即往我手摸的位置抓过来，我赶紧抽手，他挠了挠，嘴巴嗫嚅了两下，又没动静了。

我估计一分钟心跳两百下，手略略发抖，额头也冒起细汗。我觉得真荒唐，不知自己在干什么！我甚至有些懊恼，觉得外表纯良的自己内心竟是如此狂野的女人。嘉航还无辜地躺在那里，丝毫不晓得此刻我内心的痛苦挣扎。

我告诉自己，算了，睡吧，我们明天还要早起。可我老实躺了下去，过了几分钟，毫无睡意，心跳仍没有平复。我的眼睛瞄着他的后脑勺，决定变更路线。我尽可能地让自己的脸轻轻靠过去，直到我的唇几乎碰到了他的后颈。

我的心跳声环绕在周围的空气里，我呼出的热气碰到了他的脖子。我撑不住了，嘴慢慢抬起，往他后颈贴近。那一刻，我仿佛找到了我们刚在一起时的感觉，带着一点试探，又带着一点隐忍。世界都安静下来，只剩下我仿佛要把自己撕裂的心跳声。他的脖子并不像他的嘴那么性感，我准备直捣黄龙，寻找他最让我躁动的双唇，为今夜的探险行动画上圆满的句号。

我用一只手撑起身子，此刻已经顾不上床垫发出的声响，然后上身轻轻压在他身上，眼睛趁着月光锁定他上翘的上唇和厚实的下唇，准备慢慢接近最后的目标。

结果那两片唇的主人发话了："你以为你的动静很小是吗？！"

我顿时石化，大脑停止运转，心跳怦怦不停。

"怎么，刚才那么大动静，现在装梦游啦？"

我维持着一只手撑床的奇怪姿势，静静地看着黑夜里他幽深的双瞳。

"问你呢，这么晚了还发什么神经？能不能给我好好睡。"嘉航的语气是平静的，听不出他的情绪。

"好好睡，可以，就是有一个条件。"我突然感觉自己像是怡红院里勾引少爷的小丫鬟。

"嗯？"我感觉他的睡意已经被我折腾没了。

"亲我一下。"我憋了口气，然后轻轻吐出。

下一秒钟，他的气息已经占据了我全部的思维。

我原以为一个月的时间很短，我可以静静地等他回来。没想到，嘉航前脚一走，埃及的一场法院判决，马上在全国掀起新一轮轩然大波。

3月24日，埃及南部的明亚省刑事法院对穆斯林兄弟会成员在示威冲突中冲击警察局并导致一名警官死亡的案件进行最后一轮审理，宣布涉案的545名穆兄会成员及支持者涉嫌在冲突中攻击政府机构、放火烧毁政府文件、盗窃警用武器、袭击无辜民众、危害公共秩序，判处528人死刑，其余17人被判无罪释放。

我们看到消息的时候，已经是24日下午。中东各大新闻频道正在滚动播放相关视频。

被告律师在判决之后接受媒体采访，激动得好像下一秒钟就要窒息昏厥。他扯着嗓子声嘶力竭：如此大规模的集体审判，审理过程之快以及量刑之重，将被钉在埃及现代司法史的耻辱柱上！

判决宣布后，埃及和国际社会反应强烈，多个人权组织及专家学者对此案提出质疑。而目前唯一可以清楚预见的是，3月28日，就是审判过后的第一个星期五主麻日，又该是一个放大招的日子。

果不其然，穆斯林兄弟会领导的"支持合法性全国联盟"连续几天在"推特"上刷屏，呼吁支持者们周五走上街头，抗议军方领导人塞西参选总统。彼时，塞西已宣布辞去武装部队总司令及国防部长职务，一门心思准备参加即将在5月开启的总统选举。

老袁说："嘉航不在，我们得照顾好你。"

小陈说："你要去的话，回来也还得是你写文字稿。我和老袁都不会写。"

他们俩出去，剩下我坐在办公室里，静静看着墙上电视的直播。我突然有种感觉，或许每次去现场，都是因为有嘉航在身旁，才能保我平安无虞，而当他不在的时候，我就只能安静地坐在办公室，或者等在现场外围做个旁观者。

当这种感觉冲击全身，我再次对自己存在的意义充满了绝望。电视机里，示威的人潮越涌越多，解放广场时而变成一口大铁锅，时而变成一个大池塘，里面数不清的生命在沸腾着、焦躁着。

如果今天换我一个人去解放广场，我敢吗?

如果没有嘉航的保护，我是不是永远当不好战地记者?

当这些问题再次摆在我的面前，我感觉自己像是刚刚跑完了800米，一边抽搐一边喘气。

电视机里，密密麻麻挤着数不清的人头，每个人都疯狂着、叫嚣着，纠缠在一起，使劲装成高潮的样子。电视机里，呼喊声、口号声、喇叭声、枪炮声、呻吟声，全都混在一处，我的耳朵开始嗡嗡乱响，我尽量保持平静。

韩站长不知什么时候站在我背后，开始对我发号施令，我佯装镇定从容、手法娴熟，开始编写稿件，其实我耳朵里一片轰鸣，根本听不清他讲的是什么。

第十二章

款曲

熊苏文上了车，拍了拍我的肩膀，然后倒车出停车场，路边零星走过几个人。出了停车场，正准备踩油门出发，路边一个没打伞的人突然冲到了车前，岛上的道路太窄，熊苏文只能急刹车，"吱——"的一声，路上的积水溅了那人一身。

熊苏文骂了句脏话，按下车窗，伸出头正准备开骂，突然愣住了。

——是嘉航。

怀孕？

马上就到一个月了。在这一个月的时间里，我大门不出二门不迈，每天数着日子，清心寡欲，偶尔诅咒一下乔女红，间或被韩站长指挥写稿或监控舆情。

我的思念像黑马股一样疯涨，每涨一点我就要跟嘉航汇报。嘉航那边却说，有些素材还没用上，最后要深挖一下，争取多策划两个专题。因为工作原因延长出差的时间，这是韩站长和我都意料之中的事情，谁也不能说什么，尤其是我。

但我更担心的是另外一件事情：姨妈，没有来。

第一天，淡定中，默默把姨妈巾丢在了纸篓里。

第二天，佯装淡定。吃饭没有胃口，走路没有力气，点开曲三毛发来的微信就烦，更不想看见熊苏文的头像蹦到前面。

第三天，我着急了，抓起电话就给嘉航打了国际长途。

"嘉航，跟你说个事儿。"

"有什么事微信上说，你浪费长途话费干什么？"

"我，三天没来了……"

"你说……哦。"嘉航明白了我说什么，但也没接茬。

"不会真的就中了吧？"我只能一语道破。

"不可能吧。"嘉航的话始终短促有力。

"我好害怕……"

"是不是那天晚上？就是我临走前那天？"嘉航前后一想，得出结论。

"嗯，我怀疑如果是真的，也就是那天了……"

那天晚上的事情由于我的主动勾引和嘉航第二天的远行，再加上这一个月我的胡思乱想和刻意回避而变得扑朔迷离。

我只记得我们在黑暗中探索着原始森林的奥秘，倾听着彼此的心跳和呼吸。接下来的事情，我也不是非常确定：当我们之间的距离为负、从头顶的百会到屁股上的尾椎一阵酥麻的时候，嘉航的呻吟变得异常粗烈，我感到他的身体变得紧绷，他的脊背冒出细密的汗珠，他冲锋的将军有异动，我意识到我们没有从床头柜里拿出四方形小包装就开始运动，我马上就蹦起来了。谁家的牛奶打翻了，溅到我身上。我赶紧跑到卫生间，把门锁上，冲洗全身，闭关修炼。

"那你能怪谁？还不是得怪你自己？"嘉航把罪责全都推给一时昏聩的我，让我内心很不舒服。

"你怎么这么说我？"我不肯示弱。

"嘉佳，你好歹考虑一下我吧？我一个人在利比亚出差，住的酒店几乎就快成了记者们的难民营，我天天还要租车开几十公里去前线采访，拍完视频还要拍照片，没人帮我，有时候水都没得喝，晚上睡觉的时候还在担心劫匪抢劫，什么事情都要自己做……"嘉航说着说着，不出声了。

我突然想哭。

我知道这是一个最糟糕的时机，但我想我今天必须要知道答案，仿佛身上被蚊子咬了无数个大包，即使是要挠出了血，我也要挠一挠。

"嘉航，我知道你真的很辛苦，不到万不得已，我也不想跟你说这些烦心事。我就想问你一句话：如果是真的，你愿意吗？"

嘉航沉默了。

我似乎知道了答案，在他沉默了几秒钟之后，我挂断了通话。我把手机猛地扔在床上，然后拿起床边的毛毛泰迪疯狂地敲打着。毛毛泰迪用它可怜的黑眼睛看着我，好像是默默地替我惋惜他沉默的答案。

我的胸口闷得好像压上了一块无形的巨石，一种濒死的压迫感向我的全身袭来。我害怕听到他找的任何一个借口，甚至害怕他在迟疑之后给我肯定的答复。

在此之前，我们没有讨论过任何与结婚有关的话题。此刻我发现，我还一点都不了解他，一点也不了解我们的未来。

第四天，我打算去买一个验孕棒。走到Pharmacy（药店）门口，迟迟不敢走进去，做了几个深呼吸，进去买了一盒避孕药，拿回来没吃。

第五天，我给小陈打电话。

"小陈，帮我个忙呗。"

"请客！"

"……有正经事！"

"那更得请客！"小陈遇事总带着一种任他泰山压顶、我自岿然不动的气质。

"那我请你吃肯德基。"

"好。说吧。"

"我想让你陪我去趟药店。"

“你自己去不就行了？”

“我怕人家不懂英语，听不懂我要啥……”

“无语。那好吧……你要啥？”

“验孕棒。”

“啥？啥棒？”

“验孕棒！就是检测怀没怀孕的东西。”

“哦。”

“这事儿千万不能告诉别人。”

“哦，那再请一顿吧。”小陈对于爆炸性新闻的承受力之强令我惊叹。

埃及药店的店员不在乎外国人究竟干了什么非法勾当，店员给小陈拿验孕棒的时候没有说任何不得体的话，也没有露出任何不得体的表情。我大大松了一口气。

黄昏时分，禽归巢，兽入窝，暮色四合，灯影幢幢，宛如鬼魅，一切白天不敢做、不能做的事情，此刻都可以开始拉弓上弦了。

我锁好门，拉好所有的窗帘，梳洗沐浴之后，端坐在马桶上。外面偶有放着大声音乐的汽车疾驰而过，偶有喝醉了的大汉吵闹殴打。我想，如果是意料之中的那个结果，那么今天就是我生命中值得纪念的划时代的一天。

我脑海里浮现出各种画面：我坐在冰冷的手术台上，不住地哭着，护士嫌我烦，用她的白手套堵住了我的嘴；我走进单位大门，所有人都用异样而凌厉的目光盯着我的肚子，窸窸窣窣说着我听不见的话；我拉着一个孩子走在街上，我的家人和我断绝关系，而我身无分文……

我刹那间决定，既然这是一个具有纪念意义的时刻，那么这一时刻必须举行什么仪式。我站在梳妆镜前，拍上柔肤水，抹上保湿乳，推开粉底液，然后涂上眼霜，画上眼线，勾好眉形，涂上唇彩，对镜一照。

这是伊丽莎白·女鬼·嘉佳皇贵妃的初次登场。

我找好角度，自拍一张，发给曲毳和关雎。

然后，我任由手机嗡嗡作响，重新坐在马桶上，在昼夜交替之时，全神贯注，心神合一，将身体的精华注入验孕棒的小孔，等待命运的安排。

我设置了闹钟，盛装躺回床上，静静等了5分钟。

5分钟后，闹钟一响，我拿过手机，关掉闹钟。

然后，深呼吸以后，用尽全身的力气，取过那支白棒棒。

一道杠。

一道杠是阴性，两道杠是阳性。产品说明上说，准确率大于百分之九十九。

我的眼泪冲破眼影的束缚，滴了下来，我的脸上流下两道灰黑色的泪痕。

暧昧是身体写下的可笑情书

入夜，我从办公室加班回来，拿出钥匙开门，一片漆黑，嘉航已经躺在床上昏昏欲睡。今天他刚刚从利比亚飞回来，回到宿舍倒头就睡。某些时候，他的荷尔蒙稀缺得如同烧暖气日子里北京干燥的空气。

想家了。

我突然发现，万里之外，远离故土，留给我的，我能把握的，唯有身边一人。想到此，我也躺在床上，静静地看着他的睡脸，疲惫而没有防备。或者是埃及的房子本身隔音不好，或者是我们站经费有限，租的地段不好，总之不时听到窗外有车子呼啸而过，带来一阵阵绕梁三日的阿拉伯味儿的鼓点。

嘉航似乎也听到了，开口问了一句："稿子传走了？"还没等我细说憋稿子时有多难产，他又转过头翻个身睡去。

我不再吭声，放下千里的飞毛泰迪，转身进入卫生间，以最快的速度洗漱完毕，然后轻轻上床，像一个鬼魅一般贴到嘉航脑袋后，看着他头上的发旋，闻着枕边发际残留的淡淡洗发水味道，突然问了一句："你觉得我们能在一起多久？"

"又怎么了？赶紧睡吧，明天还要出去采访。"嘉航用后脑勺瞪了我一眼，身子纹丝未动。

上次我用验孕棒测试后，抑制住强烈的倾诉欲，等他来主动关心。直到过了两天，他才打来电话，询问测试的结果。结果我鬼使神差，脑袋一抽，一句谎话脱口而出。而嘉航那边的反应彻底引爆了我——

"有了。"

"啊？真的有了？"

"你说，怎么办？"

"你让我好好想想……"

"你是不是——"

"没有啊！我这边也一堆事，每天都从早忙到晚，饭都顾不上吃，这事儿不能屈打成招，不能有罪推定，要克服重大阻力，解决重大矛盾。"

"我还是想把他生下来。"

"你先别下结论，咱们回去好好商量——"

"我是认真的！我为什么不要生下来？"

"你能不能不这么——"

"嘉航，你不是要逃避责任吧？"

"我不是逃避责任啊，是现在我这边乱成一锅粥，过两天我回去了咱们再商量吧……"

嘉航的语气第一次从短促坚定变得游移怯懦，我从来没有听他这么说过话，我的心就像被放在沙石地上来回滚了两遭，说不上有多疼，就是膈应得慌，难受。我最后只好告诉他，我是在开玩笑。他一句话也没说，挂了电话。

此刻，嘉航仍然背对着我，一句话也没说。

我兀自镇定："你什么都很优秀，又对我这么好，我觉得你把我惯坏了。你可以抛弃我，转头对别的女生一样好，可我被你抛弃了，留下一身毛病，陷进你的漩涡，再没有人看得上我，我也再也看不上其他人。"

"怎么又成我的错了？"嘉航终于转过头来，皱着好看的眉，无奈地问。

"不是你的错，是我觉得幸福来得太容易，反而觉得不真实。你不在的这一个月我反复思考这个问题，思考到头疼耳鸣。其实我就想有个人能喜欢我，说他会娶我，然后我们会有个小孩儿，就这么简单。"我今天谈话的主旨，就是为了把话题转到结婚上来。我不知道我为什么非要在这个时候提出来不可，但就像势如破竹的姨妈一样，似乎连一天也没法再等，我必须今天说出口。

"我们不是在一起了吗？"嘉航的语气中有些微的不耐烦。我害怕那种不耐烦，好像那种语气里面可以变出一个乔女红的化身，可我必须把此刻的想法一五一十地说清楚，因为我更害怕不确定性，那是安全感最大的宿敌。

"是在一起，但是我总觉得有点担忧，那是一种好像行将失去的感觉，像有个黑洞，把我一点一点地吸入，让我感觉不到存在，感觉不到重心。你们理科生，不会懂的。"

"可是我知道，幸福就是猫吃鱼狗吃肉奥特曼打小怪兽。你就是我的小怪兽。睡吧亲，别瞎想了。"嘉航想要结束谈话，因而试图显得真诚而耐心。

我不说话，看着他好看的眼睛渐渐闭上，看着他好看的嘴唇微微张开，看着他睡在旁边。

这是一次失败的谈话，没有拔出我心头的任何一根刺，没有松弛我心头的任何一根弦。我不知道自己为什么这么抓狂，我只知道自己陷入以嘉航为名的深渊中无法自拔。如果我想尝试抽身而出，只会落得遍体鳞伤，所以我只能在这深渊中一次次寻求我们相爱的证明。

他的胡子摸上去还是硬得扎手，他的怀里还是让我有如港湾般的温暖，他的上嘴唇仍然薄薄地微抿着，透出熟悉的性感与诱人的高冷，可我的心里却有说不出的沮丧。

开罗的夜空一片漆黑，唯有启明星在夜幕中虚浮着，好像只有它笃定地知道，自己为什么活着，为什么爱着。我越望着它，就越自惭形秽。

在许多个相似的夜里，我的心里重复着相似的问题，尽管我们除了出差、采访，几乎24小时在一起，和咬我的蚊子陪我的时间一样长。

深夜，车流渐次稀疏。在路灯照不亮的街头，那些缄默的问题在不知名的角落里疯长着，蜿蜒着，无从排解，时隐时现。它就像每逢周五必高潮的示威游行者一样，用拙劣的身体语言写下一封封稚嫩可笑的情书，永远等不到想要的答复。

车祸现场

不知道从什么时候开始，从他刚从利比亚回来那天被我逼问结婚的事情开始，或者从他还在利比亚的时候被我撒谎下套开始，或者从更早的时候开始，我们之间感觉好像不太一样了，他开始拒绝我的四方形小包装的暗示，或者我在床上活色生香的明示，对我新买的文胸和内衣视若无睹，尽管我们还睡在一张床上，我随时可以偷尝以他为名的禁果。

写字台上的边边角角，积了一层细密的灰。前一晚有些降温，早上起来头脑晕晕的，我没有心思做意大利面，没有心思梳妆打扮，没有心思再和他重复暧昧的小游戏，就浑浑噩噩地在床上挺尸。

熊苏文突然打来电话，问我最近忙不忙，什么时候有空再请我看一场电影。我正跟他有一搭没一搭地聊着，突然发现嘉航已经走进了卧室——他采访回来，我竟然没有听到。

"今天采访的时候是不是又碰见远东通讯社的人了？"我赶紧三言两语挂了电话，起了个话头，想转移一下他的注意力。可我不知不觉就以这种糟糕的话题开场，我感觉到嘉航最近的变化，又太久没听到乔女红的消息，内心的不安全感与日俱增。

嘉航不答反问："你刚才跟谁打电话呢？聊得挺开心啊。"

"那你也碰见乔女红了吧？"我见他没有回应，又追问了一句，这次他干脆选择沉默。

"那你们是不是一起吃饭了？"我的语气开始变得尖锐，眼神开始变得咄咄逼人。

"你有没有觉得，你越来越无理取闹了？"

"你难道忘了她是怎么当众羞辱我的吗？"

"我也没有忘记你是怎么当众回敬她的。"

"你为什么对我和她之间的这点事儿记得这么清楚？你们今天肯定一起吃饭了！"

"我们一定要以这种方式对话吗？你对电话里的人那么亲密，跟我却用这种语气说话！你不会跟我说电话那头是曲毳或者关睢吧。"

我正准备解释，他又截住我话头："我累了，我们都冷静一下，我搬回去住几天。"

窗户外面有一层金色的霞光。透过这层霞光，我看见密密麻麻的低矮建筑横七竖八地扎进这个小岛的大地上，把小岛扎得伤痕累累。

　　"那我们还一起吃饭吗？"我突然回过神来。只要他答应，我决定天天给他做意大利面。

　　"既然彼此都要冷静冷静，我们还是自己吃自己的吧。"

　　"那我们还一起逛街看电影吗？"

　　"既然要彼此冷静冷静，那就自己逛自己的吧，如果碰巧逛到一起，倒也不用刻意回避，一起搭伙吃个饭也可以。"

　　"那你到底是什么意思？"

　　"没有别的意思，只是搬回去住几天。"

　　"嘉航，你这样会把我毁了的！"

　　"你有空的话，还是多想想选题吧。你今天干什么了？"

　　"我今天感觉有点感冒了——"

　　"哦，你今天感冒了，那你这一个月呢？你这一个月都没怎么做选题。"嘉航的话变得刻薄起来，我突然觉得两个人之间，有什么东西正在流失……

　　"嘉航，你觉得你不在的时候，我还能有心思想选题吗？"

　　"哦，那看来我们还不是太熟——"

　　在他说出更加刺痛我的话之前，我先下手为强，捂住耳朵一口气冲到宿舍门口，从门口鞋柜上拿上门钥匙和车钥匙，以迅雷不及掩耳之势穿上鞋，飞奔而出。

　　门砰地响了一声关上之后，我才后悔：只要在我闹别扭出走的任何一个环节，嘉航追上来，安慰几句，我就可以缴械投降。他知道我的任性，他更知道我的懦弱，可他没有追来。

　　我走进地库，把车发动好，在车里坐了10分钟，嘉航仍然没有出现。在埃及，我几乎没有独自开过车。仅有的几次开车经历，都有嘉航在旁边，我开的时候勇气百倍，横冲直撞。

我没有时间犹豫，既然嘉航不来，我是决计要走的，我要证明自己，不是没有嘉航就寸步难行，虽然是以如此白痴的方式。

我把心一横，钥匙一转，发动了车。在扎马雷克岛上，我记得的路只有两条：一条是去使馆，另一条是去天铎公司。

使馆没有什么太熟的人，我只有去天铎公司，这个时候，关雎和曲毳她们应该在楼里。

我没有跟她们打电话，只是径直朝天铎公司的方向开去。

车到了天铎公司的大楼没刹住，开过了，只好重新绕了一圈，穿过空无一人的记者站门口，再次向天铎公司进发。

正路过岛上的教堂，这时候正是傍晚祈祷的时间，有不少车停在教堂前面的马路边上，交通不畅，车流缓慢。我突然想起，就是在教堂前面的这片空地上，嘉航把平安扣系在我的手上，许我一生一世的承诺。

车流几乎停了下来。我的脑子里好像被人灌满了铅，反应迟钝，心慌意乱。看样子感冒严重了。我开始反思自己，是不是哪里做得不够好？是我现场采访的能力不被认可，还是一味地把乔女红当作假想敌，或者是对嘉航有太过苛刻的独占欲？有一辆车刚刚停在教堂边上，可能是要去教堂里做祷告的，里面的人还没下来。

车流缓缓动了起来。陈馨馨的话又钻进大脑里："你以前的那些毛病可得改改了，不要太任性，男人会因为喜欢你而容忍你，但他们的容忍度是有限的。另外，即使你真的很爱他，很在乎他，也不要全都表现出来，这反而会成了他的负担，给你们的感情减分。"

　　我想我是不是该做一个克己复礼、端庄贤淑、安心服侍皇上的皇贵妃？毕竟在皇上面前，所有人都是奴婢，我的任性、我的嫉妒、我的幼稚、我的猜疑是不是终归会毁了自己？我看了看后视镜，跟在后面的车灯排成一长串，看不见尾巴，教堂门口的那辆车还没熄火。

　　手机突然响了，我用右手摸出手机，举在眼前一看，是嘉航的电话。

　　接了他的电话，能改变什么吗？我正犹豫着，突然"轰——"的一声巨响，在我周围不远的地方炸了起来，我还来不及弄清楚这声爆炸是什么原因，突然感觉大地都在颤抖——是爆炸的冲击波！

　　我在大脑短路之前，用尽我所有的智慧，低头，含胸，用手抱头，身体蜷缩，几乎就在同时，右侧的玻璃瞬间震碎，气浪夹杂着无数玻璃碎片猛地把我往左边甩出去……

　　乒——

　　整个脑袋对撞左侧玻璃，大脑传来剧痛，停止运转，紧接着，后面的一辆出租车猛地撞上了我的车，我没来得及踩刹车，车往前一顶，又撞上了前面的一辆越野车，我的身体随之做着无规则运动，先是被后面出租车的冲力撞上了方向盘，接着被往前一顶的后坐力顶上了车顶，脑袋和胸口一阵剧痛。

　　等我慢慢抬起头，四处已经一片狼藉，右侧教堂的某个地方着火了。

　　那辆停在教堂边上的车竟然是自杀式袭击者的车！

满眼都是火光，满地都是建筑的碎片。车的前后挡风玻璃从上到下裂了一条巨大的缝，把我眼前的世界劈成两半。我突然想起什么来，赶紧朝着右边的破车窗外拍了几张照片。

前面的车主顾不上下来找我麻烦，已经疾驰而去，逃离现场，后面的出租车使出吃奶的劲冲我"嘀嘀"，我拍了照片，赶紧一脚油门往前开了出去。

到了天铎公司门口，我周身的痛楚越来越清晰。大脑被连续的激烈碰撞撞得钝痛，左脸感觉已经肿成两个大，胸口被方向盘蹂躏一番，胃里翻江倒海，手像是被施了针刑，玻璃的碎片划开了双手，手背上刺进了无数细小的碎片，像是无数的小黑虫啃着我的皮肉。

看门的老大爷刚想上来收费，我摇下唯一坚挺的左车窗跟老大爷强撑微笑："Habibi！"老大爷看着我劫后余生的面孔，微笑着跟我打招呼："Habibati！（我的亲爱的！）"然后晃晃悠悠回到了他看门的那把破椅子上坐着。

我忍着疼拿出手机，嘉航来了两个电话。此时此刻，我绝不想向他求助。我给关雎打电话，结果电话那边背景嘈杂："嘉佳，不好意思啊，我跟曲毳在CityStars呢，今天打折打得很厉害呢……你有啥事啊，怎么没说一声就过来了？"

我只好跟她说，我跟嘉航吵架了，心里有点难受，想过来待会儿。关雎说："没事吧嘉佳？那我们这里也差不多了，过会儿就往回走，你要不先去徐婕妤那里待会儿？她应该在。"

我应了一声，让她们好好逛，就挂了，然后坐在车里发愣。徐婕妤虽然平时也在一块儿玩过，但总是没有关雎、曲毳她们熟，而且她似乎和乔女红有某种隐秘的关系。这时候没提前说就上去也觉得不好，想想就算了。可是又不能现在回去，只好在车里仔细观察我的两只伤手。

我放进一张自己刻录的CD，一边听一边摘刺。好在车载CD系统还能运行，CD里面有我最喜欢的《我想要这一种幸福》。

我的手像是被人抹上了一层番茄酱，看不出哪里出的血，只是模糊一片。我先把肉眼能看到的所有玻璃碎片挑了出来，可还是觉得疼。嘉航送我的平安扣还安安稳稳地戴在手上，可现如今我的境遇却狼狈不堪，我们的感情也游走在破碎的边缘。伤感的情绪从四面八方涌了进来，裹住我的身体，加剧我的痛感，让我只想瘫在座椅里，一点力气也没有了。

正听的时候，突然有人从右边镂空的车窗喊我："嘉佳！"我抬头一看，是熊苏文！

这个时候，居然是熊苏文。我好像感觉到头顶上方命运之神的嗤笑。

"嘉佳，你这是怎么了？没事儿吧？"

说一句话，不会死。

我只好把路遇爆炸的事情跟他说了。

熊苏文听了一脸着急："那你赶紧上我屋里，我帮你简单处理一下，然后送你去医院！有什么伤着的地方，得赶紧消毒。"熊苏文的话透着真诚和温柔，仿佛有一种让你无法拒绝的魔力。

如果要让我说老实话，去他屋里，我本来应该拒绝的，从哪个角度讲都是如此。但是在我点头的那一刹那，我却真的想收下这份温柔，这对此刻遍体鳞伤的我来说弥足珍贵。我想我真是发烧发得不轻。

熊苏文领我上了楼，到了他家里，拿出纱布和酒精，简单把我的双手包扎了一下，然后问我还有其他什么地方不舒服。

"头很疼，胸口疼，肠胃不舒服，想吐。"

"是不是有内伤？我赶紧送你去医院。"

"不用了熊总，多谢你的好意，我自己开车去医院吧。"

此时此刻，当我手上的番茄酱被他细心擦拭完，又裹上了纱布，全身的知觉慢慢恢复，我已经有点后悔进了他的家门。

嘉航的电话再也没有打来，我越想越觉得有什么地方不对劲。我坚决用缠着纱布的手推开熊苏文，然后迅速拿上包、换了鞋，走出天铎公司的大楼。

刚下楼，发现大晴天的傍晚居然开始下雨了。

太阳还在西边低垂着，四处一片晚霞还在遥相呼应着，这边却着实下了雨。埃及下雨几乎和北京出彩虹的概率一样低，而且埃及的雨很脏，滴在衣服上人就变成了环卫工人。

屋漏偏逢连夜雨。从大楼门口到停车场还有一小段距离，我正望着雨天犹豫，熊苏文追了下来，手里拿了一把伞和一瓶酒："我已经叫了维修人员来帮你修车，我开自己的车带你去医院吧。你受了伤，天也快黑了，这么一个人去，我真不放心。"他停了停又说，"上次有同事从国外回来，用他的护照买了两瓶红酒，开了一瓶，味很正。正好今天你来了，你拿上这瓶尝尝。"

车确实要修了，雨也下大了，我总不能自己冒雨走回站里。我举目四望，也没有别人可以求助。我发现自己有时候真的懦弱得都想抽自己一个耳光。

熊苏文半牵着我坐上车。我在副驾驶座上头昏脑涨，胡思乱想，一语不发。

熊苏文上了车，拍了拍我的肩膀，然后倒车出停车场，路边零星走过几个人。出了停车场，正准备踩油门出发，路边一个没打伞的人突然冲到了车前，岛上的道路太窄，熊苏文只能急刹车，"吱——"的一声，路上的积水溅了那人一身。

熊苏文骂了句脏话，按下车窗，伸出头正准备开骂，突然愣住了。

——是嘉航!

我从来没见嘉航这么狼狈过。他的头发被雨水打成一缕一缕的，在发尖结出一滴一滴的珠花，然后成双结对地滴到衣服上，滴到地上。他浑身被雨打湿了，浇透了，他的T恤贴在身上，衬出他的肌肉，可我此刻没有任何欣赏的兴趣，因为他的眼睛正狠狠地透过车窗盯着我。此刻如果他要颁发圣旨，我估计会把我凌迟处死。

我赶紧从副驾驶座下来追上前去，而熊苏文也赶紧下车，忙着把伞给我。我一把拿过伞，追着跑上前，语无伦次："嘉航……我开车过来的时候碰上教堂爆炸!车窗都被炸裂了!我没办法只得开到距离最近的天铎公司，然后就碰上了熊总，他不大放心我，正说要送我去医院。你知道，我车技确实也不太好的……你看，我的手被玻璃碎片扎了……"

嘉航看一眼我裹着纱布的手，没有说话，又马上用那种可怕的眼神盯着我看。在他的眼里，我估计自己已经成了淫乱后宫的罪妃。

我被他看得浑身发毛，不知道自己该说什么，我害怕他什么都不说，但更害怕他只说出两个字，就会让我立刻崩溃。

"嘉航……你听我说……我回去好好跟你解释，只是有一点，我和熊总之间只是普通朋友，曲毳、关雎她们都知道。"我的语气已经是在祈求了。

嘉航的脸已经被雨水调戏了许久，落上无数细碎的水滴。他的眼神痛到好像可以把我整个腐蚀，把我刺得体无完肤。我把伞递上去，他看一眼，不是我的伞，猛地甩开，冷漠地问了一句："你说完了？"

我看着他，手不敢再抬起帮他撑伞，想哭却怎么也哭不出来。

"说完了是吧。你怎么也不问问我，我是什么时候过来的？我有没有看见你跟谁一起怎么上的楼？"

我的大脑嗡的一声炸了，全身都没了力气，我的手连一把伞都握不住了。我脚下一软，无力地瘫在地上，只希望我们哪怕就这么静静对峙着，再给我一点时间，不要离开。

嘉航再也没有说一个字。他最后用锋利的眼神刺了我一眼，沉默地转过身，然后用冷漠的背影告诉我：不要追。

第十三章
从你的全世界疼讨

从产生下跪的想法，到真正给嘉航跪下，我用了不到 5 秒钟。我把它理解为身处"一个大事纷至沓来的岁月"的记者不由得秉笔直书，是下意识的条件反射，是求解"你也爱我"的必然选择——

我已经一无所有了，我的身体，我的思想，我的密码，一切都已经是嘉航的了，而我付出了一切，最终却还是要和这个男人分手。

可我还剩下一点什么：我仅存的一点尊严。那一点我极力固守着的，渴望和他平等相爱的尊严。

脑海里有一个声音颤抖着：那你给他吧，给他所有，换取你要的答案……

核准死刑的三份证书

幸福的顶点，或者崩溃的临界点，也许就是一瞬间的事情。

"嘉航……求求你……开开门！"

我的衣服湿着，头发披散着，我知道现在的自己奇丑无比。我不顾一切地敲着他的门。此刻，他的房门在我的视线里扭曲得不成形状，这扇扭曲的门没有给我一丝回应，我还在不顾一切地敲着。

"嘉航……我有话跟你说……你听我解释啊！"

韩站长终于在睡梦中被惊动了。他穿着一件枣红色中老年睡衣冲我直摆手："嘉佳！嘉佳！大晚上的，吵什么啊？"

我不想跟任何人说话，天皇老子也绝不。

我瞥了他一眼，继续敲门。

"嘉航……嘉航……"

韩站长发觉自己威严扫地，把声音提高了八度，摆出誓死捍卫自己权威的架势："嘉佳！有什么话好好说，别大晚上的又吵又闹！"

他的话好像提醒了我，我的情绪又一次受到了刺激，一边哭号一边敲门。

"嘉航……事情不是你想的那样啊！嘉航！"

韩站长见我已入癫狂之境，无奈地瞪着我说："行了行了！你别吵了嘉佳，你看你像什么样子。"韩站长此刻疲惫而厌恶的表情像极了皇后身边的容嬷嬷，而我就像是什么规矩都不懂的小燕子。我想扇容嬷嬷一个巴掌，告诉她余事勿取、好自为之的重要性。

可惜我终究不是小燕子，我是遇事只会一闭眼就掉眼泪儿的玛丽苏紫薇格格。

我此刻的大脑只负责完成敲门这一项指令，其余的什么都顾不得了。

我的小粉拳以我最大的力气狠狠地砸在门上，发出脆弱的"梆梆"声，那就是今晚我站在这里的全部意义。

终于，门被大力拉开，嘉航一脸怒容。

嘉航先冲穿着睡衣的韩站长说："韩局，您先休息吧，没什么事，我劝劝她。"

韩站长想了想，发现自己站在这里也发挥不出一个领导的作用，然后又大手一挥说："早点休息，有什么事好好说啊。"接着轻轻叹了口气，摇了摇头，慢悠悠地下了楼。

韩站长的门在身后关上了。

小陈和老袁故意装耳聋，从始至终没有现身。我对他们的忍耐力表示由衷的钦佩与赞赏。

整个世界，只剩下我和嘉航了。

嘉航怒容未消，瞪我一眼："进来吧。"

进到嘉航的客厅，他坐在一旁饭桌的椅子上低着头看着手机："有什么事？说吧。"

胸中好像有一万个鞭炮瞬间被点燃。

我带着哭腔冲嘉航吼着："你凭什么？！你凭什么不听我解释？你凭什么就误会我？你凭什么就信乔女红说的话，不信我说的？！"我把全部罪责推给乔女红。没错！我就是这样一个愚蠢的女人！

嘉航怒极反笑，语气平静："你小声点，想让全世界人都听到我们吵架吗？其实我也不用听别人说，我自己看见的还少吗？之前乔女红说的那一次，我还当是无稽之谈，这一次，被我撞见了。世界上应该没有那么多巧合吧，你说呢？"

他的一番话就像一盆冷水浇在我的头上，气势全无，兀自抵抗："我发誓，我真的只是想去找关雎和曲毳她们坐会儿，没想到就碰见了熊苏文。"

嘉航伸出手阻止我说下去："好的，就算你说的是事实，不过我在楼底下等了那么久，你们在上面做什么，能给我一个合理的解释吗？"

"我跟你说了，爆炸的冲击波震碎了玻璃，玻璃碎片刺进了我手里，我就是在他那儿处理一下伤口！"

"那你可以打车去医院啊？或者你可以给我打电话啊。事实是你连我的电话都没有接，而我到天铎公司楼底下的时候，你正跟着他上楼。"

我依旧怒视着他，装作愤怒的样子来掩饰心虚，大脑却想不出更好的解释。

我不知道他有没有看透我外强中干的表情。他也没再说话，一个人走进卧室，我只好在客厅等着他。过了一会儿，他翻出来一个小袋子，从里面掏出几样东西，甩到我手里："不想跟你废话了！你看看这些是什么，自己看！"

一张是带刷卡凭证的发票。

发票上的报销抬头写的是《叻报》报社。可刷卡凭条上签的字却是熊苏文的拼音。我才知道这是他专门买给我的苹果手机，我一直没跟嘉航实话说这部手机是怎么来的，我到现在还用着，只是从没有留意手机盒子里的细节，回来就一直把包装放在客厅的抽屉里。

一张是电影票。

电影票上标注着《爱在午夜降临前》，就是我被困在电梯里的那天，和熊苏文一起看的那场。我突然回想起来，他当时给我票的时候神情有些严肃，而电影票背面的空白上赫然写着两行字——"Thanks，嘉佳""请让我与你的这部电影延续下去"。

一张是照片！

照片里是我和另外一个男人在酒店的背影，我和那个人紧紧挨着，从后面看上去那人还搂着我的腰。我辨认了一下，才明白过来，这是去马里奥特饭店找李维柯谈中东媒体对话会出来的时候，我们抢着给中午的房间结账的照片。原来是徐婕妤！在场的只有徐婕妤和一个天铎公司的司机，我和那位司机根本没见过，那么显而易见，这是徐婕妤的杰作了！

五雷轰顶！

我知道，我再也无法解释了。

缓　期

嘉航宿舍的大门在我身后关上了，我感觉他关上了他的整个世界。我一步一挪回到房间，摸黑走到床边，躺在床上。我觉得周身疲累，比这两年的任何时候都累。

我突然想起了什么，赶紧打开灯，查看衣柜、鞋柜和抽屉，然后又躺回床上挺尸。嘉航没有拿走他的任何换洗衣物，我只要守护好这里属于他的一切，我们的感情就还有生机。

熊苏文发来了微信，他说他把今天的详细经过和我们两个人的关系发给了嘉航，嘉航回了两个字：好的。

熊苏文安慰我："嘉航人很正直，不会冤枉别人，你回头跟他再解释一下，不会有什么的。"这番话说得很诚恳，可我却不想感谢他，甚至不想在微信里回复他。

曲毳和关雎回到公司住处，问我现在的情况，我再也控制不住，边哭边在微信里把今天的遭遇跟她们说了。

这一天的信息量太大，曲毳和关雎安慰了半天，关雎问我："需不需要我们跟嘉航解释一下？"被她一问，我也不知道该怎么办，只好说让我先想想。

第二天早上，我磨磨蹭蹭走到办公室，被韩站长截住了。

"嘉佳，睡醒了吗？"他还在为昨晚自己的权威遭到冒犯而耿耿于怀。

我没有回答他，只是点了点头。

韩站长懒得绕弯子："今天有一个教堂爆炸案的新闻发布会，你去一下。听说昨天你开车正好经过那边，也算是亲历者，你有现场的东西吧？正好去看看有没有什么可写的。"

昨天和嘉航吵架摔门而出的一幕幕又像闪电一样在我眼前爆炸，手上的痛感传到了大脑里。昨晚回房间和曲毳、关雎她们聊完以后，昏昏沉沉地躺在床上，不知什么时候就睡着了，早晨起来的时候，手上的纱布已经被自己蹭掉了。

我突然想起我的车还在天铎公司那里。我问韩站长："韩站长，我还得去一趟天铎公司，把站里的车开回来。"

"哦，那辆车不是已经被炸得玻璃都震碎了吗？嘉航一早跟我说，他上午先去天铎公司开车，然后去修车店修一下。"

我心里立马涌上一个信号：还有希望！

我带着这残存的希望，先冲回宿舍喝了一袋感冒颗粒剂，然后去内政部参加了教堂爆炸案的发布会，最后去了国际和平医院挂上号，看了看我的手。

医生带着怜悯的目光看着我的手，然后说要动手术取出异物。接着我就被扔到一个处置室待着。过了一会儿，一个更年期的埃及大妈走了进来，跟我核对了身份，就开始磨刀霍霍。

我的手被放到了聚光灯下，这位大妈带着目镜，在我手背上涂满了酒精，然后开始用小镊子一点一点地挑开我的伤口，在里面寻找细小的玻璃碎片，找到每一个碎片之后，用小钳子一夹，取出来放在一个托盘上。

没有麻醉！我手上的肉像是被无数遍翻开又闭合，然后感到一片片细小的肉被撕裂、钳走。我问大妈为什么那么痛，大妈微笑地跟我解释说，因为受伤当时没有处理，现在已经开始长进肉里了，说着又从肉里猛地一钳，钳出来一块像米粒大小的玻璃碎片。伴随着我倒吸一口凉气，大妈盯着这块小米粒看了看，满足地把它放进托盘里。

失去你就像失去生命

从医院折腾完以后，我的两只手又被裹进纱布。下午回到站里，先根据发布会的内容写了一篇稿子，发出去之后，我拖着两只千疮百孔的手和一颗惴惴不安的心上了楼——

嘉航的白瓷牙杯不见了，两个人一起用的蓝灰色浴巾还在。

嘉航从他宿舍拿来的枕头不见了，两个人一起睡觉的床单还铺着。

五月的风伸出拳脚，猛裂地砸着窗户。窗台几天没擦，上面不知道积了多少灰。小的灰尘原地坐化，大的灰尘四处游荡，飞到头发上，脸上，嘴唇上，然后被我和着泪咽进肚子里——他在我不在的工夫，把能收走的尽数收走了。

第二天早上醒得太早，我明白自己已经醒了，但我紧紧闭着眼睛，我希望睁开眼的时候，嘉航刚刚从枕边离开，新的一天重新开始，一切又变回原来的样子。

不到两天时间，我却觉得自己已经一无所有，仿佛输掉了两个世纪。如果做一件事能让他回到这个房间，我发誓我愿意做任何事。

我开始相信各种私奔、出走、红杏出墙、灵魂出窍的传说，因为我发现一个人为了喜欢一个人，几乎可以放弃一切：事业、自尊、名誉……如果没有勇气放弃，那是因为爱得还不够狠，不够绝。

我想起自己已经是嘉航的皇贵妃，尽管打入冷宫，但曾荣极一时。我不是倚梅园的宫女，也不是永巷里的洗脚婢，我是正儿八经被凤鸾春恩车接到龙床上的，我有我的荣耀和骄矜，不能说放弃就放弃。

经过一晚上的折腾，我手上缠的纱布又被自己神奇地蹭进了被子里。我拿起手机，编好了一条微信：

我能请你吃顿饭吗？我最后一次请求你。

编好之后，觉得写得太逊，删掉，又重新写，总觉得这样发过去会石沉人海，杳无音信。如此纠结了半个小时，心一横，在修改了无数遍之后，打上了最开始编好的那句话，没有给自己一秒钟的犹豫时间，按了发送键，像是按下一个火箭发射按钮。

发送成功。时间走得更可怕，每一分每一秒都是凌迟。心脏好像长到脑子里，"嗡嗡嗡"地来回乱跳。

窗外的风猛地砸向窗户，又消失，再砸来，又溜走。我眼睁睁地盯着手机上的呼吸灯，感觉这呼吸灯就像是医院手术室门上的手术灯，一直亮着和一直不亮一样可怕。

呼吸灯亮了，我的手颤了，哆哆嗦嗦拿起手机。他回复了一个字，我翻来覆去地看，然后把手机扔在一边，躺到床上，拉起被子蒙住头，被这个字感动得想哭。

就是今天晚上了。正好是周末，晚上没事，韩站长在外面应酬，小陈找《震旦日报》的朋友蹭饭，老袁在屋里一个人宅着。嘉航从车库开上车，在记者站周围绕行一圈，然后在垃圾堆接上我，直奔华人区马阿迪区的中餐厅。

一路无话，我想放我自己刻录的一盘CD，里面有《我想要这一种幸福》，有《阳光下的星星》，有满得要溢出来的曾经。可是我放了一路，嘉航从始至终没说一句话，没有一点反应，甚至没有一点表情，宝相庄严，纹丝不动。

CD放完，我收回CD盒里，悻悻地坐在副驾驶座上，不知该说什么，索性什么都不说。我想起下午跟陈馨馨的紧急求救，她对我传达了三点重要指示精神：第一，我是个做作女，现在的结局都是我一手作出来的，但是现在讨论我作不作和为什么作都于事无补，关键是把握好冷宫逆袭的一线曙光；第二，再见嘉航时只道歉，不想谁对谁错，只聊天，不讲海誓山盟，只吃饭，不谈过去往后；第三，稳住，稳住，坚持，坚持，只要这一关过去，我们的感情就能触底反弹，不要做自选动作，不要说没脑的话。半个多小时后，到了餐厅门口。一只黑野猫瞪着车灯，百无聊赖地叫了一声。嘉航停好车，说了两个字："到了。"

我的第六感经常应验事实。两个字，我已经察觉到微妙的意味，我的心已经开始隐隐作痛。其实在他的那个"好"字发过来的时候，我早就应该有所警觉和准备，比如带上一瓶速效救心丸，比如给曲三毛打个电话让她在半夜问问我回家了没。可此刻实战已经开始，容不得我退缩。我打起十二分精神，假装兴高采烈蹦蹦跳跳地下车，每一跳都像跳过火坑一样艰难。

我们点完菜，我跟老板说来一瓶红酒。

"你忘了我还开车？"嘉航一点也不想喝。

"我喝酒，你喝饮料，就当我欠你的。"我坚持，摆出无懈可击的微笑。

嘉航看了我一眼，不再说话。

结果喝第一口的时候，我的红酒就下去一大半。嘉航上午时就摆出的那副呆若木鸡的表情终于发生了变化："你这是存心往大了喝啊！"

"不然呢？"我歪着头冲他一笑，拿起酒瓶想再满上。

嘉航一把抓住红酒，往他空着的酒杯上倒满。"反正埃及不查酒驾。你喝这么多要吐。"

我的脸上胀胀的，应该已经又红又肿了。我大脑迟钝，把陈馨馨的重要指示抛在脑后。我嘿嘿一笑，开始跟他回忆：我们第一次约会的时候，就是在这里，穆尔西下台的时候，记者站四个人也是在这里聚餐。那时大家在玩真心话大冒险，小陈像个八卦娱记一样，不停追问我感情问题。

"那时你心里是怎么想的？"我努力转向正题。

"时间太长，记不清了。"嘉航又恢复到一开始那种面无表情的状态，随意拨两口菜，再随意放入口中，好像在吃一顿再平常不过的饭。

我拿起酒杯，猛地把杯子里剩下的酒全干完了。

嘉航抬起头，皱着眉头看着我："今天是拼酒大会？"然后自顾自地举起杯，喝了一半。

我的手指开始发麻，我的眼睛开始刺痛，我窃喜自己的意识终于开始模糊，不敢说的话，终于可以酝酿说出口了。

我絮絮叨叨地回忆起小陈逼问我感情问题时的心理状态，我说："我的手在抠着椅子边上的金属焊接层，眼睛在偷瞄着你。"我说："我当时在修炼一种叫作'流星眼'的绝技，就是专门为了偷瞄你，可我当时看你一点表情都没有，心里像被人捅了一刀一样疼。"

我说："我庆幸自己那天回去后能够鼓起勇气，拉住你的手。"

我说："我以为，我那个时候拉住了你，就拉住了你一辈子……"

嘉航突然打断了我的话："我其实真的没有那么好。你知道的。"

我不理他，接着说："你搬回去以后，我早上醒来后第一件事情，就是紧紧闭上眼睛，给自己做心理建设，祈祷奇迹的出现。结果现实就是现实，根本不会有奇迹。我的第二件事，就是打开手机，点开微信，结果微信里总是死一样的沉静。有国内总部的编辑来约稿、布置任务的，但也是死一样的沉静，我不想回复，我想把手机摔到墙角，可下一秒钟又打开微信，再体会一遍那种死一样的沉静。结果，那个我一直想收到他信息的人，始终没有给我来信息。"

"你有点高了，咱们回去吧。"

"不高，你答应给我这最后一次机会的。"我冲他甩一甩手上他送我的平安扣，有点耍赖，把酒瓶里剩下的酒全倒了出来，然后一仰头，一滴都不剩下。

"我开始疯狂地羡慕。我羡慕你的洗发水，羡慕你的内衣，羡慕每天被你反复摩挲的手机，更羡慕那个姓乔的……她现在应该有更多机会跟你接触了吧？她到底什么地方比我好？我改，你跟我说，我改还不行吗？"

"我说了多少次，跟她没关系。我们只是朋友关系，你能不能别走极端？"嘉航好看的浓眉毛又皱成了八字，我的心突突地跳着，我的视线开始一片浑浊，我感到害怕和绝望，然后小心翼翼地说出那个已经憋出内伤的疑问——

"那你告诉我，现在在你心里，到底乔女红和我，你是怎么想的？"

"你们俩没有可比性，这个问题很无聊。嘉佳，我们回去吧。"嘉航一扭头，"老板，结账。"

"哎，没吃完呢，我们先不结哈！"我的声音盖过了嘉航，他的眉头皱得更厉害了，旁边一桌埃及青年男女把目光投向我们，埃及人浓妆女生瞥了我一眼，然后撩了一下她的卷曲长发，我仿佛闻到了一股夹着香水的狐臭。

我问嘉航："那你还是喜欢我的，是不是？我就想知道，你心里到底有没有我？哪怕是1%的位置。"

嘉航的声音比我的更高："老板，我们结账！"老板是个穿着风尘的中年华人妇女，应该是在经历过无数大风大浪后选择开个餐厅作为她栖息的港湾。老板飞快把握住这次机会，一转眼就把账单皮夹塞给嘉航，然后远远地退到柜台瞭望，坚决不当背景龙套。

嘉航拿出钱包，我惊喜地看见我做的绿色平安结，此刻还安安稳稳地躺在钱包的夹层里。我跟嘉航说："你还留着那个平安结！"

嘉航把钱放在账单皮夹里，把夹子推到桌角，慢慢地把钱包收了起来，眼神缓缓移向我，声音却像是绝对零度的冰刀："嘉佳，你说的什么，我都懂。"

他停了停，说："但我不想懂。"

磁性的声音犹如魔咒，在我头顶回声不绝。我的微笑再也绷不住了。身体发疟疾似的抖了起来，抖落的泪一滴、两滴，然后就下起了小雨。

我的世界模糊了。

窗外的夜空也模糊了。

我的头埋在手里，泪顺着指缝流进袖子，浑身好像一点一点被冰刀刺穿，从前胸的皮肤，刺穿肋骨，再刺出后背。属于嘉航的寒夜来临了。无边的黑暗在我的周身扩散，好像白昼永不会来。我拼了命地挽回，拼了命地思考：最后一次机会，难道就是这个结局？？

尊严或爱情

夜空逐渐圆满。无边的沉寂不知从何处席卷过来，暗月和诸星开始掌管一切。诸星闪烁，万物臣服其中，野猫慵懒地叫了一声，我的手死死地贴住我的脸，嘉航两臂交叉，静静地坐着，只说了一句"别哭了，走吧"，然后一言不发。

我的大脑拼了命地旋转，好像装了一台永动机，动力来自那颗快要跳出血来的心脏。

忽地念头一闪，我做了件事，自己都想不到的一件事。

以前我看过一个故事，说乞讨要饭的人，最难迈过去的不是别的，而是下跪这第一关。只要鼓起勇气，向一个路人第一次下跪，跪下去了，乞讨的职业生涯就开始了，财源广进，衣食无忧，但自尊、廉耻这些东西也全都没有了。

怎样算是活着？对于乞讨要饭的人，活着就是生存，生存就是唯一的价值，除此之外的事情一文不值。

怎样算是爱着？对于此刻的我，就是要用各种方法证明：我爱你。然后求解：你也爱我。

从产生下跪的想法，到真正给嘉航跪下，我用了不到5秒钟。我把它理解为身处"一个人事纷至沓来的岁月"的记者不由得秉笔直书，是下意识的条件反射，是求解"你也爱我"的必然选择——

我已经一无所有了，我的身体，我的思想，我的密码，一切都已经是嘉航的了，而我付出了一切，最终却还是要和这个男人分手。

可我还剩下一点什么：我仅存的一点尊严。那一点我极力固守着的，渴望和他平等相爱的尊严。

脑海里有一个声音颤抖着："那你给他吧，给他所有，换取你要的答案。"

我的眼泪突然不再奔涌了，我的身子也不再抖了。旁边所有的人我突然看不见了，我的眼前只剩下嘉航，那个似乎只剩下说"不"的嘉航。我不要他说不，我不要他压垮我的稻草。

我缓缓地放下筷子，起身，往后退了一步，身子转了45度，就在餐厅里，跪在了他的面前。

我全身的血液好像都在冒着热气，整个人达到了沸点，好像濒死般地热血沸腾。我终于用尽我的一切办法，向他证明我的感情——我爱他，我可以为他放弃所有的所有，一切的一切。

我的心就算碎成了十万八千片，每一片仍然爱着眼前的这个男人。

我的泪就算哭干了西湖、天池、纳木错，我的眼睛仍然会为眼前的这个男人随时润湿。

他就有这种力量。

他是现实世界的神祇。

他是物质本源的意义。

他是我的皇上，是我的天。我的天塌了，砸在我的身上，所以我跪下了。我跪皇上，我跪天，不算什么大不了的事。

一旁的餐厅老板石化了，仿佛不知道该上前还是该回避。不远处的那对埃及恋人目瞪口呆，咬着饮料吸管睁大眼睛看着这里发生的一切，大浓妆女生指着我无声地呼喊，仿佛哮喘发作。

"我们，还能不能重新开始？"

我的眼睛和他对视着，语气是压抑后的平静，好像《新闻联播》的结束语。

天神说话了——

"你比我更清楚答案。"

墨菲定律

墨菲定律说：如果你担心某种情况发生，那么它就更有可能发生。

轰——

好像有一颗定时炸弹在我大脑里爆炸了。

我瘫坐在地上。

最后的努力，失败了。

我在以嘉航为名的深渊里，被判了死刑。

大脑内部此刻四分五裂，不知道该怎么发号施令了。墨菲定律应验得如此准确，百试不爽，一击即中。

嘉航语气沉着，伴着一丝嗔怒："你好好起来，我们还做朋友。我送你回站里。"

我知道，我们做朋友的意思，就是我以后再也不能碰他一下，他再也不会把我抱在怀里。

找突然觉得好笑，嘉航一定还想着赶回去，他还要准备第二天的采访，仿佛什么事情都没有发生过。

多么讽刺！他凭什么能够把一切想象得这么顺其自然！他凭什么能够否定我所有的祈求和付出！我还要做他的皇贵妃，还要识破他的一本正经，点中他的床上死穴。

我的五感这个时候突然回来了，泪水开始飙，身子开始抽搐。我厉声大吼，气息不匀，好不容易说出了话："你……你……怎么能当作什么都没有发生过？！啊？！"

餐厅的老板在收银台后面做出了痛心疾首的表情。餐厅里的人慢慢走光，剩下胆大的也只是像观众一样，不再点菜，只是饶有兴致地观看我们直播的异国之恋。

这间餐厅、这个晚上，终究是被我毁掉了。离我们最近的那一桌，那个男的还在好心安慰大浓妆女生，女生的嘴巴好像脱了臼一样大张着，目不转睛地旁观眼前的这一切。

嘉航俯下身子，五官扭曲，仍然用了以为我能听到的最小声音说："还嫌不够丢人？再问你最后一次，要不要我送你回站里？要不要还做朋友？你最好想清楚，赶紧的。如果要，就起来，赶紧走！"

然后，他扭曲的五官逐渐归位，再然后，变成若无其事，只是仍然用冷漠的眼神盯着我，似乎在告诉我：无论我再使什么招数，我们的关系都再也无法挽回。

我害怕晚上一个人回站里，害怕他就这样抛下我。但我更害怕我们做朋友，又回到之前若即若离的状态，那样我真的活不下去，每一天、每一刻对我都是折磨！

我忘了我只穿着一条薄丝袜，我的膝盖没有知觉了。我剧烈抽噎着，大口喘着气，嘴里发出沙哑的声音，好像蛇吐着信子："能不能……我……我们……给对方一点时间？然后……再……慢慢……？我……求……求——"

"不能吧。"嘉航快速打断了我，急不可耐。

他用坚定的语气说出了一句似乎是在和我商量的话。不容置喙的口吻，击溃了我最后的防线。

我的眼睛看不见了，眼睑决堤了。我的耳朵嗡地开始耳鸣。

我的眼泪落在穆卡塔姆山上，就是第二条尼亚加拉大瀑布；我的眼泪落在非洲沙漠里，就是第二条尼罗河。我成了尼罗河的姨娘，我就能掌管这母亲河养育的亿万儿女了，而嘉航也是其中之一。

我想起在穆卡塔姆山上，他抱着我的温度；

我想起在穆尔西下台后，我起身拉住他别走的冲动；

我想起我们误会之后，他拉住我说我们一定要在一起的感动……

现在他却说，我们都不能了。

万念俱灰。圣旨即下，再难转圜。一个荣极一时的皇贵妃，就要重新回到冷宫了。从此，满头珠钗尽数摘下，精致妆容无人顾盼，流云飞髻散落尘埃，六宫之内，红墙青瓦，再无容身之地。

我只是瘫在地上哭，失去了爱情和尊严，哭是我唯一剩下的武器。我还在幻想，嘉航能不能先把我一把拽起来，然后不由分说把我按在车里，让我们从前的门从前，往后的归往后。

可是他没有。

嘉航淡漠地看了我一眼，停了几秒钟以后，仍旧是用那磁性的声音说了一句话。

可我突然什么都听不到了，耳朵里一片刺耳的轰鸣。

那口型只让我觉得，我已经被关在比冬天的地窖还冷的冷宫里了。

我看着他走远，一步、两步……突然我像发了疯一样，在地上爬了几步，紧紧用摸爬滚打的脏手抱住他的一条腿。我不知道他此刻是不是想起了，当初从解放广场回来喝醉之后，我也是这样上前，轻轻用手拉住他，然后看着他的眼睛默默告诉他我的爱情。

只是如今，我卑微地跪在他脚下，像个乞丐祈求他的施舍。

嘉航愣了一愣。那一愣，让我突然感觉还有希望。我开始默念阿弥陀佛、安拉真主，我在一片朦胧中仰望他的轮廓，祈求他博大的胸襟能够不计前嫌。

没等我把一串祷词念熟，绝望的信号传入大脑。

嘉航大张着嘴冲我呼喊，我却听不见，只能紧紧地抱住他。他一看不灵，开始试着抽出腿，想要挣开我的束缚。我却执着地认为这是我最后的希望，紧紧地抓住回光返照的瞬间。

"松手！"这次我看清了他的口型，他好像看出了我是个聋哑患者，把每一个字拖得很长。

"……"我不说话，只是像个机器人一样紧紧抱着他。

"松手！松手！"他的嘴因为愤怒而猛地一张一翕。

乓——

挣扎了几次之后，嘉航终于大吼一声，一脚踢开了我，不偏不倚踢到了我的胸口上。我注意到，他脚上穿的这一双鞋，还是我和他一起去CityStars买的深蓝色绒面休闲皮鞋。

我的胸口一阵钝痛，他像躲麻风病人一样，躲着我跑出了餐厅。我正望着他远去的身影，他突然又回来了，我还没反应过来怎么回事，他从兜里拿出钱包，从夹层里掏出我送他的平安结，然后扔到了我的脚边。

我就静静看着平安结飘飘忽忽地落在地上。

我的胸口在疼，我却连一丁点儿疼痛的概念也没了。

等我的耳朵又能听见了，我默默把眼泪一擦，然后给服务员付了小费，跟老板道了歉，走出了餐厅，拦了一辆出租车。

血崩

时间已经是晚上9点。

我坐在出租车后座上不出声，默默地哭着。前排开车的是一个青年，用埃及青年惯有的油腻声音问我叫什么名字。

我不出声，看着车窗外一片漆黑。

他又问我有没有结婚。

我忍住怒气，平静地用英语回答他：我是中国使馆的。我从来没有一个人这么晚打车回站里。这个时候，只有使馆是我最后的保命符。

下车的时候，目的地当然不是中国使馆。这位青年还是嬉皮笑脸地递过来一张名片，上面写着他的电话。我看着他的表情，突然想到我在嘉航面前是不是也变成了这个样子。

让他无比厌恶的样子。

我在记者站这条街街尾的"咖啡豆与茶叶"咖啡店下了车，店铺已经关门，我自然也不是为了来买咖啡，我知道，自己只是害怕走进我和嘉航曾经的房间，害怕面对心里已有答案的那个事实。

"你比我更清楚答案。"

脑海里又响起了嘉航的话。

我突然浑身一个激灵。五月开罗的夜风，似乎冰凉入骨。

我从咖啡店往记者站走去，开始一次漫长的散步。沿街的店铺大多已经关门。咖啡店的旁边是一家手机店，店门口手机套餐的促销广告牌此刻歪在了一边；再旁边是一家不知道什么公司的办事处，不用说，早就拉下了卷闸；办事处的旁边有一家小酒吧还亮着红色的招牌，门口有一位穿着阿拉伯长袍的大叔饶有兴致地盯着我。

我突然注意到自己今天的打扮：宽松浅蓝色衬衫、米白色短裙、驼色细腰带，脚穿一双最不显臃肿的坡跟鞋。风一吹过，衬衫吹起，有如被视奸。我赶紧低头快速走出了猥琐大叔的视野，复又放慢了脚步。

终于，我磨磨蹭蹭走了半个小时之后，像个行尸走肉一样走到了记者站楼底下。

我打心底鄙视现在的自己，但我更不敢强迫自己面对现实。我像做贼一样，在记者站周边徘徊，就是不敢上楼。我害怕他出现在楼道里，更害怕奇迹再也不会出现。

又过了十多分钟，在五月夜风和内心煎熬的双重夹击之下，我终于挪到了房间。

钥匙插进钥匙孔，转一圈，再转一圈，门哼哼唧唧地开了——

寂静无声，一片漆黑。

他上次没收走的所有东西——他的内裤、衣服，曾经参加会议的采访证，甚至备用的袜子、枕巾，全都不见了，只剩下一串备用钥匙放在门口的鞋柜上。

这是一场美梦的休止，提醒我面对残酷的现实。

我手机突然响了，我像浑身通电一样打了个寒战，哆哆嗦嗦拿起手机。

　　韩站长发来一条短信，告诉我第二天陪他去采访一位政党的党首。我没有力气回，直接把衣服脱掉，躺在了床上。

　　我不知道该干什么，只好翻看我们的微信和短信。

　　我迫切地想向自己证明什么，固执地想把所有的留言全都看完，哪怕是一刀一刀的凌迟，却也是曾经刻骨铭心相爱的证明。我打开一听啤酒，边喝边哭，然后边往下看……

　　"你的表情就和90后一样。"

　　"你这是夸我呢还是骂我呢？"

　　"总之是好话。"

　　"帅哥都和你一样喜欢口是心非吗？"

　　"换了别的女人，我连跟她多说一句话都觉得多余。"

　　"就喜欢你言不由衷地说着言不及义的话。"

　　"就喜欢你把一件事情解读得那么复杂。"

　　"我听着《亲亲我的宝贝》，在电脑面前等了你半个小时，哭了……"

　　"刚采访回来，不哭不哭……"

　　"又敷衍我！"

　　"真是刚采访回来，马上视频哈。"

　　"那你去利比亚这么久，准备给我带啥礼物？"

　　"利比亚打仗呢！能有啥礼物啊……你想要啥？"

　　"我想要戒指。"

　　"那我给你买个利比亚产的易拉罐，把拉环送你，可爱吧？"

"拉黑了。"

"宝贝儿，今晚有空吗？"
"干吗？"
"申请跟你一块儿看电影。"
"申请通过，我还在外面采访，如果回去得早就看。"
"要不要叫上小陈和老袁？"
"哦，我刚想起来晚上要跟曲毳和关雎联网追剧。"
"哈哈，我错了宝贝儿。今晚朕好好爱你！"
"拉黑了88！"

　　第二天早上，灰姑娘的梦醒了，房间电话响了。我躺在床上盯着天花板，心开始咚咚咚狂跳，同时佯装镇定地等它响完。

　　记不起昨天夜里是什么时候睡着的。睡着之前，我在想会不会第二天早上起来就疯掉，或者直接抑郁？那样会不会就没有自我意识了？还记不记得我喜欢过他？而他看到我那个样子，会心疼，会歉疚，还是会觉得恶心……

　　房间电话一声一声地响着。我发现我的意识仍然清醒，还没有抑郁，只是心口有点一绞一绞地疼。

　　电话终于不响了，一切重归安静，除了窗外的乌鸦偶尔不合时宜的吵闹。

　　我突然想起，韩站长通知今天有个采访，可是我连起床的勇气也没有，好像一旦起床，以嘉航为名的残酷噩梦就会从四面八方向我撕咬过来。

手机这个时候接着响了。我抓着床单咬着后牙槽，静静地等它响完。

过了好长时间，终于一切都安静下来。

我起身准备到书桌前打开电脑，结果踢到了昨天喝剩的一听萨加拉啤酒，剩下的一点啤酒沫倒在地板上，找到了它们的自由。我懒得做任何事，只是自顾自连上音箱，点开一个文件夹的歌，是曾经和他一起听过的歌：

我想要这一种幸福，
不甘心被生活打败
我相信梦的存在……

等到最后都习惯了奢求
这梦想变成了幻想，
我还是学不会去放开……

我点开单曲循环，开大声音，躺回到床上。

从结束的尾音，又回到丁薇在开头的轻哼声。

我把音量猛地开到最大！镜子里的自己号啕大哭，五官错位。昨晚上没有爆发的，终于在这个时候爆发了。

世界崩塌了，压在我羸弱的肩膀上，我到处求救，嗓子喊哑了，就只剩哽咽。胃好像有共鸣一样，突突地疼。我忍着疼痛的胃，又躺回床上。

疼痛和虚脱纠缠着，头晕得几乎要昏厥。我闭上眼睛，感觉自己走进一个漆黑的甬道，每一扇门缝里都透出温暖的诱人亮光，每一间屋子里都有演不完的故事，就像一个不停回旋的木马，一个梦还没有破碎，一百个梦就接踵而至。

我推开一扇门，突然我被一阵风似的什么东西卷到床上，他躺在我身旁——是我们在一起的第一个晚上。

他略带羞涩地揽过我的肩，他眼睛里的我一览无余。他抱住我的肩，用他的胡子蹭着我的脸，他施以一个王子的吻，赦免我最灰暗的原罪。

是的，他的胡茬是我开门的钥匙。

他进入了我的身体，我的世界从寒冬里春暖花开。

我说，我疼。他吻着我的唇，说："嘉佳，喊我的名字！"

我不说疼了，一个声音从我身体里喊出来："嘉航！嘉航！"

疼痛达到了巅峰，我们的爱情也升华到了巅峰。

他伴着这巅峰，再一次抱紧了我的身体。

"还疼吗？"

"还……有一点儿。"

"嘉佳，我爱你。"

我还没来得及说出"嘉航，我也爱你"，我又被一阵风卷到了甬道里，刚才那扇门在我身后砰的一声关上。

我不由得用手环抱住我的身体，瑟缩地往前走，鬼使神差地推开另外一扇门。刚走进去，是我的房间，亮光消失了，我回到了那个停电的夜里，他来我房间和我重归于好。

我知道他是来和好之后，便开始肆无忌惮，先是埋怨他装鬼吓我，然后又开始装哭。

我装哭的演技骗了很多人，这一次也骗到了他。他有点不知所措，抱紧我说："不哭嘛，我陪着你，我今天晚上陪着你……"

"那明天呢？以后呢？"我仍然带着哭腔不依不饶。

"都陪着你，一辈子陪着你，啊。"

他抱我抱得更紧了，像是一种承诺。

还没等我好好感受他的温暖，我又被气流卷到另一个房间里。

我穿着旗袍却没有珠翠头饰，身处深宫却没有宫女服侍，旁边的各个角落盘坐着各式各样的颓废妇人：在冷宫里了。突然，四个精奇嬷嬷带着一套刑具缓步逼近，领头的那位嬷嬷满脸横肉，笑得我浑身发毛："这是乔主子今儿个赏下来的赏赐，请皇贵妃娘娘好好享用！"她特别强调了"皇贵妃"三个字，手上拿着的却是银针、烙铁和不知道是什么东西的彩色药丸，还有一叠加官纸。

我疯了似的大叫，可其他冷宫里窝着的各色人等像聋了似的充耳不闻。两位嬷嬷摁住我的身子，另一位嬷嬷把一根银针递到领头嬷嬷的手里，领头嬷嬷接过银针，细细摩挲，面露奸笑，眼看一根银针就要刺穿我的身体，突然宫门吱呀一声，皇上身边的太监小韩子用唐山话尖声喊着："冷宫端木氏跪接圣旨！"

我慌忙挣脱嬷嬷的束缚，跪在地上。

"冷宫端木氏，因犯上得咎，废入冷宫思过。今三年期已满，着迁出冷宫，复位皇贵妃，授金册金宝。钦此！"

我披头散发地抬起头来，眼泪还没来得及擦干，正欲接旨谢恩，突然传来一阵震天呼号——

　　安拉胡……阿克巴……

　　不知是谁踩下了延音踏板，唱经的广播声在整个城市里来回冲击着。

　　晌礼的唱经声午后一过必响，一下子拉回我的灵魂。我睡在一个人的房间里，镜子里是一张哭得一塌糊涂的脸。我知道这确是我的冷宫，我是嘉航的废妃，百转千回再难转圜了。我眼睛的堤坝修好了，《我想要这一种幸福》还在放着，我的胃疼着，更厉害了。

　　我昨晚喝大了酒，到现在还没吃东西。我穿上衣服，把冰箱里的奶拿出来，倒了半杯，在微波炉温了一下。

　　20秒，"叮"的一声。打开微波炉，喝了一大口。

　　胃里突然一阵绞痛，像是精奇嬷嬷用银针捅破肚皮，然后一通翻搅，撕扯我的肠胃。

　　我突然想起来，我们一起吃早餐的时候，嘉航从来都是在我喝牛奶前，先做佯怒状，拦下我的牛奶，喂我吃两口面包："热好了喝！"

　　我嘴里一口咸腥。我以为是把奶呕出来了，到马桶边上一吐，一口鲜血，红红的，艳艳的，喷到马桶里。像乔女红经常涂的一种艳红色色号的口红。

　　"空腹喝牛奶，很伤胃的。"熟悉的声音在耳边响起。

　　我一俯身，止不住又"哇——"地几口鲜血全都呕了出来。

五脏六腑像是被撕成了无数个碎片，每一块皮肉都翻了出来，裸露着在砂板上来回打磨。

意识涣散前的最后一刻，我看见有血溅在马桶盖上，一点一点，一片一片，像是一条白色围巾逐渐染上不规则的蕾丝花边。

消毒水的味道，右手上打着点滴，窗外有穿白色衣服的人来回走动。

我费了半天劲才确认，这次不再是做梦。我躺在一个单间的病床上，骨骼沉重，浑身酸痛。

我想坐起身来，结果胃里一阵刺痛。

正在我龇牙咧嘴的时候，关雎进了门，急速跑来，轻轻给我一个拥抱，手上提着刚买来的面包。

我才知道，那天吐血之后，我在埃及国际和平医院里昏迷了三天。

全麻诊断的结果是胃溃疡。

我握着她的手，只问了一句："我这几天都在做梦，好长的噩梦……我终于醒过来了。"

关雎说："有我在，没事的嘉佳。"她慢慢上了床，轻轻躺在我身边，跟我挤在一张床上。

我定定地看着她的眼睛，过了许久，像是怕惊扰了谁似的问她："嘉航，来过吗？"

关雎没说话。我忍住腹中的疼痛，差点哭了出来，又问了一遍："你说嘛。"

关雎咬住嘴唇，摸着我的脸，眼泪横淌了出来，流在苍白的、带着消毒水味道的枕头面儿上。

我笑出了声："我的泪还没流，你倒先替我流了。"

然后我干裂的嘴唇因为突然的过度拉伸裂开了，我的血流进了嘴里，咸得发涩。

我使劲吸了吸，舔了舔，咽到肚里，一滴不剩。

之后，我又输了两天液，开了几种药打包回家。几天时间里，我只给陈馨馨发了一张医院的照片和一段话：

"这么长时间，我一直在想，到底是哪个环节出了问题，最终让我们再也没有挽回的余地。如果我在生日宴的时候跟乔女红道歉，如果我在负气出走的时候没有进熊苏文的家门，如果我一早听了你的劝，事情会不会不一样？"

陈馨馨在那头宽慰我，不是我的错。可这句话，我听进脑子里，心里却像刀割一样难受。

除了跟关雎和曲鼍一起说点话，我大多数时间都在静静发呆。

韩站长、老袁和小陈都来看过，勉励我注意身体，继续革命。小陈也反常地一改他的八卦作风，绝口不提那个可能会让我的肠胃再度罢工的名字，只讲了两个冷笑话，就找了个借口匆匆离去。

我喝完了在医院的最后一口粥，下了床，结了账，默默地回到了站里的宿舍。

"实话告诉你，我们从高中就开始谈恋爱，我在大一的时候就把初夜给了嘉航！他是我的初恋，我也是他的初恋！他来埃及只不过是我们整个过程中的一点小摩擦！后来我也到了埃及，我们随时随地都可以重新开始，可你偏偏出现了，你乘虚而入，你说，你不是小三是什么？！"

乔女红的底牌

那天晚上，我"一跪成名"。

开罗的华人圈不大，那天晚上在中餐厅里的故事，辗转传遍了大半个华人圈。关于我和嘉航感情生活的始末，迅速成为人们茶余饭后的一大谈资，像野草一般在路边疯长。

乔女红无疑一早就知道了我此刻的惨状，而她也即将迎来盛大的卸任时刻。她或许已经笃定自己在回国之后与我不会再有丝毫瓜葛，于是在华人圈里尽情地放飞自我，用最漂亮的话诅咒她的假想敌。

在她编织的故事里，我扮演着一个人尽可夫的卑鄙女孩儿的角色，我在喜欢上嘉航后移情别恋，转投熊苏文，又在《震旦日报》高层李维柯来埃及考察的短短几天时间内攻下李维柯。而对于嘉航来说，我一开始是一个倒贴的可怜女孩儿，嘉航一开始就不喜欢我，是在我的威逼利诱之下勉强和我相处。结果我中途又朝秦暮楚，和熊苏文搞破鞋，辜负了嘉航，但是嘉航人好心善，原谅了我一次，可我还不知足，在第二次被嘉航捉奸在床后，终于让他认清了我的真面目，一刀两断，而我即使最终向嘉航下跪、承认错误，也于事无补。我是自作自受，咎由自取。

我能猜到，在《震旦日报》、远东通讯社那些驻埃及媒体，还有星芒、天铎公司那些年轻人口中不断丰满的段子里，我是怎样的面善心狠、玩弄感情，却又欲壑难填、意乱情迷。这也难怪，我也曾经从别人那里听过很多类似的传闻，而每当我在采访活动中和这些传闻的主人公相见的时候，总是不由得戴上有色眼镜去观察她们的一言一行，而她们却总以无畏的目光回应着所有的关切，以轻松的谈笑化解无形中的尴尬。

此刻我才发现，我之前戴着有色眼镜的目光是多么可鄙，而她们的承受力让我望尘莫及。此刻，就像过了午夜十二点的灰姑娘，我从梦中皇贵妃的宫殿回到了现实中洗脚婢的阴暗房间，不敢大声说话，不敢抬头走路。

度日如年。

我避免和嘉航的每一次会面。我跟韩站长说，我的身体愈后状况不大好，经常腹痛难忍，可能没法在办公室一直待着，请同事们有什么工作直接打我宿舍的电话或者我的手机。

没想到这种连我自己都难以信服的借口，韩站长却若无其事地答应下来，只是嘱咐我好好养身子。所以除了每周的例会，和采访前的准备，我基本上都躲在宿舍里。但在一栋楼里，怎么可能没有见面的机会？

就在我们彻底分手的第二周，我刚打开宿舍的门准备到附近的小超市买点东西，突然听到三层传来关门的声音。我的心毫无预警地怦怦跳了起来，我像做贼一样尽可能无声地缩在四层楼梯口的角落，静静听着三楼的动静。当时，我其实根本分不清那是小陈还是嘉航，可我就是莫名地恐惧、害怕。直到在楼梯口等了5分钟确认再没动静之后，我才慢吞吞地从楼梯走下楼。

就在这绝望和死寂中，我度过了一个人的儿童节，然后就是6月2日的端午节。韩站长派我参加当天使馆举办的"尼罗河国际龙舟节"活动。是个小活儿，我没法拒绝。我一早出发，到尼罗河边的比赛现场。

鼓声阵阵，呼声震天，千帆竞发，恍惚中我以为自己安安稳稳地待在国内，一切尼罗河畔的光与影、爱与罚，都没有发生过……直到我看见了化着大浓妆的乔女红，她正和《震旦日报》的几个记者聊什么聊得火热，结果一看到我，马上闭嘴，热情而大声地叫着我的名字。

等我不情愿地走近了，她们同我轻松絮叨着无关痛痒的话，可眼睛却用异样的目光扫射着我的脸、我的头发、我的包、我的身体。正当我想抽身离开的时候，乔女红突然问我一句："哎，嘉佳，你现在跟熊苏文怎么样了？"旁边《震旦日报》的刁心一听，"扑哧"一声笑了出来。

自从我和嘉航在餐厅分手以后，我再也没有回过熊苏文的任何微信，他给我打过几个电话，我既不挂断也不接听。后来，我们就再也没有联系了。

我猜想，举头三尺有神明，人类发展得越文明，报应就来得越快。我很想告诉她们，我在工作的几年时间里遇见过一些人，他们对子女千般宠爱，对老公百般体贴，却对同事无所不用其极，甚至对毫无利益冲突的同行或朋友落井下石、过河拆桥。我想，这些人的孩子在千般宠爱长大后，是不是也会变得面目可憎，或者无所不用其极地对付同事，或者被别人无所不用其极地去对付？

我最终没能说出口，我打心底里鄙视自己的懦弱。

砰——

发令枪响，决赛开始，我赶紧拍了几张远景，拍了几张使馆领导观看比赛的照片，便收了机器，坐在一棵椰枣树下，拿了张《金字塔报》铺着，自顾自地写稿，避开乔女红她们。

我终于知道为什么有人说人声鼎沸的去处才是最寂寞的所在。阳光越强烈，暗影就越浓重，鼓声、呼喊声、口哨声……巨大的嘈杂声包裹着自己，可乔女红刚才的话却一遍又一遍地在脑内循环，如同无时无刻不在的恐惧。对嘉航的恐惧，对乔女红的恐惧，对驻埃及国人的恐惧，对这个城市的恐惧，对世界的恐惧。我抬头，看不到满天神佛；俯身，看不到阎罗鬼判，于是这恐惧沁入骨髓，无法自拔。

终于等到出了比赛结果，我和使馆新闻处的人打了声招呼，背着相机包就准备撤。

突然一个声音喊住了我："端木嘉佳，你站住！"

我回头一看，是浓妆艳抹的乔女红。刚刚她羞辱我的伤口还没有愈合，我看见那张脸就想上去抽她，看见她的妆就想吐她一脸，但我害怕自己打不过她，再次被她羞辱，所以此刻我只能在原地气得发抖。

"干吗不说话？不认识我了？"

我决定三十六计走为上策，立马转头就走。

"你站住！端木嘉佳，我可怜你！你现在心里一定很难受吧！可惜你死都不知道怎么死的！你就不想知道我和嘉航之间发生过什么事？"

我的脚下灌了铅，走不动了。我的身子抖得厉害，我感觉自己要被这一切逼疯了！

"你说！你到底干了什么龌龊事！你给我说——清——

楚！"我用尽浑身力气冲她一字一顿地大吼，吼完之后我感觉自己气都快喘不上来了。

"看你那副气急败坏的样子，难怪嘉航会讨厌你。"

此刻的我既着急地想听到答案，又害怕她说出什么让我崩溃的故事。我眼冒金星，呼吸困难，感觉世界末日要来了。

"看你这副可怜的样子，我就大发慈悲地告诉你。我和嘉航是老乡，我们从小在一个学校读书，上高中的时候我就喜欢上他了。后来我为了他，跟他考了同一所大学。现在我也同样为了他，申请到我们单位的驻外机会，跟着他到了埃及。所以，你跟我，谁先谁后，你心里总有点数吧？"

原来如此！

怪不得他们两个人中间总有种我读不懂的气场，我原来还以为是自己胡思乱想，现在才明白，原来自己一直被蒙在鼓里！

"那你们……"我的声音已经开始颤抖。

"我们有没有在一起是吧？问得好！可我不告诉你。你给我跪下，我就告诉你。你不是喜欢给人下跪吗？"

我再也憋不住，冲上去就要给乔女红一个巴掌，没想到她闪身一躲，抓住我的手，然后用另一只手反手就给了我一巴掌！

嗡——

乔女红这一巴掌力道极大，我没站稳就摔在了地上。整个脑袋嗡嗡作响，整个身体濒临散架，战地格格已经变成被容嬷嬷整惨了的小燕子，乔女红站在我眼前，就像是威仪万千的皇后娘娘。

"怎么？还想打我？你不配！你这个插足我们感情的小三，

这一巴掌是给你的一点教训！"

"小三？？谁是小三？？我跟嘉航在一起生活了那么长时间，你难道就不清楚？？我爱他，他也爱我！"

"你放屁！你口口声声说他爱你，你还到处给他戴绿帽子，你这个贱人不配爱他！"

"我没有！都是别人捕风捉影！"

"这位同学，这些细节你跟我说也没有用，我不关心，也不在乎。我只希望你这个小三以后离嘉航远一点，不要再去打扰他的生活！就是因为你死缠烂打，他才一时糊涂跟你在一起！结果你看看你把他折腾得有多惨！"

"你居然说我是小三？！那都是误会！都是别人陷害！我不愿意离开他！我就是想跟他在一起，就是想跟他一辈子！"我觉得自己已经百口莫辩，我声嘶力竭地冲乔女红吼着，我想告诉全世界我没有做对不起嘉航的事！

"一辈子？你跟他认识才多长时间？实话告诉你，我们从高中就开始谈恋爱，我在大一的时候就把初夜给了嘉航！他是我的初恋，我也是他的初恋！他来埃及只不过是我们整个过程中的一点小摩擦！后来我也到了埃及，我们随时随地都可以重新开始，可你偏偏出现了，你乘虚而入，你说你不是小三是什么？！你不是小三是什么？！你是我见过的最不要脸的女人！你这个贱人！"

"你跟嘉航分手了，难道他就不能跟别人在一起？你才是卑鄙无耻的那一个！嘉航肯定就是因为厌倦你才来了埃及！"

"厌倦？你根本不了解他，他最不喜欢的就是你这种任性撒娇有公主病还自以为是的小女生！我从知道你们在一起的那个时候，我就跟嘉航说，你们迟早有一天会分手，我就等着这一天到来！结果你猜怎么着，他当时就笑了笑，跟我说了一句话：'那你就等着吧。'"

嘉航让乔女红坐等我们分手？！

我再也受不了她的话，冲着尼罗河大喊："我不听！嘉航！你害我害得好苦！啊——"然后就趴在地上痛苦抽噎起来。

乔女红犹嫌不足，对着我捂住的耳朵大声吼着："你现在都知道了吧！可惜你一点也不值得同情！你也不用在这里装模作样，没有人会可怜你！赶紧滚回你们记者站吧，省得在这里丢人现眼！"

乔女红一边说着，一边扬长而去。这一局我败得奇惨无比，恨不得找个地洞钻进去再也不出来。可惜这一次，我再也没法靠在嘉航怀里，细细舔舐我的伤口……

落跑少女

端午节之后，紧接着就是韩站长心心念念的又一个节点：6月3日，埃及最高总统选举委员会宣布，前军方领导人阿卜杜勒·法塔赫·塞西以96.91%的得票率战胜对手左翼政治家哈姆丁·萨巴希，赢得总统选举。这是一个毫无悬念的选举结果。同时，我们也得知，塞西将于8日上午在最高宪法法院宣誓就职。

端午节那天一整个晚上，我一直在给自己做心理建设，告诉自己一切都只是乔女红的意淫，都是为了气我报复我才跟我这么说的，但凡有一丝机会，我一定要跟嘉航问个明白。

3日晚上开例会的时候，我看见嘉航，满脑子又在回想这件事。韩站长一边吞云吐雾一边指点江山："8号宣誓就职的报道是一个重大节点性报道，现场、深度和新媒体都要有，梦溪留在站里机动、编辑新媒体，晓晓、嘉航、嘉佳三人到前线报道。要注意现场的突发事件。"

这句话就像当头一棒，我低着的头猛地抬了起来。小陈摆出平时那副不置可否的表情，嘉航神色平静，而我心里五味杂陈。

散了会，我留到最后，尴尬地问韩站长："站长，明天的采访我能不能不去？"

韩站长像是看一个怪人一样看着我："嘉佳，你觉得你能不能不去？"韩站长不答反问。

我一时语塞。领导如果不喜欢你提的问题的时候，就会反问你，以示你的问题有多么愚蠢。

韩站长看着我一脸呆样，突然说："你来我的办公室一下。"

到了韩站长办公室，韩站长让我坐。我推辞没坐，准备站着聆听他的训示。

韩站长说："我以前当记者的时候，《叻报》还不像现在这么没落。那会儿专业不多，学新闻被认为是一件很体面的事情，能当上《叻报》这个国家大报的记者，更是很多人的理想。当时我们入职的时候，刚从大学的书本堆中走出来，没真正写过像样的稿子，因此觉得每一个老师身上都透着一种威严，自己的稿子交到老师手里修改时就感觉像是过堂。所以我们非常认真，早晨先来办公室，暖壶里打满水，擦好办公桌，然后就赶紧赶到采访的地方采访。有时候采访挖不到有料的新闻，我们着急啊，揪着采访对象就是不肯撒手。结果一天下来，自己饿着肚子，采访对象也饿着肚子，可我们也感觉不到饿，稿子比肚子事儿大。回到了办公室，又得赶紧赶稿子。标题怎么起？导语怎么起？背景怎么加？数据去哪儿核实？都得想得门儿清，因为你一旦哪个地方想钻空子，老师眼珠子一转就能看出来，然后臭骂你一顿，让你回老家种地。"

我静静听着，手心里有点出汗。

韩站长接着说："那会儿老师们常说，师父领进门，修行在个人。老师不会主动指导我们，我们就往老师跟前凑。老师对我们的每一次指点，我们都当成金口玉言似的反复琢磨，好用在以后的稿子里。那时候我们每个人都很勤奋，生怕被老师划为不合格的那一类，那感觉就像是'文革'时被划成右派一样可怕。那会儿没有现在这么多论坛、沙龙，都是人家的内部会，或者根本就没有啥人跟你发布新闻，但是只要得知有跟你跑口相关的活动，就像是逮着便宜似的，哪怕发不了稿子，也要去转一转，掌握一下行业领域最新的消息动态。那会儿没有电脑，每一篇稿子都是实打实的原创。那会儿没有互联网，你自己就是自己的互联网。"

我静静听着，觉得自己头顶已经冒烟了。

韩站长接着又说："所以你刚才问我那个问题，你让我怎么回答？现场采访的活儿，放在我们那会儿是所有人都求之不得的机会。如果你因为其他不相关的事情而把这种机会耽误了，你觉得你还是一名合格的记者吗？"说完，韩站长随手拿起一张报纸埋头看报，不再理我。

韩站长的身影此刻逆着光，竟让我感到他高大阴影背后有种无形的压迫感向我袭来。

我一步一挪走回自己的房间，脑海里回想着韩站长刚才的话："稿子比肚子事儿大""那会儿没有互联网，你自己就是自己的互联网"……

的确，在中东一线，现场报道就意味着一切。即使是嘉航再无情，乔女红再心机，小陈再犯懒，遇到这种重大事件，他们都不会跟领导提出我这样的问题。

我心里突然想到一件事：尽管自己不愿意承认，尽管谁也没有对我提起，但在这个记者站里，自己似乎已经成了一个可有可无的存在。

的确，目前记者站里每个人的位置已经非常明确了。

老袁因为在国内已经参与过很多重大报道，而且在埃及动荡前期把报道搞得有声有色，所以他现在发扬风格，主动把外采的机会让给我们，这也是韩站长赞许的；小陈的精力更多放在行政、后勤、对外协调以及杂务方面，在很多时候是站里不可或缺的管家角色，虽然有时候当着韩站长的面抱怨，但关键时候不会掉链子，韩站长明白少不了他，凡事也多忍让些；嘉航则是摄影摄像的一把好手，既专业又尽责，业务能力没得说，关键还不抱怨。

反观我自己，韩站长在我刚来的时候，确实想要把我包装成深度和调研报道的一把好手，但一年多下来，虽然重大报道几乎都参与其中，但我自己都觉得还是欠点火候，用老编辑的话说，就是还得好好历练历练。至于原因，我今天才突然想明白：原来我始终没有把工作放在第一位，我的整个人一直都像是被感情控制的牵线木偶，我为了一段或许本就不属于我的感情撞得头破血流，而独独没有想过自己的职业规划和工作目标。

事到如今，我却一无所得。是该做点什么的时候了。

我猛然间想起了乔女红抽我的那个巴掌，内心刚刚涌起的干劲又被浇灭了大半。我突然明白乔女红为什么瞧不起我。她对我嗤之以鼻，是因为她站在一线采访的制高点了。她因为冲进军警清场现场而导致光荣负伤小腿肿胀，我却因为害怕跟嘉航一起采访而临阵脱逃向领导请假。我现在浑浑噩噩的样子，自己都瞧不起自己。

6月8日一早，我卡着时间来到地库，发现小陈和嘉航已经在车里等着，嘉航驾驶、小陈副驾。

我坐上车以后，嘉航像一个忠诚的司机，一言不发，手一转，车一发动，冲出地库，奔向现场。

车窗外的建筑一排排地倒退，今天的开罗格外热闹，更加显得车里有如绝谷般的沉默。我一肚子的问题没办法问出口，只能蜷缩在后排默默刷着手机，偶尔抬头看一下车窗外的风景，然后用眼角余光瞥一眼开车的嘉航。

我在住院那两天的时候听关雎说，我昏倒的那天晚上，嘉航回到记者站后给她打了电话，说让她去陪陪我，谁知道关雎打我电话打不通，后来干脆赶来记者站，发现敲我门也没人应，迫不得已找到了嘉航，可嘉航原来手里的备用钥匙也早就物归原主。

最后没办法，他俩在岛上辗转半天找了一个开锁匠，花了十美元，开了锁——

卫生间里有一小滩血泊，我昏倒在地，不省人事。

我不知道嘉航的提醒是否只是出于人道主义的怜悯。但我也无法想象，如果嘉航没有告诉关睢，或者关睢没有来，这一切会是怎样的后果。

在最高宪法法院，矮个子将军塞西进行宣誓。

宣誓就职仪式结束后，我们跟在塞西车队后面，前往总统府出席总统就职典礼。

在就职典礼上，塞西发表演讲。他强调，这是"历史性的一刻"，是埃及历史上第一次实现总统权力和平地从一位总统移交给另一位总统。

我看着这位讲着埃及土话的总统，莫名觉得有些可笑。塞西和我第一次见到他时一样，总是喜欢把自己矮胖的身躯塞进那套军队标准制服里，把自己打扮成一个盛大节日里穿错衣服的小丑，说着逗趣的话。

塞西还在滔滔不绝，他永远忘不了向别的国家讨要更多钱财："埃及拥有巨大的投资潜力，我们将弥补所失去的，建立一个拥有更好未来的国家。"似曾相识的话，如今只是换了一张嘴说而已。

总统府外，一些塞西的支持者手拿着政治正确的标语，聚集在一起洋溢着喜悦的笑容，一派安定祥和的良好氛围。正在四处拍摄的嘉航此刻走到我和小陈这边，冷静而专业地跟我们说："刚接到一个朋友的电话，解放广场那边聚集了很多人，咱们现在过去吧。"

他的口气一点也不像是在征求意见，更像是陈述事实。我和小陈互相看了一眼，小陈点头说好，我只尴尬地"哦"了一声，而这一声从我的喉咙发出以后让气氛更加尴尬。

一路有各色老旧汽车横冲直撞，我们左右腾挪花了近一个小时才到达解放广场。

昨日重现，像是一部看了无数遍的电影在重演：混乱无序的交通，已经几乎秃了的肮脏草坪，四处飘扬的埃及国旗……我发现我的心跳突然有点加速，胸口憋闷得紧。我蓦地想起我和嘉航还在一起的日子里，偶尔身体不舒服的时候，我会从副驾驶的座位上慢慢凑到他身边，然后轻轻靠在他的肩膀上，弱弱地吹着他的耳朵："我能不能在车上等你？"这个时候，嘉航总会皱起眉头，侧过头看我一眼，我极速转变为楚楚可怜状，抿着嘴唇低着头，再偷眼瞧着他。我知道嘉航会同意的。他嗔怪的表情已经同意我了。

解放广场的人越聚越多，劣质香水味、狐臭味和各种浑浊的气味一起向我扑来，我和小陈使出浑身解数抓紧采访看上去靠谱的庆祝者。

如山如海的欢腾的海洋，于我而言却是如山如海的寂寞。

就在我和小陈寻觅下一个采访对象的时候，突然有一个壮男从背后偷袭我的屁股，我大叫一声，小陈见自己着实打不过那个壮汉，立马骂了两句，抓住我转头就跑。

即使是在平时，我走在马路上的时候，也会有埃及大叔一边跟我吹口哨一边喊"Sinee！（中国人！）"，更何况这里是解放广场。几个年轻人看着小陈拉着我仓皇逃窜的身影，故意挡住我们的路，跟我们开起不着边际的玩笑。

"小孩儿，你把别人的老婆拐跑了吧？"他们跟小陈说。

小陈闻言，明显迟疑了一下，但马上反应过来，对骂回去，继续拉着我往前跑。

我像是被这句话击中了一样，突然甩开小陈的手，朝相反的方向跑出去。解放广场上的国旗此刻又飘起来了。刚好就是一年以前，穆尔西被"逼宫"的时候，在这个地方，我被这场面震住而濒临崩溃，是嘉航四处找我，为了我和埃及壮男干架，我在回程的车里躺在他腿上的时候，是我最幸福的叫候。哪怕后来我们真正在一起，那个绝望中带给我希望的瞬间，我一直认为是我生命中无可替代的瞬间。

可惜，今时今日，那个瞬间连同那个人，无论我怎么哀求怎么追悔，都再也回不去了。

我再也不能忍受拥挤的人群，再也不能忍受痛苦的回忆，再也不能忍受狼狈的经历，我环顾四周，找到最容易突破的一个缺口，狂叫一声"Get away！（走开！）"然后趁周围的人们愣神的工夫，铆足劲儿往人墙里一撞，冲出了这如山如海的寂寞。

人们看到一个异国的少女，背着一架相机在人群中奔跑，一边跑一边哭。当年曾于万千人中被他选中的这位少女，就在这昏天黑地的恸哭中，独自度过了万千人沸腾的胜利日。

"听说……你要走了？"

"你知道吧？嘉航要去欧洲了。"小陈不经意的一句话，让我如遭雷劈！

"去欧洲？！去欧洲驻外？"

"你这么激动干吗……"

"他直接从埃及过去吗？"

"可能先回北京休息一下吧，然后从北京过去。"

"……什么时候走？"

"你看你问来问去……下周走。"

下周就走？我的大脑还没消化完这个信息，浑身已经开始紧张起来，就好像我的大脑还没决定，我的身体已经预感到我又要做一件愚蠢的事出来。

我的头在疼。

我清楚地感觉到，我的大脑里有一根弦，一根绷得很紧的弦。

起初，我没有感觉到它的存在，直到生日会上我和嘉航第一次感情危机，我察觉到这根弦的存在，一如察觉到我们感情中埋藏已久的伏笔。随着一天天的日升月沉，这根弦在一天天地绷紧，越来越紧。

到了眼下，我的尊严被他踩在脚底，在他面前再无重见天日的可能，我们的感情大厦轰然崩塌，被乔女红贬斥得一文不值，只剩下这根弦，连着我怦怦跳动的心，连着我依旧脆弱的胃，连着我濒临崩溃的神经。

我在心里一遍又一遍地跟自己说：端木嘉佳，这是最后的唯一机会，你必须确认一个信号，甚至可以为自己当了小三的事情向嘉航道个歉。

这天采访完时间还早，我决定实施这件大事。

我越走近报社记者站，就越感到浑身颤抖。这颤抖就像小时候上体育课前没来由的紧张，当众演讲前筛糠似的哆嗦，还有工作以后面见大领导时的故作轻松，无可避免，无处逃脱。

进楼，上楼梯，进办公室。只有老袁在。他一眼就看到了我望向办公室里复杂的眼神，说"回来了"，然后停了停又说："嘉航一早就出去办事了。"我冲老袁微笑了一下，坐在座位上默默地写稿。

我心不在焉地弄了一个半小时，意识回来的时候发现只敲出来几行字。老袁回屋里做饭去了，办公室剩我一个人，肚子开始因为紧张和饥饿而痉挛。我在心里想：嘉航应该办事快回来了吧。我应该还有跟他告别和道歉的权利吧。只要我在这里一直等下去，我们会不会还能见上最后一面？我还能好好跟他说两句话？或者……我还能好好地在他走那天跟他告个别？

我仍然在给自己做心理建设，强迫自己颤抖着坐在座位上，等待最后的宣判。

哪怕只是一个死缓，对此刻的我来说，都有如极乐世界般的幸福。

哪怕只是一个死缓，不是有期徒刑，不是无期徒刑，只是死缓而已，我求你了。

我的右手握着鼠标，一遍一遍地打开、关闭一篇篇稿件，一遍一遍地刷新桌面，我的大脑却一片空白。

突然，办公室外传来了脚步声，咚——咚——咚……

是嘉航！

脚步声越来越近，此刻我的世界都停止了，只有我的心以极快的速度又疼又痒地跳着。

还没等我准备好脸上的表情，还没等我调整好呼吸，嘉航出现在了办公室门口，我的鼻子猛地一阵酸楚。

他的眼睛漠然扫了一下办公室，好像没有发现我一样，然后自顾自地走到了他的座位上，放下包，卸下相机，拉开抽屉，拿出几张纸，然后再挎上包，转身就要离开。

我的整颗心好像被扔进了地狱！

嘉航，你知道我有多不容易才等到你！

只剩几步路，我只求一个死缓的答案！

"嘉航！"我叫了出来。声音由于颤抖，产生一种诡异的音调。我恨不得给自己一个巴掌。

他停下了脚步，没有动，没有转身。

"听说……你要走了，是吗？"我尽量用平稳的语调问他，像是在询问今天的天气。

他沉默，慢慢转身，眼神终于看向我，然后朝我抬起一只手，阻止我再问下去，眼神冷漠而……反感。

他清楚地让我感受到他的反感，甚至憎恶。

然后转身离开，头也不回。

我连再多说一个字的勇气也没有了。

"啪"的一声脆响，我大脑里的那一根弦，断了。

经脉尽断，修为尽毁。

连宣判的程序都没有，此刻，我已直接被执行死刑。

这或许就是一个妄图翻身逆袭的冷宫洗脚婢，最终的宿命。

摔出点响动

那天，是周六的清晨，休息日，没有游行，没有会议，没有采访，适合远行。

嘉航是上午8点30分的飞机，飞往北京，然后在北京休完一个月的假之后，转往布鲁塞尔的欧洲中心记者站。

前一夜，我一整个晚上没有睡着。枕头由湿变干，泪也早就流完，我半闭着眼睛，睡不着也醒不来，感受着窗外从漆黑到破晓，枯等着7点、8点的时光一点一点地流走，浑身气力一分一分地消逝。

这是我认识嘉航以后最灰暗的一天。那一整天我都躺在床上，我的心口有濒死的绝望感。韩站长、老袁和小陈他们或许去机场送行，回来需要休息一下，或许觉得实在不必在这个时候在我伤口上撒盐，所以这一栋楼里的我和他们三人，彼此失联了一天。

妈妈恰巧在这个时候发来了微信："嘉佳，最近几天有没有出去采访？"我鼻子一酸，不忍心把我现在的窘况告诉妈妈。此时，韩站长规劝的话又在耳边响起，我突然意识到，我终于彻彻底底是一个人了。我不能再依靠别人的保护，也不需要别人的可怜，即使成了别人眼里的破落户格格，即使是破罐子破摔，也要摔出点响动来。

嘉航走的第二周，我跟韩站长报了选题，说想出去跑一跑。

在报题的时候，韩站长好像猛然想到什么似的说："对啊，嘉佳，你也快要卸任了，得留下点东西啊。"

我终于也到了每一个驻外记者最期待却也最纠结的卸任时刻。而此刻，我能想起来的，只是一次又一次不愉快的采访经历。韩站长之前说的那番话又在我脑子里转了几个来回，我想我必须做最后的尝试，一位战地格格不应该如此悲惨地收场。

我跟韩站长报的选题是，巴沙尔政权将走向何方。

没错，我想去一趟真正的战地：叙利亚。除了韩站长，我还没有跟任何人说，包括我爸妈。他们对于电视里出现的所谓"百万人大游行"的情节已经看得心惊胆战，更不用说叙利亚这种真正在打仗的地方。

我唯一的安慰是，报社在叙利亚有驻点，一位叫褚春波的记者在叙利亚常驻，可以跟他一起配合做一组深度稿。

"做叙利亚？不错啊！说说你是怎么考虑的。"韩站长一瞬间把我带入了浓厚的业务讨论的结果。

在我和嘉航的这件事情上，我从心里感激韩站长。或许归因于他对年轻人情感问题的迟钝，或许归因于他察知我一个女孩子驻外的不易，或许只是因为我们终究也没有闹出什么大乱子，他从始至终采取的都是一种超然的态度，只是偶尔开开玩笑，调侃两句，点到为止。而自从我和嘉航彻底分手以后，韩站长对我在工作上的要求明显严了起来，对我写的一些重头稿件还提出不少修改意见，让我完善改进。我把这理解为韩站长对我的一种关心，和希望我在工作上重新振作的要求。

我愣了愣神，跟韩站长一本正经地解释："叙利亚从2011年乱了之后一直就是媒体关注的焦点。今年以来，叙利亚内战已经进入白热化阶段，虽然在俄罗斯和美国的斡旋之下，叙利亚的化学武器事件[①]最终和平解决，成功实现了'化武换和平'，避免了美国的军事打击，但政治进程依然缓慢，和平的曙光依然渺茫，眼下总统选举已经结束，西方——"

"你对局势的走向有什么判断？"韩站长打断了我。

"我觉得巴沙尔退位的可能性比较小。从军事进展上来看，目前叙利亚政府还掌握着以大马士革为中心的南部地区和以拉塔基亚为中心的北部地区两大阵地，这两大阵地是政府军的两大堡垒。目前，叙利亚的反对派虽然展开了好几轮攻势，在多个战区展开进攻，但是并没有什么值得一提的重大进展，而政府军则宣称在多个地方对反对派武装进行了压制。所以，巴沙尔目前应该没有到落败的地步。从政治进程上讲，这次总统选举的结局丝毫

---

① 叙利亚化学武器事件是 2013 年 8 月 21 日发生在叙利亚首都大马士革东部郊区的化学武器袭击事件。事件最早由叙利亚反对派披露，称叙利亚政府军当天向这一地区发射了含有化学武器的火箭弹。叙利亚人权观察组织表示至少有 322 人死亡，其中包括 46 名反对派士兵，其余都是包括许多儿童在内的平民；叙利亚反对派"地方协调委员会"表示有 1300 多人遇难。遇害者症状包括昏迷、鼻子和嘴喷涌白沫、瞳孔收缩、呼吸困难等。叙利亚政府军和反对派互相指责对方制造了这起袭击事件。美国随后发表声明，声称叙利亚政府越过了"红线"，考虑对叙利亚政府实施军事打击。后来在俄罗斯的斡旋下，俄罗斯和美国于 9 月 14 日就销毁叙利亚化学武器问题达成协议。根据协议，叙利亚政府应向禁止化学武器组织提交该国全部化学武器清单，并在第二年年中之前全部销毁或者转移该国化学武器，从而避免遭受美国的军事打击。

不出人们所料，巴沙尔顺利连选连任，虽然西方一片反对声音，但是不会改变巴沙尔政权在叙利亚仍旧坚挺的事实。"

"那你觉得政治和解的前景怎么样？"

"我觉得现在最大的问题就是各大玩家都把叙利亚的政治和解进程当作外交的筹码，很多势力不希望叙利亚问题得到真正解决，所以由此而产生一轮又一轮的拉锯，但是叙利亚的状况越来越恶化却是一个不争的事实。我的感觉是以后会出现一个类似于之前叙利亚化学武器事件的临界点，然后全力促使各方把政治进程再往前推进一步。到了现在这个阶段，只要往前一步就是胜利，就能避免更多无辜百姓的死亡。"我暗自庆幸自己做好了功课，这个时候才可以在韩站长面前娓娓道来。

"那你今天列一个报道策划，列好了给我看，我报到总社。"韩站长对我的看法还算满意。

我转身回到我的办公室，内心升腾起一股无形的气息，心情好像也跟着好了起来。上天总算还没彻底抛弃我，这次机会我无论如何都要抓住。

微信沟通起来不方便，我直接给褚春波打国际长途，询问当前局势。

可能是叙利亚通信状况比较差，我给褚春波打了20多次电话才接通。褚春波在电话那头主要强调了两件事：第一，虽然眼下巴沙尔政权没有西方说的那么惨，但是政府军和反对派真正的实力对比实在不清楚，下一步的局势走向不好判断；第二，首都大马士革开始发生迫击炮袭击、自杀式爆炸袭击、绑架暗杀等恶性事件，安全问题确实不小，而且分社眼下只有一套防弹衣，暗示我不要贸然犯险。

我在电话这头狠狠地翻了一个白眼。我想，我一个被抛弃的冷宫格格，眼下是我能想到的唯一翻身做主的机会，怎么会被你两下忽悠就轻易放过？

我嘴上说，好的，我再想想，谢谢褚老师。

这天下午，我拿着一份为期半个月的报道策划，再次敲开了韩站长办公室的门。

应声进门时，韩站长正躺在老板椅上，一手刷着手机一手抽着烟，双脚搭在办公桌上的一叠文件上面。

韩站长把脚放了下来，端坐好之后，我双手呈上报道策划，等待韩站长按照他的惯例提出修改意见。

策划里主要分了三个部分，分别是日常报道、现场报道、调研报道。除了跟踪战事进展、政治谈判进程，还计划至少去大马士革郊区和外省的两处交战前线。除此之外还打算采访几位官员和专家，对叙利亚战事的进展、解决方案做深度报道。如果还有余力，就做一个见闻类的稿件，采访一两个当地的民众。

韩站长补充说："总体上还行。你去的时候应该是巴沙尔宣誓就职的时候，那个节点也要抓住。"韩站长遇事必谈"节点"，虽然听上去有点功利主义，但我不得不承认，这是提高报道能见度和影响力的有效途径。

"你还有什么别的想法？"

"哦，就是我觉得一个人去可能有点势单力薄，我申请叫上帕拉丁一起，互相有个照应。"帕拉丁自从上次从小黑屋放出来，又给他办了记者证，工作比以前更积极，韩站长如获至宝，但就是没怎么给他涨工资。这次出差，他好歹也能多挣点补助。

韩站长沉吟片刻，然后同意，又说："你们从库里拿两套防弹衣吧，回来的时候就别带了，放在褚春波那里，他跟我说他们防弹衣不够，又没地方买。"

我满口答应。

"其他没什么了，只有一点，宁可报道上有什么遗憾，千万不要以身犯险，一定要注意安全！能平安回来，就是最大的胜利。"

就这样，我离开韩站长的办公室，踏上了一条战地生死路。

当下，是一个人所拥有的一切，只有这个东西，是真正归我所有。其余的一切，都是片刻的欢愉或苦痛，转眼间就跑到似水流年里面，再也回不了头了。

民主与自由的牢笼

一百年后，西方的史学家们会这样描述战火中的大马士革：这里曾经是东方巴黎、上古之城，而今满面尘土风霜；这里人们的血脉中曾流淌着两河流域传承而来的高贵与骄矜，而今却在饥寒交迫和暴政统治之下沦为乞丐和难民。一国总统巴沙尔像是被围困在金色牢笼里的一只金丝雀，吟咏着民主与自由的歌喉，而在这牢笼周围，处处是反对黑暗和独裁的声音。巴沙尔四周匍匐着一群阿拉维派穆斯林的忠仆，他们在金色牢笼的周围盖上一层天堂般的华丽锦缎，吹嘘着这牢笼的固若金汤，而在此时，反对者们手中的火把已经烧到锦缎上的流苏。

7月1日中午12点半，门可罗雀的大马士革机场迎来了当天的第一班飞机。

这是从繁忙而嘈杂的开罗国际机场起飞的飞机，它在出发的时候，和别的飞机一样，经历了冗长的安检，只是乘客等待的时间似乎比别的飞机更加漫长。直到我们从机场跑道登上舷梯的时候，工作人员还在最后检查一遍乘客的护照和机票信息。

经过三个半小时的平稳飞行，飞机抵达大马士革国际机场，机舱响起一阵掌声，坐在我身边的帕拉丁从睡梦中醒来，百无聊赖地瞟一眼外面，然后敷衍地拍着巴掌，他甚至没有心思看一眼我脸上的表情变化。如果他注意到这个细节的话就会发现，我脸部的肌肉因为紧张而略显僵硬，而心脏还有些怦怦跳，像是急着见证真正的战地长什么样子，却又不敢跳出去一样难受。

等到从机上下来，大马士革国际机场的残破更让我印证了自己的印象：到达大厅的落地玻璃已经有很多块被冲击波震碎，有的在地下散落一地，有的还狰狞着在玻璃框上苟延残喘，好像下一刻就要砸向地面。停车场外的围墙上到处都是弹孔的凹痕，有的围墙甚至已如残垣断壁。你无法猜测这里在什么时候经历了一场枪战。

等待，是战地最稀松平常的节奏。出关的时候，又是一次一个多小时的漫长等待。终于办好入境手续后，我们和叙利亚记者站的褚春波、雇员穆斯塔法在出口处见了面。我原以为有着这样一个传统名字的褚老师是一位前辈，没想到他只比我大了三四岁，却故作老成持重的样子，我只得按捺住心里生出的几分不爽。

穆斯塔法倒是绅士地帮我们拿行李，然后向我们介绍机场的情况：从大马士革城区到机场的这条机场路，其中有一段是反对派"叙利亚自由军"和极端组织"伊斯兰国"占领的区域，偶尔还会和政府军爆发枪战，所以危险系数很大，很多人——比如褚春波——入境时，就会选择先坐飞机到邻近的黎巴嫩首都贝鲁特，然后从贝鲁特走陆路到大马士革，可以避免机场路的一段致命邂逅。

但穆斯塔法也告诉我们，陆路似乎也没那么好走了，因为现在有很多叙利亚的居民开始频繁出境到黎巴嫩购买境内买不到的日用品，无形中增加了安全隐患，所以黎巴嫩部队不得不在贝鲁特到大马士革沿线增设大大小小的检查站，一路走走停停，十分不便，而且即使是在这样严的安检措施下，路上的炸弹袭击和枪战还是时有发生。

而我们选择坐飞机的原因很简单：帕拉丁觉得一趟飞机而已，没有想象中那么危险，而我则是厌恶从开罗转到贝鲁特再转到大马士革的一波三折。

这是我和帕拉丁第一次单独出差。起初我还担心，他这样一个大男子主义又有点不解风情的埃及老粗会让这次差旅成为一次失败、纠结、闹心的回忆，给我失败的爱情再送上一份厚礼，但此刻的帕拉丁却处处散发出一个阿拉伯男人那种在逆境中随遇而安、波澜不惊的气息，无形中也让我镇定了不少。这是后话。

从机场到城区的路上几乎不见什么人影。正走着，有一段道路的两旁被密林覆盖，穆斯塔法踩足了油门飞驰而过，我们心里知道这一段就是反对派活动密集的区域，只是当时除了风卷着密林呜咽，什么也没有发生。

到了市区以后，车速渐渐放缓，到了一个貌似环路出入口的地方，居然堵了起来！这哪儿像是在打仗啊！穆斯塔法在一旁主动担当起解说员："别看叙利亚现在内乱严重，但是大马士革的城区总体还是相对安全的，另外城区的各个重要路口也增设了很多检查站，限制了来往车流，所以导致堵车的情况。"

我和帕拉丁对视了一眼，哭笑不得。战火在把这样一个国家一点一点蚕食的同时，竟然又在另一个维度给予这个国家别样的战地奇观。此刻，我们正以自己的血肉之躯见证着这奇观。

下了环路，又转了几个路口，我们经过一个检查站。穿着迷彩服的叙利亚兵哥哥扛着长枪走上前来，问我们有何贵干。只见褚春波端坐不动，铿锵有力地蹦出两个词："Sifara as-Sinee！

（中国使馆！）"兵哥哥一个敬礼，打开路障让我们过去。褚春波对上我颇为惊讶的眼神，颇为得意地跟我们解释："叙利亚内战爆发以后，由于中国政府在叙利亚问题上主张和平解决的立场，让中国的形象在叙利亚民众间升高了好几个量级。叙利亚政府也把中国奉为上宾，连带着我们这些中国驻叙人员说话办事也多了几分底气。"

　　记者站设在大马士革市中心南部的使馆区，其实就是租赁了一位叙利亚退休外交官的两层小洋房。第一层用来办公，第二层是褚春波的住处。我和帕拉丁就住在记者站旁边的一个挂牌"三星级"的罗塔娜酒店。

　　进了房间，我放下行李，发了一条朋友圈，给韩站长发了一条微信报告情况，然后开始发呆。床铺看上去很干净，但是墙上油画框的涂漆已经有明显的剥落。我看着斑驳的画框，突然内心涌出浓浓的无力感。叙利亚像是撒旦手中的牵线木偶，叙利亚人则是西方政客眼中死不足惜的平民百姓。我能做什么？又能改变什么呢？我不也是突入乱世的一粒微尘吗？

　　韩站长这时给我发来了微信："很好，就按你的策划开始实施吧，有什么事情可以多问问褚春波和记者站的雇员。嘉佳，你这么优秀，一定能出色完成这次报道。只要你相信，就可以。注意安全。"

　　韩站长罕见的关怀备至让我觉得不大适应，接着这不适应又让我的眼眶酸胀了起来，但我怀疑这似乎和韩站长的关心关系不大。我此刻确信，除了褚春波能够给予的有限支持，我必须带着帕拉丁开始战斗了。我们刚刚起步，初来乍到，我们在叙利亚有着无限的可能。

脑海中莫名回响起《我们走在大路上》的铿锵旋律，我俯身栽在床上，哇哇乱叫，然后清清嗓子，快速起身，敲门进到帕拉丁的房间，跟他详细讲解了一下我的策划——

第一，我们可以花一两天的时间做一条体验式的新媒体稿，题目就先定为《真正的战火是什么样子？》，主要通过图片和视频来展现叙利亚的现状。

第二，我们大概花一两天的时间采访民众，一方面可以问一问民众对巴沙尔再次当选总统的态度，另一方面也可以问问他们目前的生存现状和困难，还有他们对未来的想法。

第三，我们可以请军方带我们去几个比较热点的前线战区，了解目前战事的进展、政府军的作战情况，拍一下前线究竟是什么样子。

第四，如果有可能的话，我们还可以找一个有代表性的家庭，和他们聊一聊战争给他们带来什么改变，比如说有没有家庭成员被充军，有没有人被极端组织绑架，失业以后怎么谋生，孩子没有学上怎么办。

第五，我们可以策划一个跟其他记者站跨国合作的选题，题目就暂定《大国博弈之下，叙利亚战火烧向何方？》，准备请编辑统筹美国、英国、俄罗斯、土耳其、伊朗这些相关国家的记者站，分析各方对叙利亚局势的立场和可能采取的行动，最好能拼一个整版。

第六，可以联系叙利亚外交部，争取能对外交部部长做一个权威访谈。

第七，争取做一个版的见闻，把采访的素材里面最吸引人的片段和照片放上去，可以配一篇"手记"或者"走笔"。

这样半个月的时间也就差不多了。最后，就到了巴沙尔宣誓就职的时间。根据小道消息，巴沙尔将在7月16日宣誓就职。那我们可能要在他就职前两三天的时间里集中采访一些专家，分析大家比较关注的问题。如果材料充实，可以联系编辑发一个整版的专题报道，然后配两张帕拉丁拍的照片。

其实我们本来还想试试看能不能采访上叙利亚最核心的人物巴沙尔·阿萨德，可问题刚一提出，褚春波就轻描淡写地打破了我们的幻想："很多媒体都想采访巴沙尔，记者站这边早就通过叙利亚总统政治与媒体顾问布塞纳·沙班递交了正式的采访申请，可每次催问的时候，他们永远告诉我们还在排队。"看褚春波一副无所谓的样子，他估计从来都没想过这个机会可能落在我们《叻报》记者头上。

言毕，我问帕拉丁："大概我能想到的就这些，你有什么建议？"

帕拉丁听我终于讲演完毕，耸耸肩，比了一个大拇指说："JiaJia，Good idea！（嘉佳，好想法！）但是你要给我留下一两天闲逛和休息的时间。"

我说："当然，如果一切顺利，保证劳逸结合！"

帕拉丁可能因为我给他预设了一个前提而略微有些不满，但是他没太表现出来，只是跟我握了握手，然后闲聊几句，各自休整，准备作战。

生死劫

接下来的几天，采访进行得异乎寻常地顺利。我们先去扫了一轮街，采访了一些大马士革民众，然后拍了大马士革老城、伍麦叶清真寺、哈米迪亚老市场这些地标建筑。

近一段时间叙利亚政府这边捷报频传，据说政府军进一步清除了大马士革周边的反对派据点，加强了首都安保。听褚春波说，市区里一些已经设立两年多的检查点或路障也被移走，局势似乎在向好的方向发展，可爆炸声和打炮声还是不绝于耳，持续到深夜。褚春波说，这些"小打小闹"都正常，他已经习惯了。

光有面上的信息还是太空泛，我们想深入了解老百姓生活的真实情况，左找右找，抓住了一个从战区前线逃到大马士革城区的难民进行探访，他叫朱哈。

朱哈是一个修车匠，动荡之前，他住在首都大马士革的朱巴尔区，自己有一个修车铺，以此为生，一家人生活得很幸福。他说，那个时候，他五点下班，开车带老婆孩子去兜风闲逛，然后一家人饱餐一顿，一直玩到晚上十一二点回家。他的家是一栋两层小楼，有六个房间。

结果在动荡加剧之后，朱巴尔成了政府军和反对派交战的前线，动不动就有空袭，他为了给一家人寻一条后路，就从朱巴尔的家里逃了出来，四处寻找全家的避难所，他老婆孩子还在朱巴尔待着。三个月以后，他听说朱巴尔通向外界的马路马上要被封锁，就赶紧让老婆孩子一起逃出来，什么都没有带。结果他们刚一出来的第二周，马路就被封锁了，外面的人进不去，里面的人出不来。他的老婆孩子出来了，可父母兄弟还被困在朱巴尔。

后来，朱哈的几个兄弟已经死在那儿了。朱哈说，他们宁愿死在家乡也不愿意逃出来。朱哈家的楼顶已经被炸没了，炸到只剩一个房间，家当也早都没有了。

直到今天，朱哈已经三年没有见到父母了。他和父母只是在一座城市不同的地方生活着，但他们这么多年却连见一面都难。

朱哈现在的生计还是修车。他把一辆旧面包车改造成他的临时修车铺，勉强维持生计。动荡之后什么都很贵，物价飞涨，房租也涨了近十倍。他说，真可怜，我们，日子就凑合过吧。尽管如此，他还是想回到朱巴尔，即使是住帐篷，即使是把帐篷搭在废墟里，他也很乐意，"因为这样至少意味着局势稳定了"。

临别的时候，朱哈无奈地跟我们说："现在，死亡已经成了一个人最好的结局。我也想死，但死亡还没到来。"盛夏阳光下，一张满是皱纹的脸被晒得厉害。我们没法想象平静地说出这样一番话的普通难民，心里正遭受着怎样的煎熬和痛苦。

我不知道该安慰还是该伤感，索性就静静听着他诉说。局势并没有迎来决定性的转机，战争的怒火越烧越旺，和平的曙光遥遥无期。这一场生死劫里，在最后一丝希望熄灭之前，和朱哈一样的人们只能苦苦等待、苦苦煎熬。

这天晚上，我和帕拉丁请褚春波一起吃饭，对他们的关照表示感谢。吃饭的间隙，我随口问了一句："最近大马士革的情况感觉还不错啊，也没爆炸！"

褚春波一听，皱着眉头看了我一眼，没有说话。

我有点尴尬："我说错什么话了吗？"

"在这儿，有些话不能说，忌讳呢。"褚春波沉默了一会儿才说。

我还是没太听懂，只得随便聊些别的。

晚上回了酒店，跟帕拉丁简单探讨了第二天的计划，就各自回房间休息，看了一眼时间，11点刚过，我还不想睡，就躺在床上玩手机。

突然，窗外传来"轰——"的一声，房间顶上吊着的灯应声晃了几下，整个房间有急速晃动的错觉。我赶紧起身拉开窗帘，发现酒店对面小餐厅门前的一辆汽车整个烧着了，四处一片漆黑，也不知道车是本来就停在那儿，还是刚开过来的汽车炸弹。

我赶紧给褚春波发微信。他立马回复："正准备过去看，有事联系你。"

我在窗户上一直看着那辆点着的车，此刻这辆车像是一个巨大的火把，却找不到点着它的人。月黑风高，周围看不出有人员伤亡的痕迹。

过了一会儿，有人过去了，看不清是不是褚春波。紧接着，一辆消防车开了过来，下来几个人，没一会儿工夫就用水管把火灭了个干净，随即那辆车的残骸被迅速拖走。

四周重新恢复寂静，就像是夜空下的小插曲，突如其来地开始，又在极短的时间里戛然而止。

一会儿褚春波打来电话："我过去看了，没什么事儿，就是一个迫击炮弹不知道从哪儿打了过来，正好打在了一辆停着的车上，着火了。"

　　一个迫击炮弹怎么会大晚上打过来？谁也不知道。我唯有庆幸这颗炮弹没有击中一条马路之隔的酒店。

　　折腾到这会儿已经半夜12点多，我赶紧准备睡觉，可心里总觉得有点不太踏实，只好把洗手间的灯开着睡了。

　　第二天早上，起来已经8点多，和帕拉丁约的是9点出发，去大马士革老城转转。我三下两下洗漱完，正准备冲到酒店餐厅吃个早饭，褚春波的电话来了。

　　"我到你们酒店门口了，市中心发生爆炸了，据说很严重，我在这里等你，你赶紧下来吧。"我一听，来不及问细节，赶紧给帕拉丁打了电话，回房间背上包就冲了下去。

　　爆炸的地点在市中心一栋十几层的旧议会大楼背后，旁边就是中央银行大楼，可见袭击者目标明确，就是针对政府设施和无辜人群，是典型的恐怖袭击。

　　还没走到现场，就已经看到黑色浓烟从大楼里冒了出来，四处飘散。这次爆炸袭击的炸弹当量应该不小，整条街都散落着玻璃渣子和碎瓦片，距离现场百米以外的店铺玻璃全都被震成碎片。离汽车炸弹最近的这栋议会大楼是最触目惊心的。浓烟之下，大楼一大半已经被炸弹炸得面目全非，墙皮都被炸掉了，黑洞洞的窗户外面是被烧得黑黢黢的外墙。正有一辆消防车用十多米的强力水柱往窗户里面喷，喷进去的水不见踪迹，飘出来的烟却还是照样凶猛。被袭击者用作炸弹的汽车已经被炸得只剩下一个大黑壳，汽车周边还散落着一些裹着鲜血的残肢和肉片，不知道是属于袭击者还是死难者的。一些记者围着汽车黑壳和周边的残肢断臂一阵狂拍。

安全部队拉了一条警戒线，除了警察和记者，其他人都不允许入内。还有一些安全部队人员正在驱散附近的围观群众，因为现场可能还有其他汽车炸弹没被发现，随时可能发生二次爆炸。

浓烟深处，一位约莫四五十岁的大叔正抱着他爱人的尸体痛哭流涕，现场的杂乱掩盖了他们悲痛的声音，他们身子底下淌着一摊血，和不远处别人的鲜血混在一块儿，从股股浓烟里透出刺眼的殷红。

过了一个多小时，官方发布了声明，说这次自杀式汽车炸弹爆炸袭击事件已经造成14人死亡，40多人受伤。

一阵忙乱以后，我们也没了去老城采风的心情，直接返回酒店。

在路上，看着渐行渐远的浓烟钻进头顶上大片大片的云里，我突然想到昨天褚春波的话："在这儿，有些话不能说，忌讳呢。"

我想起昨天晚上的迫击炮弹袭击和今天的汽车爆炸袭击，心里暗自有点慌乱：不会这么巧合吧？又实在有点自责，忍不住跟褚春波说："是不是我昨天太多嘴了？"

他看了我一眼，又用他那种云淡风轻的口气说："没事，我都习惯了，我跟叙利亚人一样，只是心里默默期盼和平，却不愿意把它宣之于口。"

去哈米迪亚市场的这天，阳光正灿烂。从大马士革老城中心的萨拉丁雕像旁下车，一路沿着老城的青石板路向前，就走到了老市场的入口。老市场被一个巨大的棚顶罩着，大棚顶端用拱形金属架支撑，据说这个建筑已经有一千多年的历史。

走进千年大棚，帕拉丁两眼放光。他说这里的光影效果非常赞，古色古香的店铺斑驳在大棚筛下的光线中，每一个店铺都好像一个时光穿梭门，带着我们回溯各自一段古老而光辉的历史。

我们就在这里慢慢走着，时不时驻足拍照，或者让帕拉丁搞创作：他指挥一个卖糖果的小男孩站在一缕阳光下面，摆出忧郁的神色，然后等着一个蹒跚的老妇人走过一家百年老店的门口……帕拉丁给我拍了不少工作照，我一想它们将成为我工作资料中很重要的一部分，心里不免多了几分畅快。

很久没有来这样质朴的地方，没有旅游景点的刻意修饰，没有黑导游的诱导消费，只有午后的光影，浪漫的老店，漫无目的的行人，让你恍惚中感觉自己只是漫步在一个异国小镇，有可爱的小朋友跑来跟你用中文说"你好"，然后快步跑开……在开罗的时候，其实也有类似的汗哈利利市场，但是那一处的市井气却让人不由得加快脚步逛完了事，根本没有闲暇注意市场四周的布置与风韵。

在哈米迪亚市场就足以看出叙利亚文化的魅力：外国人必去的油画店，手艺精湛的布料老店，门前排着队的"百年冰激凌"店，还有香料店、锦盒店、精油店……每一家店都有一代代传下来的老故事。采访结束后，我们各自买了一点叙利亚风格的油画、玫瑰精油，放在后备厢，一车人满载而归，正觉得今天不虚此行，却发现老市场的出口处给堵住了。

老司机穆斯塔法也有些纳闷：平时这个地方没这么堵的啊！不过这里的人们早已适应突如其来的拥堵，见怪不怪，没有一个车主鸣笛或者叫骂。

一堵就是小半个小时。接下来，空气莫名紧张起来，驻守老市场的一群士兵走过来了。他们开始一辆一辆地检查汽车底盘和后备厢。

过了一会儿，车辆终于开始缓缓放行。到了出口处一问，才知道原来就在半个小时前，老市场一处地方发现了一个远程遥控的爆炸装置，政府军紧急调配拆弹部队前来应急处置，同时封锁了老市场的出入口，检查每一辆过往车辆。

好在最后爆炸装置被成功拆除，没有引起人员伤亡。原来是虚惊一场，我本来心里觉得有点后怕，可穆斯塔法和帕拉丁好像丝毫没有被这突如其来的事件打扰到，帕拉丁反倒是跟我商量好，走之前再来一次哈米迪亚市场扫货。我含含糊糊应了过去，也就不愿去想如果没躲过这次爆炸会是怎样的结果。

一杯奶茶的任性

几天之后，我们进行了一场说走就走的旅程。

一次吃饭的时候，听穆斯塔法无意中说起，在叙利亚南部有一个叫苏韦达的地方，几乎是目前为止唯一一个没有被战火波及的省份了。帕拉丁一听来了兴致："这不就是世外桃源吗？"穆斯塔法随即撺掇我们有时间的话去走一遭："从大马士革过去也就几个小时车程，那里有清新的空气、惬意的环境，根本不像是在战地。"

我一合计，扫街也扫过了，局势进展也采了，叙利亚家庭也访了，和其他分社联合策划的选题也通过了，韩站长也没有工夫天天盯着我们的动态，所以基本上来回两天的行程没有问题。

帕拉丁本来还怕我不答应，我故意犹豫了半天，听他又说了一通回来以后会加倍努力，为叙利亚这趟差画上完美句号的话，这才装作勉强答应了他。

世事往往如此，得到的太过容易，似乎就不愿意去珍惜。帕拉丁许了一通承诺之后，兴致好像比刚才更高了，简直像是要上战场前线一样兴奋。

说走就走，我跟褚春波说，我想借穆斯塔法两天出去转转，他倒也没多说什么，只是让穆斯塔法注意盯动态。穆斯塔法和苏韦达那边的朋友确认了一下安全情况，我们就准备出发了。

经过大半天的颠簸，我、帕拉丁和穆斯塔法来到叙利亚南部小城苏韦达。在酒店放下东西已经是傍晚，我们三个商量了一下，准备先找个小山头看落日，再回来吃晚饭。

汽车在小道上左右腾挪，然后上山，在一个小山头上停了下来。

这里是远离战火的边城，虽然它和叙利亚南部前线德拉省很近，但就目前来看，完全没有被战火波及。

一片低矮的建筑在苏韦达城四周星罗棋布，并不宽敞的街道穿梭其间，就连古罗马统治时期的浴场古迹，也都低调地藏在一片住宅区里等待人们的临幸。穆斯塔法告诉我们，动荡之后，由于大马士革和其他战区的民众纷纷举家迁到这里过活，物价正在悄无声息地上涨，不过这里仍然和平、安全，仍然是一方真主保佑的净土。

我们慢慢地爬上山头，傍晚的阳光褪去了溽热，清新的晚风柔柔地漫过来。三三两两的民众也各自聚集在山头的一角，互不打扰。除了几声小孩子的玩笑，几声乌鸦的低鸣，一切恬静得不像话。

不像在战地，不像在中东，甚至不像在这个世界上。

我蓦然间想起开罗穆卡塔姆山上的那个夜晚。那个夜晚曾经是我和嘉航暧昧时期的见证，是专属我们两个人的回忆。那个时候，只要他一个肩膀，我就可以投怀送抱；只要他一个吻，我就可以缴械投降；只要他说爱我，我就可以跪下三呼"万岁"。可惜我们不能总停留在那个时候，当我投怀送抱、缴械投降，甚至向他下跪以后，我们之间的浓墨重彩已经完全被乔女红的心机、熊苏文的错爱和生活琐碎冲得一干二净，一点渣都不剩了。

"我想喝一杯奶茶。"那天从穆卡塔姆山上下来的时候，我怯怯地跟嘉航说。

嘉航不置可否，先把同行的两人送走以后，开车调头驶向市区方向。

"怎么往这里走？"我明知故问，心里狂喜。

"不往这里走怎么给你买奶茶？"嘉航无奈地看了我一眼，眼神中的宠溺满得似乎要溢出来。

那天晚上买的那杯奶茶其实一点也不好喝，但我清清楚楚地记得，我喝得一滴不剩，把奶茶的杯子放在我宿舍的书柜里，当作我和他的定情信物。

而今，无论我再怎么任性撒娇，再也没有人带我穿过无数条街，去买一杯普普通通的奶茶了。

是不是只要我不像当初那么任性，我们现在还会在一起？

是不是只要我不针对乔女红、不认识熊苏文，我们就不会走到今天这样的结局？

乔女红狰狞的面孔又浮现在我眼前，我的半边脸好像还在火辣辣地疼。夜风呜咽着，我把手机音乐的声音放大，一遍又一遍回想起穆卡塔姆山上的风景。

世界再大，风景再多，竟再也容不下一杯奶茶的任性了。

天色渐渐向晚，东边半透明的月亮已经偷偷跑到半空。西边还飘着懒洋洋的彤云，像是猝不及防被夕阳亲了一口，脸红了大半。残日的下半截已经没入黑暗，上半截仍在彤云中挣扎。

我发现眼睛里有什么东西再也忍不住了，赶紧站起，默默走到一边，坐在山头一个还没建好的观景平台上，戴上耳机，依旧听着《我想要这一种幸福》，天气渐渐有些冷了，眼睛却热辣辣的，直到唱到"等到最后都习惯了奢求，这梦想变成了幻想，我还是学不会去放开"，夜风吹来，我一阵颤抖。

这是种很奇怪的颤抖，像是高潮来临前的几秒钟。我把头狠狠埋在双手里，我不知道它为什么在这个时候出现。

等到彤云终于送走残日，天已经完全黑了下来，可我们三个人都没有走的意思。帕拉丁和穆斯塔法在一边抽起了烟，但我并不反感，暮色四合的氛围好像很适合香烟的点缀。

月亮初升的时候还有清朗皎洁的月光，后来月色慢慢暗了下来，满天的星星像有人突然画上去似的，一个个地出现，像是天堂里的万家灯火亮起来了，但这灯火是静悄悄的。只有一阵风声吹过山头，在我们身边撩拨片刻就走，带走帕拉丁他们吐出的薄雾，去往不知名的远方。

我终于把我的眼泪尽数憋了回去。我由这憋回去的眼泪产生了强烈的冲动：我要爱自己、爱生活，要把眼前的每一天当成我生命的最后一天，当成我新生的第一天。

"你说，我们是不是终归有一天会分手？"有一次嘉航尽兴之后，我躺在他旁边，靠在他肩膀上问他。

"你说，我们俩谁会先死，谁后死？"他不答反问。

"我不知道。我只知道，你总是会把天聊死。"

"我就是突然想到这个问题了啊。"他摆出一副很认真的表情。

"我只知道，如果有一天你真的把我甩了，我会和你做最后一次爱，然后把你的下面咬下来，让你再也没办法对别的女孩子犯坏。"我作势咬了一下他的黑樱桃。

"你好狠啊，嘉佳。"他作势吃痛，翻了个身，很好地把自己下面保护了起来。

我默默看着他的后背想：你还是不知道。如果真的爱惨了一个人，即使最后分手，又怎么会舍得伤害他？

过了一会儿，帕拉丁从身后走来，拍了一下我的肩，示意我要走了，我的身体应声抖了一下，他在我旁边站定了。我当时冒出一个怪异的想法：如果他此刻坐下，坐到身旁，我可能就会为自己要不要靠到他身上而开始挣扎。

帕拉丁没有停下来，我看着他的背影，跟在他身后往车边走。天色越来越黑，西归的鸟儿找不到方向。我突然意识到，此刻的我像那只鸟儿，孑然一身，什么都没有。

弹片穿过我的发梢他的肉

我们从苏韦达回到大马士革的时候，已经是7月15日的下午，16日就是总统宣誓就职的大日子。虽然玩了一天多时间，但我还是觉得意犹未尽。对于苏韦达这片净土来说，好像什么都不做，就能够涤荡心灵，让人回归本真，但是时间有限，我们必须随时做好准备和过去告别。

回程路上，穆斯塔法向我们展示了他惊人的老司机水平，一路上保持匀速150公里/小时以上安全驾驶六七个小时。起初我还紧张地抓着门上的把手，后来也不管不顾地松开手睡着了。一路上除了在几个检查站停下来检查，并没有发生什么突发事件。

鉴于我的策划案把我们的日程排得很满，帕拉丁说他在叙利亚的日子过得太充实，都没有时间去夜店。我说："这样才好，免得你在夜店里有什么三长两短。"

这话说出口之后，我觉得有点不大合适，因为毕竟叙利亚是名副其实的战乱国家，即便光是走在街上，绑架、爆炸、抢劫、迫击炮弹……什么事情都有可能发生。记者站的褚春波就是深知"危在旦夕"这4个字的厉害，所以练就一套"八荒六合唯我独尊大法"，前线采访、爆炸袭击、绑架暗杀，一概宝相庄严、不为所动地窝在办公室，可保自己三年平安。任期满后，赚得盆满钵满，功成身退。

从某种程度上说，我虽然不齿他那套邪门歪道大法，但却无法反驳：如果出门采访路遇汽车炸弹爆炸袭击事件，会不会有我上次那么走运？如果爆炸发生之后立即前往采访，那么在现场发生了二次爆炸谁来负责？如果自己或者雇员在前线采访被反对派绑架，又由谁负责？自己负责吗？自己又负得起这个责吗？

我说不清，谁也说不清。

所以他做他的壁上观，我走我的独木桥。我问他借个车，借个雇员，都可以，他只负责重大消息不要漏报，彼此相安无事。前提是我在稿件署名的时候带上他的名字。

我们的回程机票还没买。我们刚从苏韦达回来，就在酒店房间里讨论起未来两天的行程。其实明天的宣誓就职仪式即使不参加，我那一个整版的专题观察，以及之后一个整版的采访见闻也都可以交差了。

但我心里或多或少是有些期待的。怎么说呢？来了一趟叙利亚，连巴沙尔这个风云人物的面也没见到，而且16日的宣誓就职又是几年一度的大事，即使是在记者站常驻的记者能赶上一次都够呛。

而我以为帕拉丁是火急火燎想回去的。前两天他还跟我说过一次，他刚交了没两个月的女友跟他闹分手，说不知道他还在叙利亚这种地方鬼混什么。我确实不想耽误他，但又实在不想一个人回埃及。不说别的，就单说那条机场路，都让我心有余悸。

没想到帕拉丁直截了当地说出我的心思："嘉佳，你是想待到宣誓就职结束吧？"

"你呢？"我心虚，故作镇定地反问一句。

"你如果真想等到宣誓就职结束以后再回去，我就陪你再多待一两天。"

我没想到他这么为我考虑。不管他出于什么原因，我当下真的很感激他，忍不住想对他比一颗心。我心里激动，但还是很官方地跟他说了一句："谢谢你，帕拉丁，韩站长也很关注宣誓就职仪式，我想我们会为这次出差画一个完美的句号的。"说完以后我都觉得有点恶心。

随后我们和褚春波商定好，16日我们在叙利亚采访就职仪式，17日再休整一天，看看有什么遗漏的地方，然后18日一早返回开罗。

褚春波满脸绽放着灿烂的笑容，他热情地邀请我们17日晚上共进晚餐，给我们送行。他脸上那种满得要溢出来的笑容里分明写着：终于能把你们这两尊衰神送走了！

7月16日上午，我们和记者站的全体成员一起出动。记者站的雇员穆斯塔法、乔治娜，还有褚春波、帕拉丁和我，跟着各路媒体一道早早等在了举行就职仪式的大马士革人民宫。巴沙尔·阿萨德下午要在这里宣誓就任叙利亚新一任总统，开始他的第三个7年总统任期。

漫长的等待之后，巴沙尔终于在一众政府官员的簇拥下现身。他首先检阅三军仪仗队，然后在军乐团的伴奏中步入大马士革人民宫。受邀参加典礼的叙利亚政治、军事、宗教界人士起立鼓掌，对巴沙尔表示祝贺。

掌声如潮。像每一个真正受人民爱戴、受官僚拥护的国家总统一样，人们拍着手，欢呼着，祝福着，祈祷帝祚永存。巴沙尔似乎也被这如潮的掌声感动着，环顾四周，举起右手，向大家频频致意。

十多年前，也就是在这里，在巴沙尔父亲、时任叙利亚总统哈菲兹·阿萨德去世后，巴沙尔从一个眼科医生摇身一变当选总统并宣誓就职。2007年，巴沙尔获选连任。今年6月3日举行的总统大选中，他又凭借88.7%的支持率在3名候选人中胜出，再次获选连任。

掌声持续了很久。随后巴沙尔宣誓就任国家新任总统，并发表就职演说。在叙利亚动荡3年多的这个时刻，演说主题紧扣应对危机。

巴沙尔说，他下一任期内的执政关键词是"反恐"。"我们不会停止与恐怖主义做斗争，无论出现在哪里，我们都会打击，直到叙利亚全境恢复和平。"像每个成熟的政治家一样，他们会把他们要推进的事情装在一个冠冕堂皇的筐子里，并以极其正当的理由到处宣扬。

同时，巴沙尔也表示，叙利亚对反对派也不会一味打击："对于那些迷途知返的人，我们乐意展开民族和解。"这多半也是由于叙利亚政府军兵力不足，一味用兵也只会左支右绌。

就职典礼随后宣告结束。在严密安保的护送之下，我们远远目送巴沙尔离开人民宫，然后我们一行五人从人民宫返回城里。

人民宫位于大马士革郊区，越往城里走越拥挤。这一天是全国的大日子，好多重要关卡自然加强了戒严，好几架军用直升机也在大马士革周边低空盘旋，尽显皇家威仪。

进入市区以后，平时略显萧条的大街小巷被人潮淹没了，叙利亚的国旗飘起来了，游行队伍走起来了。虽然这个国家正在打仗，虽然同样是大游行，但在这里，我却几乎没有感到在开罗解放广场时的那种窒息感。街头的游行民众牵着小孩子的手，小孩子粉雕玉琢的脸上涂着叙利亚国旗的彩绘，彩绘里画着两颗红星，红星和叙利亚孩子的眼睛一样亮。街头的民众主动把马路让出来，马路上是游行的车队，整齐划一，缓慢前进，每辆车上插着叙利亚的国旗，车前盖上贴着巴沙尔戎装或西装的海报，由四周步行的民众簇拥着前进。

我第一次知道，原来游行也有文明游行和非文明游行之分，或者有高端大气上档次游行和低端土气没素质游行之分。我跟褚春波说，画面不错，我们想下车拍点东西。褚春波大概也被欢乐的气氛感染了，意外地没有微词，把车停在路边，让我和帕拉丁下车来拍。末了加了一句："稍微快一点哈，人多。"我比了一个"OK"的手势，就跟着帕拉丁出来了。

帕拉丁负责拍视频画面，我负责找人采访，顺便拍拍帅哥和孩子。叙利亚的孩子长得和西方人一模一样，每个都和洋娃娃似的，嫩得出水。一个年轻妈妈抱着几个月大的孩子跟我说："巴沙尔当选是叙利亚的胜利！我们不会屈服！要不是巴沙尔，我们一家人早就死在美国和它走狗的炸弹下了。"说着说着，眼泪流了出来，滴在小宝宝的脸上，小宝宝咿咿呀呀地抬起手摸着妈妈的脸。

天气还有些暑热，帕拉丁拍得很认真，脸上流出微汗。我看着他的背影，脑海里浮现出另一个熟悉的影子，竟有些感动得想哭，也有些不舍。我想昨天他能留下，是不是也有可怜我的意思？一转念，又被自己自作多情的想法吓到，赶紧移开烫人的目光，寻找下一个采访对象。

欢腾的海浪还在翻滚，仿佛耳边只剩下庆祝胜利的声音。然而欢乐的时光总是稍纵即逝，就像大战间隙的小憩，只要一睡着，战火很可能就会烧到枕边，醒得快的，迅速起身战斗，而在战争中负伤的、累到筋疲力尽的，来不及起身，只能任由战火灼烧他们的皮肤，直到烧焦他们身心俱疲的身体。

这世界没有人是超人，一如这战火，没有人能够逃脱。

在一颗迫击炮弹打过来的时候，我和帕拉丁正在采访一位参加游行的大学教授。这位老教授说话铿锵有力："我弟弟和妹妹已经分别到美国和加拿大避难，他们几次邀请我去他们那里一起生活，可我都选择留下。我选择留下，是因为我对这个国家仍然有爱，我对我们的未来仍然有——"

轰——

一声巨响，一颗不知道从哪里飞来的炸弹突然炸了开来。听声辨位，它就落在离我们非常近的地方。一秒之间，我来不及反应，只觉得一股热气流朝我压迫而来，夹杂着无数细小的暗器，暗器穿过我的头顶和发梢，热流把我扑倒在地，大脑因这股热流而变得迟钝、无力思考，两耳被这股热流弄得嗡嗡直响。

下一秒钟，我的耳朵已经听不到任何声音，我张不开嘴、使不出力、挪不动腿，四肢酥麻、浑身颤抖，胸腔好像憋着一团火，向周身蔓延，感觉整个身体就要炸开。在我胡思乱想该以怎样的方式迎接盛大的死亡的时候，一个巨大的身影飞速扑了过来，下一秒钟，我和帕拉丁已经被气流冲到几米以外的马路上。

也不知过了多久，我的大脑和四肢恢复了意识，而让我恢复意识的是我手臂上的几处刺痛。

好像有无数只小虫子在我的手臂上咬来咬去，咬得厉害的就撕开了一道口子。一阵阵刺痛夹杂着奇痒传来，我的意识异常清醒，我知道这次爆炸是被我们撞上了，只是自己浑身颤抖，没法行动，天旋地转地想吐。眼前的视线被压在我身上的帕拉丁挡住大半，看不到周遭的环境，只有头顶的蓝天被一股浓烟侵占，一点一点迷入黑烟之中。

场面应该非常混乱，可耳朵听不到任何声音。人群慌乱逃窜，还有人在摸我的脸。

我不敢也没有力气推开帕拉丁，只能伸手一通乱摸。

那个时候，我还没有意识到迫击炮弹的弹片有多可怕，直到我的手触碰到他背上的一片潮湿，我吓了一跳，以为帕拉丁竟然出了这么多汗，直到我把手伸到眼前——

血。

满手的血。

我重新摸到帕拉丁的身上，我发现这血还在不断地往外流！

我"哇"的一声叫了出来，扯着嗓子大喊几声救命，突然意识到这是在国外，转而大喊"Help！（救命！）"无边无际的恐慌变成了一团无形的阴影，正在吞噬周围的空气，吞噬帕拉丁的生命。

血还在流。

我的手臂和腿湿了一片，像是谁碰倒了保温杯里的热水。我被弹片嵌入的伤口中也流入了这热水，感觉整个身体要被这汩汩的热流淹没了。我用嘶哑的声音无力地嘶吼着、大叫着，而我自己却听不见这声音。我的力气越来越弱，我的整个生命要被四处的气流、浓烟和血泊吞噬了。

我突然想起了一部电影里喜马拉雅登山者们唱的藏歌：

我一步一步向山上走，
雪一片一片往下落；
我一步一步向山上走，
雪一片一片往下落。
在雪花与我约定好的地方，
我想起了我的母亲……

我的心脏开始一抽一抽地疼，像是有人在用鞭子一下一下地抽打着。我的意识又开始渐渐模糊，大脑开始短路。在疼痛和恐慌剥夺我的意识之前，我想起了我的妈妈。

我像是濒死一般，双手紧紧抱住帕拉丁流着血的身体，眼看着黑烟在空中盘旋打转——不可战胜的命运搅动着这黑烟，切断每个人对于生的希望，然后迎接终将到来的盛大的死亡。

残障少女

在我被搬上救护车之前，残存的记忆定格在帕拉丁满身的鲜血——迫击炮弹爆炸后碎成了千万个碎片，不知有多少碎片飞到了空中，然后又嵌进帕拉丁的身体里。

迫击炮弹是在叙利亚战乱中并不新鲜的一种攻击性武器。在叙利亚首都大马士革，反对派武装为了对抗巴沙尔政权中心，扰乱大马士革的治安，不时会从大马士革郊区向城区发射这种迫击炮弹，尤其是在重大节日和重要节点，比如说总统宣誓就职的日子，目的就是为了破坏安定祥和的良好氛围。但可笑的是，他们的准头比天气预报还不准，本来想往政府军大楼里打的迫击炮弹打到了一旁的十月公园里，往内政部大楼打的迫击炮弹打到了楼前面的大街上。

更可恨的是，有时反对派武装分子为了宣泄愤怒，也会对人群密集的街市发动袭击，所以频频有民众受伤的消息见诸新闻。即使这样，我们在采访的时候也似乎没有过多考虑，更没有计算发生在自己头上的概率。

但当这个概率事件终于发生的时候，一切考虑、计算都没有了意义，因为对于自己来说，这个概率不是0%，就是100%。

当时的事情，是穆斯塔法在我醒后告诉我的。

在炮弹划过上空砸落地面的瞬间，是帕拉丁保护了我。

帕拉丁像是做过演习一样，在丢开摄像机的瞬间，飞身扑到我身上，然后把我压倒在地。无孔不入的弹片穿过我的发梢，飞过我的头顶，钻进我的手臂和小腿里，但更多的弹片被帕拉丁挡住了，而我的身体被他挡在身下，除手臂和小腿外几乎无恙。

虽然他庞大的身躯奋不顾身地挡住了那些无孔不入的暗器，但是另一样东西他却怎么也没法替我挡住，那就是冲击波。

我是被噩梦吓醒的。自从和嘉航在一起以后，我似乎再也没有做过类似在数学考试考场上最后一个交卷的噩梦，所有的梦几乎都和嘉航有关。如今这个噩梦又带着昏黄的滤镜回来了，数学老师戴着高度近视镜，像审判犯人一样盯着我："嘉佳，你怎么还是这么笨呢？这么简单的题都解不出来！"

我醒来的时候，是漆黑的夜里。

窗外一阵风吹过，窗边的树影婆娑。我慢慢摸到床头，打开了灯。

我一只手上在输着类似葡萄糖的液体，头上戴着一个固定用的头套，头套外面裹着层纱布，两只手臂和小腿上也裹着纱布。轻微一动，身体就传来隐隐的疼痛。

我试探地按了床头的应急铃声，过了一会儿，褚春波跟着护士进来了。我看见褚春波，嘴角不禁溢出一个真诚的笑容。这时候，褚春波即使再不讨人喜欢，我也觉得像是见了亲人一般。

"帕拉丁怎么样了？"

"他虽然伤口比较严重，但输了点血和抗生素，没什么大问题，应该也快醒了。"不知是不是刚刚苏醒的缘故，褚春波的声音好像隔着一层屏障，听得不像平时那么清楚。

护士见我没问自己的情况，只好慢慢地跟我解释："你的伤口主要在手臂和小腿上，好在里面的弹片不多，嵌得也不深，我们已经帮你全都取出来了，消了毒，再养个几天就没有问题了。"

我一听，好像自己伤得并不是很重，但此刻身体却觉得疲倦得厉害。

护士继续说："还有就是你的大脑有轻微的脑震荡，我们已经做了固定，也需要静养几天时间，这几天可能会出现厌食、失眠、呕吐症状，还有可能发生对短期记忆不能回忆的情况，这些都属于正常现象。"

　　我觉得我的大脑应该没有什么问题，因为我还清楚地记得嘉航是怎么把我的尊严践踏在脚底，还记得乔女红怎么狠狠扇了我一巴掌。

　　我问护士："其他没什么问题了吧？我就是觉得身体还不大舒服，精神不大好。"

　　"其他的没有什么问题了，就是……"护士转头看了褚春波一眼，褚春波躲避着她的目光。

　　"就是怎么了？"我不由得生出不好的预感：绝经？丧智？失去生育能力？

　　"经过我们的检查，你的耳朵在这次事故中造成了永久性损伤。"

　　"永久性损伤？"我的直觉告诉我，我将听到的可能是意料之外的一个糟糕答案。

　　"是的，我们很遗憾，发现你的耳朵原来患有中耳炎，你可能已经在日常生活中频繁出现听力下降的情况。由于你没有及时治疗，这种状况正在逐渐加重。更糟糕的是，这次爆炸产生的冲击波直接对你的听力系统造成损伤，我们已经为你制定了为期一周的疗程，如果恢复效果好，你的双耳应该能够恢复六七成听力。"

　　我听完，整个人突然释然了。没有绝经，没有变成傻子，没有丧失生育能力，我的嘴咧得更开了。结果可能长时间没喝水的缘故，撑破了嘴角。

　　有血流了出来，咸咸的、涩涩的。我专心致志地舔着，直到血不再渗出。护士小姐见状，不敢多说，脚下生风地走了出去。

我们毕竟安好。

世间的万事都不是等你准备好了才会发生，谁也不知道明天会发生什么，但始终相信会有美好的事情发生，这就够了。

大马士革的樱桃红了

7月23日下午2点，在迫击炮弹爆炸事件5天之后，我终于把所有上版的图片和文字在当天截稿之前传到了稿库。

在这5天里，我的双耳被罩上了厚重的耳罩。没有手机声、吵架声、爆炸声，我的世界出奇的安静；我下床如厕洗漱，上床冥想睡觉，我的作息出奇的规律。

我主要干了两件事。

在我躺在床上的多数时候，我望着白色床单和白色墙壁发呆，大脑里有时候会重复最后一个交卷的噩梦和数学老师鄙夷的眼神，那是我从上高中开始就经常温习的噩梦。虽然做梦时不无焦虑和恐慌，但梦醒之后，拉开病房的灯，却总觉得亲切而怀念。我好像又回到那个为了一点小事就焦虑的小女生，而不是眼下失去爱情而不知所措的落魄失恋妇女。战地格格这档子事儿好像从未发生，我刚刚交完卷，焦急等待下一个悠长的假期。

坐在病床上码字的时候，我心境澄明，专心写稿，全力完成最后一篇"走笔"栏目的稿件。这篇随笔稿件将要和我们拍的照片一起，在报纸上形成一个叙利亚专题的整版。这是我在叙利亚的最后一篇文章，也很可能是我驻外时光中最后一篇有能见度的作品。我起了好几个题目，最后定下《大马士革的樱桃红了》。

在记者那一行写下我一个人的名字，因为褚春波毕竟没有做什么实质性的贡献。

我在稿子里写："七月，是大马士革樱桃成熟的季节。在哈米迪亚老市场里，每走一段路，就会碰到一个摆着深红色樱桃的水果摊贩，小贩友善地跟你打招呼，说着你好。恍惚中，你会以为你只是错入一个异国小镇的旅人，在人潮中悠闲漫步，直到远处迫击炮弹的轰鸣把你叫醒。但当你回望远方，却只看到一缕黑烟漫入云霄，没有归途。这是在这个地方，生命告别尘世的独特方式。"

在我23日出院以前，褚春波并不经常来看我，这让我感到很放松。他以他的方式与我相处，简单直接，没有矫揉造作，也没有言不由衷的关心，毕竟我们相安无事。

我有很多次想把现在的状态发一个朋友圈，这样说不定嘉航就可以看到。我甚至荒唐地想，这下子如果被炸傻了或者炸瘸了，弄出动静来了，他是不是就会回到我身边，照顾我，陪我，帮我写"走笔"？

可转眼我又想到乔女红那副阴森可怕的嘴脸，也就打消了这个荒唐的想法。世界上根本就没有"如果"，如果有"如果"，那每个人可能都会为了这个"如果"变成疯子。

我的听力正在慢慢恢复，那种听人说话像罩着一层棉花的感觉好了很多，不过到哪儿都要戴着厚重的耳罩，以免被高分贝噪声造成听力的二次损伤。

几天之后，帕拉丁也终于出院，身体已经没有大碍，只是有些比较深的伤口还需要按时敷药包扎。可能是由于他身体强壮的缘故，他的听力没怎么受到影响，住院的时候还戴着耳机天天听着充满鼓点儿的阿拉伯流行歌。

7月31日这天，我们又逛了一遍哈米迪亚老市场，帕拉丁创作了一些新作品，我买了一些精油和手工皂，浑身散发着迷人的玫瑰香气息，我觉得自己此时入宫，就可以迷惑皇上，我就是万千宠爱于一身的香妃。当然我的人生剧本没有给我穿越的机会。我们从罗塔娜酒店结账，拎着满载而归的箱子，前往大马士革机场。

又是来时的机场路，又是凝重的空气和车窗外飞速后退的景色。

外面天气很好，大片大片的白云在城市上空压得很低。送我们去机场的还是穆斯塔法，我未曾想，我们从认识到离开的这一个月，似乎已恍若隔世。少了来时的紧张，多了一点沉重的负担与疲累，我不知道我们此行是否已经成长，但这条路我们确实已经走过。

穆斯塔法打开音响，车里响起喜气洋洋的阿拉伯歌曲，但此刻听来，却莫名生出几缕愁绪。褚春波在副驾，我和帕拉丁在后座上，大家各自想着心事，空气沉默不语。

正走着，一声巨响响起，抬眼一望，远处是漫入云际的浓浓黑烟。那里，是政府军和反对派武装激战的大马士革郊区。

"战争结束了，我想好好睡个觉。"这是穆斯塔法送别我们的最后一句话。他帮我们把行李从后备厢拿出来，我们握别他长满厚茧的手，来时的车在身后穿过紧张烦躁的空气，又重新被吞噬在大马士革动荡的浮华里。

　　进入机场，飞机起飞的一刹那，心里有什么东西渐渐地沉了下去。无数未知的情绪在我的脑海里决堤，我知道这是名为大马士革的印记——

　　是这个城市给予我终生难忘的经历，也给予我终生难愈的创伤；是这个城市给予我属于战地记者的所有尊严，洗刷了我在解放广场的一次次失败。如果没有这一次在叙利亚的经历，此前那些驻外岁月的失败与挣扎，可能会让我一辈子陷在自卑的漩涡里无法逃离。

　　我这样想着，眼睛又胀了起来，嘴唇开始不由地抽搐。自从我最后一次见嘉航之后，有些东西找真的已经压抑了许久，排解不了，也无从排解。这个时候，伴随着又一次离别，内心的痛苦又开始像硝烟一样弥漫开来。我用手紧紧地捂住嘴，不让它发出声音，泪水一片一片覆在手上，整个身体随着手打着战。帕拉丁在一旁手足无措地看着我，想上前抱住我又有点犹豫。

　　"让你看笑话了。"我终于忍住，先给他解围。

　　"没有，我真的很佩服你，嘉佳。你别哭了，你做得很好了。"

　　"哈哈，我这个样子，你不会是心疼了吧？"我笑着哭出了泪花。

　　帕拉丁听闻笑了一下，认真地跟我说："你很努力了，嘉佳。你真的一直都很拼命努力。"

　　我突然再也不想压抑自己，大声呜咽地哭出来。有乘务员走过来，问我有没有什么不舒服。帕拉丁跟她解释了两句，然后伸过手来，把我抱在他的肩膀里。

他的肩膀比我想象中的还要壮实。在和嘉航分手以后，我无从找寻的那一丝温存，终于找到了。我看着他鬓角的胡茬，看着他被热带阳光晒得黝黑的脸，此时此刻，还有一个男人肯听我哭泣，让我放心卸下所有伤痕累累的防备，毫无保留。

当下，是一个人所拥有的一切，只有这个东西，是真正归我所有。其余的一切，都是片刻的欢愉或苦痛，转眼间就跑到似水流年里面，再也回不了头了。

窗外的低矮建筑和穿城小河逐渐缩小，大片大片的云霭向我们袭来。我和帕拉丁终于踏上了回开罗的归途。唯有这一回，到开罗，像是回家。

一人·归

7月31日傍晚，我们在开罗机场遇到了记者站的两位新同事：郭曲、魏莱，都是男生。小陈和老袁在我去叙利亚出差的时候结伴离任回国了，换了两位得力干将过来。这是中东记者站的又一个朝代了。

韩站长在目睹我——一个女生，一个菜鸟记者在中东驻外的诸多坎坷之后，决计不叫任何女生再来祸害他的一方净土。

郭曲眉头紧锁，沉默寡言，自我介绍以后不再说话。魏莱穿着随性的人字拖，留着随性的头发，接上我们之后，便自来熟地开始攀谈，兴致勃勃地主持"说出你的故事"节目。我只好压住心里的腻烦，把在叙利亚大致的经过跟他复述一遍。魏莱听一句话就能问出十万个为什么，听十句话就能总结出二十句大道理，说话也是随意："这就叫大难不死，必有后福！嘉佳你们辛苦了，晚上我们俩请你们吃饭！"

魏莱和小陈的做派似乎还有一点相似。我心里苦笑三秒钟，只等晚上吃一顿饭了事。经过叙利亚的一个月，我心里有一部分已经腐朽了，另一部分还在变化，但要说是什么东西腐朽，什么东西变化，我却怎么也说不清楚。或许是在叙利亚加班加点的时间长了，精力耗得差不多了，真的累了，也就不想再去折磨自己胡思乱想了。

大难不死，必有后福。这句话居然真的让魏莱说中了。我在离开叙利亚之前发出的最后一组稿子《大马士革的樱桃红了》整版报道被报社评稿组评为好稿，并且在内部业务交流刊物《每周点评》上得到表扬。

不仅如此，报社主管国际报道的副总编辑在这一期《每周点评》上做出批示："嘉佳同志作为年轻记者，由她率领的前方报道组与叙利亚记者站密切合作，在叙利亚危机进入关键节点之时，出色完成文字、图片、视频等多媒体报道任务，深入研判叙利亚局势，发出中国声音，值得充分表扬与肯定。报请党总阅示。"党总就是我们报社的最大领导，一把手。

党总在他的名字处圈了一个圈，然后一个长线画到空白处批示："号召报社全体同志向嘉佳同志学习。建议总编室研究给予奖励。"

就在我回到埃及的第二天，批示件的复印件被传到了中东中心站。我正在办公室里发呆，突然见韩站长手舞足蹈地走了过来。印象中，我还从来没见他这么高兴过："嘉佳，好消息啊，你的稿子被领导批示了！"

"被领导批示？"对于批示这件事情，我还完全没有概念。

韩站长对我的表情略感失望，似乎为我没有将喜悦的神态映在脸上而不满："嘉佳，我已经给你复印了一份，你看看吧，党总都批示了！好好看看！"说完以后又加了一句，"你的稿子确实写得不错，这两年没白干啊！"

我听出了韩站长的弦外之音："谢谢韩站长！多亏了韩站长的指导！"

"哈哈，主要是你自己努力！"我的马屁拍得恰到好处，韩站长满意地回到办公室，唱起了他拿手的《潇洒走一回》，唱完以后仍意犹未尽，又开始唱《真心真意过一生》。

被批示得密密麻麻的《每周点评》影印件放在了我的办公桌上。如果是几个月前，我会满心欢喜地约嘉航吃一顿晚餐，喝一杯红酒，然后在两人气氛最舒适的时候，把这个批示件拿出来，嘉航夸我优秀能干，我轻轻地把脸凑上前去，等着嘉航的唇给我加冕。我们不讨论乔女红，不讨论熊苏文，不讨论结不结婚，我仍然是嘉航最宠爱的皇贵妃。

可这一切都再也回不来了，我依然是被嘉航废掉的皇贵妃，我心里太多的问题得不到他任何答案。我只能一个人默默享受这份迟来的荣耀，伴随着我心里默默承受的痛苦。

事情还没有结束。几天之后，我接到总社的一个电话，问我什么时候卸任回国。原来是新报到的大学生将在8月初进行集体培训，人事局培训处专门找到我，希望能把我加进培训日程中，和新人交流驻外报道的经验。

在听到消息的一刹那，我内心是满足而澎湃的。失去嘉航，我原以为自己已经一无所有，只吊着一口仙气，作为我驻外期间的最后赌注。但恰恰全凭这一口气，让我在叙利亚华丽转身，此刻是废妃回宫了。朝代更迭之际，我以皇贵太妃的身份保住了自己后半生的荣华富贵。

刚刚收到这个消息，我就报告给了韩站长。

韩站长一边祝贺，一边让我坐下说话："你如果同意8月初之前回国，我现在就给总社打报告。"

驻埃及的最后时光在忙碌中过得飞快。我一边整理行李，一边把一些大物件用DHL（德国敦豪快递公司）托运回国。我和曲毳、关睢聚了最后一餐，三个人笑着开始，哭着结束。至于熊苏文，他给我发了一条微信表示关心，我也礼貌地回复谢谢。

"嘉佳，回国后我们还能再联系吗？"熊苏文在微信里问，给我一种他还对我抱有期待的错觉。

"回国的事情，等我回国再说呗。"我加了一个微笑的表情，然后放下手机，像是放下一个经年背负着的重担。

可唯有一件东西我放不下。嘉航送我的那件衬衫被我放在衣柜一叠衣服的最下面，我拿起来闻了闻，却没闻到嘉航的味道。我紧紧抱着这件衬衫，然后默默地把它和泰迪熊一起装进了行李。

8月3日这天，我一个人踏上了回家的旅途。

坐在满耳轰鸣的机舱里，旁边仍然是一位狐臭秃顶的埃及大叔。可我感觉自己只有一个人，整个机舱里只有我一个人。

我缓缓闭上眼，眼前自动浮现出这两年之间的那些人、那些事。曲毳和关睢的任期在今年年底就要到了，曲毳已经迫不及待地想要回国，准备好在她男朋友床上现场抓奸；关睢好像要转驻泰国，但是她说应该会不时回一趟北京。小陈破天荒地给我发了微信，让我回国后跟他说一声，他找人请我吃饭。嘉航应该还好好地在比利时驻外，因为我没有听到他的任何消息。

我突然想起，我们第一次见面的时候，我的眼前是遍地的人、遍地的鲜红、乱糟糟的车体碎片和乱糟糟的废墟，嘉航从一堆废墟中像一个巨人一样走出来，告诉我原来一个菜鸟记者也值得被救赎。

我突然想起，我送嘉航的绿色平安结在我们分手之后就不见了，我似乎把它遗忘在了那家中餐馆，又似乎还在我房间的某个角落，只是再也找不到了。

我突然想起，在我执意下车拍摄结果被迫击炮弹击中昏迷之后，是帕拉丁奋不顾身地保护了我，在意识模糊的瞬间，脑海里想到的是已经两年未见的母亲，想到的是她为我日夜悬心而导致的失眠。

想着想着，我有点困了，眼皮像是吊了铅球，怎么也抬不起，旁边脚步声响起，由远而近，在我身旁停下。

这一次，又是熟悉的胡茬蹭在我的脸上，唇在我脸上啄了一口。

我咬紧后槽牙，奋力睁开眼，看到一个背影。

尽管他越走越远，背影越来越暗，我还是一眼就认出了他：剃得极短的脑后头发，略显紧身的黑色皮夹克，深蓝色休闲裤，米色翻毛皮鞋。

我用尽浑身力气大喊："嘉航！"

他听见，泰然自若地回过头，微笑着看着我，一如我刚来中东中心站时见到他的微笑一样。

他无声地说着"再见"，冲我挥了挥手，然后缓缓向前走，再也不回头。

我解开安全带，收起小桌板，在过道中追逐，躲避四处伸出的脚。

突然，机舱里响起一个男声广播："由于飞机燃油耗尽，我们的飞机将在亚历山大国际机场紧急迫降。飞机没有大的危险，全体机组成员受过严格、良好的训练，请大家听从乘务员的指挥。"

身体倒在地上，开始急速下坠，我无法听清旁边的乘务员尖叫的指令，耳膜疼痛得几乎爆裂，意识被无尽的黑暗吞噬。

"啊——"的一声，我从梦中惊醒。

我愣了半晌，周而复始的轰鸣声隔着耳罩震荡着我的耳膜。恍惚间，内心生出些许不知今夕何夕的怅然。

此刻的我已经被贴上了"战地玫瑰"的标签，即将代表《叻报》报社驻外记者向新入职员工讲述我的青春故事。陈馨馨说，你不是"战地玫瑰"，你是"乱世玫瑰"，到哪儿都能掀起一场腥风血雨。我跟她说，那些对新闻充满理想的热血青年一定不愿意听我回忆自己的惨痛经历。

关于嘉航与乔女红之间的故事，也终究成了不了了之的谜题，而我从今往后的日子，注定将和他们渐行渐远。从开罗机场丢失行李的那个清晨到现在的点点滴滴在脑海里不断回放，埃及大游行的呼号好像早就过去，又仿佛刚刚还在耳边。中东爱情仿佛已经是上个世纪的事情，又好像还没到来。这一切好像结束了，又好像刚刚开始。

首都国际机场的3号航站楼，我拖着沉重的行李走到出站口，我的目光碰到了在人堆里着急寻找的两束目光。

"嘉佳——"

是妈妈。

妈妈似乎比两年前憔悴了一点，她一向以精明干练的女干部形象示人，可这次一见我，却忍不住叫了起来，拼命冲我招手。爸爸也看着我，露出了开心的笑容。过往的人潮一次次从我身前走过，挡住爸妈的目光，他们的目光一次次地重新锁定我，一次次地露出更加欢喜的笑容。

我还没有走到他们跟前的时候，已经哭得泪流满面。我走到妈妈面前，妈妈只说了一句"嘉佳，回来了——"就颤抖着抱住我，和我哭在一起。

这天晚上，我们三个人在我北京的小屋里一直聊到深夜。可等我后来回想的时候，却怎么也想不起来我们聊了什么，爸妈又说了什么，记忆中只剩下妈妈看到我的时候强忍着的泪，爸爸欢喜的笑，和小屋外若有似无的风。

尾声　端木嘉佳的独白

又是一个深夜，我看到朋友圈里一首小诗：

我要你认识我
就像你从未认识过别人
我单独一人　正像你阅读时
也单独一人

我由这首小诗突然想到了什么，然后鬼使神差地点开微信里你的头像。你的头像还是我加你时候的那一个，熟悉的侧脸，熟悉的背景，熟悉的轮廓，可我知道这个人再也不可能越过无数头像，跳到对话列表的最前端，一次一次直戳进我的心窝。

翻开聊天记录，最后的几段留言，字字锥心。你知道吗？无论何时，只要看到它，不需要几个回合，就能让我的自尊心裂得粉碎。它碎成了无数片，散落在地上每一个角落，可每一片里，拼出的却还是你的样子。

清晨，我醒来后的第一件事，还是打开手机，点开微信，然后把手机放在一边，等待呼吸灯一闪一闪地亮起。有时候会亮起，有时候不会，只是那些已与你无关。我早已了悟，心里牵挂着的那个人再也不会联系，可还是怀着莫名的期待，期待每天早起时出现万分之一的意外。间或不用早起的早晨，想到回忆深处的人或事，心会蓦然一痛，眼泪从眼角滑落，浸在枕巾的纹理中。把头埋入回忆的黑暗里，心里想着解脱，思绪却越来越沉沦。

早上，我挤上海绵般的地铁车厢，闭着不会睡着的眼，或者刷着不知所云的朋友圈，在人流中迷失，然后曲折地走向目的地。

白天，我在单位完成工作，写稿、加班、汇报进度、与人斗争抑或和平相处。偶尔愣一愣神，想想去不了的远方，回不去的家乡，还有等不到的人。

入夜，我从单位走出，回望夜幕中的办公大楼，让一声叹息悄悄隐入车水马龙的喧嚣，然后踏上疲惫的归途。归途中，我和无数个人擦肩而过，偶尔看到似曾相识的脸孔，甚至似曾相识的外套，盯住不放，抑或赶紧低头，眼睛骗得了的，心却永远骗不了。

此刻，是北京的深秋。风透过窗棂，吹来冬的叹息、春的希冀。这样安静的夜，不知放哪一首婉曲，才能传达暧昧不明的心意。或者，再也无法达意。

我打开手机音乐，给自己点一首《我想要这一种幸福》。

这就是现实，我们经过一场又一场的跋涉，渡过一条又一条苦难的河，只为真正理解一个道理：你所惧怕的、抗拒的、厌恶的人和事，最终只会以凄惨百倍的方式来到你的面前，报应在你的身上。此时，除了接受，没有别的办法。

从那以后，我再也没看《后宫·甄嬛传》，我知道，那只是万千红尘女子求而不得的幻想，一如她们快步走过普拉达橱窗的脚步。让自己接受自己总归俗人一枚、沧海一粟，并不是一件容易的事情，然而，早一天接受，我就能早一天脚踏实地地做应该做的事，想清楚自己应该成为什么样的人。

只是，在一个人走进电影院浑浑噩噩地看电影的时候，在半夜加班回到家里漆黑一片的时候，在无意之中看到或听到关于你哪怕一丁点消息的时候，心底一个角落里汹涌澎湃的所有情绪，如巨浪，如暴雨，在我整个身体中翻卷而来，铺天盖地……

想你，是一月、二月、三月、四月、五月、六月、七月、八月、九月、十月、十一月，疯狂滋长，弥留的，无际无涯。

恨你，是十二月，万物肃杀，逝去的，永堕魔障。

一个人的房间里，关了灯，漆黑一片，一点声响也没有。

我的世界，从此没有你，青春自此而亡。

后记　黑处有什么？

我从去年生了一场大病的时候，开始得空写端木嘉佳的故事。

本来我想写的是她回到国内报社以后发生的事情，但是她曾跟我提过的这段中东经历总像鬼火一样在我脑海里纠缠不休，索性从大脑最深的褶皱中把最刻骨铭心的片段抽取出来，慢慢打开。

端木嘉佳说，她和嘉航已经分手很久了。久到只要不听孙燕姿的歌，不做和他有关的梦，不看到和他相似的面孔，不手贱翻看两人的聊天记录，她的心就不会绞肉般的痛。

我写的，其实不是一个故事，我记录的是她内心曾经感受到的真实。

端木嘉佳在中东战地做了几年的记者，亲历过枪林弹雨，也奋不顾身地追求满心期待的幸福，这都是真实。我固执地觉得真实的干瘪，也好过虚伪的丰满。所以这本书里的主人公，"我"，有时并不讨人喜欢，甚至有人会觉得比乔女红更讨厌、更作死。我愿意承认。因为我认识的端木嘉佳，经常胡思乱想，偶尔任性胡闹，为了爱情深陷其中，甚至想过一了百了。我几经艰难取舍，始终无法强迫自己对这个"我"进行一丝一毫的美化，正如每个人在镜子里都能看到自己的缺点一般。

这是一段真实的经历。只不过现实中，嘉航有另外一个好听的名字。

无数个睡不着的夜里，端木嘉佳进到我的房间，点一杯咖啡，熄灭所有的灯，然后忍不住在黑暗中倾诉他们尘封的往事。

嘉佳说："我想把他的名字喊出来。"

我说："好。"

她十是出声喊了出来。

她说："我喊出他的名字，我好受多了。每每想到这个名字，即使是身处无边寂夜的深渊，但还是能感受到曾经的幸福。"

她的声音，时而欢悦，时而哽咽，可我始终看不到躲在黑暗处的她，脸上是什么表情。

现在是7月31日22点55分。我的四肢酸痛，泪眼矇眬，脑细胞飞速死亡，浑身有种濒临绝望的快感。我把自己关在黑暗里，突然想发微信告诉故事里的嘉航，故事的最后一段仓促而就，而我不知道，远方的他此时是否安好。

爱情，做一次就亏一次。人生，过一天就少一天。中东的风，从过去吹向未来，不断撞击着我们飘忽不定的命运。凝望夜空，在无数人命运错综交织的远方，群星闪烁，深不可测。

端木笙笙

2018年7月于北京

希望有一天
我能在这本书的扉页写上：
"献给我最爱的人，
过去，
现在，
直到永远。"